UN HIVER LONG ET RUDE

DU MÊME AUTEUR

Le Choix des Morrison, Belfond, 2003 ;
J'ai Lu (n° 6933), 2004
L'Autre Côté du pont, Belfond, 2007

MARY LAWSON

UN HIVER LONG ET RUDE

Traduit de l'anglais (Canada)
par Michèle Valencia

belfond

Titre original :
ROAD ENDS
publié par Chatto & Windus, Londres

Retrouvez-nous sur
www.belfond.fr
ou www.facebook.com/belfond

Éditions Belfond,
12, avenue d'Italie, 75013 Paris.
Pour le Canada,
Interforum Canada, Inc.,
1055, bd René-Lévesque-Est,
Bureau 1100,
Montréal, Québec, H2L 4S5.

ISBN : 978-2-7144-5680-9

Belfond | un département **place des éditeurs**

place
des
éditeurs

À la mémoire de mes parents

Prologue

Struan, août 1967

PAR ENDROITS, LA ROUTE ÉTAIT IMPRATICABLE et ils durent arrêter la voiture une demi-douzaine de fois pour dégager buissons et arbres morts. À un moment donné, un hêtre d'assez belle taille leur bloqua le chemin et ils s'y attaquèrent à la scie passe-partout. Simon n'avait encore jamais vu, à plus forte raison manié, de scie passe-partout et, bien entendu, il ne fut pas d'un grand secours, mais le tourner en ridicule faisait partie du jeu.

« Regardez-moi un peu ce gars de la ville ! lança Tom. Si tu laisses ta jambe là où elle est, tu vas te la couper. Voilà, c'est mieux. Maintenant, tire la scie vers toi, bien droit, faut pas que la lame se torde, sinon elle va se coincer. »

Simon attrapa les deux poignées de la scie et tira. La lame se coinça.

« Qu'est-ce que je disais… ? »

Tom repositionna la scie. Simon tira dessus. La lame se coinça de nouveau.

« Chez nous, on a de vraies scies. On appuie sur un bouton et hop ! En dix minutes, on déboise tout votre État. » Simon était américain, originaire de l'Alabama, et parlait avec l'accent traînant du Sud. Tom avait eu peur qu'il ne s'ennuie, bloqué pendant une semaine entière dans un coin perdu – ou, pire, qu'il les prenne de haut –, mais il était toujours partant pour de nouvelles expériences et semblait passer un moment formidable.

« Notre province, pas notre État, rectifia Tom. Et je ne te vois vraiment pas avec une tronçonneuse. Ou alors, il faudrait que tu me laisses le temps de quitter le pays avant de commencer à t'en servir. »

Il retira la scie puis marqua une pause. Le soleil déclinait entre les arbres et il vérifia l'heure à sa montre.

« Bon, sans vouloir te vexer, je crois que Rob ferait mieux de prendre le relais si nous voulons descendre dans le ravin et revenir avant la tombée de la nuit. D'accord, Rob ? »

Les mains dans les poches et les yeux tournés vers les bois, Robert ne semblait pas écouter la conversation. Chaque fois qu'ils avaient dû dégager la route, ils étaient descendus tous les trois de la voiture mais, perdu dans ses pensées, Robert s'était contenté de regarder faire les deux autres. Tom commençait à trouver son attitude à la fois agaçante et embarrassante. Rob était encore mal en point, mais, puisqu'il avait accepté de les accompagner, il aurait au moins pu faire l'effort de se montrer sociable. Il n'avait presque pas ouvert la bouche depuis leur départ.

« Tu pourrais me donner un coup de main, Rob ? » Pas de réponse. « Rob ? Tu peux me donner un coup de main ? »

Enfin, Robert le regarda. « Oui, bien sûr. »

Il avait le teint cireux de quelqu'un qui serait resté longtemps enfermé dans une pièce sombre. Il s'approcha et attrapa les poignées de la scie. En moins d'une minute, la première coupe fut expédiée.

« Alors là, c'était vraiment impressionnant ! dit Simon en exagérant un peu l'admiration mêlée d'effroi qu'il éprouvait. Dites donc, les gars, c'est inné chez vous ou quoi ? »

Tom grogna. Avec l'aide de Robert, il emporta la scie pour couper l'autre bout du tronc. Comme rien ne le soutenait plus, il s'abattit sur le sol. Tous deux dégagèrent alors la route.

« Parfait. On y va », dit Tom. Il retourna à la voiture et laissa tomber la scie dans le coffre.

Robert avait les yeux fixés sur la route, au loin.

« Rob ? » Cette fois, Tom ne se donna même pas vraiment la peine de dissimuler son agacement.

« Il y a un lynx », murmura Robert.

Tom se retourna et, en effet, un lynx tapi sur le bas-côté, à moins de dix mètres, les observait.

« Mon Dieu ! souffla Simon. Visez-moi un peu ça !

— C'est vrai qu'on n'en voit pas souvent. » Tom se sentait bêtement heureux, comme si c'était lui qui l'avait fait apparaître. « Ils chassent surtout la nuit. Tu devrais être honoré.

— Je le suis ! »

Ses oreilles, d'où pointait une touffe de poils, prudemment rabattues, le lynx continua à les observer un instant. Puis il pivota et disparut en un éclair. Ils scrutèrent la forêt pour essayer de le discerner dans l'ombre, mais il s'était évanoui.

Ils remontèrent en voiture et reprirent leur chemin

cahoteux. Derrière eux, les arbres semblaient se serrer pour refermer le passage. Enfin, après un tournant, la route se termina abruptement en pleine forêt.

« On dirait que ça ne va pas plus loin, dit Simon. Qu'est-ce qu'on fait ?

— On descend. On est arrivés. » Tom avança le véhicule jusqu'à ce que l'aile touche presque le panneau planté entre la route et les premiers arbres, et il coupa le moteur.

« Qu'est-ce qu'il y a écrit sur ce panneau ? demanda Simon en se penchant en avant pour essayer de lire.

— Il faut que tu le voies, il est impayable », répondit Tom avant d'ouvrir la portière et de descendre.

C'était un panneau de signalisation ordinaire, en métal émaillé noir et blanc, boulonné à un pieu fiché dans le sol. Quelques taches de rouille affleuraient sous la peinture. Il était couvert de poussière et de boue, mais quand Tom l'essuya avec sa manche le message apparut.

Simon fit le tour de la voiture pour rejoindre Tom. « "FIN DE LA ROUTE", lut-il avant d'éclater de rire. Ils pensaient peut-être qu'on ne s'en était pas aperçus ? C'est une blague ?

— Je ne crois pas que les responsables de l'entretien des routes soient réputés pour leur sens de l'humour. Le ravin est tout près. Je suppose qu'ils voulaient avertir les gens. »

Ils entendirent un bruit derrière eux. Tom jeta un coup d'œil par-dessus son épaule. Robert descendait de la voiture.

« Où est-il exactement, ce ravin ? demanda Simon.

— Juste là, derrière les arbres, caché par les

buissons, alors sois prudent. D'ailleurs, je vais passer le premier. »

Il se fraya un chemin au milieu de la végétation, lentement, car l'érosion avait pu être à l'œuvre depuis sa dernière visite et il ne voulait pas risquer de se retrouver au bord du précipice. Soudain, le sol disparut devant eux, laissant place à un abrupt de soixante mètres jusqu'à la rivière. Instinctivement, Tom tendit le bras pour retenir ses amis.

« Seigneur ! » s'écria Simon en s'empressant de reculer.

Robert les rejoignit et tous trois regardèrent en bas. Étroit, le ravin ne mesurait pas plus de neuf mètres de large et, de l'autre côté, la paroi rocheuse luisait d'un reflet gris-vert dans les gerbes de gouttelettes que la rivière projetait très haut. En s'élevant devant le soleil, elles dessinaient un arc-en-ciel fantastique, irréel, féerique, pont jeté au-dessus de l'abîme. D'un endroit invisible provenait un son qui évoquait le grondement assourdi du tonnerre.

« Je commence à être trempé, dit Simon en s'essuyant le visage avec sa manche. D'où viennent toutes ces gouttes d'eau ?

— D'une cascade sur ta gauche. Énorme. C'est ça, ce bruit de tonnerre que tu entends. Si on descend jusqu'en bas, on peut l'atteindre, et il y a une grotte juste derrière. Je vais te montrer.

— Tu veux qu'on descende ? Tu plaisantes ?

— Non, il y a un sentier. Il est raide, mais ça va. » Il se retourna. « Tu viens, Rob ? »

Quand ils étaient gosses, ils descendaient souvent à la cascade. C'était leur cachette préférée. Ils roulaient à vélo le plus loin possible, puis abandonnaient leurs engins pour faire le reste du chemin à pied. Ils s'imaginaient que personne ne connaissait l'existence de la grotte. Bien sûr, des tas de gens étaient au courant. La route avait été tracée par une compagnie d'électricité qui jugeait l'endroit propice à la construction d'un barrage. Mais, en fin de compte, elle avait trouvé un meilleur emplacement plus loin et laissé la végétation reconquérir le chemin.

Robert acquiesça. « Oui, bien sûr.

— Alors allons-y », dit Tom.

L'ancien sentier, qu'il parvint à dénicher, était envahi de végétation, mais restait praticable. Sur les premiers cent mètres, il longeait le bord de la falaise, puis descendait dans une ravine creusée par la pluie et les projections d'eau, et devenait vite très raide.

« À partir d'ici, mieux vaut y aller à reculons, conseilla Tom. Ça glisse, alors attention. Mais on a de bonnes prises pour les mains. » Derrière Simon, il ne voyait pas Robert. « Rob ? appela-t-il. Tu viens ?

— Oui, oui. »

À en juger par la faiblesse du son de sa voix, Robert se trouvait toujours en haut de la falaise.

« Il va bien ? demanda tout bas Simon. Il n'est pas du genre... très causant.

— Ça va, ça va, répondit Tom, préférant ne pas s'étendre sur le sujet. Ces derniers temps, il en a vu de dures. Mais rien de bien méchant. »

Rien de bien méchant.

En fait, l'état dans lequel se trouvait son vieux copain le préoccupait tant qu'il préférait ne pas en parler. D'ailleurs, il n'avait même pas envie d'y penser car si, pendant plus d'un an, il l'avait soutenu autant qu'il l'avait pu, à présent toute cette histoire le fatiguait. La journée était magnifique, le soleil dansait entre les arbres, des gerbes d'eau s'élevaient tout doucement autour d'eux, déposant des perles argentées sur le feuillage et les fougères, et Tom était en compagnie d'un camarade d'université, un type formidable, drôle, futé, qui venait d'un univers très différent du sien, connaissait un tas de trucs savants et était impressionné par les choses que Tom lui montrait. Donc, si on faisait abstraction de l'attitude de Rob, c'était une journée parfaite. Après tout, le passé était le passé ; ce qui était fait était fait et il fallait avancer. Robert avait manqué les cours de sa dernière année de fac, mais il avait pu les rattraper. Quant à Simon et Tom, ils avaient terminé leurs études et avaient l'avenir devant eux.

À présent, ils avaient effectué plus de la moitié de la descente. Le vacarme de la cascade emplissait l'air ; on en sentait l'écho vibrer dans la poitrine et on avait l'impression d'entendre les basses d'un magnifique instrument d'époque. Tom leva les yeux vers Simon qui descendait prudemment derrière lui. Pour l'instant, Rob ne se montrait pas, mais il connaissait le chemin. Tom attendit que Simon s'approche jusqu'à pouvoir lui tapoter une chaussure.

« Ça va ? » Le vacarme de l'eau était tel qu'il était obligé de hurler.

« Ouais ! brailla Simon. C'est fantastique ! »

Ils eurent un grand sourire et continuèrent à descendre.

Il écouta leurs voix assourdies par le grondement de la cascade. Il pensait au lynx. À la manière dont l'animal l'avait regardé, attestant par là qu'il existait réellement, puis était sorti de sa vie aussi promptement qu'une volute de fumée. Il lui en était très reconnaissant. C'était la première chose – la seule, en fait – qui avait réussi à chasser un instant de son esprit l'image de l'enfant. Il y avait à présent un an qu'il la portait en lui et, parfois, elle pesait si lourd qu'il avait du mal à ne pas s'écrouler.

Jusqu'à ce moment-là, la peur qu'elle ne le quitte jamais et l'accompagne pour l'éternité l'avait paralysé, mais le lynx l'avait libéré. Il se dit alors que, s'il se concentrait sur l'animal, si, par un gros effort de volonté, il réussissait à penser très fort à lui assez longtemps, ce pourrait être la dernière chose qu'il verrait ; et son silence la dernière chose qu'il entendrait, mêlé au tumulte de la cascade.

I

Megan

Struan, février 1966

QUINZE JOURS AVANT DE QUITTER LA MAISON FAMILIALE, Megan commença à trier ses affaires. Elle posa sa valise (la plus grande qu'elle avait pu trouver chez Hudson's Bay) sur son lit et, par terre, à côté, un gros carton (récupéré à l'épicerie Marshall). Tout ce qui ne rentrait pas dans l'une devait finir dans l'autre. Elle ne voulait pas se charger pour le voyage et se montra impitoyable. Adieu tous les vêtements ou toutes les chaussures qu'elle n'avait pas portés depuis un an ou plus, les chaussettes dépareillées ou les sous-vêtements troués qu'elle avait gardés pour les jours où ça n'avait pas d'importance, sachant pertinemment qu'aucun jour n'avait d'importance, du moins qu'aucun n'exigeait de porter des sous-vêtements impeccables. Adieu tout ce qui traînait au fond des tiroirs : épingles de nourrice, pinces à cheveux, rubans effilochés, bracelet ayant perdu la moitié de ses perles, restes d'un coffret en écorce de bouleau décoré avec des piquants de porc-épic, antiques élastiques ressemblant tellement à des vers de terre desséchés qu'elle dut fermer les yeux en les attrapant, et enfin plume d'aigle taillée par Tom pendant sa période plumes d'aigle.

Elle jeta un flacon de parfum que les jumeaux lui avaient offert à Noël une année et dont le nom, *Embuscade,* avait provoqué l'hilarité de son père (phénomène excessivement rare), puis un peigne et une brosse en affreux plastique bleu (un cadeau de Noël de Corey), un coffret à bijoux en velours rose contenant une bague en faux diamant, qui lui laissait une trace verte sur le doigt (un cadeau de Noël de Peter), un serre-tête en velours noir (qui lui venait de sa mère) et un colley en peluche (lot gagné à la tombola organisée par l'école), alors qu'elle avait largement passé l'âge des peluches.

En fait, c'était une grande partie de son enfance qu'elle abandonnait. Le passé était le passé.

Dans sa valise, elle rangea non seulement les sous-vêtements en bon état, les chemisiers, les pulls, les jupes (d'été et d'hiver), les pantalons, deux robes d'été qu'elle aimait encore, son unique pyjama convenable, ses souliers bicolores et la seule paire de chaussures habillées qu'elle possédait (blanches, à petits talons), achetées pour son diplôme de fin d'études secondaires et portées une seule fois ensuite, six mois plus tôt, lorsque Patrick l'avait invitée à dîner à New Liskeard pour son anniversaire. Quant à ses bottes d'hiver, elle les mettrait aux pieds car, sinon, elles prendraient la moitié de la valise.

Elle emporta aussi un nécessaire à couture miniature (cadeau de sa mère pour ses douze ans, et dont Megan, à l'époque, ne voyait pas l'utilité puisqu'elle n'allait jamais nulle part, mais qui, à présent, après avoir été relégué neuf ans au fond d'un tiroir, pourrait se révéler pratique), une bouillotte (elle ne pouvait pas s'en passer la nuit) et une photo de toute la famille, du moins des membres qui la composaient en ce jour d'été étouffant où elle avait été prise par un illusionniste itinérant. Il avait grimpé la longue route poussiéreuse de Struan dans un antique corbillard Packard prêt à exploser tant il chauffait. Megan ignorait d'où il venait et où il allait, mais elle se rappelait encore la soirée qu'il avait animée à Struan. Il s'était produit dans la salle paroissiale et tout le village s'était déplacé, même le père de Megan, qui n'assistait jamais à un spectacle. Elle revoyait l'illusionniste sur scène, silhouette haute, mince, en frac et haut-de-forme, qui sortait de nulle part des foulards aux couleurs vives et les laissait voleter comme des oiseaux. Il en faisait des cercles, les passait l'un dans l'autre d'une façon invraisemblable, et dansait avec une canne en jouant la chanson à la mode *Yes ! We Have No Bananas*[1] sur un vieux phonographe emprunté à l'école.

Le lendemain, l'illusionniste avait bricolé dans un coin de la salle un studio photographique avec, au fond, un drap tendu sur lequel était peint un canal vénitien, et avait photographié tous ceux qui le désiraient, c'est-à-dire presque tout le monde, énorme troupeau de fermiers, mineurs, ouvriers de la scierie, professeurs, commerçants, et même quelques bûcherons du camp établi en amont de la rivière, tous dans leurs vêtements du dimanche, tous voulant

1. « Oui ! Nous n'avons pas de bananes. » *(N.d.T.)*

une photo d'eux et, le cas échéant, de leur famille – quelque chose qui prouverait leur existence, les ancrerait dans l'ici et maintenant, à Struan, dans le nord de l'Ontario, *via* Venise, en cette année... 1954 (en examinant sa silhouette, Megan se dit qu'elle devait avoir dix ans à l'époque, donc cette scène remontait à onze ans).

Cette fois aussi, son père s'était déplacé et, de façon surprenante, il avait accepté de figurer sur la photo de famille, si bien qu'ils étaient tous là : le père, la mère, debout, derrière (le père, impatient, la mère, anxieuse, semblant se demander si elle n'avait pas oublié un plat sur le feu, songea Megan). Sa mère tenait dans ses bras Henry, qui n'avait que quelques mois à l'époque. Devant eux, alignés par ordre de taille (à ce moment-là, taille et âge concordaient), il y avait Tom, Megan et les jumeaux, Donald et Gary.

Né avec un trou dans le cœur, le petit Henry était mort six mois plus tard. Peter, Corey et Adam, eux, n'étaient pas encore nés. Avant qu'Adam ne voie le jour, sa mère avait accouché d'un enfant mort-né et fait deux fausses couches, donc Adam avait huit ans de différence avec le plus jeune de ses frères et sœur.

Non contente de chiper cette photo, Megan en tria d'anciennes, rangées dans une boîte à chaussures, la plupart prises par Tom avec un simple Kodak Brownie. L'une représentait Peter et Corey en train de jouer sur la plage et une autre Adam âgé de quelques mois. Au fond de la boîte, il y en avait une d'elle et de Tom dans un arbre. Elle ne se rappelait pas avoir jamais grimpé dans un arbre et ignorait complètement qui avait pris la photographie (Tom était le seul membre de la famille qui s'intéressait à cet art), mais elle aimait bien cette photo.

Elle n'éprouvait aucun sentiment de culpabilité en emportant ces deux clichés. Dans la famille, personne d'autre ne les regardait et donc personne ne les regretterait. Elle les mit dans une enveloppe qu'elle glissa sous ses vêtements pour qu'ils reposent bien à plat. Après quoi, elle essaya de fermer la valise, mais sans succès. Elle ôta deux pulls, deux jupes et les élégantes chaussures blanches, pesa sur le couvercle, réussit à boucler les deux serrures neuves luisantes, mais elle ne put même pas soulever la valise du lit. Elle ressortit alors toutes ses affaires, en élimina encore quelques-unes et, enfin, l'affaire fut réglée.

Elle recula pour embrasser la pièce du regard. Rien ne traînait. Aucune poupée (Megan n'était pas du genre à laisser traîner quoi que ce soit, et puis, avec tous ces bébés dans la famille, le dernier jouet qu'elle aurait voulu emporter, c'était une poupée). De même, pas de maison de poupée ni de dînette ; « jouer à la maman » n'exerçait aucun attrait quand on passait ses journées à exécuter toutes les tâches ménagères du foyer. Rien sur le rebord des fenêtres ni sur les murs, rien sur son étroit bureau en bois. Elle avait fait place nette et en était extrêmement satisfaite. Adam occuperait cette chambre, décida-t-elle, de façon à ne plus réveiller Peter et Corey, ou l'inverse. Quand elle reviendrait passer quelques jours ici, elle la partagerait avec lui.

Elle déposa le carton dans le garage pour trier son contenu un peu plus tard : les vêtements qui pouvaient encore servir seraient donnés à une organisation caritative et le reste jeté aux ordures. Bien plié, tout ce qui se trouvait dans la valise réintégra tiroirs et placards en attendant le jour du départ. Quant à la valise, Megan la rangea sous l'escalier.

Et maintenant ? se demanda-t-elle en consultant la liste qu'elle avait dressée mentalement. Elle avait déjà demandé à Mme Jarvis, qui lui donnait un coup de main le lundi pour la lessive et le ménage, de venir aussi le jeudi, à compter du jeudi en quinze. Elle s'était assurée qu'il y avait à la maison une réserve de produits de première nécessité – boîtes de conserve, papier hygiénique, savon pour le linge. Le dernier lundi avant son départ, elle changerait tous les draps et ferait la lessive.

Voilà, tout était réglé. Il ne restait plus qu'à annoncer à sa famille et à Patrick que, enfin, enfin, après des années de tentatives avortées, elle allait quitter la maison.

Elle commença par sa mère, car c'était avec elle que la tâche serait le plus ardue. Avec Patrick, ce serait à peine moins difficile, mais elle ne devait pas le voir avant le samedi suivant.

« Tu pars ? »

Sa mère avait l'air incrédule, comme si c'était une chose invraisemblable, alors que Tom, lui, était parti il y avait plus de deux ans. Mais, bien sûr, pensa Megan avec amertume, Tom était un garçon. Personne ne trouvait à redire quand un garçon quittait la maison. On fêtait même parfois ce départ.

« J'ai vingt et un ans, maman. » Elle saupoudra de la farine sur le plan de travail et se mit à pétrir une boule de pâte qui avait la taille et le poids d'un boulet de canon. L'après-midi tirait à sa fin et elles étaient toutes les deux dans la cuisine en train de préparer le dîner. « Il est temps que je m'en aille.

— Pourquoi devrait-on partir à vingt et un ans ? » Sa mère, qui pelait des pommes de terre, s'immobilisa, les mains dans l'évier, pour dévisager Megan.

Sa fille coupa le boulet de canon en deux, pétrit brièvement chaque moitié, en mit une de côté et commença à étaler vivement l'autre avec le rouleau à pâtisserie. Une petite ride s'était creusée entre ses sourcils. Elle avait prévu que les choses se passeraient ainsi. C'est ta faute, songea-t-elle. Tu aurais dû partir depuis longtemps.

« Je t'avais prévenue, maman. Quand tu étais enceinte d'Adam, je t'avais dit que j'attendrais sa naissance et que, dès qu'on pourrait reprendre le cours normal des choses, je m'en irais. Tu ne te rappelles pas ? »

Elle scruta le visage de sa mère pour voir si elle se souvenait de cette conversation. Aucun signe ne l'indiquait. Ces derniers temps, Megan commençait à se demander si sa mère ne devenait pas sénile, sauf que c'était impossible... elle n'avait que quarante-cinq ans. Le plus probable était qu'elle avait rayé cette mise en garde de son esprit. Elle avait toujours été douée pour n'entendre que ce qu'elle voulait entendre ; peut-être l'oubli participait-il du même processus.

« C'était il y a un an et demi, reprit Megan en étendant la pâte. J'ai patienté parce que tu n'étais pas bien après la naissance. Ensuite, Adam a attrapé la coqueluche, et j'ai donc une nouvelle fois retardé mon départ. Et puis Peter et Corey ont eu la grippe. Et toi aussi, tu as eu la grippe... »

Les yeux de sa mère avaient une expression vague, tournée vers l'intérieur, comme s'ils cherchaient dans des dossiers poussiéreux classés au fond de sa conscience.

« Maintenant, tout le monde se porte bien, dit Megan avec fermeté. Tom est parti, les jumeaux ne vont pas tarder à en faire autant, et Adam est un bébé qui ne pose pas de problèmes. »

Elle aurait pu ajouter qu'elle savait que ce serait le dernier car, après l'accouchement, elle avait entendu le Dr Christopherson prévenir son père. Elle descendait l'escalier avec une pile de linge sale et avait entendu le médecin dire à son père dans la salle de séjour : « Il faut que ce soit le dernier enfant, Edward. »

Les bras chargés de linge sale, Megan s'était immobilisée. La voix étranglée par l'embarras, son père avait marmonné une réponse qu'elle n'avait pas pu saisir. Le médecin avait repris : « Peut-être, Edward. C'est peut-être elle qui en veut. Mais vous avez aussi voix au chapitre et, pour le bien de vos autres enfants, pour votre bien à tous, d'ailleurs, il faut que ça cesse. Elle est épuisée. »

Enfin ! avait songé Megan. Quelqu'un pensait comme elle que continuer à engendrer de cette façon était ridicule. En plus ses parents n'étaient même pas catholiques !

Elle regarda sa mère pour vérifier qu'elle l'écoutait.

« Donc, c'est le bon moment pour partir. Il est temps que je commence à vivre ma vie. »

Cette dernière réplique, elle l'avait répétée, mais, dans sa tête, ça n'avait pas sonné aussi cucul la praline. Sa mère eut l'air affligée.

« Megan, qu'est-ce que tu racontes ? "Commencer à vivre ta vie !" Comme si tu n'avais pas vécu, ici ! » Soudain, elle se tourna pour faire face à sa fille, le couteau dans une main, la pomme de terre à demi épluchée dans l'autre. L'eau ruisselait jusqu'à ses coudes et dégoulinait sur le sol. « Ne me dis pas que tu vas épouser Patrick McArthur. » Elle semblait consternée.

« MacDonald, rectifia Megan. Non, mère... » Elle l'appelait « mère » quand elle était irritée contre elle. « Non. Je ne vais pas épouser Patrick MacDonald. Je ne vais épouser personne. Je vais à Toronto. Tu fais goutter de l'eau par terre. »

La porte de la cuisine s'ouvrit et Peter, âgé de dix ans, se glissa dans la pièce en lançant des regards à droite et à gauche pour trouver quelque chose, n'importe quoi, à se mettre sous la dent.

« Dehors ! » lui intima Megan en montrant la porte d'un doigt couvert de farine.

Peter s'attrapa le ventre et fit une grimace anxieuse.

« Dehors ! » répéta Megan plus fort, et, cette fois, il décampa.

« Mme Jarvis viendra le jeudi en plus du lundi pour t'aider avec le ménage, poursuivit-elle, et je ferai des grandes courses avant de partir.

— Mais tu ne m'as pas dit pourquoi tu partais ! Voilà ce que je ne comprends pas. » Sa voix tremblait.

Megan se blinda. Tant pis pour elle, pensa-t-elle. Pas question que je me laisse embobiner. Je m'en vais. D'ailleurs, ça lui fera du bien, elle a besoin de reprendre les rênes. Elle comptait trop sur moi.

« Je ne pars pas avant quinze jours. » Elle cherchait à mettre dans son ton la juste mesure de fermeté et de réconfort. « Et je reviendrai vous voir. N'oublie pas que je vais à Toronto. » Pour commencer, en tout cas.

« Je ne te comprends pas, Megan, répliqua sa mère. Tu es restée à la maison pendant toutes ces années et là, tout d'un coup, tu m'annonces que tu t'en vas. Franchement, je ne te comprends pas, je t'assure.

— Je sais, dit Megan avec plus de douceur maintenant qu'elle lui avait annoncé la nouvelle. Tu ne m'as jamais comprise. »

Elle trouva sa mère encore bien jolie, même avec son expression bouleversée. Son visage était aussi rond et lisse que celui d'un enfant.

Le tour de son père vint ensuite. Ce serait plus facile, ne serait-ce que parce qu'il en serait moins affecté. Pourtant, s'entretenir avec son père la rendait toujours anxieuse. Chaque fois qu'on frappait à la porte de son bureau, on avait l'impression de l'interrompre dans une tâche d'une importance capitale.

« Tu t'en vas ? » Il la regardait, séparé d'elle par le plateau de sa table de travail, dont un bout était accolé à une deuxième table, longue, couverte de livres, et l'autre, à une petite bibliothèque, si bien qu'il était cerné sur trois côtés. On aurait dit une forteresse. Une forteresse de livres. Qui le protégeait et l'isolait de sa famille.

« Tu quittes la maison ou tu quittes Struan ?

— Les deux. Pour commencer, je vais à Toronto. Ensuite, quand j'aurai économisé assez d'argent, j'aimerais aller en Angleterre.

— En Angleterre ? » Il parut stupéfait, ce qui réjouit Megan. « Pourquoi l'Angleterre ?

— J'ai une amie qui vit là-bas. Cora Manning. Tu te souviens de M. Manning, le pharmacien ? Ils se sont installés en Angleterre il y a quelques années. Cora travaille à Londres maintenant. Elle partage une maison avec des amis. Je pourrai habiter chez elle, elle m'a invitée. Et j'aimerais connaître ce pays.

— Je vois. »

Son père regarda par la fenêtre. Megan patienta. C'était sans doute la plus longue conversation qu'elle ait jamais eue avec lui. En général, il se contentait d'une unique phrase. Le seul de ses enfants à qui il avait accordé quelque attention était Tom, et encore, pas tant que ça.

« Tu as un boulot qui t'attend à Toronto ? finit-il par demander.

— Non. Mais j'ai économisé assez d'argent pour tenir une quinzaine de jours. Je suis sûre que j'aurai trouvé quelque chose dans ce laps de temps.

— Je vois. Tu as planifié ce départ depuis un bon moment ? »

À l'entendre, on aurait pu croire qu'il parlait d'une attaque de banque, voire d'un assassinat. Mais pas question de le laisser la culpabiliser ; elle avait fait plus que sa part de travail dans cette maison.

« Oui, répondit-elle d'un ton brusque. J'ai vingt et un ans et je pense qu'il est temps que je commence à vivre ma vie. » Cette fois, ça faisait moins cucul la praline. « Je me suis arrangée avec Mme Jarvis pour qu'elle vienne deux fois par semaine aider maman. »

Son père la considéra un instant d'un drôle d'air, comme s'il ne l'avait encore jamais vue et se demandait qui elle était. Puis il regarda dehors pendant si longtemps que Megan commença à se dire que l'entretien était terminé et qu'elle ferait bien de s'éclipser, mais il finit par ramener les yeux sur elle.

« Quel genre de boulot comptes-tu trouver à Toronto ?

— Je ne sais pas. N'importe quoi. Serveuse, par exemple. Je dénicherai bien quelque chose. »

Pensif, son père hocha la tête. « Combien de temps crois-tu que ça va te prendre d'économiser de quoi aller en Angleterre en travaillant comme serveuse ? »

Pas étonnant qu'il parle comme un directeur de banque, puisque c'était son métier. Non, ce qui l'était vraiment, et ce qui était même stupéfiant, c'était qu'il s'intéresse suffisamment à elle pour lui poser ces questions. Voilà qui ne lui ressemblait pas du tout.

« Je n'en ai aucune idée, répondit-elle avec franchise. Sans doute assez longtemps. »

Son père attrapa son stylo, le décapuchonna, le referma et le reposa. « Assez longtemps, en effet, dit-il les yeux toujours fixés sur son stylo. En fait, très longtemps. Pour commencer, tu paieras un loyer et, à Toronto, ils sont élevés. Ensuite tu auras beaucoup d'autres dépenses. À mon avis, tu ne vas rien pouvoir mettre de côté pendant un bon moment. Des années, peut-être. »

Megan ouvrait déjà la bouche pour dire que ça n'avait pas d'importance, que, en fait, aller en Angleterre n'était pas le plus important pour elle, que ce qui l'était c'était de quitter la maison, de pouvoir enfin commencer à vivre sa vie. Mais son père leva les yeux et quelque chose dans son expression la coupa dans son élan.

« Si tu veux aller en Angleterre pour y rejoindre une amie, il faut y aller tout de suite, dit-il. Ce genre d'occasion ne se représentera pas de sitôt. Je vais te donner de quoi acheter un billet d'avion et te débrouiller là-bas en attendant de trouver du boulot. Je crois qu'il existe un accord qui permet aux citoyens du Commonwealth de travailler au Royaume-Uni pendant un certain temps. Tu auras besoin d'un passeport, bien entendu. J'imagine que tu n'en as pas ? »

Elle le dévisagea. Elle n'aurait pas été plus abasourdie s'il avait soudain grimpé sur son bureau pour danser la gigue.

« Est-ce que tu as un passeport ?

— Oui », répondit Megan d'une voix faible.

De nouveau, il parut surpris, sauf qu'elle était trop décontenancée pour s'en réjouir.

« Tu sembles avoir le sens de l'organisation, dit-il. Donc, tout est réglé. » Il lui adressa ce qu'elle considéra comme un sourire de fin d'entretien.

À la porte, elle se retourna. « Merci beaucoup. »

Son père regardait par la fenêtre. Il se tourna vers elle. « Tu l'as bien mérité. » C'était là un commentaire sidérant qui laissait penser qu'il remarquait certaines choses.

Megan sortit, referma la porte et s'immobilisa un instant. Elle ne pensait ni à l'Angleterre ni à son départ, mais constatait avec tristesse qu'elle n'avait jamais vraiment connu l'homme étrange qu'était son père ; et, à présent, elle n'aurait plus l'occasion de le connaître.

Elle voulait annoncer la nouvelle à Tom. Il logeait à la cité universitaire de Toronto et c'était donc un appel longue distance, mais elle serait remboursée du prix de la communication quand elle entendrait la stupéfaction dans sa voix. Elle l'appela vers dix-huit heures, c'est-à-dire après ses cours mais avant qu'il ne sorte avec ses amis.

« En Angleterre ! s'exclama-t-il. En Angleterre... mince alors, quand est-ce que tout ça s'est décidé ? »

Il l'avait poussée bien des fois à quitter la maison, et il lui avait prédit qu'elle ne le ferait pas avant de nombreuses années. « Tu vieillis, Meg », lui disait-il en secouant la tête. Il n'avait qu'un an de plus qu'elle, mais la traitait comme une enfant, ce qui la rendait folle. « Tu n'arrêtes pas de dire que tu vas partir mais tu ne le fais jamais. On parie que tu seras encore là à trente ans ? »

Donc, à présent, elle lui répondit d'un ton détaché : « Je planifiais ça depuis un moment. Papa trouve que c'est une bonne idée. Il me paie le billet d'avion.

— Quoi ? Tu as réussi à lui soutirer de l'argent ? » Puis il ajouta d'un ton sérieux : « C'est formidable,

Meg. Félicitations. Je ne me doutais pas que tu aurais le cran de faire une chose pareille. »

Comme ce dernier commentaire était doux aux oreilles de Megan !

Elle avertit ses autres frères le soir. Elle les appela quelques minutes avant le dîner, pendant que sa mère était encore dans la cuisine en train de finir de préparer le repas. Leur père mangeait à part dans son bureau une fois que la famille avait terminé son dîner. Des années plus tôt, Megan avait suggéré cet arrangement qui soulageait tout le monde.

Les garçons ne tardèrent pas ; c'était le règlement de la maison – lui aussi édicté par Megan : quiconque n'était pas à table cinq minutes après avoir été appelé repartait le ventre vide. Aucune excuse n'était tolérée. La règle s'était révélée très efficace. Quand elle l'avait instaurée, Tom l'avait accusée d'être un dictateur, et elle avait rétorqué : « Exactement. »

Ils arrivèrent en traînant les pieds, deux par deux, comme les animaux dans l'arche de Noé, sauf qu'ils étaient tous du même sexe et considérablement moins attirants. Donald et Gary avaient dix-sept ans, Peter et Corey, dix et neuf ans. Les deux derniers se chamaillaient, comme d'habitude.

« J'l'ai pas touché, dit Peter.

— Si, je t'ai vu, dit Corey.

— T'as pas pu me voir, salaud, puisque j'l'ai pas touché.

— Si vous ne vous taisez pas, tous les deux, je vous arrache la tête », gronda Donald. Il s'assit et se rapprocha de la table.

« Asseyez-vous tous, dit Megan en installant Adam dans sa chaise de bébé. J'ai quelque chose à vous annoncer. » Elle attacha fermement le bavoir autour du cou d'Adam et approcha la chaise haute de la table. La chaise vide de Tom accaparait une place précieuse. Megan aurait bien aimé la ranger le long du mur, mais sa mère insistait pour qu'on la laisse, si bien que Tom était encore un peu là, un fantôme invité au festin.

« Tu me traites de menteur ? lança Peter à Corey.

— Ouais, menteur, menteur, un pantalon en feu, tu parles ! »

Donald se leva à demi pour lui flanquer une gifle mais Corey l'esquiva.

Megan attrapa une cuillère et tambourina sur la table en guise d'avertissement. Tous les regards se braquèrent sur elle. « J'ai une nouvelle à vous annoncer. »

Peter se tourna vers Corey. « Morveux ! » lança-t-il.

Megan contourna la table et lui donna un coup sur la tête avec la cuillère.

« Aïe ! s'écria Peter, scandalisé, en se frottant le crâne. Megan, ça fait vraiment mal !

— Alors écoute-moi ! »

Donald leva la main.

« Qu'est-ce qu'il y a ? lâcha Megan d'un ton sec.

— Je suis vraiment navré de t'interrompre, dit Donald d'une voix languissante, mais il me semble qu'il vaudrait mieux que tu saches que le bébé est en train de s'étrangler.

— Non, rétorqua Gary. Il est en train de chier, c'est tout.

— Quand il chie, il devient pas tout bleu, mais tout rouge.

— Vous voulez bien ne pas employer ces mots à table ? » répliqua Megan par habitude avant de jeter un coup d'œil à Adam.

Le bambin haletait, tirait sur son bavoir et, en effet, son teint avait un peu bleui. Elle dénoua le bavoir, le rattacha moins serré et tapota le dos du bébé. Celui-ci prit plusieurs grandes respirations, brailla un court instant, puis se fourra le pouce dans la bouche. Megan le caressa de nouveau pour féliciter ce petit bout de chou si stoïque. C'était bien le seul de la famille qui lui manquerait.

« Bon, écoutez-moi tous, reprit-elle. Dans quinze jours, je quitte la maison.

— Tant mieux ! dit Peter.

— En voilà une bonne nouvelle ! ajouta Gary.

— C'est vrai ? demanda Donald. Tu pars pour de bon ?

— Oui. Pour de bon. Et ça aura des répercussions sur vous tous. Vous devrez en faire un peu plus à la maison.

— Ça y est, on peut manger maintenant ? demanda Corey.

— Tu as entendu ce que je viens de dire ? Il va falloir aider maman. Elle ne pourra pas se débrouiller sans aide. Vous avez tous entendu ?

— Oui, répondit Donald. On n'est pas sourds.

— Bien. J'ai réparti les tâches entre vous et je vais en épingler la liste sur le mur près du frigo. Avant de partir, je la détaillerai avec chacun de vous. Il faudra faire votre boulot sans qu'on ait besoin de vous le demander. Vous avez bien compris ? Sans qu'on ait besoin de vous le demander ! Je vérifierai régulièrement avec maman. »

Elle ne voyait pas comment elle pourrait le vérifier quand elle serait en Angleterre, mais, de toute façon, elle n'espérait pas vraiment que ça marche. Il fallait seulement que ce soit dit.

« D'accord, parfait, dit Gary. On peut manger, maintenant ? J'ai des devoirs à faire.

— Corey ? Peter ?

— D'accord, d'accord, d'accord ! Est-ce... qu'on... peut... manger... maintenant ? »

Pas un seul ne lui avait demandé où elle allait. J'en ai par-dessus la tête de vous tous, pensa-t-elle. Vraiment par-dessus la tête.

Elle avertit Patrick le samedi soir, alors qu'il prenait un café au Harper's. Ils allaient toujours au Harper's le samedi soir, comme tous les habitants de Struan âgés de moins de trente ans. Le seul autre endroit où aller était le Ben's Bar, mais, le samedi soir, tous les bûcherons de la région venaient s'y soûler. En été, il y avait la plage, mais en février, par moins vingt-six degrés dehors, respirer arrachait les poumons. Au Harper's, il faisait tellement chaud que les gens étaient en bras de chemise, mais la neige accrochée aux bottes ne voulait pas fondre. Des monceaux de parkas, bonnets et gants étaient accrochés aux patères et entassés au bout des banquettes.

Patrick resta silencieux une ou deux minutes après qu'elle lui eut annoncé la nouvelle. Il examina la carte imprimée sur le set de table posé devant lui comme s'il ne commandait pas tout le temps un cheeseburger et des frites.

Enfin, il leva les yeux et demanda : « Megan, tu veux m'épouser ?

— Patrick, s'il te plaît ! »

Il attrapa une cuillère et remua son café. Il penchait la tête sur le côté, signe que ça n'allait pas. Ce qui était rare. En général, il était plutôt d'humeur égale.

« J'ai toujours dit que je partirais un jour. » Elle se sentait encore plus mal qu'elle ne l'avait pensé. « Toujours.

— Mais pas en Angleterre. Pourquoi l'Angleterre, pour l'amour du ciel ?

— J'ai toujours eu envie de voir ce pays. »

Ce n'était pas vrai : aller là-bas juste parce que son père lui payait le billet d'avion et parce qu'une amie s'y était installée, même elle ne trouvait pas ces arguments suffisants.

Patrick continua à remuer son café. « Combien de temps vas-tu y rester ?

— Je ne sais pas encore. Un bon moment, je pense. J'ai un billet qui me permet de revenir quand je veux.

— Ça dure combien de temps pour toi un bon moment ? Des semaines ? Des mois ? Des années ?

— Je n'en sais rien. »

Il y eut un long silence. Puis Megan reprit :

« Patrick, je ne suis jamais allée nulle part. Je ne suis jamais allée dans une grande ville. Aucune. Jamais. J'ai envie de voir des choses. De faire des choses. Je n'ai jamais rien fait. »

Patrick haussa les épaules. « Moi non plus. Enfin si, je suis allé à l'université de Sudbury.

— Et tu n'as pas envie de faire comme moi ? Tu n'as pas envie de voir des choses ? D'autres endroits ? »

Elle eut peur qu'il ne voie dans ces questions une invitation à l'accompagner.

« Si, bien sûr, un de ces jours, répondit-il, et elle relâcha son souffle, soulagée. Pour l'instant, ce n'est pas ce que je souhaite le plus. » Il se força à sourire. « Ce que je souhaite vraiment, vraiment.

— Bon. »

Il y eut un autre silence.

« L'Angleterre est bougrement loin, Meg.

— Oui, je sais. »

Bien que non dites, certaines choses étaient évidentes, notamment que Patrick l'aimait et qu'elle ne l'aimait pas, du moins pas autant. Megan se sentait coupable, ce qui l'irritait, car elle ne lui avait jamais donné de faux espoirs, n'avait jamais feint d'éprouver des sentiments plus profonds qu'ils n'étaient. Peut-être sommes-nous déphasés, songea-t-elle. Il est plus âgé que moi, il est allé à l'université. Il est prêt à se caser. Moi, je n'ai jamais bougé. Je ne connais rien d'autre que cette vie bien rangée.

« Quand est-ce que tu t'en vas ? demanda Patrick.

— Pas ce jeudi-là, le suivant.

— "Pas ce jeudi-là, le suivant" !

— J'ai réservé mon billet aujourd'hui. Il y avait une place sur un vol économique. »

Nouveau silence.

« Je te conduirai à l'aéroport, dit-il enfin.

— C'est gentil de ta part, mais c'est bien trop loin pour y aller en voiture. Je t'assure. Ce serait stupide. J'irai à Toronto en train et, de là, je m'arrangerai pour aller à l'aéroport. Il doit y avoir des tas d'autocars.

— Je te conduis à l'aéroport. Je prendrai une journée de congé. » Il posa sa cuillère et leva sa tasse.

Et ce fut une affaire réglée. Elle ne pouvait plus reculer.

2

Edward

Struan, janvier 1969

AUJOURD'HUI, J'AI ENTENDU LA VOIX DE MON PÈRE, on aurait dit la réminiscence d'un cauchemar.

Je criais après Peter et Corey – ce qui n'a rien d'inhabituel. Je hausse trop souvent le ton avec eux, je le sais. Quand ils ne sont pas là, je me dis : « Dorénavant, ce sera différent, je vais être un meilleur père. » Et, au bout de dix minutes, je me remets à hurler. En tout cas, c'est la première fois que j'ai reconnu la voix de mon père, sa rage sortait de ma bouche.

Bien sûr, ma colère était justifiée. Leur comportement est intolérable ; ça me fait le même effet que la roulette du dentiste. Ce bruit continu, ces cris et ce boucan perpétuels interdisent toute concentration.

Ce qui s'est passé cet après-midi en est une bonne illustration. J'avais attendu toute la semaine l'occasion de me consacrer aux livres sur Rome que Betty Parry m'avait obtenus à la bibliothèque centrale de Toronto. Elle a appuyé ma demande – en expliquant, je crois, que je faisais des recherches, ce qui est un peu exagéré –, et ils ont doublé la durée du prêt, la faisant passer de trois à six semaines. Sauf que, aujourd'hui, on est samedi, ce qui veut dire qu'une semaine s'est écoulée sans que j'aie pu faire autre chose que les feuilleter rapidement. C'est d'autant plus frustrant que tous trois me semblent très détaillés et fort bien écrits.

Rome est le sujet que j'ai choisi pour cet hiver. Les cinq hivers précédents, j'ai « fait » Paris, Londres, Le Caire, Leningrad et Istanbul. Je m'occupe d'une ville ou d'une civilisation par an. On pourrait qualifier ça de technique de survie, je suppose ; ici, on en a besoin en hiver. Ma vie aussi, d'ailleurs, en a besoin.

Donc, cet après-midi, en guise de cadeau d'anniversaire – aujourd'hui, il y a quarante-sept ans que je suis sur cette terre (inutile de préciser que personne n'y a pensé) –, je me promettais de profiter de l'absence de Peter et Corey, sans nul doute les deux éléments les plus perturbateurs de la famille, pour ignorer la pile de documents que j'ai rapportés de la banque et passer tout l'après-midi à Rome. Si un miracle devait se produire, si un génie jaillissait de l'antique encrier posé sur mon bureau et me proposait de visiter l'une des grandes villes du monde, c'est Rome que je choisirais. J'ai failli le faire un jour, sauf que je me suis retrouvé avec plusieurs éclats de shrapnel dans la jambe.

D'après les photographies, on a l'impression que deux mille ans d'histoire sont perceptibles dans les rues. Une vue du Colisée, par exemple, où l'on voit la circulation qui rugit tout autour. Le Colisée, le vrai, pas sa copie, est donc un îlot cerné par les véhicules. C'est proprement incroyable. Et puis il y a le Panthéon, construit en 27 avant Jésus-Christ par Agrippa, le gendre d'Auguste. Apparemment, son dôme est la voûte en maçonnerie la plus grande jamais construite. Si je ne me suis pas trompé – tous les ouvrages utilisent, semble-t-il, le système métrique, et je dois convertir les mètres en pieds pour avoir une idée des dimensions –, il a à la fois une hauteur et un diamètre de cent quarante-deux pieds. Si vous vous trouvez au milieu (c'est possible, il est presque intact), la lumière vous tombe dessus par une ouverture de trente pieds. Ça doit donner une idée de ce que peut être l'entrée du paradis. Il fallait vraiment être un visionnaire génial pour concevoir un tel monument !

Aucun des livres ne propose de photo du dôme proprement dit, donc j'étais assis à mon bureau, les yeux tournés vers la neige qui tombait dru – nous allons avoir droit à une sacrée tempête – et j'essayais de visualiser ce vaste espace parfait, transpercé, comme il doit l'être souvent, par un grand pilier de lumière solaire, quand les garçons ont annoncé leur retour en claquant la porte d'entrée.

Dit comme ça : « Ils ont claqué la porte », ça ne semble pas bien méchant. Une seule fois, ce n'est peut-être pas bien grave, en effet. Mais si ça se produit à chacune de leurs entrées et sorties, l'effet se démultiplie.

Pourtant, j'ai tâché de les ignorer. C'était mon anniversaire et rien ne devait venir gâter cette journée. J'ai donc tenté de ramener mes pensées à Rome. Sans cesser de se disputer, les garçons sont allés dans la salle de séjour, puis dans la cuisine. J'ai essayé de ne pas les écouter. De grands coups ont continué à résonner pendant une ou deux minutes, puis il y a eu un bref silence suivi par un commentaire de Corey dont j'ai perçu chaque mot malgré la porte fermée de mon bureau : « Y a rien à bouffer ici. Même pas un morceau de pain. » À pas lourds, il est sorti de la cuisine, a traversé la salle de séjour et, sans prendre la peine de monter, il a braillé en bas de l'escalier : « M'man ! Je trouve pas le pain. Y a du pain ? »

À partir de ce moment-là, je ne pouvais plus faire semblant de les ignorer. Je luttais pour contenir la colère que je sentais monter en moi. J'ai vaguement entendu la voix d'Emily qui répondait là-haut – elle est le seul membre de la famille dont la voix ne porte pas – et Corey a hurlé : « Quoi ? J'entends pas ! » Puis Peter, qui, lui, était resté dans la cuisine, a beuglé : « Arrête de gueuler, imbécile ! Tu vas réveiller le bébé ! » Aussitôt, les gémissements du bébé sont parvenus au rez-de-chaussée. Et je suis sorti de mes gonds.

Il y avait longtemps que je n'avais pas été aussi furieux. Je ne sais pas au juste comment l'expliquer. Peut-être parce que, à quarante-sept ans, j'avais un bébé d'une semaine. J'aurai presque soixante-dix ans quand il pourra se débrouiller tout seul dans la vie. J'aurai alors passé, ou plutôt épuisé, la quasi-totalité de ma vie. Si, il y a trente ans, on m'avait dit qu'elle se résumerait à ça, je ne l'aurais pas cru.

Ce nouvel enfant – le neuvième, dont huit ont survécu – n'était pas censé naître. Après la naissance d'Adam, John Christopherson m'a averti qu'Emily ne devait pas en avoir d'autre. Mais elle a insisté et c'est une chose que je ne peux pas lui refuser. Elle le sait et je le sais. Donc, ma fureur est peut-être partie de là. Peut-être.

Quoi qu'il en soit, je me suis levé de mon fauteuil, j'ai traversé mon bureau, ouvert violemment la porte et rugi, beuglé : « Taisez-vous ! Combien de fois faut-il vous le répéter ? »

Et j'ai entendu la voix de mon père. Exactement la même voix. La même rage. Et je nous ai revus nous recroqueviller.

J'étais malade à l'idée que je puisse lui ressembler.

Pourtant, je ne suis pas comme lui. Il n'y a aucune comparaison possible. Il nous battait – tous, y compris ma mère. Je n'ai jamais porté la main sur un membre de ma famille, ni même menacé de le faire. Pas une seule fois en vingt-cinq ans.

Mais il ne faut pas que je recommence à leur aboyer dessus comme ça.

Il n'y a rien à manger dans cette maison. Les garçons ont raison sur ce point. Sans doute Emily a-t-elle demandé à l'épicerie Marshall de nous livrer cet après-midi, bien que je ne voie pas comment ils pourraient y arriver avec cette tempête. Heureusement, je garde un paquet de sablés dans mon bureau. Et j'en ai un autre à la banque. Avec les années, je suis devenu accro à ces petits gâteaux. Un vice qui ne prête pas à conséquence.

La cuisine est dans un état lamentable. Puisque le déjeuner ne semblait pas à l'ordre du jour, je suis allé me chercher quelque chose à manger. Je n'ai jamais vu pareil désordre. Bien sûr, je comprends que l'arrivée d'un bébé occasionne une certaine désorganisation, mais Emily a eu neuf mois pour s'y préparer et Dieu sait qu'elle n'est pas novice en la matière. Et elle se fait aider – je paie une femme qui vient deux fois par semaine. Du moins, je suppose qu'elle vient. Je n'ai aucun moyen de le vérifier puisque je suis à mon travail. Pour l'instant, on ne remarque pas trace de son passage.

Du temps de Megan, la maison n'était jamais dans cet état.

La nuit dernière, je suis tombé sur Tom dans la cuisine. Ces temps-ci, j'ai des problèmes de sommeil. Je m'endors assez facilement, mais, dès trois heures du matin, je me réveille sans pouvoir me rendormir. Soit je reste à broyer du noir sur la vacuité de la vie, soit je me lève, descends me préparer un bol de corn-flakes et broie du noir assis à la table de cuisine. Donc, comme je le disais, la nuit dernière, j'ai trouvé Tom, sans doute dans les mêmes dispositions d'esprit que moi.

Nous ne savions ni l'un ni l'autre quoi dire. Vu de l'extérieur, ça devait avoir quelque chose de comique. Tom s'est levé en disant : « J'allais remonter », ce qui était manifestement faux, et il a emporté ses corn-flakes dans sa chambre.

Depuis, j'hésite à descendre. Lui aussi, probablement.

Tom était – ce n'est plus le cas – une exception dans la famille au sens où, même quand il était petit, on sentait qu'il arriverait à quelque chose. Il est plutôt intelligent, ce qui est loin d'être le cas des autres. Bien que Megan, elle, le soit aussi, à sa manière. Megan n'a jamais été enfant, me semble-t-il. Dès qu'elle a su marcher, elle a aidé sa mère. Quand elle est partie il y a trois ans, ça m'a étonné. Elle a fait preuve d'un esprit d'aventure dont je ne la pensais pas capable.

Mais c'est sur Tom que je fondais de grands espoirs, ce qui rend la situation d'autant plus terrible. Hier, je lui ai demandé carrément quels étaient ses projets, et il a eu l'air déconcerté, a semblé ne pas comprendre la question, puis m'a répondu : « Pour l'instant, je n'en ai pas », comme si c'était là une réponse satisfaisante. Comme si conduire un chasse-neige était un travail digne d'un ingénieur aéronautique. Il gâche sa vie à cause de cette histoire. Je ne nie pas que c'était une tragédie. Mais ça remonte à un an et demi maintenant et il ne fait pas mine de se ressaisir. J'en suis arrivé au stade où sa seule vue suffit à me mettre les nerfs en pelote.

On aurait pu imaginer qu'il aurait voulu s'éloigner le plus possible de l'endroit où le drame s'est déroulé, mais non.

C'est aussi valable pour le révérend Thomas et sa femme. Eux non plus n'ont pas quitté la ville. Samedi dernier, j'ai aperçu le révérend quand je suis allé chercher les livres sur Rome à la bibliothèque. Il a tellement changé que j'ai failli ne pas le reconnaître. Au début, je ne me suis pas rendu compte de sa présence. Il n'y avait personne d'autre ; il neigeait fort et les gens ne se risquaient pas dehors pour se procurer des choses aussi peu essentielles que des livres. Installée dans les deux pièces de la dernière cabane en bois authentique de Struan, notre bibliothèque n'est pas le refuge idéal contre les grands froids. Même en plein été, elle est traversée de courants d'air et manque de clarté. Betty Parry portait manteau, bonnet, gants et après-ski, et répugnait à ôter ses gants, même pour enregistrer le prêt de mes livres. C'est une femme plutôt petite, rondelette et, dans son accoutrement, elle avait plus ou moins la même forme que le poêle ventru installé derrière le comptoir. Le poêle avait beau rugir comme un forcené, il ne réussissait pas à réchauffer la pièce.

« Je me déplace autour de lui, m'a expliqué Betty en parlant du poêle. Il me brûle une jambe, alors je me tourne de l'autre côté, il me brûle l'autre, mais le reste de ma personne est toujours aussi gelé. J'ai pensé à mettre le feu à cette baraque pour qu'on en construise une nouvelle. »

Je lui ai demandé si elle aurait l'obligeance de me prévenir quelques jours avant afin que je vienne sauver des flammes quelques-uns de mes livres préférés. Bien sûr, lesquels voulais-je récupérer ? L'Atlas de *Times*, et les œuvres complètes de l'historien et philosophe Will Durant, ai-je répondu. Elle m'a dit qu'elle me les mettrait de côté. En plus, l'avantage, c'est que tout le monde supposerait qu'ils avaient été détruits dans l'incendie, donc je pourrais les garder.

C'est une femme agréable. Pas très belle, mais agréable. J'aime bien bavarder avec elle. Je pense que je dois être un de ses lecteurs les plus assidus.

J'allais partir quand j'ai aperçu une silhouette voûtée assise à la table, dans l'autre salle. Il m'a fallu une minute pour reconnaître le révérend Thomas. Il paraissait avoir rétréci. Même assis, il flottait dans son grand manteau noir comme s'il n'était plus qu'un squelette. Un journal était posé devant lui, mais il ne l'avait pas ouvert.

Je ne me serais pas attendu à le voir là. S'il voulait sortir de chez lui, pourquoi ne pas aller à l'église ? Il ne pouvait pas y faire plus froid que dans cette bibliothèque. Puis je me suis rappelé qu'il n'était plus pasteur, mais un simple quidam. M. James Thomas. Et surtout pas Jim, un diminutif ne lui conviendrait pas, bien entendu.

Mon premier mouvement a été de faire comme si je ne l'avais pas vu, mais la simple politesse exigeait peut-être que j'aille échanger un mot avec lui. Pourtant, j'ai hésité. Lui parler serait embarrassant ; si on excepte les condoléances que je lui ai présentées lors de l'enterrement de son fils, je ne lui avais pas adressé la parole depuis plusieurs années. L'idée qu'il puisse penser que sa chute me faisait plaisir m'a traversé l'esprit. Alors que ce n'est pas le cas. S'il n'est pas facile de se sentir en totale empathie avec quelqu'un qu'on n'aime pas, personne ne peut se réjouir de ce qui est arrivé à cette famille.

D'ailleurs ce n'est pas que je ne l'aime pas. Il m'était antipathique bien avant que, du haut de sa chaire, il profère des accusations calomnieuses à mon encontre. En vérité, je l'ai détesté dès que nous avons fait connaissance. Il est – ou plutôt il était – pétri de certitudes arrogantes qui me restent en travers de la gorge. Il était – sur ce point aussi, il semble avoir changé – grand, le dos bien droit, « raide » serait un mot assez bien choisi, avec des cheveux très clairs coiffés en arrière, un long nez fin et un air hautain. Presque patricien. Je le soupçonnais de s'être exercé à prendre cet air-là. Il devait s'imaginer qu'il était assis à la droite de Dieu et détenait le monopole de la vérité.

Je me rappelle qu'il est venu à la maison le jour où Henry est mort. C'est Megan qui lui a ouvert la porte. Emily était dans sa chambre et moi dans mon bureau. J'ai entendu Megan monter, sans doute pour informer sa mère de cette visite, mais elle ne voulait voir personne, pas même moi.

Je ne suis pas croyant, le pasteur le sait pertinemment. Quand il est arrivé à Struan il y a une quinzaine d'années et a remarqué que je ne me comptais pas parmi les fidèles, à la différence d'Emily et des enfants, il est passé un soir à la maison et m'a demandé pourquoi je n'allais pas à l'église. Je lui ai répondu assez courtoisement, je crois, dans la mesure où ça ne le regardait pas, que je n'avais aucune foi religieuse. Aussitôt, il a tenté de me convertir, là, dans ma salle de séjour. J'avais passé une dure journée à mon travail et je n'étais pas d'humeur joviale, si bien que la discussion a tourné court. Mais nous sommes tous deux restés polis.

Donc, nous savions que c'était Emily qu'il voulait réconforter. Pour ma part, je n'avais aucun désir de lui parler, ni à lui ni à personne – Henry était mort dans les bras d'Emily moins de deux heures plus tôt –, mais je sentais qu'il fallait que je lui propose d'entrer et lui sentait qu'il devait accepter. Je l'ai invité à s'asseoir et la première chose qu'il a dite a été : « Votre enfant est en paix dans les bras du Seigneur, Edward. »

J'ignore pourquoi ces mots m'ont causé tant de souffrance. Peut-être, d'ailleurs, était-ce moins de la souffrance que de la rage. Henry était un bébé braillard, agité ; je n'avais éprouvé qu'irritation à son égard pendant qu'il était en vie, ce qui, je le savais, était inexcusable envers un enfant aussi malade. À présent, il était trop tard pour me rattraper. À l'étage, ma femme, désespérée, m'avait bien fait comprendre qu'elle ne souhaitait pas ma présence à ses côtés. Et voilà qu'un homme qui savait que je n'étais pas croyant entrait chez moi et me disait que mon enfant était en paix dans les bras du Seigneur.

J'ai eu du mal à sortir un son, je m'en souviens, et, lorsque j'ai réussi à le faire, j'ai craché entre mes dents, avec force :

« Vous rendez-vous compte que vos paroles sont choquantes pour quelqu'un qui ne partage pas votre foi ? »

Je me rappelle le plaisir que j'ai éprouvé en voyant son visage devenir livide, puis rouge brique. Et le silence qui a suivi pendant qu'il cherchait en vain une réponse. À partir de ce moment-là, je l'ai méprisé presque autant que je me méprise moi-même.

Pourquoi ai-je écrit ce qui précède ? Sur mon père d'abord, puis sur l'ex-révérend James Thomas ? Pourquoi revivre des événements anciens, sur lesquels on ne peut revenir ? C'est aujourd'hui mon anniversaire. Je devrais penser à des choses gaies, ou, du moins, intéressantes. Je devrais penser à Rome.

Au Panthéon. Je vais penser au Panthéon. Il vaut la peine qu'on s'y attarde. Auguste l'a dédié aux dieux planétaires – le dôme représente le firmament. L'ouverture du haut s'appelle *oculus* en latin, c'est-à-dire « œil ». Apparemment, il y a des trous dans le sol pour permettre l'évacuation des eaux de pluie. Je ne suis pas sûr que ça marcherait ici. En tout cas, pas avec les chutes de neige que nous avons aujourd'hui. Tout le bâtiment s'emplirait de neige. En soulevant le dôme, on trouverait un igloo.

3

Tom

Struan, janvier 1969

COMME IL AVAIT TOURNÉ LE GROS FAUTEUIL À OREILLES vers la fenêtre, il était dissimulé aux regards ; son père ne l'avait pas remarqué quand il avait sorti la tête de son bureau pour engueuler les garçons. Cette engueulade ne gênait pas Tom – en fait, il l'avait à peine entendue – mais, machinalement, il avait levé les yeux et, au moment où il allait se replonger dans son journal, il avait perçu un mouvement : Adam, son plus jeune frère – non, depuis une semaine, ce n'était plus lui le benjamin de la famille –, se redressait après s'être tapi sur le sol. Il était en train de jouer avec ses voitures Matchbox devant la porte de leur père et il avait dû se recroqueviller, les bras sur la tête, pour se protéger de cette explosion paternelle. Maintenant, il se redressait.

Leurs regards se croisèrent. Il y avait des mois que Tom ne faisait pas attention à ce qui se passait dans la famille ou à l'extérieur, mais il ne put s'empêcher de lire de l'angoisse dans les yeux de son petit frère. Un gamin de cet âge ne devrait pas avoir cette expression, voilà la pensée qui lui vint à l'esprit. Comment le rassurer ? se demanda-t-il vaguement. Peut-être en prenant les choses à la légère, en tournant le coup de colère paternel en plaisanterie.

À voix basse, pour que son père ne l'entende pas, il dit : « À mon avis, il doit être un peu énervé. Qu'est-ce que t'en penses ? »

Adam hocha la tête mais ne parut pas vraiment rassuré. Sans doute était-il trop jeune pour avoir le sens de l'humour.

« Ce n'était pas après toi qu'il en avait, tu sais », ajouta Tom. Leur père n'avait sûrement pas remarqué le bambin par terre, à ses pieds.

Nouveau hochement de tête. Toujours pas rassuré.

Ne voyant rien d'autre à dire, Tom retourna à son journal. Tous les jours, il lisait le *Globe and Mail* de A à Z, des rubriques de politique internationale aux résultats des courses. Chaque mot était fascinant et cette lecture lui prenait presque tout son temps libre. En ce moment, il avait beaucoup de temps libre, plus qu'il n'en aurait voulu, mais le nombre de boulots sans aucun contact humain était limité dans un village comme Struan, or c'était là son critère essentiel. Pour l'instant, il conduisait l'unique chasse-neige municipal et, perché dans la cabine glaciale parcourue de courants d'air, il regardait devant lui à travers le pare-brise givré, aveuglé par la neige tourbillonnante, terrifié à l'idée de faucher quelqu'un. Un jour, il avait poussé la Buick enneigée de Paul Jackson sur près de soixante mètres avant de se rendre compte qu'il ne s'agissait pas d'une congère.

Il travaillait par roulement avec Marcel Bruchon, un fermier qui augmentait ainsi ses revenus pendant les mois d'hiver. Marcel était dehors en train de s'attaquer aux voies principales. La neige jaillissait de la lame de l'engin, telle l'aile d'un oiseau gigantesque, pendant qu'il tâchait de dégager les routes pour que les gens puissent rentrer chez eux après leur journée de boulot. Marcel était du soir et Tom du matin, ce qui lui convenait parfaitement. Il commençait à six heures du matin, dégageait les voies principales – il n'y en avait pas beaucoup, Struan était un petit village –, puis passait aux routes secondaires. Certains jours, la neige tombait si vite qu'il était impossible d'en venir à bout, de sorte que les fermiers et les autres habitants éloignés du centre devaient chausser des raquettes, des skis, ou rester chez eux. Le seul inconvénient de ce boulot était que, s'il n'y avait pas de neige, il n'y avait pas de travail, mais, à partir de novembre, c'était rarement le cas.

En été, trouver un emploi était plus difficile. L'année précédente, Tom avait d'abord travaillé à la station-service, sauf que les gens ne cessaient de lui parler pendant qu'il faisait le plein ou essuyait leurs pare-brise, si bien qu'il avait démissionné. Puis il avait été embauché comme garde forestier. Il passait ses journées perché dans une tour, au sommet du mont Allen, des jumelles scotchées aux yeux, et scrutait la forêt qui s'étendait à perte de vue pour détecter la moindre fumée indiquant un début d'incendie. En théorie, cette activité aurait dû lui convenir encore mieux que la conduite du chasse-neige – il n'y avait pas un chat à des kilomètres à la ronde – mais, en pratique, elle s'était révélée une erreur. Elle n'exigeait aucune réflexion et interdisait la lecture, donc son esprit s'emplissait de pensées tout comme des poumons s'emplissent d'eau, et il avait du mal à respirer. Au moins, avec le chasse-neige, on était obligé de se concentrer sur la route. Donc, il avait quitté la prévention des incendies et trouvé un autre boulot consistant à transporter du bois en camion, ce qui lui convenait beaucoup mieux.

Quelque chose heurta sa chaussure. Tom baissa son journal et vit qu'Adam avait poussé sa flotte de voitures cabossées à travers la pièce et la garait à ses pieds. Le petit garçon dut sentir son regard car il leva les yeux, l'air coupable.

« Y a pas de problème, tu peux jouer ici, dit Tom. Laisse mes pieds tranquilles, c'est tout. »

Adam acquiesça et, avec précaution, contourna les pieds du fauteuil avec ses voitures. Une bouffée d'irritation commençait cependant à nouer le ventre de Tom. Contrairement à son père, il n'avait en général aucun mal à s'abstraire de sa famille. Pourtant, maintenant qu'Adam avait fait irruption dans sa bulle, d'autres perturbations s'engouffraient dans la brèche. Il entendait les pas sonores de Peter et Corey dans leur chambre, à l'étage ; puis il y eut des glissades, suivies par un choc lorsque l'un des deux gamins heurta un mur, et aussitôt les glissades recommencèrent. Dans son bureau, son père se moucha avec colère. Aux pieds du fauteuil, un bruit métallique accompagnait le carambolage qu'Adam mettait en scène. Il avait commis une erreur en parlant à son petit frère.

Il jeta son journal par terre et se leva. Dehors, il faisait déjà sombre alors qu'il n'était que trois heures et demie. Le vent gagnait en force et projetait des rafales de neige tourbillonnante contre les vitres. Les entrailles de Tom s'agitaient dans son ventre. Il ne s'était peut-être pas assez rempli l'estomac. Après son boulot, il avait déjeuné au Harper's, mais ça faisait déjà un moment.

Il s'aventura dans la cuisine, ouvrit le frigo et risqua un œil à l'intérieur. Puis il s'aperçut qu'Adam l'avait suivi et, planté près de son genou gauche, regardait lui aussi dans le frigo. Tom réprima l'envie de le chasser. Il avait vraiment eu tort de lui parler. Il n'avait rien contre ce petit frère en particulier – comparé aux autres, il était sage comme une image –, mais il avait envie qu'on le laisse tranquille. Il aurait voulu être invisible et avait l'impression pénible que son petit frère commençait à le comprendre.

« T'as faim ? » lui demanda-t-il en essayant sans grande conviction de ne pas prendre un ton irrité.

Encore ce regard angoissé. Un hochement de tête.

« Qu'est-ce que maman t'a donné à manger à midi ? » Pour sa part, il ne déjeunait jamais à la maison, avalait un bol de corn-flakes et un toast le matin avant d'aller à la station-service récupérer le chasse-neige, et un sandwich au bœuf chaud avec de la sauce et des frites au Harper's après son boulot, quelle que soit l'heure. Au fond du restaurant, il y avait deux petits box, il y en avait presque toujours un qui était inoccupé. Si ce n'était pas le cas, Tom dépliait son journal sur la table d'un des grands box pour décourager toute compagnie. Il se fixait une règle : ne jamais engager la conversation avec l'une ou l'autre des serveuses. Au début, il passait juste sa commande, et, à présent, il n'avait même plus besoin de le faire car les serveuses savaient ce qu'il prenait. Il disait donc simplement merci. Les sandwichs au bœuf étaient bons, les frites aussi, à tous points de vue, ça valait mieux que manger en famille. Le soir, il se préparait un sandwich au beurre de cacahuète et une tasse de café. Le dimanche, jour de fermeture du Harper's, il se contentait de sandwichs et de café.

« Elle était occupée avec le bébé, a chuchoté Adam.

— Tu peux parler normalement, répliqua Tom avec irritation. Il ne peut pas t'en vouloir. Donc, tu n'as pas déjeuné ?

— J'ai mangé des corn-flakes », répondit Adam, un tout petit peu plus fort. Puis il ajouta : « Mais le lait avait un drôle de goût. »

Tom sortit la bouteille de lait du réfrigérateur, en approcha le nez et alla verser son contenu dans l'évier. Il revint au frigo. À l'intérieur, il y avait un paquet de saindoux, une boîte dans laquelle il restait deux œufs, une carotte ratatinée et une assiette avec un bol retourné dessus, qui se révéla contenir un morceau de viande très suspect. Tom le jeta dans le sac-poubelle, sous l'évier. La viande puait et le sac-poubelle puait encore plus. Il se dépêcha donc de refermer la porte du placard, puis parcourut des yeux la cuisine pour chercher quelque chose à manger. Le plan de travail était encombré : vaisselle sale, casseroles, vieux journaux, verres à moitié pleins, tasses, et même une paire de chaussures. Les seules provisions qu'il repéra étaient les corn-flakes – mais le paquet était vide – et un bocal de beurre de cacahuète si bien raclé qu'il n'en restait plus que l'odeur.

Il n'y avait plus de pain dans la huche, comme Peter l'avait fait remarquer avec si peu de discrétion.

Tom ouvrit le placard installé au-dessus de la paillasse : une boîte de petits pois, deux de haricots blancs à la sauce tomate Heinz, une de lait concentré, une de soupe aux champignons, un paquet de riz de la marque Minute Rice, un paquet de farine, un autre de sucre, ouvert, un flacon de sel avec bouchon verseur, un bocal de condiments, et un bocal de moutarde desséchée. Il vérifia le placard du bas : un paquet de Quaker Oats[1]. C'était tout.

Il rouvrit le placard du haut et sortit les deux boîtes de haricots, puis chercha des yeux l'ouvre-boîte.

« Il est dans l'évier », indiqua Adam en se remettant à chuchoter.

Tom le regarda. « Tu ne t'en es pas servi, hein ? »

Adam secoua la tête, mais eut l'air coupable.

« Bon, il ne faut pas, c'est dangereux.

— D'accord.

— Quel âge as-tu, dis-moi ? demanda brusquement Tom parce que, tout à coup, cette question lui semblait s'imposer.

— Quatre ans et demi. » Adam souleva son pull et se gratta le ventre.

Il ne sentait pas très bon, mais, tout de même un peu moins mauvais que la viande ou les ordures.

Cette baraque devient un vrai foutoir, songea soudain Tom.

Le besoin impérieux de retourner à son *Globe and Mail* se faisait sentir. Il en était presque arrivé au

1. Céréales aux flocons d'avoine. *(N.d.T.)*

carnet de deuil, l'une des meilleures rubriques du journal, avec tous ces gens dont on n'avait jamais entendu parler et qu'on découvrait quand il était trop tard.

Depuis combien de temps leur mère n'était-elle pas descendue préparer un repas ? La dernière fois, ça devait être avant son accouchement. Tom n'était pas sûr de l'avoir même entrevue depuis au moins deux jours, même pas en train d'errer avec le bébé dans les bras. Elle n'allait peut-être pas bien. Ça ne pouvait pas être juste à cause du nouveau-né. Ce n'était certes pas le premier – il y en avait eu huit avant lui – et, à sa connaissance, la maison ne s'était pas écroulée à la naissance des autres.

Sauf que, bien sûr, maintenant qu'il y pensait, Megan était là à la naissance des autres. C'était peut-être elle qui faisait tout marcher. Mais elle était partie depuis trois ans maintenant. Elle avait quitté le nid.

Il s'approcha de l'évier. Adam avait raison : il vit l'ouvre-boîte au milieu d'un tas d'assiettes sales, de casseroles et d'ustensiles de cuisine, le tout éclaboussé de lait tourné.

« Où est passée cette Mme... dont j'ai oublié le nom ? la dame qui aide maman à faire le ménage. Elle est venue cette semaine ?

— Je sais pas. J'crois pas. »

Tom rinça l'ouvre-boîte, ouvrit les deux boîtes de haricots, chercha une casserole propre, s'aperçut qu'il n'y en avait pas, rinça deux cuillères et en donna une ainsi qu'une boîte de haricots à Adam.

« Merci », dit très poliment celui-ci.

Chacun piocha dans sa boîte en restant debout. Tom avait du mal à avaler. Il luttait contre une inquiétude grandissante concernant son petit frère et les placards vides. Quelque chose ne tournait pas rond ; il n'avait pas envie de savoir quoi, et encore moins de régler le problème. Il se força à avaler les derniers haricots, déglutit avec difficulté, jeta la boîte aux ordures, fit un signe de tête à Adam et monta à l'étage.

La chambre de sa mère était fermée. Il hésita un instant, puis frappa doucement à la porte.

« Entrez », dit sa mère.

Il ouvrit avec précaution. Assise dans son lit, sa mère avait hissé le bébé sur son épaule et lui frottait tendrement le dos.

« Donald, dit-elle en souriant. Entre, mon chéri. Comment vas-tu ? »

Tom décida de ne pas lui faire remarquer que Donald se trouvait sur un bateau, au bout du monde, avec Gary, son frère jumeau, tous deux s'étant enrôlés dans la marine deux ans plus tôt. Il n'y avait cependant rien de très inquiétant, sa mère avait toujours confondu les noms de ses enfants.

« Je vais bien, merci. Et toi ?

— Moi aussi. Un peu fatiguée, mais ça va. Hein qu'il n'y a pas plus mignon que ton frère ? »

Lequel ? Il en avait beaucoup, et aucun n'était mignon. « Ouais, il est formidable. Euh… je me posais des questions au sujet des provisions, maman. On dirait qu'il n'y a presque plus rien à la maison.

— Oh ! là, là ! Bon, ne t'inquiète pas, on trouvera toujours quelque chose. »

Il changea de position. « J'ai jeté un coup d'œil, il ne reste pratiquement rien. Et je crois qu'Adam a… faim. Vraiment faim. Il n'a pas déjeuné aujourd'hui. Il n'y a même plus de pain.

— Oh ! fit sa mère d'un ton légèrement inquiet, ce qui donna de l'espoir à Tom. Bon, pour l'instant, est-ce que tu ne pourrais pas lui faire un sandwich ? Je m'en occuperais bien, mais ce petit bonhomme aussi a l'air d'avoir tout le temps faim, jour et nuit. »

L'espoir s'évanouit. Est-ce qu'elle n'écoutait pas ou est-ce qu'elle était devenue folle ? Elle souriait au nourrisson. Tom se souvint fugacement de l'impression que cela faisait d'être destinataire de ce sourire. On se sentait au chaud. En sécurité.

« C'est ça. Je vais lui préparer un sandwich. »

Il redescendit. Maintenant, à la frayeur qui lui remuait les entrailles se mêlaient de la colère et de la frustration. Il avait besoin – et pas seulement envie – de retourner à son journal.

Il traversa la salle de séjour et se tint un instant à la porte du bureau de son père, son père qui devait être assis à sa table, entouré de ses fichus bouquins ; il lèverait les yeux et aurait une expression d'impatience mal dissimulée, comme si son fils l'interrompait pour la dixième fois en dix minutes, alors que ce serait la première fois depuis des années. Jadis, il ne se serait pas senti aussi embarrassé. Jadis, son père lui accordait un statut privilégié, même s'il n'avait jamais vraiment compris pourquoi. Mais c'était bien fini.

Face à la porte, il baissa la tête et pinça les lèvres. Il avait quelque chose d'important à dire et il allait le dire. Il dirait : « Papa, ta femme perd la tête, ton fils âgé de quatre ans a faim et il n'y a rien à manger dans la maison. J'ai pensé que tu aimerais le savoir. » Il n'attendrait pas de réponse. Il tournerait les talons et reprendrait la lecture du carnet de deuil.

De l'autre côté de la porte, un profond silence ne pouvait indiquer que deux choses : soit son père était mort, écroulé sur sa table de travail, soit il savait que Tom était là et il l'attendait.

Tom pivota et retraversa la salle de séjour pour gagner le vestibule où les manteaux s'entassaient sur les patères et où le sol n'était qu'un fouillis invraisemblable de bottes. Il trouva les siennes et les enfila d'un geste rageur. Les jumeaux auraient sans doute pu donner un coup de main s'ils avaient été là – tous deux étaient relativement raisonnables. Quant à Corey ou Peter, l'idée de les voir faire quoi que ce soit était risible. Tom n'allait pas perdre sa salive à leur demander leur aide. Le plus simple était encore de régler le problème lui-même.

Il vérifia qu'il avait dans ses poches assez d'argent pour acheter les provisions les plus urgentes, leva les yeux et vit Adam sur le seuil qui l'observait, les poings fermés sous le menton.

« Ne reste pas devant la porte ! lui lança Tom d'un ton sec. Tu vas attraper froid. Je vais acheter de quoi manger. » Il sortit en claquant la porte derrière lui.

Dehors, l'obscurité aurait pu faire croire qu'il était quatre heures du matin et non de l'après-midi. Juste au moment où Tom déboucha dans la rue principale, Marcel passait bruyamment avec le chasse-neige, mais, même s'il n'avait pas autant neigé, prendre la voiture aurait été hors de question. La neige rejetée par l'engin bloquait toutes les rues perpendiculaires ; s'en occuper constituait la deuxième phase de l'opération et, par un temps pareil, on n'en arrivait jamais à la deuxième phase. Dégager l'allée de la maison à la pelle aurait pris au moins une heure à Tom. La solution du problème consistait donc à marcher dans le sillage du chasse-neige. De temps à autre, le vent lui renvoyait les rugissements étouffés de l'engin.

Le froid mordait cruellement. Tom remonta son écharpe sur son nez, enfonça son bonnet jusqu'aux yeux et baissa la tête pour lutter contre le vent. La neige s'accumulait de nouveau sur la route. Le temps que le chasse-neige arrive au bout du village, il faudrait tout recommencer. On pouvait s'escrimer éternellement à déneiger le même tronçon. Comme Sisyphe, condamné à remonter son fichu rocher au sommet de la pente pour qu'il dégringole aussitôt.

Lorsque le vent se calma un instant, le rugissement du chasse-neige se fit plus fort. En levant les yeux, Tom aperçut les feux arrière qui clignotaient au loin et, tout à coup, il revit Robert à ses côtés. Tous deux titubaient sur cette route balayée par une tempête similaire. Soûls comme des cochons, ils hurlaient de rire. Robert avait volé une bouteille de gnôle à un bûcheron qui avait glissé sur la glace devant le Ben's Bar. En s'étalant, Tom avait quand même réussi à rattraper la bouteille et Robert l'en avait soulagé. Ils devaient avoir quinze ans à l'époque, prenaient une cuite pour la première fois, et c'était merveilleux. Rob avait trouvé un enjoliveur à moitié enfoui dans un talus de neige et il tenait absolument à l'emporter. Il le serrait sur son cœur, lui chantonnait des mots tendres, et Tom avait beuglé : « Ne l'embrasse pas, ne l'embrasse pas ! » Il craignait que les lèvres de son ami ne gèlent, collées au métal, et il se demandait comment ils pourraient expliquer ça au médecin.

Puis le vent tourna, le frappa, et Rob s'évanouit.

À présent, Tom n'était plus très loin du centre – à Struan, les distances n'étaient vraiment pas considérables. Beaucoup de magasins avaient fermé tôt pour permettre aux employés de rentrer chez eux pendant qu'il en était temps. La poste, le drugstore, le restaurant Harper's, tout était fermé. Le Ben's Bar, lui, était encore ouvert, on apercevait une lumière brumeuse derrière ses fenêtres. Comme on était samedi, il devait être bondé de bûcherons, tous plus qu'heureux de passer la nuit là-dedans, tempête ou non.

Au grand soulagement de Tom, l'épicerie Marshall était toujours ouverte. Mieux encore, il n'y avait personne à l'exception de la caissière, derrière le comptoir. Tom redoutait par-dessus tout de tomber sur une connaissance qui essaierait peut-être de lui parler ou le considérerait avec des yeux compatissants.

Le vent s'engouffra à l'intérieur quand il ouvrit la porte et il dut peser de tout son poids pour la refermer.

« Il fait rudement beau, hein ? » lança la fille derrière le comptoir.

Tout en secouant les pieds pour se débarrasser du plus gros de la neige, Tom hocha la tête. Il ôta ses gants, son bonnet, secoua de nouveau les pieds, attrapa un chariot et s'engagea dans l'allée qui se trouvait devant lui sans laisser à la caissière le temps de poursuivre la conversation. Il scruta les rayons, attrapa aussi vite qu'il le pouvait des produits de base et les lâcha dans le chariot : deux miches de pain, une livre de beurre, deux litres de lait, un paquet de corn-flakes, quatre boîtes de haricots blancs à la tomate Heinz. Puis il ralentit, chercha ce qui pourrait être qualifié de repas et finit par choisir quatre boîtes de viande en sauce. Après quoi il aperçut du corned-beef et en prit quatre boîtes. Il jeta un coup d'œil au rayon viande, mais tout avait besoin d'être cuisiné, si bien qu'il se rabattit sur un sachet en plastique contenant une douzaine de hot dogs.

« Si ça continue comme ça, je vais être obligée de coucher chez M. et Mme Marshall », dit la caissière d'un ton morne. Elle était restée derrière le comptoir, mais le magasin était si petit que Tom n'eut aucun mal à l'entendre. « Mon frère va jamais pouvoir venir me chercher. C'est vraiment la barbe parce que c'est censé être mon dernier jour. Et ici, on s'ennuie tellement que j'ai pas vraiment envie de rester une minute de trop. Alors que j'en suis à compter les secondes, voilà que je risque d'être bloquée ici toute la nuit ! »

Elle était obligée de s'adresser à lui faute d'autre client, mais Tom était caché par une pile de papier hygiénique, si bien qu'il décida de l'ignorer. Il s'arrêta devant les fruits au sirop, se demanda combien il devait en acheter, puis, soudain, il se rappela qu'il lui faudrait tout rapporter à pied. Merde ! Merde alors ! Il rebroussa chemin, replaça sur les rayons deux boîtes de haricots, deux de viande en sauce, deux de corned-beef. Il pourrait transporter à peine deux jours de bouffe pour lui et Adam. Tant pis. Les autres n'auraient qu'à se débrouiller tout seuls ou à mourir de faim, ça ne le dérangeait pas.

Puis il pensa à sa mère. Pas plus qu'Adam, elle ne pouvait se débrouiller toute seule en ce moment. Il revint donc encore une fois sur ses pas et attrapa une troisième boîte de tout ce qu'il avait acheté, puis regarda son chariot. Il lui faudrait faire deux voyages, ce qui, par ce temps, était impossible. Il ne pouvait pas revenir le lendemain, qui tombait un dimanche, jour de fermeture du magasin. D'ailleurs, si la tempête persistait, il risquait de rester fermé plusieurs jours.

« Nous avons une luge que vous pouvez emprunter si vous voulez », proposa la fille.

Tom la chercha vainement des yeux. Lisait-elle dans les pensées ? En tout cas, une luge était la solution, aucun doute là-dessus.

« Merci, dit-il.

— Pas de quoi. Regardez-moi un peu cette neige. C'est rageant. Je vais être bloquée ici pendant une éternité. Vous savez pas, il paraît qu'il n'y a pas deux flocons identiques ! Vous y croyez, vous ? »

Tom répondit par un grognement évasif.

« Moi non plus, reprit la fille. D'ailleurs, comment voulez-vous qu'on vérifie? Il doit y en avoir des milliards ! Alors comment voulez-vous vérifier ça ? »

Tom alla récupérer tout ce qu'il venait de replacer dans les rayons, puis examina ses provisions et les compléta. Beurre de cacahuète. Miel. Fromage. Petits gâteaux. Café. Thé. Encore un peu de pain. Voilà.

Il poussa son chariot vers la caisse et empila ses achats sur le comptoir en gardant la tête baissée pour dissuader la caissière de lui adresser la parole. Elle rangea le tout dans des sacs en faisant l'addition à la machine.

« Pas de légumes ? fit-elle remarquer de façon abrupte, le doigt en suspens au-dessus de la calculette. Et ne me parlez pas des haricots. Ça compte pas. »

Tom la regarda en face pour la première fois. Elle était bâtie comme une amazone, grande, blonde, mais ne devait pas avoir plus de seize ans, dix-huit au maximum. Elle mâchonnait du chewing-gum et examinait les provisions en plissant les yeux d'un air critique. Il avait bien envie de lui rétorquer de se mêler de ses affaires, mais c'était une fille, une gamine, en fait, et il avait besoin de la luge.

« J'ai acheté exactement ce qu'il me fallait.

— Si vous voulez, je vous ajoute des carottes et du chou gratis. Ils ne sont plus très frais, et, vu les circonstances, M. Marshall n'y trouvera pas à redire.

— Je n'en ai pas besoin, merci.

— Allons, allons ! Tout le monde a besoin de légumes. Et de fruits. Des pommes, ça vous dit ? Il en reste encore quelques-unes. Elles ne sont pas de première fraîcheur non plus, mais elles se tiennent encore assez bien.

— Non. » Cette fois, il ne s'embarrassa pas de remerciements. Il commençait à avoir du mal à respirer. Il fallait qu'il sorte de là.

« Comme vous voudrez, dit-elle en mâchonnant allégrement. Mais ne venez pas vous plaindre si vous attrapez le scorbut. » Elle rangea le reste dans un dernier sac. « Je reviens dans une seconde. »

Elle disparut dans l'arrière-boutique et revint une minute plus tard en traînant une vieille luge dont l'avant recourbé était cabossé et éraflé par des milliers de trajets dans les rues en pente de Struan.

« Merci, dit Tom d'un ton guindé. Je la rapporterai une fois la tempête passée.

— C'est ça, dit la caissière en se fourrant dans la bouche un deuxième chewing-gum qui alla rejoindre le premier. J'espère que vous arriverez chez vous sans problème. »

En quittant le magasin, son soulagement était si grand qu'il exultait presque, mais ce sentiment s'évanouit bien vite. Le vent soufflait plus fort que jamais. À présent derrière lui, il le poussait, ce qui tombait bien parce qu'il n'aurait sans doute pas eu la force de lutter contre lui. Le froid traversait sa parka, Tom était souvent obligé de changer de main pour qu'elles ne gèlent pas sur la corde de la luge. Il ne risquait pas de se perdre – les talus de neige délimitaient la route – mais trouver la voie secondaire qui menait chez eux exigeait de la concentration. Il était important, non, indispensable, de ne pas la manquer. Le froid lui pompait dangereusement son énergie. C'est parfait, se disait-il. Tu t'en sors très bien. Et tu n'auras pas à recommencer. Plus jamais.

Une préoccupation surgit dans son esprit : comment soustraire ses achats à ses voleurs de frères – en une seule nuit, ils liquideraient tout. Les cacher sous son lit lui parut la solution. Il les montrerait au seul Adam, lui dirait qu'il pouvait se servir, mais qu'il ne fallait pas trahir ce secret.

Puis il se rappela que le petit garçon ne pourrait pas ouvrir les boîtes sans aide. À cette pensée, il s'immobilisa. Merde ! C'était exactement ce qu'il avait redouté, l'enchaînement des choses, la manière dont vous vous retrouvez piégé, dont la routine, installée à grand-peine – boulot, repas, journal, sommeil, le tout dans la solitude, la solitude étant l'élément le plus important –, pouvait être fichue en l'air, de sorte que vous vous retrouviez plongé là-dedans jusqu'au cou, sans prise sur rien, et ça ne finirait jamais, pas de tranquillité, non, ça, il ne pourrait pas le supporter.

Planté là, tête baissée, souffle court, il parlait tout seul. Calme-toi. Surtout calme-toi, respire lentement. Et ne t'arrête pas de marcher. Tout va bien. Adam pourra apporter les boîtes et l'ouvre-boîte à maman. Elle doit bien être capable d'ouvrir une boîte, bon Dieu ! Ou alors tu n'auras qu'à les ouvrir toi-même avant d'aller au boulot. Tu les ouvriras et tu les planqueras sous le lit. Et tu diras à Adam de monter quelque chose à maman chaque fois qu'il aura faim. Il n'oubliera pas, il est futé pour son âge. Tout se passera bien.

Il changea la corde de main et reprit sa marche dans la neige. Ça va aller, pensa-t-il. Tout va bien se passer.

4

Megan

Londres, février 1966

EN Y REPENSANT PLUS TARD, Megan s'aperçut qu'elle avait commis trois erreurs stupides. La première, et la plus grave, ç'avait été de ne pas avoir attendu de recevoir des nouvelles de Cora avant de quitter le pays. Megan lui avait écrit aussitôt après son entretien avec son père, mais il faudrait plus que les quinze jours qui s'étaient écoulés entre sa décision de partir et son départ effectif pour que sa lettre parvienne en Angleterre et il en faudrait encore plus pour recevoir une réponse.

Elle aurait bien téléphoné, sauf que Cora n'avait pas le téléphone. Un jour, elle avait mentionné qu'elle était descendue en pyjama en bas de la rue pour appeler d'une cabine.

Rien ne l'empêchait de retarder son vol de quelques semaines, néanmoins, après avoir annoncé son départ à tout le monde, elle tenait absolument à s'en aller avant que le destin ne vienne contrecarrer ses projets. Depuis des années, Cora l'encourageait à la rejoindre. Sa dernière lettre ne datant que de deux mois, Megan était sûre d'être bien accueillie. Son adresse était la seule chose dont elle avait besoin. Cette précipitation ne lui ressemblait pas du tout.

La deuxième erreur avait été d'acheter une valise aussi énorme. Il aurait mieux valu en acheter deux petites.

La troisième, c'était de ne pas avoir demandé au chauffeur de taxi d'attendre pendant qu'elle sonnait à la porte. Ç'avait été la pire de ses trois erreurs.

Il pleuvait lorsque l'avion atterrit à l'aéroport de Gatwick, mais elle s'y attendait. Tout le monde savait qu'il pleuvait tout le temps en Angleterre. Elle n'avait pas beaucoup dormi pendant le vol de nuit, pourtant elle se sentait en forme. Dans l'aéroport, il y avait des chariots pour les bagages, ce qui était pratique car, malgré son impitoyable sélection, elle pouvait à peine soulever sa valise. Il se révéla qu'un train se rendait directement de l'aéroport au centre de Londres. Megan prit donc un billet. Comme elle bataillait pour hisser sa valise sur le marchepied du wagon, le chef de train l'aida.

« Qu'est-ce que vous avez là-dedans ? demanda-t-il d'un ton réprobateur.

— Tout ce que je possède », répondit gaiement Megan.

Au moment où elle prononçait ces mots, leur vérité la frappa. En effet, elle était libre comme l'air ; rien, hormis sa valise, ne l'encombrait. Elle n'avait aucune responsabilité. Aucun projet arrêté. Pour la première fois de sa vie, elle ignorait ce que lui apporterait le lendemain – jamais encore elle n'avait éprouvé sentiment plus stupéfiant, merveilleux, exaltant.

Elle avisa un siège près de la vitre, s'assit et casa sa valise à côté de ses pieds. Lorsque le train démarra, elle s'appuya à son dossier et regarda défiler le paysage. C'était donc ça l'Angleterre. Le « vieux pays », comme disaient les gens chez elle. Quand elle était petite, tous les matins, au garde-à-vous devant l'Union Jack déployé dans un coin de la classe, les élèves chantaient : *Je prête allégeance à ce drapeau et à mon pays, le Canada.* L'Angleterre, le pays de Shakespeare, Dickens et Henry VIII. L'Empire britannique, coloré en rose sur la carte. Qui avait mené d'innombrables guerres. Quoi d'autre ? Elle fouilla sa mémoire mais ne put rien y repêcher de plus. À l'école, les cours d'histoire l'ennuyaient – mais tout l'ennuyait ; elle aurait voulu être à la maison pour pouvoir aider sa mère à la cuisine.

Bon, tu te rattrapes maintenant, songea-t-elle en essuyant la vitre embuée avec la main. Tu vois le vieux pays en vrai.

La réalité, pourtant, la déçut. Alors qu'elle s'attendait à un beau paysage – douces collines, paisibles vallées –, le peu qu'elle put distinguer était plat, mouillé et d'un gris morne. Elle se disait que ça s'arrangerait après le prochain tournant, mais il n'y avait pas de tournant et rien ne changeait. En fait, si : plus on s'approchait de Londres, plus les choses empiraient : une succession interminable de bâtiments en brique noircis, tous collés les uns aux autres telles des dents pourries, et si près des rails que Megan avait l'impression que, en sortant la main, elle pourrait les toucher. Au début, elle supposa qu'il s'agissait d'entrepôts, puis elle remarqua des rideaux à quelques fenêtres et, derrière une vitre, elle aperçut une femme avec un bébé dans les bras.

Des taudis, ce sont des taudis, songea-t-elle, sous le choc. Elle qui croyait que ce genre de chose n'existait plus dans les pays civilisés. En restait-il encore au Canada ? Peut-être. Peut-être y en avait-il dans toutes les grandes villes, comment le savoir ? Elle n'avait encore jamais vu de grande ville, pas même Toronto. La veille, Patrick l'avait conduite à l'aéroport, mais, comme il était situé au nord de l'agglomération, ils n'avaient pas eu à traverser la ville.

Penser à Patrick lui remémora les adieux. Prendre congé de lui avait été difficile, mais dire au revoir à sa mère et à Adam s'était révélé terrible. Jusqu'au moment où Patrick avait mis sa valise dans le coffre, sa mère n'avait pas cru à son départ. Puis Adam, lui aussi, avait senti qu'elle l'abandonnait et, quand, après l'avoir serré une dernière fois dans ses bras, Megan avait essayé de le rendre à sa mère, il avait hurlé, chose qu'il ne faisait presque jamais, et il s'était tellement cramponné à elle qu'elle avait dû lui desserrer les doigts. Sur le moment, ça l'avait démoralisée et, à présent, il n'en aurait pas fallu beaucoup pour qu'elle se sente de nouveau abattue.

N'y pense plus, se dit-elle. Il doit déjà avoir oublié ces adieux. Il va très bien s'en sortir. Fermement, elle chassa ce souvenir de son esprit.

Au départ de Gatwick, le train était presque vide, mais il s'était arrêté dans une succession de gares sinistres et, le temps d'arriver à Victoria, de nombreux passagers s'étaient entassés dans ce qui ressemblait presque désormais à un wagon à bestiaux. Les gens étaient serrés sur les sièges et ceux qui avaient dû rester debout étaient plaqués les uns contre les autres. Ils oscillaient à chaque mouvement du train et se retenaient aux barres des filets à bagages fixés en hauteur, tels des hamacs. Énorme, sa valise bloquait le passage. Les passagers qui n'avaient pas trouvé de place la contournaient avec une expression sévère, lèvres pincées. Personne ne parlait. Un gros bonhomme en manteau mouillé parvint à se caser près d'elle dans le couloir. Cette proximité lui déplaisait, la crispait. Elle avait envie de demander à ce type de se déplacer.

Bientôt le train ralentit, se traîna, et les gens commencèrent à bouger et à attraper leurs affaires. À l'arrêt, tout le monde se rua vers les portes. Megan se leva, tira sa valise, tenta de la soulever. Derrière elle, un homme lança d'un ton peu aimable : « Laissez-moi faire », puis il passa devant elle, empoigna le bagage et le déposa sur le quai.

Megan descendit et se tourna vers l'homme pour le remercier, mais il était déjà parti, aussitôt englouti dans une masse humaine en mouvement. Jamais elle n'avait vu autant de monde. Elle n'imaginait même pas qu'une foule pareille puisse exister, elle en avait le souffle coupé. Mais plus terrible, bien plus terrible encore, il y avait le bruit, un bruit qu'elle ressentait comme une véritable agression. Il se répercutait dans sa poitrine – des trains entraient en gare et s'arrêtaient en gémissant, d'autres partaient, des portes de wagon claquaient, des sifflets hurlaient, des annonces inintelligibles sortaient des haut-parleurs. Suffoquée, elle restait immobile, obligeant les gens à la contourner. Puis quelqu'un la heurta violemment et lui jeta un regard exaspéré, si bien qu'elle se ressaisit.

Qu'est-ce qui t'arrive ? se demanda-t-elle, son cœur battant précipitamment. Elle traîna sa valise jusqu'à l'un des piliers en acier qui soutenaient le toit et regarda autour d'elle.

La gare était gigantesque. On aurait dit une immense grotte pleine d'écho, sauf qu'elle n'était pas sous terre. À travers une voûte, elle aperçut la lumière du jour et des voitures qui passaient. Elle avait eu l'intention de demander à un porteur comment se rendre chez Cora, mais elle n'en voyait pas un seul. Des flèches indiquaient différentes directions – *underground*, bus –, et des masses de gens s'y dirigeaient ou en venaient. Elle ne savait pas ce que voulait dire « underground ». S'agissait-il d'un sous-sol de la gare ? Derrière les voûtes, elle voyait des dizaines de bus. Comment saurait-elle celui qu'il fallait prendre ? Quand elle lut sur un panneau « taxis », elle soupira de soulagement. Elle se rendrait chez Cora en taxi. C'était là une folle dépense, mais, pour une fois, elle allait se l'autoriser.

Elle traîna sa valise sur toute la longueur de la gare et franchit le haut passage voûté. Beaucoup de gens faisaient la queue, mais ça ne la gênait pas ; elle aurait ainsi le temps de rassembler ses esprits. Plantée à côté de sa valise, elle observait les taxis, gros scarabées noirs avec une couronne sur la tête, qui arrivaient et repartaient à une vitesse effarante.

Quand vint son tour, elle montra au chauffeur l'adresse écrite au dos de la dernière lettre de Cora.

Il acquiesça sans mot dire, attendit qu'elle ait hissé sa valise et se soit installée, puis démarra.

Un instant, Megan ferma les yeux pour savourer ce luxe. Le chauffeur de taxi connaissait le chemin, elle n'avait pas à s'inquiéter. Au bout d'un moment, elle rouvrit les yeux. Les taudis avaient disparu. D'imposants bâtiments flanquaient à présent les rues. C'était davantage le Londres qu'elle avait imaginé. La circulation était stupéfiante : des nuées de taxis, de gros bus rouges, des centaines de voitures se disputaient le même espace. Le chauffeur se faufilait là-dedans, se déportait, écrasait la pédale de frein.

Megan se pencha pour parler à travers la vitre qui la séparait du conducteur. « C'est toujours comme ça ? » s'écria-t-elle.

Il jeta un coup d'œil dans le rétroviseur. Elle vit ses yeux d'un bleu intense sous des sourcils roux broussailleux. « C'est l'heure de pointe, beugla-t-il à son tour avant d'ajouter : Vous venez des États-Unis ?

— Du Canada. »

Il haussa les épaules, perdant tout intérêt, évita un cycliste, baissa sa vitre et hurla des injures.

En jetant un coup d'œil à sa montre, Megan vit qu'il était trois heures du matin, ce qui voulait dire qu'il était huit heures du matin ici. Elle avait déjà entendu parler des heures de pointe mais il ne lui était pas venu à l'idée que les gens pouvaient s'agglutiner ainsi. Struan ne connaissait pas d'heures de pointe. En admettant que les voitures de tous ceux qui habitaient dans un rayon de cent à deux cents kilomètres débarquent en même temps dans la rue principale, on n'aurait pas eu d'embouteillages aussi spectaculaires.

La même chose valait pour les piétons. Il pleuvait toujours et des dizaines de parapluies se hâtaient sur les trottoirs, chacun s'évitant et contournant les flaques. Les femmes n'étaient pas habillées pour le mauvais temps, elle l'avait déjà remarqué dans le train. Leurs manteaux semblaient minces et leurs jupes si courtes qu'on les voyait à peine. Elle aperçut un postérieur conséquent engoncé dans une culotte blanche parcimonieuse qui dépassait de la jupe la plus courte qu'elle ait jamais vue. Le postérieur paraissait gelé. Puis elle vit une fille vêtue d'un imperméable vert en plastique luisant que la pluie ne traversait pas. Futé, se dit Megan. Dès que j'aurai touché ma première paye, je m'en achèterai un.

Le taxi s'engagea sur un pont élégant aux câbles fins tendus d'une pile à l'autre et franchit ce qui devait être la Tamise. Les grands bâtiments imposants étaient remplacés par des immeubles hauts et étroits collés les uns aux autres, semblables à ceux qu'elle avait aperçus du train, mais moins misérables. On ne voyait plus autant de voitures ni de gens. Bientôt, les rues furent plus petites, les constructions plus miteuses, là aussi. Les arbres étaient rares et, de temps en temps, il y avait un petit bout de pelouse. Au moins, il ne neigeait pas. C'était toujours ça.

Elle commença à s'inquiéter du prix de la course, car elle ignorait que la ville était aussi grande et le trajet aussi long. Puis, soudain, comme s'il avait perçu ses craintes, le taxi se rangea sur le côté et s'arrêta.

Elle regarda par la vitre. De minables petites

masures bordaient la rue. Elle se pencha de nouveau pour parler au chauffeur.

« Je ne crois pas que ce soit ici, dit-elle.

— 31, Lansdown Terrace, dit-il dans le rétroviseur. SW2.

— Oui, mais... »

Dans son pays, une terrasse était plus ou moins une véranda[1]. Elle avait trouvé le terme joli, s'était imaginé une maison surplombant un parc.

« C'est bien là, affirma le chauffeur.

— Bon, d'accord. »

Le taxi était équipé d'un compteur sur lequel elle voyait des chiffres sans connaître leur signification. Elle tendit un billet de cinq livres et fut soulagée quand le chauffeur lui rendit de la monnaie. Son père lui avait remis des billets britanniques et avait essayé de lui expliquer la division en livres, shillings et pence. Elle n'avait pas pris le temps de l'écouter avec attention mais, pendant le long vol, elle s'était plongée dans l'étude des différents billets et pièces de monnaie.

Elle ouvrit la portière et, sans ménagements, posa sa valise sur le trottoir. Son poids était ridicule. Bon, aucune importance maintenant, elle était enfin arrivée à destination.

« Merci », dit-elle au chauffeur.

Malgré le froid, il baissa sa vitre et, l'air d'attendre quelque chose, sortit la main et tambourina sur la portière.

1. En Angleterre, *terrace* désigne une rangée de maisons attenantes. *(N.d.T.)*

Megan s'immobilisa. « Est-ce que les gens donnent des pourboires ici ?

— La loi vous y oblige pas, répondit le chauffeur, renfrogné. Mais si vous pouvez vous permettre de prendre un taxi, m'est avis qu'vous pouvez vous permettre de donner un pourboire. »

Megan repêcha quelques pièces dans son porte-monnaie et ouvrit la main.

« Prenez-vous un pourboire raisonnable », dit-elle.

Il avait l'air honnête. De toute façon, elle était trop fatiguée pour se préoccuper de la dépense.

Le chauffeur piocha dans la monnaie. « Je prends dix pour cent, dit-il d'une voix nettement plus aimable. Quinze pour cent, c'est la norme, mais, vu que vous êtes étrangère, ce sera dix pour cent. Vous voulez que j'attende que vous soyez entrée ?

— Oh, non, répondit Megan. Ça va aller, merci. »

Le chauffeur inclina la tête et repartit.

Megan traîna sa valise jusqu'au numéro 31. Il y avait trois sonnettes, ce qui l'étonna, les maisonnettes semblaient trop petites pour être divisées. Elle appuya sur celle du haut et, un sourire aux lèvres, attendit de voir apparaître Cora. Allait-elle la trouver changée ? Il y avait quatre ans qu'elles ne s'étaient pas vues. Elle portait peut-être une jupe minuscule – Megan faillit éclater de rire en y pensant. Toutes deux avaient été les « filles raisonnables » de la classe. La mère de Cora était aveugle, de sorte que la fillette devait s'occuper de certaines tâches à la maison, tout comme Megan. Mais sa tante vivait en Angleterre et, lorsque les Manning s'étaient installés dans ce pays, c'était la tante qui avait pris le relais, et Cora s'était retrouvée enfin libre. La liberté l'avait peut-être changée. Qui sait ? songea-t-elle toujours en souriant. Moi aussi, je vais peut-être changer.

Comme personne ne répondait, elle appuya sur la deuxième sonnette, puis sur la troisième. Rien. Au milieu de la porte un heurtoir avait la forme d'une tête de lion. Megan s'en servit pour frapper d'une main ferme ; la sonnette ne fonctionnait peut-être pas. Toujours aucun signe de mouvement dans la maison. Elle tenta de tourner la poignée, la porte était fermée à clé. Se demandant si Cora n'avait pas pu laisser une clé ou un mot, elle souleva le paillasson détrempé, mais il n'y avait rien.

Megan se retourna et scruta la rue. À peine plus large qu'une allée de garage au Canada, elle était bordée de maisons. Il n'y avait pas beaucoup de voitures. En face, une porte s'ouvrit et une femme noire corpulente sortit sur le trottoir. Elle portait un manteau en laine, des sandales avec des chaussettes tire-bouchonnées, et un sac à provisions. La démarche chaloupée, elle s'éloigna en levant un parapluie dont deux baleines pointaient. Une fois qu'elle eut tourné au coin, la rue fut de nouveau déserte.

Megan appuya sur les trois sonnettes et mania le heurtoir une dernière fois. Un petit pincement d'anxiété lui noua le ventre, mais elle le réprima avec fermeté, s'assit sur sa valise et se mit à réfléchir. Puis elle ôta sa montre et la mit à l'heure locale, neuf heures dix, et se demanda pourquoi elle n'avait pas pensé que Cora pourrait être absente lorsqu'elle arriverait. En fait, puisqu'on était en semaine, tout le monde devait être au travail.

Il pleuvait toujours. Elle n'avait pas emporté de parapluie en se disant qu'il prendrait trop de place et qu'elle en achèterait un une fois sur place. Malgré sa parka et ses après-ski adaptés à la rigueur hivernale canadienne, elle commençait à avoir très froid. Ici, le froid était différent, humide. D'une humidité insidieuse. Elle se sentait mouillée sous ses vêtements. Elle se leva, rabattit sa capuche pour se protéger de la pluie, descendit les marches du 31, monta celles du numéro 29, appuya sur toutes les sonnettes (il y en avait cinq) et frappa à la porte. Aucune réponse. Elle alla au numéro 27, au 33 et au 35. Puis elle traversa pour aller frapper du 26 au 36.

Ensuite, elle s'avança au milieu de la rue et regarda des deux côtés pour chercher un endroit où se réfugier – un café de préférence car elle avait faim. Il n'y avait rien. Aucune voiture ne passait. On aurait dit que toute la rue était déserte.

Revenant sur ses pas, elle se rassit sur sa valise. Elle était transie. Peut-être la fatigue y était-elle pour quelque chose. Le problème, bien sûr, était sa valise, trop lourde pour être trimballée, mais qu'on risquait de voler si elle l'abandonnait sur les marches. Le perron n'était pas assez grand pour la dissimuler. Pourquoi n'avait-elle pas écouté le chauffeur de taxi qui lui proposait d'attendre qu'elle soit rentrée ? Il aurait pu l'emmener dans un lieu public chauffé. Dans cette rue, on ne devait pas voir souvent de taxi.

Arrête de pleurer sur ton sort, se dit-elle. Réfléchis plutôt.

Elle se creusa la tête pour trouver une solution. En vain. Mourir de froid ou risquer de perdre toutes ses affaires, telle était l'alternative. Elle se leva et hissa sa valise jusqu'à la porte d'entrée. Un voleur potentiel penserait peut-être qu'elle venait d'entrer et allait revenir la chercher dans une seconde. Ses objets de valeur se trouvaient dans son sac – passeport, argent, billet de retour que son père, dans un mouvement de générosité inaccoutumée, lui avait acheté. C'était déjà une consolation. Si le pire devait arriver, elle pourrait toujours reprendre l'avion dès le lendemain. À condition toutefois de dénicher un taxi. Elle serra son sac sous son bras et se mit en route.

Il lui fallut un quart d'heure pour trouver ce qu'elle cherchait : une succession de magasins, une rue fréquentée. Coincée entre un coiffeur et une laverie automatique, il y avait une boulangerie-pâtisserie avec des tables et des chaises alignées contre un mur.

Lorsque Megan entra, la chaleur et l'odeur de pain, douce et insistante, l'enveloppèrent – une odeur merveilleuse qui lui donna presque le vertige. Au fond de la boutique, elle vit une table avec une banquette le long du mur. Ça lui rappelait le Harper's ; elle s'y dirigea tout en repoussant sa capuche trempée et en ouvrant sa parka.

La serveuse – il n'y en avait qu'une – s'approcha, un minuscule bloc à la main. Âgée d'une cinquantaine d'années, elle avait des cheveux tout frisottés par une permanente et son rouge à lèvres orange vif avait bavé. Un centimètre au-dessus de l'arcade sourcilière, un trait fin au crayon noir remplaçait des sourcils complètement épilés et lui donnait une expression étonnée.

« Du café ? proposa-t-elle.

— Oui, s'il vous plaît. Et une de ces pâtisseries, là. » Elle montra un plateau posé sur le comptoir.

« Les *Chelsea buns* ? » demanda la serveuse. Avec son grand tablier blanc noué à la taille, elle avait l'air d'un cochon enroulé dans une nappe.

« Je suppose, dit Megan. Ceux qui sont empilés les uns sur les autres.

— Les *Chelsea buns* », confirma la serveuse.

Elle gribouilla sur son bloc minuscule, arracha la page, la posa devant Megan et la coinça avec une salière.

« De quelle partie des États-Unis venez-vous ? s'enquit-elle en haussant ses sourcils dessinés un peu trop haut.

— Je suis canadienne. »

La serveuse plissa le front. « C'est le pays où il y a de la neige ?

— Eh bien... oui, en hiver. »

La serveuse retourna au comptoir. Elle portait des mules rose pâle ornées de pompons.

Deux grosses femmes en manteau de laine et foulard sur la tête occupaient la table voisine. Penchées sur leur café, elles chuchotaient en jetant de temps à autre un regard curieux en direction de Megan. Près de la porte, une jeune femme et un petit garçon étaient assis contre la vitrine et regardaient la pluie tomber.

Megan les imita en se demandant si on avait volé sa valise. Personne ne s'y risquerait, elle était trop lourde. Au lieu de s'appesantir sur le sujet, elle se mit à penser à Cora. Si elle ne rentrait pas avant six heures, il restait huit heures à remplir. Cette idée n'était pas réjouissante, mais, une fois réchauffée, Megan interrogerait la serveuse sur les endroits où elle pourrait passer la journée.

Quand son café arriva, elle ne lui trouva pas un goût de café, mais, au moins, c'était une boisson chaude. Et le *Chelsea bun* était frais, tiède, délicieux, bien meilleur qu'elle ne s'y attendait. En fait de gâteau, c'était plutôt du pain levé. Pour le préparer, on devait étaler la pâte, la parsemer de raisins secs, la saupoudrer de sucre et de cannelle, puis la rouler comme un tapis et découper d'épaisses tranches que l'on disposait l'une contre l'autre dans un moule. Le tout devait prendre moins de dix minutes.

Et si elle en commandait un autre ? Elle sentait la chaleur et le bien-être se diffuser dans tout son corps. Peut-être pourrait-elle passer la journée ici en mangeant un *Chelsea bun* après l'autre. Mais le café était trop petit pour qu'elle accapare une table aussi longtemps. Trois nouvelles clientes venaient d'entrer et s'installaient avec leurs paquets. Un instant, elle ferma les yeux, écouta les murmures échangés à la table voisine et les pas feutrés de la serveuse qui allait et venait dans ses mules roses. Elle voyait le perron du 31, Lansdown Terrace. Le perron était vide. Sans la moindre valise. Arrête ! se dit-elle.

« Encore un peu de café ? » proposa la serveuse.

Elle sursauta et ouvrit les yeux. « Euh… oui, merci. Je me demandais… connaissez-vous un endroit où je pourrais passer… la journée ? Un lieu chauffé et… disons… public ?

— Public ? » Les sourcils de la serveuse remontèrent presque jusqu'à la racine de ses cheveux.

« Oui. J'ai… Je me retrouve à la porte de chez moi, j'ai oublié la clé à l'intérieur. Je dois attendre que quelqu'un m'ouvre en rentrant du travail. Alors je me demandais s'il y avait un endroit par ici où on accepterait que je reste jusqu'à ce soir. »

La serveuse réfléchit en pinçant les lèvres.

« Il y a la bibliothèque, suggéra l'une des femmes installées à la table voisine en se penchant dans l'allée. C'est là où vont les clochards quand il fait ce temps-là.

— Pas seulement les clochards, ajouta sa compagne. Les gens qui aiment lire y vont aussi. » Elle adressa un sourire radieux à Megan. « Vous pourriez faire semblant de lire, on vous permettrait de rester là sans problème.

— C'est juste au coin de la rue, reprit la première. En sortant, vous tournez à gauche, puis de nouveau à gauche, et vous y êtes. »

La bibliothèque avait un plafond voûté, des vitres teintées et un sol recouvert de tomettes, carreaux minuscules qu'elle n'avait encore jamais vus. Mieux encore, sous l'une des fenêtres étaient installés deux fauteuils capitonnés à l'air confortable, séparés par une petite table.

Une employée était assise à un bureau près de la porte. Lorsque Megan entra, elle leva les yeux, puis se remit à tamponner des livres. Megan regarda autour d'elle. À gauche, il y avait la section fiction. Elle en arpenta les allées en cherchant quelque chose qui lui ferait passer le temps. La lecture n'avait jamais été son fort. C'était Tom qui était toujours plongé dans des bouquins.

Et puis, soudain, juste à la hauteur de ses yeux, comme si le destin avait surpris ses pensées, elle vit *L'Attrape-Cœurs*. À l'époque où ils étaient tous deux au lycée, Tom lui en parlait avec enthousiasme, lui disait que si elle ne devait lire qu'un seul livre dans sa vie, c'était celui-là. Elle se rappela lui avoir rétorqué : « Parfait, tu prépares le repas, tu fais la vaisselle, comme ça j'aurai le temps de m'asseoir pour lire ! »

Voilà, elle allait le lire maintenant. Ça l'aiderait à passer le temps et, dans un ou deux jours, elle écrirait à Tom pour lui dire à quel point elle avait apprécié ce livre, ce qui prouverait incontestablement que seul le manque de temps l'avait empêchée de se mettre à la lecture jusque-là.

Elle s'assit dans l'un des deux fauteuils accueillants et commença à lire. Le héros, Holden Caulfield, ne lui plaisait pas beaucoup. Il ne cessait de traiter tout le monde de *phonies* – d'êtres sans authenticité. C'était vraiment une obsession. Un peu comme Gary, l'un des jumeaux. Gary lui aussi leur rebattait les oreilles de ses idées fixes. Elle était exaspérée par l'un comme par l'autre.

Mais peut-être se montrait-elle injuste envers Holden Caulfield car, en fait, elle avait seulement du mal à se concentrer. Malgré ses efforts, l'image de sa valise – ou plutôt du perron du 31 sans sa valise – ne cessait de lui traverser l'esprit. Elle referma le livre et le posa sur la petite table.

Ce ne sont que des vêtements, se dit-elle en

examinant le motif des tomettes. Mais la valise contenait aussi les photos de sa famille.

Au bout d'un moment, la bibliothécaire s'approcha d'elle. Megan imaginait déjà qu'elle allait la chasser, mais elle se contenta de lui demander si elle avait besoin d'aide.

« La porte de la maison est fermée et je n'ai pas les clés. Ça ne vous ennuie pas que je reste ici ? »

La bibliothécaire la regarda de la tête aux pieds, puis répondit qu'elle ne voyait pas pourquoi ça l'ennuierait et retourna à son bureau. Megan resta dans son fauteuil.

À une heure, bravant la pluie, elle se dirigea vers la boulangerie, commanda une tasse de thé et une sorte de gros sandwich jambon-salade qu'elle mangea sans le savourer, puis elle retourna s'asseoir dans le fauteuil confortable de la bibliothèque où, étourdie d'épuisement, elle tenta de repousser la frayeur qui semblait s'être emparée d'elle. Tu es fatiguée, c'est tout, se dit-elle, mais la frayeur ne céda pas un pouce de terrain. Elle avait dû s'endormir, là, assise bien droite, car elle eut l'impression d'être en pleine conversation avant de se rendre compte que la bibliothécaire se penchait au-dessus d'elle et lui disait gentiment qu'il était cinq heures et demie et que la bibliothèque fermait.

Dehors, la pluie tombait à verse et il faisait aussi noir qu'en pleine nuit, mais, de loin, elle aperçut de la lumière au 31, Lansdown Terrace. Un sentiment de soulagement la submergea. Le perron était vide, mais ça voulait sûrement dire que quelqu'un avait rentré sa valise. Cora, peut-être ? Elle était sans doute revenue avant les autres et, en voyant l'étiquette sur la valise, elle avait ri et compris que c'était celle de Megan. À présent, elle devait être dans la cuisine en train de préparer un repas pour elles deux.

En s'approchant, elle entendit de la musique qui s'échappait de la maison à plein volume. Ce fut sans doute ce qui ranima sa peur. Megan monta les marches et s'immobilisa un moment, le cœur cognant aussi fort qu'au début de la journée. Puis elle frappa. Au bout d'une minute, elle entendit des pas, le déclic d'une serrure, et une jeune fille au rouge à lèvres blanc et aux immenses cils charbonneux ouvrit la porte. Elle fumait une minuscule cigarette et portait une jupe encore plus minuscule. Après avoir ôté la cigarette de sa bouche, elle lâcha : « Oui ?

— Est-ce que Cora est là ? » demanda Megan en forçant la voix à cause de la musique.

Elle n'avait aucun moyen de deviner ce que la fille allait répondre, et pourtant, elle le savait.

« Qui ?

— Cora Manning, répondit Megan sans le moindre espoir. Elle habite ici. » Soudain, elle se sentit tellement fatiguée qu'elle craignit de s'écrouler.

« Vous venez des États-Unis ? » s'enquit la fille avec curiosité.

Quelque part, dans la maison, quelqu'un beugla : « Elle a déménagé. »

Megan essaya de voir par-dessus l'épaule de la fille et cria : « Vous savez où elle est allée ? »

Une autre fille apparut. Grande et maigre, elle ressemblait à un insecte avec ses énormes lunettes, mais elle avait l'air gentille, moins crétine que la première.

« Elle est partie il y a une quinzaine de jours. »

L'autre fille s'appuya au mur derrière la porte. Près d'elle, deux vélos servaient de portemanteaux. « Vous êtes une de ses amies ? »

La musique martelait. Le chanteur réclamait une satisfaction quelconque qu'il n'obtenait apparemment pas.

« Oui. Elle m'a invitée à venir. Du Canada. Vous n'avez pas vu une valise ?

— Quoi ? Vous voulez dire que vous arrivez du Canada ? À l'instant ? »

La première fille s'éloigna en tortillant sa minuscule jupe au rythme de la musique.

« Je suis arrivée ce matin. » Megan se sentit nauséeuse. On n'avait sûrement pas volé sa valise. Personne n'aurait osé. « J'ai laissé ma valise ici. Juste devant la porte.

— On a dû vous la piquer. Entrez, on va demander aux autres. »

Ces autres se révélèrent étonnamment nombreux, au moins six ou sept. Ils s'entassaient dans une pièce au désordre indescriptible, serrés sur un canapé défoncé ou vautrés sur des coussins par terre, et regardaient la télévision à travers un voile de fumée. Il était impossible d'entendre ce que disaient les personnages sur l'écran, mais ça ne semblait gêner personne. Tout le monde avait l'air à moitié endormi.

« Quelqu'un a vu une valise ? » brailla la fille aux lunettes.

Plusieurs têtes se tournèrent dans leur direction.

« Marron foncé, ajouta Megan d'un ton pitoyable. Très grande. Quelqu'un l'a aperçue ?

— Hé ! s'écria un garçon en la fixant avec un vague intérêt. Comment se passe la guerre ?

— Quelle guerre ? » demanda Megan.

Il se mit à rire. « Elle est bien bonne, celle-là ! "Quelle guerre ?" La petite guerre que vous faites au Vietnam, vous autres.

— Oh ! Je ne sais pas. Je ne suis pas américaine.

— Alors, qu'est-ce que t'es ? rétorqua-t-il d'un ton ennuyé.

— Laisse-la tranquille, Zack, fit la fille aux lunettes. Elle vient d'arriver et elle a perdu sa valise.

— Je me demandais si quelqu'un ne l'avait pas mise à l'intérieur. Je l'avais laissée en haut des marches. » Elle ne se rappelait pas avoir jamais autant frisé le désespoir.

Tous les yeux étaient braqués sur le téléviseur qui diffusait un dessin animé avec un chien à la tête enrubannée. La musique martelait toujours.

« Alors peut-être que quelqu'un sait où est Cora Manning ? demanda Megan sans le moindre espoir.

— En France, dit quelqu'un. Elle s'est disputée avec Seb, pas vrai, Seb ? Alors elle est partie. Comme jeune fille au pair ou je ne sais quoi. »

La fille aux lunettes haussa légèrement les épaules et adressa à Megan un sourire compatissant. « Désolée. »

Megan ne savait pas si les coups qui résonnaient dans sa poitrine venaient de la musique ou de son cœur. « Est-ce que vous connaîtriez un hôtel bon marché ? Pas trop loin ? Où je pourrais aller à pied ?

— Tu peux rester ici si tu veux, proposa gaiement la fille. Les matelas ne manquent pas.

— Ce serait... Ce serait... merveilleux. Merci. Mais juste pour cette nuit... Demain matin, je trouverai quelque chose.

— Ça ne presse pas, dit la fille en l'entraînant dans le couloir. Tu peux rester tant que tu veux. »

Quatre matelas étaient posés à même le sol dans une grande pièce froide, éclairée par une ampoule nue qui pendait au plafond, et dont les vitres étaient masquées par du papier journal. Sur celui qu'on lui prêtait, il y avait un oreiller taché dépourvu de taie et une couverture rêche. Pas de draps. Megan ôta son manteau, ses bottes et sa jupe, s'allongea et tira sur elle la couverture et son manteau. Elle avait froid et sa bouillotte était dans la valise. De plus, elle se sentait si épuisée qu'elle n'espérait même pas pouvoir dormir, mais tous ces désagréments n'étaient rien comparés à la peine qu'elle éprouvait. Pleurer l'aurait soulagée mais elle n'avait pas pleuré depuis l'enfance, elle ne se rappelait plus comment on faisait.

La musique continuait à cogner et à gémir. De temps à autre, un éclat de rire ou une dispute fusait dans une autre partie de la maison. Au bout d'un long moment durant lequel Megan resta allongée sur le dos sans bouger, à scruter l'obscurité, la porte s'ouvrit et deux personnes entrèrent en riant. Elles allumèrent la lumière et l'une dit : « Oh ! » et l'éteignit. Megan les entendit se coucher sur un matelas et commencer à faire l'amour – aucun doute n'était permis.

Pour une raison ou une autre, ce fut ce qui ouvrit les vannes. Megan pleurait sans bruit, les larmes coulaient le long de son cou avant de retomber sur l'oreiller. La dernière fois qu'elle avait pleuré remontait à l'enfance. D'ailleurs, peut-être n'avait-elle jamais pleuré autant. Elle pleurait ses photos. Le reste ne comptait pas, mais elle ne voyait pas comment elle pourrait se passer des photos. Elle en avait besoin, c'était la seule chose qui lui venait de sa famille, qui lui rappelait qui elle était.

Elle savait que c'était ridicule, que des photos n'étaient que des bouts de papier, pourtant, les larmes coulaient. Plus elles jaillissaient, et plus elle les trouvait justifiées. Elle pleurait pour son père, énigmatique derrière sa porte fermée, pour sa mère qui, autrefois, avait représenté pour elle le centre du monde, comblant le moindre de ses besoins. Elle pleurait pour Patrick qui l'aimait plus qu'elle ne l'aimait, et pour Adam, dont elle sentait encore le petit corps dodu dans ses bras. Elle pleurait parce que tout était allé de travers, que c'était sa faute, et qu'elle se retrouvait seule dans ce fichu pays détrempé où elle ne connaissait personne. Elle pleurait parce qu'elle n'avait pas de sous-vêtements propres à mettre le lendemain et parce que les gens, ici, étaient étranges, portaient des vêtements ridicules, la croyaient américaine et l'accusaient de faire la guerre au Vietnam. Elle pleurait parce que, à moins de trois mètres d'elle, deux personnes faisaient l'amour et qu'elle ne pouvait imaginer qu'on puisse faire ça en sachant qu'on n'était pas seuls. Et enfin, elle pleurait parce qu'elle voulait retourner dans son pays, au Canada, et savait qu'il n'en était pas question.

Comme un enfant, elle pleurait pour s'endormir et, le lendemain matin, quand, à en juger par le silence, elle estima que les autres étaient partis ou avaient l'intention de dormir toute la journée, elle se leva, se lava le visage, sortit manger un *Chelsea bun* pour son petit déjeuner ; elle acheta une brosse à dents, des sous-vêtements, et commença à chercher du travail.

5

Edward

Struan, janvier 1969

IL SEMBLE QUE J'AIE LIBÉRÉ UN FANTÔME. Depuis que mon père a pris possession de moi il y a une semaine, je ne parviens pas à me débarrasser de lui. Je revois tout le temps des scènes où il se montre invariablement furieux. La nuit dernière, certain qu'il se penchait au-dessus de mon lit, je me suis réveillé avant les premières lueurs du jour. J'ai allumé la lampe de chevet et, bien sûr, il n'y avait personne, mais, comme je ne pouvais pas espérer me rendormir, je me suis levé, je suis descendu dans la cuisine (après avoir vérifié qu'il n'y avait pas de lumière sous la porte, donc que Tom ne s'y trouvait pas) et je me suis assis, incapable de lire ou même de réfléchir pendant que les aiguilles de la pendule avançaient au ralenti. J'avais constamment le visage de mon père devant les yeux. Il avait au milieu du front une veine verticale qui gonflait et devenait violacée quand il était en colère. Petit, ça me terrifiait ; je pensais qu'elle risquait d'éclater. Cette vision ne m'a pas quitté la nuit dernière : le visage de mon père, cette veine gorgée de sang.

Au bout d'une heure environ, le froid m'avait poussé à retourner au lit, mais il n'était plus question de dormir. Et aujourd'hui, à la banque, chaque fois qu'il y avait une légère baisse d'activité, les traits de mon père revenaient me hanter.

Ce soir, dans l'espoir de remplacer son image par celle de ma mère, j'ai sorti ses journaux intimes – ceux qui ont survécu à l'incendie. Ils remplissent deux classeurs que je range dans le placard de mon bureau. Quand elle est morte, j'ai lu ce qu'elle avait écrit pendant son enfance, mais je n'ai jamais pu me résoudre à parcourir la suite, par peur sans doute de ce que je pourrais y découvrir.

Au sens strict du terme, seuls les carnets qui datent de son enfance, tenus au jour le jour, peuvent être qualifiés de journaux intimes. Le peu qu'il reste de ce qu'elle a noté durant sa vie d'adulte suffit tout juste à remplir une mince chemise marron et semble consister en pensées et craintes gribouillées au cours des ans sur des bouts de papier liés par une grossière ficelle brune. À certains moments, le papier devait être une denrée rare car plusieurs pages ont été arrachées à des journaux – notamment le *Daily Nugget* ou le *Temiskaming Speaker* –, et les pattes de mouche griffonnées dans les marges sont si hâtives, si contraintes qu'on y perçoit du désespoir. Parfois, elle a même écrit par-dessus d'autres notes, si bien que le tout est devenu illisible. Je ne vois qu'une explication : elle devait œuvrer dans le noir.

Une image me trouble : ma mère, en chemise de nuit, se glisse dans la cuisine en pleine nuit, attrape un journal dans l'obscurité, l'étale sur la table, en tâte le bord, tient son stylo au-dessus, à l'aveugle, et se met à gribouiller un déluge de mots.

Inutile de m'attarder sur cette scène. Mieux vaut m'en tenir aux écrits de jeunesse ; ils sont tout sauf sinistres.

Elle a commencé à écrire le jour de ses six ans, ce qui, pur hasard, était aussi le jour où sa famille est remontée vers le nord. Pour son anniversaire, sa mère lui avait offert un carnet à couverture rigide en lui suggérant de décrire leur périple. Je le sais parce que, de son écriture enfantine soignée, ma mère le raconte dans les premières pages. Il n'y a presque pas de fautes d'orthographe, ce qui m'amène à penser qu'on l'a aidée.

Le 5 juin 1901

Je m'appelle Elizabeth Anne Marie Stewart. Mon nom est aussi long que ça. J'ai six ans et ce carnet est mon cadeau d'anniversaire, avec deux stylos. Maman dit que je peux raconter le voyage. Je serai la chroniqueuse, dit maman. Mais je peux écrire ce que je veux. Nous allons dans le Nouvel-Ontario parce que c'est très beau là-bas. On aura une ferme plus grande et oncle Alf et tante Janet aussi en auront une à côté de la nôtre. Nos deux familles y vont mais pas nos autres parents. En tout, ça fait deux papas, deux mamans, onze enfants, Tipper, notre chien, quatre chevaux, Hercule, le bœuf de grand-père, parce que grand-père n'en a plus besoin, six vaches et douze poulets. Les poulets seront dans une caisse, mais ils pourront respirer. Il faut que je m'arrête maintenant. Au revoir.

Elizabeth Anne Marie Stewart

Elle m'avait un peu parlé de ce voyage. Je me rappelle très bien à quelle occasion, parce que c'était le jour de mes six ans et qu'elle venait de m'offrir un cahier qui me servirait de journal intime. Sans doute espérait-elle me voir y puiser du plaisir dans les bons moments et de la consolation dans les mauvais, mais, à l'époque, je n'aurais pas été capable de traduire en mots ce que m'évoquait la situation familiale, si bien que le cahier est resté vierge. On pourrait dire que je me rattrape à présent, même si je n'en avais pas l'intention en commençant à écrire. J'espérais seulement que la contrainte qui consiste à coucher des mots sur le papier m'aiderait à voir clair en moi. J'utilise un ancien grand livre de comptes de la banque. D'une certaine façon, un registre de comptabilité me semble approprié. C'est une façon de mettre en regard « crédit » et « débit ».

Mais revenons à mon anniversaire. Par chance, mes frères et sœurs – j'étais le troisième de cinq enfants à ce moment-là – dormaient ou se trouvaient ailleurs et j'étais seul avec ma mère, chose peu courante. Ma mère reprisait des chaussettes. Je me rappelle que j'observais ses gestes vifs et précis pendant que nous bavardions. De temps à autre, elle se levait pour vérifier la cuisson d'un plat et, chaque fois, avant de se rasseoir, elle appuyait ses deux mains au creux de ses reins. Je lui ai demandé si elle avait mal au dos, je m'en souviens, et elle m'a répondu en souriant : « C'est juste à cause de ce bébé » et, le lendemain matin, j'avais une nouvelle petite sœur.

Bref, ce jour-là, nous n'étions que tous les deux,

et elle m'a parlé de son sixième anniversaire. J'avais essayé de l'imaginer à mon âge sans y parvenir.

Leurs journées n'étaient pas spécialement rudes, pas plus que celles des autres pionniers. Ils se déplaçaient du sud au nord de l'Ontario, une distance d'environ six cents kilomètres pouvant être couverte en quelques jours. Mais, à l'époque, déménager tout ce que l'on possédait n'était pas une mince affaire, surtout si on emmenait du bétail. Les moyens de transport, lorsqu'ils existaient, étaient rudimentaires. D'après ce qu'a écrit ma mère, au cours de leur voyage, ils avaient pris trois trains, un bateau à vapeur, et effectué plusieurs longs trajets en charrette tirée par un cheval (ou un bœuf) sur de simples pistes en terre. Le journal intime est pauvre en détails concrets – noms de lieux, etc. –, et j'aurais aimé avoir davantage de descriptions des événements et des paysages traversés, mais il donne tout de même une bonne idée de ce périple. Ma mère semble s'être surtout intéressée aux animaux. Le 6 juin 1901, par exemple, soit le deuxième jour du voyage, elle a écrit, à l'évidence entre deux trains :

> *Les trains font beaucoup de bruit et de vapeur et parfois ils crachent de la suie et des étincelles. Les vaches ne les aiment pas. Hercule les déteste. Papa, oncle Alf, le conducteur et le chauffeur de locomotive ont été obligés deux fois de faire monter puis descendre toutes les bêtes et Hercule a foncé sur le conducteur. Le conducteur était très en colère et l'a frappé avec un bâton. Je trouve ça méchant. C'était juste que Hercule avait peur.*

Ses descriptions des lieux où ils ont dormi en cours de route manquent elles aussi d'éléments objectifs – pas un seul nom de lieu, là encore – et consistent surtout en impressions. La première nuit, la présence de punaises constitua le seul fait mémorable ; rien d'autre n'est mentionné. Pendant la deuxième, passée dans une grange au toit percé, l'orage le plus terrifiant depuis l'aube de l'humanité fit rage, à en croire ma mère. La troisième nuit, ils dormirent par terre dans une gare.

> *Personne n'a pu dormir à cause des moustiques et aussi parce que Tipper n'a pas arrêté d'aboyer. Il était dehors avec les vaches. Papa a dit que le chien croyait voir des ours et Charlie a dit que c'était peut-être pas son imagination, il y avait peut-être bien un grizzly, alors papa a dit bon on a des fusils, et oncle Alf a dit qu'il fallait donner les fusils au grizzly et s'enfuir à toutes jambes. Papa a ri. Moi j'ai entendu les vaches les chevaux et Hercule bouger. Je crois qu'ils avaient peur. Mais ce matin ils étaient tous là, je les ai comptés. Les moustiques sont très gros il y en a des millions. Charlie a frappé dans ses mains et il en a tué onze d'un coup. Quand on doit aller faire ses besoins derrière un buisson ils se jettent sur tout ce qui est nu alors maman est restée derrière moi pour les chasser et j'ai fait la même chose pour elle pour Lily et pour Susan. Je déteste vraiment, vraiment les moustiques.*

Le dernier train qu'ils ont pris transportait du bois et arrivait à la pointe sud du lac Témiscamingue. À l'époque, c'était le terminus de la ligne de chemin de fer aussi bien que la fin de la route. En hiver, quand le lac était gelé, la glace la prolongeait, mais en été on ne pouvait poursuivre vers le nord qu'en bateau, alors les deux familles et les bêtes, qui en avaient déjà vu de dures, sont descendues du train et ont embarqué avec leur chargement sur un vapeur pour gagner la rive nord du lac.

Ce jour-là, ma mère a agrémenté son récit d'un dessin d'elle et de sa famille sur le bateau. Si la valeur artistique du trait laisse à désirer, ma mère s'était visiblement donné du mal pour n'oublier personne ni aucun animal. Ils sont tous là : quatre adultes, onze enfants, un chien, six vaches, quatre chevaux, un bœuf et une grande caisse contenant vraisemblablement les poulets. À l'exception de ces derniers, tous se tiennent à la rambarde et contemplent le lac. En réalité, je suis sûr que les animaux devaient se trouver dans la cale, mais, dans l'esprit de ma mère, tout ce petit monde faisait bloc. Une sorte d'arche de Noé.

Ce premier journal dans lequel ma mère raconte le voyage de la famille et presque un an de vie dans le Nord est l'un des quatre recueils de jeunesse qui ont survécu sans dommage aux flammes, pour la bonne raison que ma mère les avait cachés sous le parquet de la cuisine. Je les ai retrouvés une quinzaine de jours après l'incendie en fouillant dans les décombres calcinés de la maison pour voir s'il ne restait pas quelque objet de valeur. Les lames, presque entièrement consumées, portaient sur une rangée de solives reposant à leur tour sur des pierres et de la terre tassée, et l'espace entre les solives était juste assez grand pour contenir les précieux paquets de ma mère. Il devait y en avoir beaucoup – quatre piles et, à en juger par les restes carbonisés, chaque pile devait atteindre vingt à vingt-cinq centimètres. Le feu n'a épargné que les deux ou trois centimètres du bas, et encore leurs bords étaient-ils sérieusement roussis. Pour ma mère, ces carnets étaient sans doute inestimables car elle les avait enveloppés dans plusieurs couches de papier journal, puis dans un morceau de toile d'emballage. Quand je les ai exhumés des décombres, mes mains étaient grises de cendre. Elles m'ont fait l'effet de mains de cadavre, je m'en souviens.

J'ai sorti les journaux intimes dans l'espoir d'exorciser le fantôme de mon père, mais, en réalité, c'est le contraire qui s'est produit. Ils m'ont rappelé comment avait pris fin ce bref et parfait interlude avec ma mère : mon père était arrivé plus tôt qu'on ne l'attendait, le visage violacé, puant l'alcool, ayant sans aucun doute été viré de son travail, une fois de plus, ou alors il avait lui-même claqué la porte. Lorsqu'il nous a aperçus tous les deux, il s'est mis à injurier ma mère, à la traiter de pute, de traînée, de sale garce, de feignasse, le tout devant moi. Dès qu'il a été reparti et qu'elle n'a plus craint de prendre la parole, ma mère m'a dit tranquillement en baissant les yeux sur ses genoux : « Ne crois surtout pas qu'il pense toutes ces choses, Edward. C'est l'alcool qui parle à sa place. »

Ce n'était pas vrai. Je le savais déjà à l'époque. Elle essayait de me cacher la vérité pour me protéger. Ce n'était pas l'alcool qui parlait à la place de mon père, mais sa vraie nature qui s'exprimait. L'alcool ne faisait que lui délier la langue.

Bref, j'ai rangé les journaux dans leurs classeurs. Depuis, j'essaie de nouveau de me concentrer sur Rome mais avec un succès mitigé.

La nuit a été meilleure. Pourtant le quotidien se rappelle à moi de façon très agaçante. Ce matin, je n'avais pas de chemise propre. Quand j'en ai parlé à Emily, elle a eu l'air sidérée, puis elle m'a dit qu'elle allait faire une lessive. Parfait, sauf que j'ai dû porter une chemise sale pour aller travailler.

Et, ces derniers temps, il lui arrive d'oublier des choses autrement plus graves. La semaine dernière, nous n'avions plus rien à manger. Incroyable mais vrai. Nous habitons à deux pas du centre. Non seulement l'épicerie n'est pas loin, mais elle livre à domicile ; tout ce qu'il faut faire, c'est décrocher le téléphone.

Je ne m'étais pas rendu compte que nous allions être à court de provisions. Ce n'est pas mon boulot de m'occuper de la maison. En outre, depuis plusieurs années – en fait, depuis le départ de Megan –, je mange sur mon lieu de travail. Le Harper's se trouve à peine à cent mètres de la banque et Susan Harper est bien meilleure cuisinière qu'Emily, donc je passe prendre un café et un muffin au son sur le chemin du travail, et Jean, ma secrétaire, m'apporte un sandwich à midi, et un plat de porc ou de poulet, soigneusement enveloppé dans deux feuilles de papier d'alu, à cinq heures. Je mange dans le splendide isolement de mon bureau, une fois tout le monde parti. J'ai donc une demi-heure de tranquillité en fin de journée, avantage certain, mais ça veut dire que je ne sais pas ce que mange le reste de la famille sauf pendant les week-ends.

Samedi dernier – le premier jour de notre dernière tempête –, en remarquant que nous manquions de pain, j'ai supposé qu'Emily s'était arrangée pour que l'épicerie Marshall nous livre dans l'après-midi. Mais elle ne s'en était pas occupée. Elle ignorait complètement que le frigo était vide. Pour ma part, je ne m'en suis pas aperçu avant six heures du soir, au moment où il était trop tard pour faire quoi que ce soit.

Je suis monté dans sa chambre – ce n'est pas avec moi mais avec le nouveau-né qu'elle fait chambre commune ; je couche à l'autre bout du couloir – et je l'ai trouvée allongée, en train de bercer le bébé. On aurait dit qu'elle posait pour un tableau de la Madone à l'Enfant. Après chaque accouchement, Emily a des réactions positivement curieuses. On dirait que son univers se rétrécit jusqu'à ne contenir qu'elle et son bébé. Elle construit un petit nid dans son lit, s'y installe comme si elle couvait un œuf et n'en bouge plus. Le reste de la famille pourrait aussi bien ne pas exister. Autrefois, c'était moins grave parce que Megan tenait la maison, mais à présent, la situation est critique. Les autres enfants, surtout Adam qui est encore si jeune, ne sont tout de même pas des jouets qu'on peut jeter quand on en reçoit un flambant neuf.

Je lui ai demandé comment elle se sentait – bien sûr, si elle était malade, ce serait différent – et elle m'a répondu qu'elle allait bien. J'avoue que j'étais soulagé : appeler John Christopherson ne m'aurait pas ravi car, après la naissance d'Adam, il m'avait averti qu'Emily n'était pas de force à avoir d'autres enfants. Lorsqu'il est venu mettre le nouveau bébé au monde, j'ai eu du mal à le regarder en face.

Quand j'ai voulu savoir ce qu'elle avait prévu pour le dîner, elle m'a dévisagé avec une expression vide, comme si ce problème n'était pas de son ressort. Il m'est déjà arrivé de me demander si sa distraction était feinte – une excuse pour avoir négligé ses devoirs. Impossible de le savoir. J'ai remarqué un paquet de biscuits ouvert près de son lit, ce qui explique en partie qu'elle ne souffre pas de la faim. (Curieusement, je garde les mêmes dans mon bureau. J'aurais juré qu'Emily et moi n'avions rien en commun, or nous aimons tous les deux les petits sablés.)

Je lui ai fait remarquer qu'il était six heures et demie, que nous avions faim et qu'il n'y avait que deux œufs et une carotte. Je ne crois pas avoir parlé sur un ton particulièrement dur, mais, soudain, elle s'est mise à pleurer en silence. Ses larmes roulaient sur ses joues et, comme elle baissait les yeux, tombaient sur la tête du bébé.

D'un air las, j'ai lâché : « Emily, pour l'amour du ciel ! » Je n'avais pas eu l'intention de la bouleverser.

Il y avait une boîte de mouchoirs sur la table de chevet. Je lui en ai donné un, elle l'a pris, a essuyé le bébé, puis s'est tamponné le visage. Lorsqu'elle s'est ressaisie, j'ai insisté. Avec toute la patience dont j'étais capable, je lui ai demandé pourquoi elle n'avait pas dit à Mme Je-ne-sais-plus-comment de venir tous les jours l'aider tant qu'elle n'avait pas recouvré ses forces. C'est alors qu'elle a semblé reprendre ses esprits et m'a expliqué que Mme Machin avait téléphoné pour prévenir qu'elle était malade et espérait être bientôt rétablie.

Visiblement, on ne pouvait rien faire avant le début de la semaine. Avec précaution, avec douceur, je lui ai suggéré de passer quelques coups de fil le lundi matin, tout d'abord pour demander à l'épicerie Marshall de livrer de quoi manger, et ensuite de trouver quelqu'un qui viendrait tous les jours s'occuper du ménage en attendant le retour de Mme Machin. Lorsque je lui ai demandé si elle pouvait s'occuper de ces deux choses, elle a acquiescé.

« Pour le reste du week-end, on va se débrouiller, ne t'inquiète pas », ai-je ajouté. Comme si elle pouvait s'inquiéter de ce genre de chose.

Parfois, je ne peux m'empêcher de comparer Emily à ma mère qui avait dix enfants, presque pas d'argent, un imbécile doublé d'un grossier personnage comme mari, et n'en réussissait pas moins à mettre tous les jours un vrai repas sur la table.

Je suppose que ce n'est pas juste. Ma mère était une femme remarquable.

En descendant au rez-de-chaussée, j'ai croisé Tom qui montait avec un gros carton, suivi de près par Adam. L'escalier est étroit et nous avons reculé tous les trois avec la gaucherie qu'on met généralement en s'effaçant devant quelqu'un pour le laisser passer.

« Allez-y, montez », ai-je dit.

Ils sont passés devant moi avec précaution, m'a-t-il semblé, bien qu'il y ait une faible chance pour qu'il se soit agi de simple politesse. À l'évidence, Tom était sorti – son visage était marbré à cause du froid et il avait de la neige dans les cheveux.

« Il doit faire un temps glacial », ai-je ajouté en essayant de me montrer aimable. Après la scène avec Peter et Corey au début de l'après-midi, j'avais décidé de faire un effort avec les gamins. « Qu'est-ce que tu portes là ?

— Rien, a répondu Tom. Ouais, ça caille. »

Il a continué à monter, son carton dans les bras, Adam littéralement sur ses talons. Il m'est venu à l'esprit que nous ne savions pas nous parler dans cette famille.

Je suis allé dans la cuisine, j'ai sorti les œufs, la boîte de petits pois (je dis « la » boîte car il n'y en avait qu'une), la boîte de soupe aux champignons et le riz. Comme il ne restait plus de casserole propre, j'en ai pris une sale. J'ai lu le mode d'emploi sur le paquet de riz et je l'ai fait cuire – il y en avait une quantité énorme, mais tant mieux. J'ai ajouté tous les autres ingrédients dans la casserole et j'ai laissé cuire encore un peu à cause des œufs. Le résultat était plutôt gluant – j'aurais peut-être dû vider l'eau de la boîte de petits pois avant de les verser – mais le goût n'était pas trop mauvais.

J'ai mangé ma part directement dans la casserole, puisqu'il ne restait plus aucune assiette propre, puis je suis monté frapper à la porte de la chambre que partagent Peter et Corey. Peter l'a entrebâillée et a risqué un œil méfiant à l'extérieur, comme s'il s'attendait à voir Jack l'Éventreur. Je lui ai dit : « Si vous avez faim, il y a une casserole sur le réchaud. Ça doit tenir deux jours, alors ne prenez pas plus que votre part. » J'ai pivoté pour frapper à la porte de Tom mais il était déjà sur le seuil. « Tu as entendu ? » lui ai-je demandé, et il a incliné la tête. Il avait pris Adam dans sa chambre – je l'entendais jouer avec ses voitures – donc, au moins, je n'avais pas à me préoccuper du petit. Je suis redescendu dans mon bureau.

Je venais de m'asseoir dans mon fauteuil quand je me suis rendu compte que j'avais oublié de dire à Emily qu'il y avait de quoi manger. Par chance, Peter et Corey ont choisi ce moment-là pour dégringoler bruyamment les marches, si bien que je me suis dépêché de me lever et d'ouvrir la porte. Tous deux se sont immobilisés au milieu de l'escalier, une jambe en l'air. « Montez de quoi manger à votre mère », leur ai-je demandé, et ils ont acquiescé en silence, leur synchronisation produisant un effet comique.

La question du dîner était donc réglée. Le dimanche, nous avons mangé les restes du mélange de riz et, le temps que je rentre à la maison le lundi soir, Emily était levée et errait dans les pièces, le bébé attaché sur sa poitrine comme elle le fait toujours avec les nouveau-nés. J'ai supposé qu'elle avait repris les commandes. Mais comme je n'ai toujours pas de chemises propres, ça ne semble pas être le cas.

Parfois, il est difficile de ne pas regretter le départ de Megan. Pendant toutes ces années, je ne me suis pas rendu compte qu'elle secondait aussi efficacement sa mère.

La grange des Giles a brûlé la nuit dernière. Il n'y avait pas de bétail à l'intérieur, mais ils ont perdu tout leur foin, ce qui veut dire que, en plus de reconstruire le bâtiment, il leur faudra acheter de quoi nourrir le bétail cet hiver pendant au moins trois mois – ce qui coûte assez cher. Et, bien entendu, ils n'avaient pas d'assurance. Si on me donnait une petite pièce de monnaie pour chaque ferme ou entreprise non assurée ou insuffisamment assurée dans ce village, je serais riche.

Donc, ce matin, Archie Giles s'est pointé à la banque pour emprunter une somme importante. Il ignore comment le feu s'est déclaré – il ne laisse jamais rien traîner qui soit inflammable et il n'y a pas l'électricité dans la grange. Je voyais bien que cette question le préoccupait pendant que nous discutions du prêt. C'est un bon fermier et sa ferme représente une garantie suffisamment solide pour qu'on lui avance l'argent sans hésitation, mais lui expliquer les termes du remboursement a pris un bon bout de temps et l'a visiblement rendu anxieux. Comme nombre de gens du coin, Archie n'est pas très instruit, c'est-à-dire qu'il a quitté l'école assez jeune, mais hormis la bêtise trop répandue qui consiste à ne pas avoir contracté d'assurance, il est loin d'être stupide. Pourtant, il n'a pas été facile de le convaincre qu'il pourrait honorer les traites. Normalement, Norah, sa femme, vient avec lui – elle est plus à l'aise avec les chiffres –, mais elle est au lit avec la grippe.

À vrai dire, je n'ai moi-même pas fait beaucoup d'études. J'aurais bien aimé aller à l'université, mais c'était hors de question. Je devais déjà m'estimer heureux d'aller jusqu'au bout de mes études secondaires – sur les dix enfants que nous étions, je suis le seul à y être parvenu. Les gens me croient plus diplômé que je ne le suis. C'est encore une chose que je dois à ma mère : elle nous a appris à parler correctement. Mon père la rembarrait à chaque fois. Un jour, il l'a entendue corriger une de mes fautes de grammaire et je me rappelle qu'il a dit : « C'est ça, apprends-leur à faire des chichis, tu verras si ça les aide dans la vie. »

En fait, ça m'a beaucoup aidé. Autrement, je n'aurais jamais pu devenir directeur de banque. Dans ce genre de boulot, il faut avoir une certaine autorité, et les gens vous respectent davantage si vous vous exprimez bien. Ça ne devrait peut-être pas compter, mais ça compte.

Pour sa part, ma mère n'avait pas terminé le lycée. Un jour elle m'a dit qu'elle aurait voulu être institutrice, mais que son père ne voyait pas d'un bon œil l'instruction des filles, ce qui est regrettable, parce qu'elle aurait fait une très bonne institutrice. Elle était très patiente, expliquait très bien. Elle m'a appris les fractions en coupant une pomme. Elle l'a coupée en seize morceaux, puis m'a montré que deux seizièmes, par exemple, étaient la même chose qu'un huitième. À la fin de la leçon, j'avais le droit de manger les seize seizièmes, ce qui me semblait une juste récompense.

Megan aurait pu poursuivre ses études si elle l'avait

voulu, mais ça ne l'intéressait pas. Aucun des enfants ne l'a fait, sauf Tom. Il est toujours possible, bien sûr, qu'Adam se révèle doué intellectuellement. Et le bébé aussi, je suppose. Pour l'instant, on ne peut pas savoir. Il pourrait même être un nouvel Einstein.

Il s'appelle Dominic. Dominic John Cartwright. C'est sa mère qui me l'a dit. Elle a choisi le nom de tous les enfants à leur naissance. Je n'y vois pas la moindre objection ; ce sont des prénoms parfaitement acceptables. Dominic évoque un moine, mais ça ne peut pas lui faire de tort.

Elle voudra sans aucun doute le baptiser. J'irai, bien entendu, je suis allé au baptême de tous les enfants. Le village entier serait vexé et Emily se sentirait humiliée si je n'y allais pas. Dieu ne va pas se formaliser de mon hypocrisie puisqu'Il n'existe pas. Le révérend Thomas (mais il n'est plus pasteur, je l'oublie sans cesse) ne sera plus là pour s'en offusquer. Le révérend Gordon, pourtant retraité, le remplace en attendant que l'église persuade quelqu'un de venir dans cet endroit perdu (j'allais écrire « abandonné de Dieu »). Pendant la guerre, le révérend Gordon était aumônier et a accompagné notre régiment en Italie. Intelligent et courageux, il est resté à nos côtés sans nous faire défaut. Il sait que je ne suis pas croyant mais ne sera pas choqué par ma présence car c'est quelqu'un de sensé.

La nuit a de nouveau été mauvaise – horrible, en fait. J'ai rêvé au feu. Au feu de notre forêt, pas à l'incendie des Giles, qui a pourtant dû être le déclencheur. Ou peut-être étaient-ce les journaux intimes de ma mère, maintenant que j'y pense. Pendant des années, j'ai fait les mêmes cauchemars mais je croyais m'en être débarrassé. Je n'ai jamais éprouvé pareille terreur ; les bombardements en Italie ne sont rien en comparaison.

Dans mon rêve, mon père était debout sur le toit de notre ferme. Sa silhouette se détachait sur la muraille de feu qui approchait : les bras levés, il agitait les poings vers le ciel en un suprême geste de défi. L'homme dressé contre le Destin. Il croyait beaucoup au destin. Un destin malveillant, en ce qui le concernait.

Bref, juché sur le toit, il essayait d'arroser les bardeaux pour empêcher le feu de prendre. Moi, je pompais de l'eau comme si ma vie était en jeu, alors que, pour avoir la vie sauve, nous aurions dû filer vers le lac tant que c'était possible. Mais mon père – on n'allait pas le changer – était bien décidé à défendre notre ferme. Ce n'était pas un petit feu de forêt qui allait détruire sa maison, ça, pas question. Ma mère et ceux de mes frères et sœurs qui étaient assez grands faisaient la chaîne pour lui passer les seaux d'eau qu'il versait sur les bardeaux. Comme si un toit mouillé pouvait faire reculer ce brasier. Comme si quoi que ce soit pouvait arrêter un incendie aussi gigantesque. Les flammes occupaient tout l'horizon et le vent les poussait droit sur nous.

Je me suis réveillé trempé de sueur. Mon pyjama était à tordre. Je l'ai enlevé. Comme il n'y en avait pas de propre dans le tiroir, j'ai enfilé un caleçon long, ma robe de chambre, et je suis descendu dans la cuisine. Par chance, Tom n'y était pas. Je me suis préparé un bol de corn-flakes et je suis resté un moment assis à essayer de lire l'ouvrage sur Rome. Le froid m'a renvoyé au lit. Mais plus question de dormir. En fait, j'avais peur de retrouver le même cauchemar. J'avais peur de revoir l'expression de mon père à la fin.

Je me suis levé tôt et je suis allé à la banque en avançant péniblement dans la neige – avec son engin, Tom avait déblayé moins d'une heure plus tôt, mais la neige recommençait à envahir la route – et je me suis mis à traiter la pile de paperasses qui encombrait mon bureau, content d'avoir l'esprit occupé. À neuf heures pile, le sergent Gerry Moynihan, le seul et unique représentant de la loi à Struan, est entré à pas pesants en envoyant de la neige dans toutes les directions et en mangeant un beignet.

« Bonjour, sergent. Comment ça va ? »

Il a marmonné quelque chose et agité son beignet d'un air d'excuse.

« Ne vous en faites pas. Prenez votre temps et asseyez-vous. »

S'il avait voulu parler de ses maigres finances, il aurait pris rendez-vous, j'étais donc curieux de savoir ce qui l'amenait.

Il s'est assis lourdement dans le fauteuil placé en face de mon bureau, a avalé ce qu'il avait dans la bouche, s'est léché les doigts et a dit : « Archie Giles.

— Oui, alors ?

— Vous savez que sa grange a brûlé ?

— Oui, il est passé me voir hier.

— Vous connaissez des gens qui pourraient lui en vouloir ? »

J'étais déconcerté. « Vous pensez à un incendie criminel ? » Je me rappelais qu'Archie avait semblé mal à l'aise quand je lui avais demandé la cause de l'incendie.

« Y avait des empreintes de pas autour de la grange, a dit Gerry. Deux séries. Elles ne correspondent à aucun membre de la famille. Il neigeait mardi soir, faut croire que ceux qui les ont laissées ont dû s'imaginer qu'elles seraient recouvertes, mais ça s'est arrêté vers minuit. Je me demandais si vous aviez entendu des rumeurs sur… n'importe quoi. Quelqu'un qui aurait eu un comportement bizarre, proféré des menaces, peut-être…

— Non, dis-je lentement. Je n'ai rien entendu de tel. »

Il y avait deux suspects évidents et Gerry Moynihan le savait aussi bien que moi. L'automne dernier, Archie a embauché deux fils de Joel Pickett pour l'aider à moissonner, ce qui était gentil de sa part dans la mesure où les Pickett ont la réputation d'être des bons à rien, mais au bout d'une semaine environ que ces gars ne se pointaient pas avant midi, Archie, exaspéré, leur a payé ce qu'il leur devait et leur a demandé de ne pas revenir. Ça les a rendus furieux, mais pas au point de mettre le feu à une grange. Quoiqu'on puisse s'attendre à tout avec un type comme Joel Pickett, et ses fils semblent tenir de lui sur ce plan.

Ça crée d'ailleurs un problème : si quelque méfait est perpétré dans ce village, Joel et ses fils sont toujours les premiers à être soupçonnés. C'est sans doute pourquoi Gerry ne voulait pas les désigner d'emblée. Gerry est un péquenaud aux idées rétrogrades, mais il prend son travail au sérieux et ce n'est pas un imbécile.

« Archie est un type sympathique, ai-je dit au bout d'un moment. Il m'est difficile d'imaginer que quelqu'un... » J'ai failli dire quelqu'un d'autre, mais je me suis retenu à temps. « ... puisse lui en vouloir.

— Archie ne vous a pas dit s'il avait des soupçons ?

— Non. J'ignorais qu'il se posait la question. »

Gerry a incliné la tête. Nous nous sommes regardés en silence pendant un moment, puis il a soupiré et s'est levé.

« Je vous préviendrai si quelque chose me revient à l'esprit », ai-je ajouté. Je me suis levé à mon tour et je lui ai ouvert la porte. Il m'a salué et il est parti.

Après son départ, j'ai songé à Joel Pickett. Nous avons eu une histoire, tous les deux, pourrait-on dire. C'est pourquoi Gerry Moynihan s'est adressé à moi, bien sûr. Il doit se dire que les affaires de la famille Pickett ne me sont pas indifférentes et que je tends l'oreille dès qu'on en parle au village.

En fait, cette histoire n'est ni longue ni compliquée, contrairement à ses conséquences. Il y a quelques années, Joel Pickett a sollicité un prêt que je lui ai refusé. Point final. Je prends ce genre de décisions tous les jours et sans doute ai-je parfois tort, mais, dans le cas de Joel Pickett, j'avais indéniablement raison. Il a une réputation bien méritée de buveur, de joueur et d'imbécile. Alors, même si son projet avait tenu la route, aucun banquier du pays n'aurait pris le risque de lui accorder un prêt.

Jusque-là, je n'avais jamais été en contact avec lui, mais, quand il est entré dans mon bureau, j'avoue qu'il m'a fait une très mauvaise impression. Quelque chose en lui qui me déplaisait – une certaine désinvolture, un sourire mielleux. Pourtant, comme la banque et le village ont tout intérêt à encourager la création d'entreprises et les investissements dans la région, je l'ai invité à s'asseoir et je l'ai écouté. Il voulait que la banque finance le coût de la transformation du vieux moulin qui se trouve à Beller's Creek en hôtel-pavillon de chasse. Struan aurait bien besoin d'un autre hôtel, disait-il, quelque chose qui ait de l'allure, de la classe.

Sur ce point, il n'avait pas tort : notre unique hôtel, le Fitzpatrick's, était plutôt rustique, pour dire les choses gentiment, et un établissement susceptible d'accueillir des touristes fortunés n'aurait pas été de trop. C'est pour cette raison que, au moment même où Joel Pickett m'adressait son sourire mielleux, l'entrepreneur Waller & Sons négociait l'achat d'un terrain avec vue sur le lac à environ un kilomètre et demi du village. (Il a emporté le morceau et le nouvel hôtel va ouvrir cet été. Il est très beau et générera de nombreux emplois locaux.)

J'ai donc mentionné ce projet qui n'avait rien de secret mais dont, à l'évidence, Joel n'avait pas connaissance. Il ne s'est pas démonté pour autant.

« Il y a de la place pour deux », m'a-t-il rétorqué en croisant les jambes et en se carrant dans son fauteuil.

Quelque chose m'agaçait dans son attitude sans que je puisse mettre le doigt dessus. Il y avait de la place pour deux, en effet, mais je lui ai fait remarquer que, selon moi, son projet avait une sérieuse faiblesse, à savoir que Beller's Creek se trouvait bien loin du lac.

Il faut préciser que le lac est l'un de nos meilleurs atouts – en fait, les lacs en général sont les meilleurs atouts du Nord. Ils sont beaux, tranquilles, aussi limpides que du verre et regorgent de poissons ; chaque année, des milliers de gens font des centaines de kilomètres pour venir en profiter. Dans cette région, construire un hôtel ou un pavillon de chasse loin d'un lac est une aberration.

Mais Joel a balayé cette objection. Le moulin non plus ne manquait pas de charme. Il y avait autour de beaux bouleaux. Les gens en raffoleraient. Il en avait parlé au révérend Thomas qui trouvait l'idée magnifique, au point de lui avoir promis de se porter garant pour lui si besoin était.

J'avoue que ça m'a désarçonné. Le révérend Thomas aurait voulu que je refuse la demande de Joel Pickett qu'il ne s'y serait pas pris autrement. Pourtant, je me suis efforcé de me rappeler que les sentiments personnels ne devaient pas influer sur les décisions professionnelles et j'ai poursuivi l'entretien. J'ai demandé à Joel pourquoi il tenait tant au site du Beller's Creek et n'envisageait pas d'acheter un terrain donnant sur le lac. Il a décroisé les jambes et s'est penché en avant. Il m'a répondu qu'il avait gagné cette propriété au poker, et que, lorsqu'il s'était rendu sur place, elle lui avait paru parfaite pour y construire un hôtel. Son ton était agressif, provocant, et, soudain, j'ai compris ce qui me mettait mal à l'aise : il me rappelait mon père. Mon père avait cette même confiance en lui totalement injustifiée – non pas la confiance d'un homme qui connaît à fond son sujet, mais celle d'un homme qui n'a aucune idée de ses lacunes – et cette même agressivité immédiate envers toute personne qui contrariait ses vues.

Inutile de dire que cette ressemblance ne plaidait pas en faveur de Joel, mais je sais pertinemment que, pas plus que l'appui du révérend Thomas, elle n'a influé sur ma décision. Avec courtoisie, j'ai annoncé à Joel que je ne jugeais pas son projet viable en l'état et j'ai mis fin à l'entretien. En ce qui me concernait, la page était tournée.

Je n'ai pas été surpris d'apprendre que, en sortant de la banque, Joel Pickett était allé se soûler et avait donné sa propre version de l'histoire. À Struan, tout le monde savait que sa parole ne valait pas grand-chose. C'est pourquoi quand, une nuit, peu après, une pierre a fracassé une vitre de la banque, je n'ai pas été autrement inquiet. Deux personnes avaient surpris le geste de Joel, l'une d'elles étant le sergent Moynihan.

Rien de tout cela ne m'a étonné. En revanche, ce qui m'a étonné – et même laissé sans voix et me sidère encore aujourd'hui quand j'y repense –, c'est que, quelques jours après cet entretien, j'ai reçu à la banque la visite du révérend James Thomas qui souhaitait s'entretenir avec moi. Nous n'avions pas échangé un seul mot depuis la mort de Henry mais, bien sûr, je l'ai invité à s'asseoir et je lui ai demandé ce que je pouvais faire pour lui.

Il m'a informé qu'il ne venait pas pour lui mais pour une personne plongée dans un « profond désarroi ».

« Il y a quelques jours, un de mes paroissiens a sollicité un prêt pour l'aider à monter un hôtel. »

J'ai levé la main. Il s'est tu, mais j'étais tellement incrédule que, l'espace d'un instant, je n'ai rien trouvé à dire. Enfin, j'ai lâché : « Monsieur Thomas…

— Révérend Thomas, s'il vous plaît, a-t-il rectifié avec son fameux sourire.

— Révérend Thomas. En aucun cas la banque n'évoque les affaires de ses clients avec des tiers.

— Ce n'est pas la banque que je suis venu voir, monsieur Cartwright, c'est vous.

— Moi, en tant que directeur de banque ?

— Non, en tant qu'être humain.

— En tant qu'être humain, je n'ai pas le pouvoir d'accorder des prêts. »

L'air de s'adresser à un enfant particulièrement buté et idiot, il a souri. « Très bien, je vous le concède puisque vous y tenez tant. Permettez-moi donc de vous soumettre un cas fictif. »

Il a joint le bout de ses doigts et les a portés à ses lèvres. Je me suis demandé si, au cours de ses journées, il lui arrivait de faire un geste qui ne soit pas artificiel.

« Imaginons un homme qui a commis de graves erreurs dans sa vie. Qui a pris de mauvaises décisions, lesquelles ont aussi affecté sa femme et ses cinq jeunes enfants. Supposons que, par la grâce de

Dieu et en vertu des prières incessantes et du soutien de ceux qui, parmi les fidèles, ont refusé de l'abandonner, il ait dépassé tout cela. Il a changé. Je le crois sincèrement. Je suis confronté tous les jours à la faiblesse humaine, monsieur Cartwright... » Cette fois, c'est un sourire affligé qu'il m'adresse – oh, qu'il est douloureux d'être confronté tous les jours à la faiblesse humaine ! « ... et je crois que cet homme désire sincèrement prendre un nouveau départ.

« Il a toujours voulu se lancer dans l'hôtellerie. Il m'a dit qu'il en rêvait depuis tout petit. Bien que je ne sois pas expert dans ce domaine, il me semble que c'est un rêve qui a du bon, et pas seulement pour cet homme, mais pour tout le village puisque la région attire les touristes.

« Cependant – et voilà où vous intervenez en tant que directeur de banque –, il a besoin d'une aide financière pour pouvoir démarrer.

« Maintenant... » Du bout de ses doigts joints, il effleure ses lèvres une fois, deux fois, trois fois. Si c'est là le résultat de ses études universitaires, pour ma part, je ne regrette pas de m'en être passé. « Voici une question fictive pour notre cas fictif : si vous aviez la possibilité d'aider un tel homme, sachant que vous aideriez aussi sa famille et les habitants de notre village, refuseriez-vous de le faire ? »

J'ai repoussé mon fauteuil et je me suis levé. « Excusez-moi, révérend Thomas, mais cette conversation est ridicule et j'ai beaucoup à faire aujourd'hui. »

Il est resté assis. « Monsieur Cartwright, nous parlons d'un brave homme. Il a ses faiblesses, comme nous tous – seul Dieu est parfait –, mais il a bon cœur et je crois qu'il mérite une deuxième chance. N'oubliez pas qu'il ne sera pas seul cette fois – il bénéficiera de la grâce de Dieu et sera soutenu par tous les fidèles de notre église. Et personnellement, je réponds de lui. »

J'avais de plus en plus de difficultés à garder mon calme. « Vous porterez-vous personnellement caution pour lui ? ai-je demandé d'un ton pincé.

— Je vous demande pardon ?

— Vous porterez-vous personnellement caution pour lui ? »

J'ai eu le plaisir de le voir rougir. « Si j'avais les ressources nécessaires, je le ferais sans aucun doute, mais je crains de ne pas les avoir. » Il s'est interrompu, puis a penché la tête sur le côté. « Monsieur Cartwright, je commence à me demander si vous n'avez pas un grief personnel contre cet homme. Vous avez le pouvoir de l'aider et vous n'étudiez même pas la question. Pourquoi ? Je trouve votre attitude très étrange.

— Je n'ai pas le pouvoir de l'aider. L'argent de la banque ne m'appartient pas. Il est confié à la banque par ses clients et j'ai le devoir impérieux de le sauvegarder et de ne pas l'exposer à des risques inconsidérés. Bien sûr, si vous étiez disposé à garantir ce prêt en prenant une seconde hypothèque sur votre maison, le risque de la banque serait grandement réduit et je serais alors heureux de donner une suite favorable à ce projet. Puisque vous avez une telle foi en lui, je suppose que vous n'hésiterez pas à le faire. »

Son teint a viré au rouge tomate, spectacle

réjouissant, sauf ses lèvres et le bout de son nez, tous deux livides. Il s'est levé.

« Je suis venu ce matin parce que je pensais que, en dépit de nos divergences d'opinions, vous étiez un homme raisonnable, monsieur Cartwright. Tout ce que je demandais, c'était que vous reconsidériez la question. Je ne crois pas que ce soit trop demander quand l'avenir d'un homme est en jeu. Mais il semble que vous ne soyez pas de cet avis. »

Je me suis dirigé vers la porte, je l'ai ouverte, et il est sorti. En passant devant moi, il a dit : « Vous me décevez, Edward Cartwright. Vous me décevez beaucoup. J'attendais mieux, même de quelqu'un comme vous. »

Je regrette encore aujourd'hui de ne pas l'avoir envoyé au tapis.

Mais ce n'était pas la fin de notre histoire, loin s'en faut. Le dimanche suivant, du haut de sa chaire, le révérend Thomas a vilipendé ceux qui se permettaient de juger les autres. Je n'ai pas assisté à l'office, bien entendu, mais j'en ai appris la teneur par la suite. C'était apparemment un sermon plein de force et le pasteur a été suffisamment explicite pour que, en quelques heures, la rumeur ait fait le tour de Struan. Résultat : quelques-uns de nos clients – pas beaucoup, mais même un, c'était déjà trop – ont retiré leur argent et l'ont confié à d'autres banques, dans d'autres localités.

Jusqu'à ce jour-là, je crois que tous les habitants me faisaient confiance et me respectaient. Ça comptait beaucoup pour moi. Je n'hésiterai pas à dire que ça comptait plus que tout.

À présent, il y a des exceptions. Les mots ne sauraient traduire la peine et l'amertume que je ressens encore aujourd'hui.

Pourquoi est-ce que je ressasse ce genre de pensées ? On dirait presque que mon cerveau s'emploie à les débusquer. C'est absurde. Je vais y mettre un terme.

Une dernière chose, cependant, avant de clore ce chapitre une fois pour toutes : depuis l'incident que j'ai relaté, Joel Pickett a dégringolé la pente en entraînant sa famille. Il n'a gardé aucun boulot plus de quinze jours, a passé plus d'une nuit en prison pour ivresse et comportement agressif, ses fils causent des problèmes depuis le jour où ils ont appris à marcher, et maintenant ils sont soupçonnés d'incendie volontaire.

Le révérend Thomas s'entête sans doute à penser que c'est à cause de moi – qu'en refusant un prêt à Joel Pickett à un moment critique de sa vie, j'ai condamné sa famille à tomber dans la pauvreté et le déshonneur. Alors que, en réalité, si je lui avais consenti ce prêt, dès que son absurde projet d'hôtel aurait échoué, et il aurait échoué, Joel se serait retrouvé avec de telles sommes à rembourser qu'il aurait perdu sa maison en plus de tout le reste, et sa famille serait maintenant à la rue. Ils seraient indigents. Voilà la vérité. Ce n'est pas moi qui ai causé la chute de Joel Pickett, il s'en est chargé lui-même.

Point final. Je ne reviendrai plus jamais sur ce sujet.

Samedi. J'ai de nouveau engueulé les garçons. Ils ont cassé la lampe du séjour. Ils se battaient. Il n'était pas encore huit heures du matin qu'ils se battaient. Je ne comprends pas pourquoi ils ne s'évitent pas soigneusement s'ils se détestent à ce point. Cette solution, simple, me paraît pourtant s'imposer d'elle-même. Mais non, on ne les voit jamais l'un sans l'autre.

Lorsque j'ai ouvert la porte de mon bureau pour voir ce qui avait causé ce tumulte, j'ai vu la lampe en miettes sur le sol et les garçons la considéraient avec stupéfaction, comme si elle était tombée du ciel. J'ai... explosé de fureur. Toute la pièce en a vibré.

Mais le pire, c'est que, en pivotant pour retourner dans mon bureau, j'ai vu Adam recroquevillé près du vieux fauteuil que Tom s'est approprié. (À ce moment-là, Tom était absent car il travaillait sur son chasse-neige.) Je ne m'étais pas rendu compte de sa présence. Il s'était roulé en boule, les bras sur la tête pour se protéger.

Je savais que je devais lui parler, le rassurer, mais, avant que j'aie pu ouvrir la bouche, Emily est apparue en haut de l'escalier, le bébé serré contre elle. Elle m'a dévisagé de ses yeux immenses et m'a murmuré : « Edward ? Qu'est-ce qui se passe ? Ça va ? »

Je suis sorti dans le couloir, j'ai enfilé mon manteau et mes bottes et j'ai quitté la maison. Il faisait un froid glacial. J'ai remonté mon écharpe sur ma bouche et mon nez, mais l'air me déchirait toujours les poumons. Quand je suis arrivé sur la route, je me suis arrêté, ne sachant que faire ni où aller. Il faisait trop froid pour s'attarder dehors mais je ne voulais voir personne. Même pas Betty. Surtout pas Betty. De toute façon, la bibliothèque n'ouvre pas avant neuf heures. Rien n'ouvre avant neuf heures sauf le Harper's, donc, finalement, c'est là que je suis allé. Dieu merci, le froid avait empêché les gens de sortir de chez eux.

Le plus effrayant, c'est que j'ai eu l'impression de ne pas pouvoir maîtriser cette... explosion de colère. Comme si ce n'était pas moi qui hurlais.

Cette idée est ridicule. Si Joel Pickett est responsable de ses actes, je suis responsable des miens. Si vous n'admettez pas ce postulat, ce n'est pas vous qui êtes le maître de votre vie. Vous n'êtes qu'un pantin, et ce sont vos ancêtres qui tirent les ficelles.

6

Tom

Struan, janvier 1969

SON BUT ÉTAIT DE CONSTRUIRE chacune de ses journées comme on construit la coque d'un navire, chaque action figurant une planche ajustée à sa voisine, sans vide ni trou dans lequel les pensées pourraient se glisser, sans changement qui le forcerait à modifier son cap, sans surprises.

À cinq heures et quart, quand la sonnerie du réveil se déclencha, Tom l'arrêta et se leva. Les gestes s'enchaînèrent alors : ôter le pyjama, enfiler un caleçon d'hiver, un jean, deux paires de grosses chaussettes de laine, longer le couloir jusqu'à la salle de bains pour faire sa toilette (au moins, à cette heure-là, il n'avait pas à attendre son tour pendant que ses frères, mal réveillés, râlaient), retourner dans sa chambre, mettre un tricot, une chemise en flanelle, un pull, attraper une barre chocolatée Hershey dans sa planque derrière l'étagère de livres, près de son lit, descendre avaler des corn-flakes et un toast, manger debout devant l'évier de la cuisine, remplir la Thermos de café, fouiller en jurant parmi les vêtements entassés dans le hall d'entrée à la recherche de ses bottes, son foulard, son bonnet, sa parka, ses gants, se fourrer la Thermos sous le bras, ouvrir la première porte, pousser la porte extérieure, la claquer derrière lui et s'engouffrer dans l'obscurité glaciale.

Pendant la nuit, la neige avait cessé de tomber, les nuages s'étaient dissipés et les étoiles qui trouaient le ciel se déplaçaient en même temps que Tom. Au bout de la route, il dut escalader le talus érigé par le chasse-neige les jours précédents, dur, raide, piqueté d'empreintes de pas, chacune creusant une ombre douce dans le clair de lune.

Il n'y avait pas plus de deux ou trois centimètres de neige fraîche sur les grandes routes, donc, ce jour-là, il allait enfin pouvoir s'attaquer aux voies secondaires bloquées depuis plusieurs jours, telles des rivières gelées. Les habitants de Struan pourraient alors déneiger leurs allées, sortir leurs voitures, et le village reprendrait vie.

Le chasse-neige était garé derrière la station-service, tapi parmi les congères, comme l'antique tas de ferraille qu'il était, un Sicard datant de 1940, d'un jaune criard, simple camion à l'avant duquel on avait soudé une pelle. Tom se hissa sur le marchepied, donna à trois reprises un fort coup d'épaule dans la portière de la cabine tout en pesant violemment sur la poignée – la portière était toujours bloquée par le gel et il fallait user d'une force brutale pour l'ouvrir –, grimpa dans la cabine et enfonça la clé de contact. Après deux tentatives infructueuses, le moteur rugit. Tom leva et abaissa la pelle pour en vérifier le bon fonctionnement, puis déblaya le chemin jusqu'à la station-service. En échange de l'emplacement de parking, Tom et son collègue du soir,

Marcel Bruchon, déneigeaient les lieux. Une fois cette tâche effectuée, Tom avança sur la route.

Comme il n'y avait pas encore de circulation, il conduisait l'engin bruyant aussi vite qu'il l'osait. La neige fraîche s'élevait au-dessus de la lame avec une grande gerbe en forme d'arc. Le déblaiement s'effectuait dans l'ordre suivant : la caserne des pompiers, le commissariat de police, le cabinet médical, l'école, puis la grand-rue et les carrefours du centre, la route principale jusqu'à la bifurcation de New Liskeard, où les chasse-neige de la province prenaient le relais, ensuite le parcours du car scolaire et enfin les voies secondaires, dont certaines pouvaient rester bloquées une semaine en cas de chutes de neige fortes et prolongées.

Le temps qu'il arrive aux routes secondaires, il faisait assez jour pour éteindre les phares. Tom restait néanmoins prudent. Marcel, lui, dévalait même les voies les plus étroites à un train d'enfer, mais il avait eu vingt ans pour apprendre la différence entre une route enneigée et un fossé rempli de neige et il pouvait dire à cent mètres de distance si une congère était bel et bien une congère ou un véhicule recouvert par une épaisse couche de neige. Pourtant, même Marcel commettait parfois des erreurs. La semaine précédente, il avait traîné un orignal mort jusque derrière le Harper's.

« J'étais pas fier, j't'assure, avait-il avoué ensuite à Tom. Le moteur a grogné un peu, la cabine s'est mise à trembler, et tout d'un coup, v'là qu'cte fichue congère s'est mise à avancer d'un mètre et que quatre pattes se sont dressées toutes droites, on aurait dit des bougies sur un gâteau. J'me suis dit : "Dis donc, Marcel, t'as vu un peu ces pattes ? Qu'est-ce qui t'prend, de déblayer des pattes ?" Et puis, j'ai pensé : "Ben, encore heureux qu'y ait pas d'bottes au bout, là, ça serait pire." »

Car il y avait eu pire. Quelques années plus tôt, Marcel avait exhumé une voiture contenant les quatre membres d'une famille, tous décédés. Ils s'étaient arrêtés sur le bas-côté pour attendre que la tempête de neige s'éloigne mais elle avait duré deux jours, enseveli le véhicule, et ses occupants étaient morts asphyxiés.

À l'idée de tomber lui aussi sur une voiture pleine de cadavres, Tom avait des suées. Il aurait voulu demander à Marcel ce qu'il avait ressenti au moment où il avait retiré la neige et vu les gens à l'intérieur. Le moment précis où ils n'avaient pas répondu aux coups qu'il avait donnés contre la vitre, et où il avait compris… Il avait dû leur crier des encouragements, et pas une tête ne s'était tournée vers lui. Personne n'avait bougé.

Il savait sans doute déjà qu'ils étaient morts à cause du silence qui régnait dans la voiture. Pas un silence vide, non, quelque chose de plus irrévocable.

Quand il avait aperçu ce qui ressemblait à un tas de vêtements au pied de la falaise, Tom avait tout de suite su qu'il ne s'agissait pas juste de vêtements. Non pas parce qu'il aurait reconnu ceux de Robert, il ne remarquait jamais ce que les gens portaient. C'était autre chose. Simon et lui avaient atteint le fond du ravin et contournaient la face rocheuse en avançant avec précaution sur les éboulis luisants de la rive. Tom avait levé les yeux, vu le tas au pied de la falaise, juste sous l'endroit où ils se trouvaient une demi-heure auparavant, et il avait compris aussitôt.

Le plus impardonnable, c'est que, en plus du frisson glacé d'horreur qui l'avait parcouru, il s'était senti outré. Sa première pensée avait été : quelle sorte d'ami est-il pour me faire ça ? Se tuer presque sous mes yeux, en présence d'un étranger, qui plus est.

La véritable question aurait dû être : quelle sorte de salaud fini peut avoir cette réaction en voyant le corps sans vie de son meilleur ami ? C'était monstrueux ; il avait du mal à le croire, mais c'était ce qu'il avait pensé, ce qu'il avait éprouvé. Il avait l'impression que ce suicide était dirigé contre lui, que Robert s'était laissé tomber de la falaise (et il s'était laissé tomber, il n'avait pas sauté, il ne s'était pas élancé, parce que son corps se serait retrouvé à quelque distance de la falaise, non pas tout contre), qu'il s'était laissé tomber purement et simplement pour punir Tom, pour lui dire : tu n'as pas l'air de te rendre compte de ce par quoi je suis passé, tu t'amuses bien avec ton nouvel ami, alors je vais te montrer. Regarde un peu.

Il ne pensait plus qu'à la mort. Elle ne le quittait pas un instant le jour, hantait ses rêves la nuit. Lorsqu'il lisait les journaux, elle lui sautait aux yeux. Qu'il s'agisse d'un seul décès ou de disparitions en masse, d'un meurtre ou d'un génocide, d'une guerre, d'une famine, d'une épidémie, d'une maladie, elle l'appelait, attirait son attention. Le matin précédent, la rubrique nécrologique du *Globe and Mail* comptait quatre colonnes et Tom n'avait pas pu s'empêcher de lire chaque avis. On aurait dit que son cerveau tournait en rond, comme un rat en cage, pour essayer de trouver une manière de rationaliser ce qui était arrivé. Regarde tous ces décès, lui disait-il. Tout le monde meurt, alors, pourquoi en faire un drame ? Tout le monde meurt ; il y a tout le temps des gens qui meurent, et il faut le prendre au pied de la lettre, c'est-à-dire à chaque seconde du jour ou de la nuit. Certains meurent vieux, d'autres jeunes, mais ils meurent tous, et le fait que quelqu'un trouve une mort précoce ne change rien à l'ordre du monde. Ça n'a aucune importance parce que rien n'en a dans l'ordre du monde.

De toute façon – et c'était une autre chose que son cerveau lui répétait en pure perte –, il n'aurait rien pu faire.

L'église se trouvait au croisement de la rue principale et de Cleveland Street. La maison du révérend Thomas était la première sur la gauche dans cette rue. Sa voiture ressemblait à une baleine enfouie sous presque un mètre de neige. Elle n'avait pas bougé de tout l'hiver. De bonnes âmes déblayaient régulièrement l'allée mais, par délicatesse, ne touchaient pas au véhicule. Un étroit sentier entre la rue et la porte d'entrée témoignait du flux incessant de pratiquantes qui apportaient, qui un bon petit plat, qui une tourte.

En passant devant la maison, Tom garda les yeux fixés droit devant lui, au cas où le révérend Thomas sortirait sur sa terrasse. À en croire la rumeur qui circulait au Harper's, Mme Thomas l'aurait quitté, ce qui voulait dire que le pasteur avait perdu non seulement son fils et sa foi, mais aussi son épouse. Qu'il avait tout perdu, en fait.

Que dire à quelqu'un qui a tout perdu ? Comment croiser son regard ? Surtout si on est le dernier à avoir vu son fils en vie, à avoir passé avec lui presque toute la matinée précédant sa mort, mais qu'on était trop occupé à s'amuser pour remarquer son état ? Pire, si on l'avait remarqué, mais qu'on s'était simplement senti agacé parce que la journée était magnifique et qu'on ne voulait pas la gâcher ?

Qu'est-ce qu'on dit dans ces cas-là ?

Le temps qu'il finisse de dégager les voies secondaires, les gens déblayaient leur allée ou avançaient au bord de la route, bonnet enfoncé sur les oreilles, capuche sur la tête, épaules remontées pour se protéger du froid. Ils agitaient la main au passage du chasse-neige et Tom leur rendait leur salut, bien content d'être isolé dans sa petite cabine glaciale. L'un des avantages de ce boulot était que personne ne s'attendait à le voir s'arrêter pour faire un brin de causette.

Il connaissait presque tout le monde – la plupart des gens depuis toujours, même si aucun de ses amis d'enfance n'était resté à Struan. Au lycée, ils formaient une petite bande à cinq, Miles Cooper, Wayne Patterson, Elliot Park, Robert et lui, quoique Robert fût le seul dont il se sentait vraiment proche. Ensuite, Miles et Wayne étaient partis étudier à l'école des mines de Haileybury, Elliot était entré à Ontario Hydro, la compagnie d'électricité, et Tom et Robert s'étaient inscrits à l'université de Toronto, Tom pour étudier la construction aéronautique et Robert l'histoire. Jusqu'à la licence, ils avaient partagé une chambre et fait la foire ensemble, mais, dès la reprise de l'année universitaire, Robert avait annoncé d'un ton détaché qu'il changeait de discipline et allait étudier la théologie. Persuadé qu'il plaisantait, Tom s'était mis à rire, puis, en se rendant compte que son ami parlait sérieusement, il avait été abasourdi. Robert ? La théologie ?

C'est vrai qu'ils n'abordaient jamais le sujet de la religion – les adolescents évitent d'aborder certains sujets, même avec des amis intimes, tels les parents, par exemple, dont la simple existence est embarrassante à un point indescriptible, et aussi la religion. Peut-être, une fois étudiants, auraient-ils pu en discuter de la même façon qu'ils discutaient de diverses idées nouvelles auxquelles ils étaient confrontés – n'importe quoi, de la philosophie à l'amour libre – si le sujet de la religion n'avait été inextricablement lié à celui du père de Robert, que Tom jugeait con et arrogant. D'ailleurs, Robert avait lui-même laissé échapper une phrase qui autorisait son ami à penser qu'il partageait cette opinion. Ce qui ne devait pas être facile pour lui, songeait Tom. Son propre père était très peu doué pour les relations avec ses enfants, mais, au moins, on pouvait le respecter. Au moins, il ne vous humiliait pas en prêchant devant tout le village et en adressant à chacun un sourire condescendant. Tom ne comprenait pas comment Robert pouvait supporter cette honte.

L'aveu de Robert sur les sentiments que lui inspirait son père était venu un jour de cuite, bien des années plus tôt, quand ils allaient encore au lycée. C'était un soir d'été et, sur la plage, ils liquidaient les dernières gouttes d'une bouteille de Jack Daniel's que Robert avait fauchée sur la banquette arrière d'une voiture appartenant à des touristes.

C'était à cette période que Robert avait commencé à picoler. Légalement, on n'avait pas le droit de boire d'alcool avant vingt et un ans et il était difficile de se procurer de la gnôle sous le manteau, mais, cet été-là, Robert s'était consacré à cette unique tâche : en obtenir par n'importe quel moyen, y compris le vol. Il se glissait chez les gens pendant qu'ils regardaient la télévision, dévalisait les cabanons des touristes, entrait, l'air de rien, dans l'hôtel Fitzpatrick's et piquait une bouteille derrière le bar. Tom en attrapait des sueurs froides à chaque fois ; mieux valait ne pas penser à ce qui se passerait si Robert se faisait prendre.

Mais il ne s'était jamais fait prendre. En voleur accompli, il repérait une occasion, la saisissait et descendait la rue avec une bouteille sous sa veste avant même que Tom ait eu le temps de comprendre ce qu'il était en train de faire.

Tom ignorait les raisons de son comportement. Robert n'avait jamais été du genre turbulent. C'était un garçon tranquille, réservé ; sa conduite avait de quoi surprendre. Mais cette loi ridicule interdisant l'alcool aux moins de vingt et un ans devait être transgressée, et, de toute façon, les règles tacites de l'amitié exigeaient qu'il accorde à Robert un soutien inconditionnel, sans poser la moindre question. Donc Tom ne disait rien, sans toutefois jouer un rôle actif dans ces larcins, bien content que Robert ne lui demande pas d'y participer. Tant mieux, il aurait fait un piètre voleur : son air coupable l'aurait aussitôt trahi.

D'ailleurs, si Tom ne crachait pas dans la soupe, il ne forçait pas sur la boisson ; il craignait trop la réaction de son père pour oser rentrer à la maison en titubant. Robert, lui, paraissait n'attendre qu'une chose : que son père ne puisse pas ignorer qu'il buvait de façon excessive.

« Mon père me conseille d'arrêter la gnôle », déclara Robert ce soir-là au bord du lac, comme si c'était de son père ou de l'alcool qu'ils avaient parlé jusque-là. D'ailleurs, ils ne parlaient presque pas, ils faisaient un concours de ricochets et se passaient le Jack Daniel's, chacun enfermé dans ses pensées. Il avait fait chaud et humide toute la journée et des nuages orageux s'accumulaient à l'est. L'eau était si calme qu'elle semblait endormie.

« Il ne m'interdit pas de boire, poursuivit Robert. Il n'interdit jamais rien. C'est à moi de choisir pour tout, de prendre mes décisions. » Il était déjà bourré, mais même complètement ivre, Rob n'avait jamais la voix pâteuse. En revanche, il ne parvenait plus à coordonner ses mouvements ni à maîtriser ses mains et ses pieds.

Tom garda le silence. On ne peut tout simplement

pas dire à quelqu'un que son père est un con. Il continua donc à retourner des cailloux avec son pied pour trouver celui qui ferait le plus de ricochets.

« Il est d'une patience exemplaire quand il explique quelque chose, dit Robert d'une voix qui ressemblait à un point agaçant à celle de son père. Il m'explique cent fois sans se lasser les raisons pour lesquelles je ne devrais pas boire. La peine que ça fait à ma mère, le mauvais exemple que je donne aux moins privilégiés que moi. »

En se penchant pour ramasser un caillou, il oscilla légèrement. Pourtant, par une sorte de magie, la bouteille resta droite, comme si sa main était un gyroscope.

« En fait, c'est la raison principale qu'il avance, dit-il en se redressant et en examinant le caillou. Ces moins privilégiés voient en moi un exemple à suivre. À cause de mon nom. Donc, si je bois, ils boiront. Et s'ils deviennent des pochards, ce sera ma faute. Très logique. C'est quelqu'un de très logique, mon père. »

Il lança son caillou qui monta plus ou moins droit vers le ciel et retomba dans l'eau avec un plouf à un mètre à peine du bord.

« Pathétique, estima Tom. Zéro pointé. »

Du pied, il exhuma le caillou idéal, plat comme une crêpe et d'une rondeur presque parfaite. Il le ramassa, le soupesa dans sa main pour le tester, se pencha en avant, visa et le lança. Celui-ci ricocha longuement sur l'eau tout en tournant sur lui-même et disparut proprement dans les rides qu'il avait formées.

« Le mien vaut dix sur dix ! Sans contestation possible. »

Robert acquiesça et but une lampée. « À ton avis, qu'est-ce qu'il voulait dire par là ? demanda-t-il.

— Par quoi ?

— Cette histoire de moins privilégiés qui verraient en moi un exemple à cause de mon nom. Que veut dire mon nom ?

— Bonne question. Je me la suis toujours posée. » Tom n'avala qu'une goutte et tendit la bouteille à son ami. Il avait atteint la limite d'ivresse qu'il s'autorisait.

Robert trouva un caillou, le lança avec force, mais loupa complètement le lac et s'assit lourdement. Il n'essaya même pas de se relever et se contenta de bercer la bouteille dans ses deux mains, les yeux fixés sur l'eau. De temps à autre, un éclair jaillissait sous le ventre sombre des nuages.

« Je suppose que ça n'a pas d'importance, reprit Robert. Parce que ce qu'il veut vraiment dire, c'est que je porte son nom. Les gens voudront suivre mon exemple parce que je suis son fils, pas parce que je suis moi, voilà ce qu'il veut dire. Pourquoi est-ce que quelqu'un voudrait suivre mon exemple parce que je suis moi, bon sang ? Sauf que, si je me soûle, ça fait mauvais effet. Voilà ce qui l'embarrasse, ce qui l'emmerde, pas que les gens deviennent des ivrognes. Quel sale hypocrite ! S'il était franc, rien qu'une fois, s'il me disait que ça le gêne, j'arrêterais. Je le jure devant Dieu. J'éprouverais du respect pour lui et j'arrêterais de boire. »

L'orage approchait, la foudre zébrait le ciel, le

tonnerre rugissait comme au jour du Jugement dernier. Tom ne cessait de penser à son propre père et se demandait quelle était la cause de sa fureur perpétuelle.

Au bout d'un moment, Robert lâcha : « Il dit qu'il a une grande confiance en moi. Une grande confiance. Il sait que, au fond, je suis quelqu'un de bien. » Il but un long trait à la bouteille. « Ça me donne envie de dégueuler. »

C'était la seule fois qu'il avait dit franchement ce qu'il pensait de son père, et Tom avait la nette impression qu'il n'avait pas changé d'avis au cours des années suivantes. En tout cas, Rob avait continué à boire et, jusqu'à sa licence, il avait vécu constamment dans des vapeurs d'alcool. Au moins, il n'avait plus besoin de voler sa gnôle car on en trouvait facilement sur le campus.

Il avait l'alcool paisible et tout le monde l'aimait. Comme il était très intelligent et possédait une mémoire presque photographique, ses notes n'en souffraient pas. Tom, dont les cours demandaient plus de travail, était plus assidu et étudiait souvent dans leur chambre quand son camarade, lui, sortait le soir. Des amis hissaient Robert dans l'escalier, le jetaient sur son lit, hochaient vaguement la tête en direction de Tom et repartaient. Avant de se coucher, Tom posait la corbeille en plastique au chevet de Rob au cas où il voudrait vomir dans la nuit, et jetait sur lui une couverture. Ça faisait partie de la vie estudiantine, et ni l'un ni l'autre n'y accordait une grande importance.

L'année de leur mastère, chacun avait sa chambre et, s'ils se voyaient plus rarement, ils se retrouvaient tout de même une ou deux fois par semaine. Rob restait fidèle à son personnage de rebelle, c'est pourquoi Tom fut très surpris quand, un soir qu'ils prenaient un verre, Rob brandit une bouteille de coca et annonça que, à la suite d'une longue conversation qu'il avait eue avec son père, il avait décidé de devenir pasteur. Il ajouta que, dorénavant, il avait renoncé à l'alcool.

« Pour ne pas donner un mauvais exemple aux moins privilégiés ? » rétorqua Tom avant de se rendre compte que son ami parlait sérieusement.

Rob parut d'abord un peu déconcerté, puis il sourit. « C'est ça. Je suis le gardien de mon frère, etc. »

Tom se sentait tellement gêné pour lui qu'il ne trouva rien à dire.

Cependant, il fut vite rassuré : au cours de l'année, Robert replongea régulièrement et, dès l'été suivant, il était plus ou moins redevenu comme avant malgré ses études de théologie. Cette année-là, tous deux travaillaient à la scierie pendant les vacances et se retrouvaient le soir, souvent au bord du lac, et ils retombèrent dans leurs anciennes habitudes jusqu'au jour de l'accident. Alors, tout changea.

Tom arrêta le chasse-neige dans Crow River Road. Il coupa le moteur, descendit et fit quelques pas en frappant des pieds pour rétablir la circulation du sang. Il sortit de la poche de sa parka la barre Hershey, dévissa la Thermos et contempla le paysage couvert de neige. Tout était monochrome, hormis quelques nuances de blanc et de gris. Des clôtures antiserpents jalonnaient la lisière des champs, chaque barreau joliment coiffé de neige. Derrière, des arbres sombres alourdis de neige. Et le ciel d'un gris uniforme. Autour de lui, la neige s'étendait, pure, propre, vierge, sauf dans le sillage de l'engin, cicatrice sur un visage parfait. De temps à autre, deux corbeaux s'envolaient d'un arbre tels des bouts de papier carbonisé, flottaient un moment dans l'air immobile, croassaient de leur voix rauque, puis se posaient de nouveau dans la forêt. Aucun autre son ne se faisait entendre.

Tom termina son café, se soulagea au bord de la route, regarda l'urine forer un trou étrangement obscène dans le talus blanc, puis remonta dans la cabine et dirigea le chasse-neige vers les voies secondaires. La dernière partie de son trajet empruntait Whitewater Road. C'était par hasard qu'il s'y attaquait en dernier. S'il l'avait pu, il aurait commencé par là pour s'en débarrasser, mais il aurait fallu rebrousser chemin, ce qui n'aurait pas été malin. En commençant ce boulot, il s'imaginait que, avec le temps, il cesserait de redouter, ou même de remarquer, le chemin du ravin. Il était si étroit, à peine un sentier. Si on ne le connaissait pas, on le manquait forcément.

Pourtant, Tom avait une perception exacerbée de sa présence. Lorsqu'il s'en approchait, il sentait la tension monter en lui et il avait beau essayer de se concentrer sur la route et de regarder droit devant lui, il ne pouvait s'empêcher de le voir à la périphérie de son champ visuel, mince ruban blanc au milieu des bois. La végétation l'avait de nouveau envahi, mais elle ne montait pas très haut. Avec un peu moins de neige, une voiture aurait pu y passer. Son engin pourrait le faire maintenant. Parfois, il avait envie de retourner là-bas. Parfois l'attrait de ce sentier était si puissant que ça lui faisait peur.

Mais bientôt, il le laissait derrière lui et, devant lui, il y avait simplement des routes à dégager, puis le trajet du retour, un sandwich au bœuf chaud avec des frites au Harper's, et la lecture du journal qui se poursuivrait à la maison. L'heure de se coucher approcherait et Tom serait ainsi parvenu à boucler une journée de plus.

Il acheta son journal au drugstore et l'emporta au Harper's. L'heure du déjeuner était passée et le restaurant était vide à l'exception de deux hommes qui portaient des blousons de la compagnie Ontario Hydro, installés dans un box, près de la vitre. Tom se dirigea droit sur son petit box, au fond, ôta manteau, bonnet, gants, écharpe, s'assit, étala le journal devant lui et scruta la une. Aucune grande catastrophe. Pas d'épidémies, ni de nouvelles guerres. Trudeau, le Premier ministre, avait dansé jusqu'à deux heures et demie du matin à la fête de l'Hiver du Québec, avec, sur ses talons, une douzaine de membres de la police montée. Les policiers à cheval avaient-ils dansé, eux aussi ? On ne le précisait pas.

Il y avait une interview de Frank Borman. Apparemment, les astronautes d'Apollo 8 s'étaient donné huit chances sur dix de survivre à cette expédition sur la Lune. Les scientifiques de la Nasa leur avaient prédit neuf chances sur dix, mais eux penchaient pour huit. Quand on lui avait demandé s'ils avaient des capsules de poison à avaler au cas où l'engin spatial se perdrait dans l'espace, Frank Borman avait éclaté de rire et répondu que non, ils n'en avaient pas.

Tom y réfléchit et se demanda s'ils s'étaient beaucoup inquiétés en sachant qu'ils couraient un tel risque. Sans doute pas. Ils ne s'autorisaient certainement pas à s'appesantir là-dessus. La sélection des astronautes devait être sévère et quiconque n'arrivait pas à dormir la nuit en imaginant sa propre mort – Tom, par exemple – était bien sûr éliminé dès le début des tests.

Mais comment s'en empêcher ? Après la catastrophe d'Apollo 1, ils avaient bien dû y penser, imaginer plusieurs scénarios : s'il ne se produisait pas une explosion au lancement du vaisseau spatial, ce pouvait être un dysfonctionnement quelconque, une erreur de calcul d'un contrôleur de la Nasa, un raccordement défectueux. Une explosion, au moins, ça allait vite. Quant aux autres problèmes... à moins de manquer d'air tout de suite, ça pouvait prendre des semaines. Des semaines à errer dans le noir total, à attendre la fin.

Tom se posa des questions sur « la fin ». Après la fin, il n'y avait plus rien, de la même façon qu'il n'y avait rien avant la conception. Donc, on n'avait rien à redouter du néant. Mais le moment précis de la mort – ce qui séparait l'être du non-être –, voilà qui dépassait l'entendement. Comment était-ce ? La vie s'effaçait-elle peu à peu, comme une corde lisse glisse des doigts qu'on serre de moins en moins, si bien que, à « la fin », on ne peut pas dire si on la tient encore ou non ? Ou bien l'effet était-il celui d'un interrupteur ? Vivant – mort. D'un coup. Vivant – mort. Plus rien.

C'était sûrement ce qui se passait en cas de mort violente – celle de Robert, par exemple, car toutes les morts, désormais, lui rappelaient celle de Robert. Instantanée. « Rapide, Dieu merci. » Ce qui était bien, évidemment, sauf que, dans le cas de Robert, il y avait une chose à laquelle il ne supportait pas de penser et pensait pourtant tout le temps, c'était la chute. L'horreur des dernières secondes. Quand on rêvait qu'on tombait, la sensation était si terrifiante qu'on se réveillait. Combien de temps la chute de Rob avait-elle duré ? Le temps effectif était simple à calculer en fonction de la hauteur, la vitesse pouvant atteindre dix mètres par seconde, mais qu'en était-il du temps perçu, car le temps était relatif et une fraction de seconde donnait peut-être l'impression de durer une éternité. Une éternité de terreur.

Soudain, un verre d'eau glacée apparut devant lui. Tom le fixa des yeux, désorienté. L'espace d'une minute, il ne se rappela plus où il était. Un couteau et une fourchette suivirent. Seigneur, songea-t-il. Ressaisis-toi.

Le service était assuré par deux serveuses, en alternance : Jenny Bates et Carol Stubbs. Aujourd'hui, c'était Jenny. Il la reconnaissait à ses mains fines, aux longs doigts, aux ongles courts bien limés. Les mains de Carol étaient épaisses et blanches, avec du vernis perpétuellement écaillé. Toutes deux avaient largement dépassé la trentaine, elles n'étaient donc pas allées en classe avec lui, mais il les avait toujours vues travailler au Harper's.

Jenny s'éclipsa. Elle n'avait pas besoin de lui demander ce qu'il désirait. Tom sentait son cœur cogner dans sa poitrine. Il respira un grand coup, puis relâcha lentement l'air emmagasiné dans ses poumons. Jenny revint avec le sandwich au bœuf chaud et les frites, le tout nageant dans de la sauce, et les déposa devant lui. « L'assiette est brûlante », le prévint-elle comme d'habitude.

Tom s'éclaircit la gorge. « Merci », dit-il sans la regarder. Soulagé, il constata que sa voix était normale.

Mais la serveuse ne partait pas, restait à côté de sa table, ce qu'elle ne faisait jamais. À contrecœur, il leva les yeux.

« Je voulais juste vous dire au revoir, expliqua Jenny en semblant s'excuser, comme si elle savait qu'il ne fallait pas lui adresser la parole. C'est mon dernier jour. Une nouvelle va commencer demain. Nous partons pour Calgary.

— Oh ! » fit Tom. Il se rendit compte qu'il lui faudrait en dire un peu plus. « Alors, bonne chance.

— Merci. Bonne chance à vous aussi. » Elle hésita avant d'ajouter : « J'espère que les choses vont bien tourner pour vous, Tom. »

Se sentant rougir, il baissa les yeux. Donc, elle connaissait l'histoire. Bien sûr. À Struan, tout le monde était toujours au courant de tout. Sans aucun doute les gens parlaient de lui derrière son dos. En utilisant des mots tels que « dépression » ou des expressions telles que : « La vie doit continuer coûte que coûte. »

Il avait peur que Jenny ne continue à parler, mais elle ne le fit pas. Elle se contenta de poser un instant ses doigts sur la table, puis retourna à la caisse enregistreuse.

Ensuite, le silence se réinstalla. Tom passa l'heure suivante à lire son journal. De temps en temps, Jenny venait remplir sa tasse sans qu'il le lui demande. Avant de partir, il laissa un bon pourboire pour la remercier et lui montrer qu'il ne lui en voulait pas de lui avoir parlé, coinça le journal sous son bras et rentra chez lui à travers la neige.

Au moment où il arriva, Sherry Rutledge était dans la cuisine. Ce n'était pas prévu, elle était censée venir le matin et avoir terminé à midi. Mme Machin était encore malade et personne ne semblait savoir quand elle reviendrait, Sherry la remplaçait pour aider au ménage. Tom la connaissait vaguement pour l'avoir croisée au lycée. S'ils avaient le même âge, Sherry avait plusieurs classes de retard car elle avait un petit pois à la place du cerveau. Selon lui, c'était aussi une traînée de première et elle flirtait tout le temps avec lui. Tom semblait caparaçonné de glace pour repousser ses avances – il ne la regardait jamais, ne lui parlait jamais, ne tenait pas compte de sa présence – mais elle était tellement bête qu'elle ne s'en apercevait même pas.

« Salut, Tom, disait-elle d'une voix aguicheuse, affectée, écœurante, dès qu'elle l'apercevait. Je t'ai vu dans le chasse-neige ce matin. Je t'ai fait signe, mais tu m'as pas vue. »

Ou bien : « Qu'est-ce qu'il y a de si intéressant dans ce vieux journal, Tom ? Chaque fois que je te vois, tu lis ce vieux journal. Chaque fois ! »

Croyait-elle qu'il s'agissait toujours du même exemplaire ? Peut-être.

Donc, il suspendit son manteau dans l'entrée et ôta ses bottes en tâchant d'être le plus silencieux possible. Rien qu'à l'oreille, il savait que c'était Sherry et non sa mère qui se trouvait dans la cuisine. Sa mère faisait des bruits qui lui ressemblaient, vagues, négligents. Elle s'arrêtait souvent de marcher. Revenait sur ses pas. S'immobilisait de nouveau. Sherry, elle, se déplaçait bruyamment et rappelait à Tom une Megan en colère, mais, dans le cas de Megan, le travail était fait à la fin de la journée. Tandis que Sherry ne fichait rien, puisque, à la fin, tout était à peu près dans le même état qu'au début. Le bruit, c'était juste pour la galerie. S'il n'avait tenu qu'à lui, il l'aurait mise à la porte dès le premier jour.

Indécis, agacé, il resta dans l'entrée en chaussettes. Il pouvait monter dans sa chambre, mais on se gelait là-haut. Elle devait avoir presque fini. Peut-être que, s'il tournait le fauteuil de façon à ne pas être visible de la cuisine, Sherry partirait sans remarquer sa présence. Il se glissa dans le séjour et commença à bouger le fauteuil, puis il aperçut Adam qui, recroquevillé contre un pied, le regardait avec des yeux surpris. Depuis la scène de l'autre jour, Adam s'était approprié le petit espace compris entre le fauteuil de Tom et le mur et s'y réfugiait quand leur père était à la maison, mais pas quand il était absent. Avait-il peur de Sherry ? Une idée lui traversa brusquement l'esprit : si Sherry se montrait désagréable avec Adam d'une quelconque manière, il l'attraperait par les cheveux et la traînerait dehors. La violence de cette pensée lui coupa le souffle. On aurait dit qu'elle attendait dans un recoin sombre de son être et qu'elle venait de lui sauter dessus.

« Qu'est-ce que tu fabriques ? » chuchota-t-il à son petit frère.

Adam le regarda en écarquillant les yeux. « Rien, chuchota-t-il à son tour.

— Elle a été méchante avec toi ? » Tom fit un signe de tête en direction de la cuisine.

Adam secoua la tête.

« Alors, pourquoi tu te caches ?

— J'l'aime pas », dit Adam, puis il eut l'air anxieux, comme s'il n'avait pas le droit de répondre ça.

Tom étouffa un rire. « Moi non plus. Pourquoi tu ne montes pas dans la chambre de maman ? »

Elle devait être au lit – elle s'allongeait toujours l'après-midi, même s'il n'y avait pas de nouveau-né – mais ne dormait sans doute pas.

« Elle est avec le bébé.

— Ça ne fait rien. Toi aussi, tu as le droit d'aller là-bas. Ça ne gênera pas maman. »

Adam baissa les yeux. Il faisait rouler un camion benne bleu et jaune sur le bord du tapis. Tom sentait la frustration monter en lui. Est-ce qu'Adam était devenu invisible pour sa mère ? Ne se rendait-elle pas compte qu'il ne savait plus où était sa place ?

Une mère normale n'aurait-elle pas prévu cette réaction à l'arrivée d'un nouveau bébé ?

Il repensa à la naissance de ses différents frères et essaya de se rappeler comment leur mère s'était comportée, mais les choses étaient différentes parce que Megan était là. Il avait le souvenir – de nombreux souvenirs, en fait – de sa mère avec un bébé contre sa poitrine, maintenu par une sorte de porte-bébé en tissu qu'elle avait confectionné pour avoir les mains libres. Sans doute était-elle alors aussi absorbée à l'époque qu'elle l'était à présent, mais personne ne s'en apercevait parce que Megan, avec son efficacité redoutable, veillait à satisfaire tous leurs besoins. Soudain, il prit conscience que leur mère ne s'occupait plus de ses enfants une fois qu'ils n'étaient plus des nourrissons. Elle n'aimait que les bébés. C'était peut-être pour cette raison qu'elle ne cessait d'enfanter.

À présent, alors qu'il regardait l'avant-dernier-né, il le prit en pitié malgré lui.

« Tu peux venir dans ma chambre jusqu'à ce qu'elle s'en aille », proposa-t-il. Il ne voulait pas prendre le risque de rester au rez-de-chaussée. Si Sherry le repérait, elle se mettrait à lui parler et, à cette simple idée, son estomac se retournait. « Juste pour cette fois, d'accord ? »

Adam acquiesça. Vite, il se leva et rassembla quelques-unes de ses voitures Matchbox. Tous deux montèrent l'escalier sur la pointe des pieds.

Ils s'assirent sur le lit. Adam fit rouler ses voitures sur les montagnes que figuraient les draps et couvertures. Le regard fixé sur le mur, Tom maudissait

Sherry Rutledge. Il avait laissé son journal en bas et n'avait rien à lire. La routine inoffensive de sa journée avait été pulvérisée. C'était ridicule. Il se retrouvait assis avec Adam, côte à côte sur son lit, dans sa chambre glaciale pour se cacher d'une femme de ménage. La situation était complètement absurde ! Il allait descendre, lui dire de partir et, dorénavant, de venir le matin comme convenu. Mais pour ça, il faudrait lui parler.

Quelque chose titillait son esprit à sa périphérie, réclamait son attention. Une odeur. Une mauvaise odeur. Il embrassa la pièce du regard pour essayer de la localiser et la trouva juste à côté de lui. Elle émanait d'Adam.

Tom le regarda attentivement, vit ses cheveux emmêlés, collés avec quelque chose, de la morve, peut-être, la bouche entourée d'une croûte de nourriture, les oreilles dégoûtantes. Il portait un pyjama et un pull par-dessus, des chaussettes dépareillées, et pas de chaussures. Et il puait. Il n'y avait pas d'autre terme.

« Ça fait combien de temps que tu n'as pas pris de bain ? » lui demanda Tom en tâchant de ne pas élever la voix.

Adam le regarda d'un air coupable.

« Tu n'as rien fait de mal, dit Tom avec impatience. Je veux simplement savoir depuis quand tu n'as pas pris de bain. Tu en as pris un depuis la naissance du bébé ? »

Adam réfléchit. Secoua la tête.

À quand est-ce que ça remontait ? Trois semaines,

grosso modo. L'appréhension se mêla à la frustration qui lui tordait les viscères.

« Est-ce que maman s'est levée aujourd'hui ? Elle est descendue ce matin ? »

Adam fit signe que oui.

« Elle t'a fait manger à midi ?

— Oui.

— Qu'est-ce que tu as mangé ?

— De la soupe. »

Bon, c'était toujours ça. Et au petit déjeuner, il y avait eu des corn-flakes, du lait et du pain. Donc, le service minimum était assuré et il n'avait pas à s'en occuper. Il ne voulait pas s'en occuper. Il refusait de le faire. Alors, si Adam dégageait une odeur de latrines, quelle importance ? Il avait sa propre chambre – l'ancienne chambre de Megan –, personne ne la partageait avec lui. Ne pas se laver n'était pas mortel.

On entendit du bruit en bas – la porte de la cuisine s'ouvrit. Tom se surprit à retenir son souffle. Et si elle montait et voyait les deux frères assis là ? Qu'est-ce que ça peut foutre ? Il était furieux. Qu'est-ce que ça peut foutre, ce que Sherry Rutledge voit ou ne voit pas ?

Il l'entendait marcher dans la salle de séjour. Ses pas arrivèrent au pied de l'escalier. Adam lui aussi retenait son souffle.

Soudain une porte claqua – celle du dehors, puis la porte d'entrée – et la voix de Corey fit : « ... du sang sur la neige. Va voir si tu ne me crois pas ! »

Les garçons revenaient de l'école.

« Du sang, ça ne prouve rien, crétin. » La voix de

Peter était chargée de mépris. « Quelqu'un a pu saigner du nez, ou écraser un chien, je ne sais pas, moi. De toute façon, si elle lui avait démoli la mâchoire, ça ne saignerait pas. »

La voix de Sherry s'éleva, stridente et en colère : « Qu'est-ce qui vous prend d'entrer avec vos bottes ? Voilà que vous avez laissé de la neige partout ! »

Il y eut un bref silence pendant lequel Tom imagina Peter et Corey en train de regarder Sherry avec leurs yeux de merlan frit. Puis Peter reprit : « De toute façon, elle est pas assez forte pour démolir la mâchoire de qui que ce soit. C'est une fille, au cas où tu l'aurais pas remarqué. Elle a des nichons. »

Et Corey répliqua : « Je sais qu'elle a des nichons, imbécile, c'est pour ça qu'elle l'a frappé, parce qu'il essayait de lui attraper les nichons, en pleine rue ! Et il a saigné parce qu'elle lui a fait sauter des dents. Les dents, ça saigne, au cas où tu le saurais pas. Elle s'est pas contentée de le gifler, elle lui a flanqué un sacré gnon en pleine poire. Elle l'a envoyé au tapis et quelqu'un a dû aller chercher le Dr Christopherson, et tout. Et elle, elle est restée là, à le regarder, et ensuite, son frère est arrivé, il l'a fait monter dans sa voiture et ils sont partis. C'était fantastique ! »

Ces mots arrachèrent un croassement ravi à Peter. « Non mais, t'es amoureux d'elle, ma parole ! J'vais l'raconter à tout le monde, j'vais l'raconter à tout le monde ! »

Il y eut un craquement, un cri, un grand bruit mat, puis Sherry hurla : « De toute ma vie, j'ai jamais vu de gamins aussi bêtes ! Je m'en vais, et si cette maison n'est pas propre, c'est à cause de vous deux ! »

On entendit alors ses pas précipités dans le séjour, dans l'entrée, et, une minute plus tard, la porte intérieure, puis la porte extérieure claquèrent. Elle était partie.

Tom regarda Adam, qui le fixait avec des yeux pleins d'espoir.

« Sauvés ! » dit Tom.

Adam lui sourit et tous deux se levèrent pour descendre au rez-de-chaussée.

7

Megan

Londres, février 1966

MEGAN SE FIT EMBAUCHER au rayon parfumerie de Dickins & Jones, dans Regent Street, mais elle ne tint pas plus d'une semaine. Ce n'était pas le maquillage qui la démoralisait – elle possédait elle-même un tube de rouge à lèvres avant qu'on ne le lui vole avec sa valise –, non, c'étaient les crèmes de jour et de nuit, assorties de leur promesse d'éternelle jeunesse. Elle retourna voir Mme Jamison, au service du personnel, pour lui demander s'il n'y aurait pas une place dans un autre rayon.

« Qu'est-ce qui ne va pas avec les produits de beauté, Megan ? C'est bien comme ça que vous vous appelez, je ne me trompe pas ? »

Megan lui donnait un tout petit peu moins de quarante ans et la trouvait à la fois élégante et intelligente. Elle portait un tailleur-pantalon noir à la stricte coupe masculine, mais sur elle, il faisait très chic.

« C'est à cause des crèmes pour le visage, répondit Megan. Elles sont… » Elle allait dire « ridicules » – pourquoi avoir peur des mots ? – quand il lui vint à l'esprit que Mme Jamison pouvait en utiliser.

« … tellement chères », termina-t-elle sans grande conviction.

Mme Jamison hocha la tête avec gravité. « Quelques-unes, oui, reconnut-elle. Mais on ne vous demande pas de les acheter, Megan, seulement de les vendre. Si des femmes ont envie de se les payer, c'est leur affaire, non ?

— Bien sûr, mais… » Megan aimait bien Mme Jamison et ne voulait pas paraître capricieuse. « Parfois, les clientes veulent savoir si les crèmes sont efficaces, si elles préservent vraiment la jeunesse. J'ai alors un peu l'impression de… ça me semble vraiment… »

Mme Jamison parut réprimer un sourire. « Vous n'êtes pas obligée de répondre qu'elles sont efficaces. Si vous préférez, dites que vous ne les avez pas essayées personnellement et que vous ne pouvez donc pas l'affirmer. D'un autre côté, vous ne pouvez pas non plus affirmer qu'elles ne sont pas efficaces. Tout le monde n'a pas la chance d'avoir une jolie peau comme la vôtre, Megan. Certaines femmes pensent avoir besoin d'un petit coup de pouce en matière de beauté, surtout en vieillissant. Alors, si ça les aide à se sentir mieux, où est le problème ? »

Megan pensait confusément qu'il y en avait un, sans toutefois pouvoir mettre le doigt dessus. « Je crois que j'aimerais mieux vendre des articles dont les gens ont vraiment besoin », répondit-elle d'un ton décidé.

Mme Jamison l'examina un instant, un sourire flottant sur ses lèvres. « Des vêtements, par exemple ? suggéra-t-elle. Il y a une place au rayon mode féminine. Vous admettrez sans doute que les gens ont besoin de vêtements ?

— Absolument, répondit Megan avec gratitude. Surtout avec ce temps. »

Depuis son arrivée, il avait plu sans discontinuer et elle n'avait pas souvenir d'avoir jamais eu si froid à Struan, même si les flaques qu'elle contournait sur le chemin de son travail ne gelaient pas.

Mme Jamison se mit à rire, et pourtant, Megan n'avait pas essayé de faire de l'humour. « Allez voir Mme Timms. Au premier étage. Dites-lui que c'est moi qui vous envoie. »

Le rayon mode féminine, lui aussi, démoralisait Megan, mais elle s'accrocha pour faire plaisir à Mme Jamison, et aussi parce qu'elle savait que le magasin n'avait rien de mieux à lui offrir. Ce n'était pas vendre ces vêtements qui la gênait – tous n'étaient pas superflus et certains, notamment les pulls (on les appelait ici *jumpers* ou *jerseys*), lui plaisaient tant qu'elle regrettait de ne pas pouvoir se les offrir –, non, c'était que, la plupart du temps, elle n'avait rien à faire et s'ennuyait à mourir. Les samedis et jeudis soir (le jeudi était jour de nocturne), une activité fébrile régnait dans le magasin, mais, le reste du temps, les vendeuses étaient parfois plus nombreuses que les clients.

Ses collègues, qui, pour la plupart, avaient son âge ou étaient encore plus jeunes, paraissaient ravies de bavarder entre elles pendant des heures. Elles ne parlaient que de vêtements et de garçons, portaient des minijupes et des robes microscopiques aux couleurs vives et imprimées de cercles ou de carrés. Quand l'une arrivait avec une nouvelle tenue, les autres poussaient des cris surexcités.

Consciente de porter une jupe assez stricte et un chemisier blanc tout à fait classique, tous deux achetés le jour de son entretien d'embauche, Megan faisait de son mieux pour se joindre à elles (pas aux hurlements, cependant). Elle souriait quand une des filles lui montrait une nouvelle acquisition et disait : « C'est joli », mais les autres la dévisageaient, perplexes, l'air de se demander dans quelle langue elle s'exprimait.

Tracy, une fille toute petite, mignonne, avec de courts cheveux bruns qui lui encadraient le visage, se marierait dès que son petit ami et elle auraient mis assez d'argent de côté pour acheter une maison parce qu'elle refusait d'habiter chez les parents du garçon, « point à la ligne ». Elle prenait la « pilule » (la première fois, Megan ne comprit pas de quelle pilule elle parlait), mais, comme elle l'oubliait tout le temps, à chaque fois, elle se payait une frousse carabinée. La maman de Julie était divorcée et sortait avec un homme qui conduisait une Bentley et dont le fils ressemblait à Mick Jagger, à l'exception des lèvres. (Oh ! là, là ! s'exclamaient les autres filles en s'esclaffant.) Viv, une grande fille mince aux jambes élégantes et aux longs cheveux blonds, voulait être mannequin. Quand Mme Timms, la chef de rayon, prenait sa pause de midi, elle s'exerçait à marcher dans les allées, entre les robes, roulant des hanches si fort qu'on aurait cru qu'elles étaient déboîtées.

Megan avait appris toutes ces choses et bien

d'autres sur ses collègues de travail, et pourtant, ces filles lui restaient aussi étrangères, aussi indéchiffrables qu'un troupeau de flamants roses. Elles n'essayaient pas délibérément de l'exclure, non, Megan le voyait bien, mais elles avaient l'air d'évoluer dans un monde différent du sien. Un peu comme des extraterrestres. Sauf que c'était elle qui venait d'ailleurs. Elle les trouvait tellement étranges que, parfois, elle se demandait si elles n'étaient pas le fruit de son imagination – peut-être était-elle en train de rêver et, en se réveillant, elle s'apercevrait qu'elle était toujours dans sa chambre, à Struan. Il serait l'heure de se lever, de tirer les garçons du lit et de préparer le petit déjeuner. Plus d'une fois, elle se prit à l'espérer, c'était démoralisant. Qui aurait pensé qu'elle se révélerait aussi timorée, aussi casanière ?

Il faut que tu te ressaisisses, se répétait-elle. C'est ce que tu voulais – connaître quelque chose de nouveau, de différent. Alors tu devrais être ravie ! Elle se donna un ultimatum : profite de ton séjour ou retourne à la maison. Mais c'était une menace en l'air. Elle savait bien qu'elle ne pouvait pas retourner chez elle, du moins, pas tout de suite ; elle n'était là que depuis six semaines. Et, malgré ses efforts, elle ne paraissait pas avoir la force, ni la volonté, de profiter de son séjour.

Elle épluchait les annonces dans les journaux, mais, à l'exception de postes de serveuse ou de femme de ménage – tâches qu'elle avait effectuées toute sa vie –, toutes les offres d'emploi exigeaient des compétences qu'elle ne possédait pas.

À l'heure du déjeuner, elle ouvrait résolument son

nouveau parapluie (voilà une chose qu'elle aurait été ravie de vendre à longueur de journée) et allait explorer les rues du quartier : Regent Street, Oxford Street, Bond Street, Carnaby Street – des noms célèbres, elle le savait à présent. À l'exception des habitants du nord du Canada, toute la terre avait entendu parler de Carnaby Street. Elle tenta de s'immerger dans ce nouvel univers – boutiques aux couleurs bariolées, musique assourdissante qui s'échappait jusque dans la rue, vêtements, chaussures et bijoux fantaisie qui s'étalaient sur les trottoirs – mais il y avait trop de tout. Elle se surprit à regretter la monotonie ordinaire du magasin Hudson's Bay de Struan avec ses larges allées sombres et ses piles de chemises, chaussettes et sous-vêtements qui ne changeaient pas d'une année sur l'autre.

À Londres, elle ne parvenait pas à s'intéresser à quoi que ce soit, et encore moins à s'y adonner passionnément. Parfois, quand elle revenait chez Dickins & Jones, elle ne se rappelait strictement rien de ce qu'elle avait vu.

Elle eut bientôt mal au milieu de la poitrine, une douleur permanente qu'elle sentait parfois même en dormant. Ça l'épuisait, alors que, normalement, elle avait l'énergie de dix personnes. Et si elle était malade ? C'était peut-être un microbe qui l'affaiblissait ainsi, l'empêchant d'apprécier les bons côtés de la vie.

Matin et soir, il lui fallait rassembler ses forces pour l'épreuve du trajet en métro, cet *underground* qui, surtout en fin de journée, se révélait un enfer en forme de long tube souterrain. Le soir, à l'heure de pointe, un flot de gens descendait les marches à Oxford Circus, marée humaine qui envahissait les escaliers mécaniques, les couloirs et les quais et attendait un train sans cesser d'enfler. Dans le tunnel un rugissement de plus en plus sonore signalait l'arrivée en trombe d'un train qui émergeait de l'obscurité. Les portes s'ouvraient, des gens se déversaient sur le quai, puis la multitude qui l'avait attendu s'engouffrait à l'intérieur en jouant des coudes, s'entassait jusqu'à ce que les gens soient tellement serrés que Megan avait du mal à respirer. Un léger vertige de soulagement l'envahissait toujours lorsqu'elle arrivait à sa station et pouvait enfin se faufiler jusqu'à la sortie pour humer l'air froid et regagner son domicile en marchant avec son parapluie dans les rues obscures et mouillées.

Elle songeait aux grands espaces du Canada. Au vide immense et magnifique du Nord. Un territoire si vaste et si peu peuplé. Jusque-là, elle ne l'avait pas apprécié à sa juste valeur, ne s'était pas rendu compte de sa beauté.

Et pourtant, les trajets n'étaient pas le plus pénible. Le moment le plus difficile de la journée était celui où elle ouvrait la porte du 31, Lansdown Terrace. Même si elle ne s'attendait plus à voir sa valise dans l'entrée, elle ne pouvait s'empêcher d'espérer qu'elle retrouverait ses photos. La personne qui avait volé son bagage comprendrait l'importance qu'elles avaient pour leur propriétaire. Ce serait tellement simple de les mettre dans une enveloppe et de glisser celle-ci dans la boîte aux lettres – ou même, sans s'embarrasser d'une enveloppe, de fourrer les photos sous la porte. Tous les soirs, elle feuilletait la pile de factures et de prospectus que personne ne prenait la peine de ramasser par terre. La première fois, elle trouva la dernière lettre qu'elle avait envoyée à Cora, toujours fermée et salie par une empreinte de semelle. Tous les soirs, elle devait ravaler sa déception. Tu es ridicule ! se disait-elle en ajoutant son manteau à la pile posée sur l'une des bicyclettes avant d'aller dans la cuisine, au bout du couloir. Tout simplement ridicule ! Ne fais pas l'enfant !

En entrant dans la cuisine, Megan avait failli aller aussitôt acheter une paire de gants en caoutchouc et de l'eau de Javel en conditionnement économique pour la récurer du sol au plafond, mais elle s'était reprise à temps. Elle n'avait pas parcouru cinq mille kilomètres pour retomber dans ce piège. D'ailleurs, personne ne verrait la différence ou, dans le cas contraire, personne ne lui en saurait gré. Ici, même les filles ressemblaient à ses frères : elles paraissaient aimer vivre dans la crasse et en ajoutaient partout où elles passaient. Donc, chaque soir, Megan nettoyait juste assez de place sur la paillasse pour préparer et faire cuire son repas, et juste assez de place sur la table pour manger avec, pour l'accompagner, les violentes pulsations de la musique qui passaient à travers les murs. À présent, elle connaissait le nom de certains groupes : les Beatles, les Monkeys, les Animals. Un vrai zoo. Il lui arrivait néanmoins de se dire que, si elle avait pu régler le volume, elle aurait apprécié certains d'entre eux.

De temps en temps, une de ses colocataires s'aventurait dans la cuisine. Megan lui disait bonjour et, si elle ne planait pas trop, l'autre lui répondait. Elle avait compris ce qu'était la curieuse odeur qui flottait dans l'appartement.

Jamais elle ne vit une seule fille préparer un repas. Parfois, il y avait du pain en tranches au milieu du désordre de la paillasse. Les tranches disparaissaient au fil de la soirée mais, à part ça, ces filles semblaient vivre de fish and chips rapportés d'un stand dans du papier journal, laissant des relents désagréables de vinaigre. Les papiers gras puants jonchaient le sol de toutes les pièces.

Elle était très consciente de ne pas appartenir à ce monde. Comme avec ses collègues de travail, elle ne se trouvait aucun point commun avec elles. Elle aimait bien Sarah, la fille qui ressemblait à un insecte avec ses lunettes et s'était montrée aimable le soir de son arrivée, mais même elle était très bizarre. Il s'avéra que l'appartement lui appartenait – en fait, tout l'immeuble. Apparemment, ses parents étaient très riches. Megan proposa de lui payer un loyer, mais Sarah refusa. Quand Megan protesta en disant qu'elle ne pouvait pas rester là sans rien payer, Sarah lui fit son sourire vague, gentil, et rétorqua : « Pourquoi pas ? Tous les autres le font. »

Megan aurait aimé mieux la connaître mais ça ne paraissait pas possible.

Un soir, elle se risqua à lui poser une question : « Tu as un boulot ?

— Plus ou moins, répondit Sarah en allumant un joint boursouflé. Je travaille dans une galerie d'art. Un truc alimentaire, c'est tout.

— Oh ! Ça m'a l'air intéressant. Qu'est-ce que tu fais ?

— En fait, rien. Je me contente de sourire aux gens. Tu n'aurais pas vu mon sac ? Je l'ai posé quelque part. »

C'était peut-être l'herbe. Ils vivaient tous sur leur petit nuage. Megan était surprise qu'ils arrivent à se lever pour aller travailler le matin. Pas tous ; certains restaient vingt-quatre heures sur vingt-quatre affalés devant la télévision. Ils vivaient aux crochets de Sarah, qui s'en fichait.

Le seul pour lequel Megan ne semblait pas transparente était Zack, le barbu chevelu qui lui avait reproché la guerre du Vietnam le jour de son arrivée. Le soir, pendant qu'elle se préparait à manger (une côtelette, un morceau de poulet, parfois un ragoût), il traînait dans la cuisine, restait dans ses jambes et essayait de la convaincre de fumer un joint. Elle n'avait pas l'intention de se laisser convaincre de faire quoi que ce soit de ce genre, et surtout pas par Zack.

« Quel est votre problème, à vous autres Américains-pardon-pardon-Canadiens ? » lâchait-il d'un ton agressif. (Il lui rappelait les jumeaux – ils employaient le même ton lorsqu'ils n'arrivaient pas à obtenir ce qu'ils voulaient.) « Vous ne buvez pas, vous ne fumez pas, vous ne vous droguez pas… alors qu'est-ce que vous faites ?

— Nous travaillons », répondit Megan. Ça donnait

à ses compatriotes un côté bégueule, mais elle se fichait de ce que Zack pouvait penser des Canadiens.

Il eut un grognement de mépris – il ne s'abaisserait jamais à accepter le moindre travail. « Il faudrait essayer de vivre un peu. » Il lui mit son petit pétard humide sous le nez. « Allez, une taffe. Seigneur, qu'est-ce qui ne va pas chez toi pour que tu veuilles même pas une petite taffe ?

— Ne me bloque pas le passage, tu veux bien ? J'ai besoin d'aller à l'évier.

— Et la baise ? Elles baisent, les Canadiennes, ça leur arrive ?

— Et les Anglais, ils grandissent ? Ça arrive parfois ? rétorqua Megan en égouttant du riz. À moins qu'ils ne restent bloqués à douze ans toute leur vie ?

— Bon Dieu, t'es vraiment coincée, toi ! »

Pour ne plus entendre des gens faire l'amour à moins d'un mètre d'elle pendant la nuit, elle s'installa dans un cagibi à peine plus grand qu'un placard. À l'intérieur, on avait entassé des cartons qu'elle traîna dans le séjour en se demandant si quelqu'un les remarquerait et irait les jeter. Au bout de trois jours, les cartons, à force d'être piétinés, se confondirent avec la moquette.

Ce débarras avait exactement la largeur du matelas, qu'il dépassait d'un peu plus d'un mètre dans le sens de la longueur, ce qui permettait de fermer la porte. Megan entassait ses maigres possessions près de sa tête. Outre une bouillotte, elle s'était acheté deux paires de draps, des taies d'oreiller et deux couvertures. Avec son manteau par-dessus, elle avait assez chaud pour dormir. Il n'y avait pas d'éclairage, mais elle s'était procuré une lampe électrique – une torche, comme on disait dans ce pays. Une nuit, Zack entra en chancelant et se vautra sur elle. Elle lui flanqua un coup de torche en pleine figure et il battit en retraite en beuglant. Par la suite, avant de se coucher, elle poussait le matelas contre la porte pour la bloquer.

Dans son cagibi, elle se sentait à l'abri. À l'abri de quoi, elle n'aurait su le dire car rien ne la menaçait réellement – les gens comme Zack ne lui faisaient pas peur. C'était juste que sa force, son dynamisme, sur lesquels elle pensait pouvoir compter en toutes circonstances, semblaient s'être un peu émoussés, de sorte qu'elle ne voulait pas trop charger la barque. Peut-être n'était-elle pas aussi coriace qu'elle le croyait.

Impossible d'imaginer Cora dans cet appartement. Pas plus qu'elle, Cora ne devait s'y sentir à l'aise. Elle était censée avoir claqué la porte après une dispute avec Seb, ce qui sous-entendait qu'elle avait eu une relation privilégiée avec lui, mais Seb passait sa vie dans un quasi-coma, vautré sur le canapé du séjour. Quand elle lui demanda si Cora avait laissé une adresse ou envoyé de ses nouvelles, cette question mit si longtemps à arriver à son cerveau embrumé que Megan se demanda s'il ne dormait pas les yeux ouverts. Au bout d'un moment, il tourna la tête, la dévisagea et lâcha : « Quoi ? »

La Cora dont Megan se souvenait était bien trop raisonnable pour s'amouracher d'un type de ce genre. Aurait-elle pu changer à ce point ? Avec le temps, les gens pouvaient-ils devenir moins adultes et moins raisonnables qu'ils ne l'avaient été ? À moins que Megan ne l'ait pas connue aussi bien qu'elle le pensait ? Cora avait peut-être décidé de « vivre un peu », comme le suggérait Zack. D'ailleurs, si Megan ne parvenait pas à s'intégrer à cet environnement, ce n'était peut-être pas parce qu'elle était étrangère, mais parce qu'elle ne voulait pas sortir de sa routine, parce qu'elle avait peur de la nouveauté.

D'accord, je suis lâche, songea-t-elle en se lovant autour de sa bouillotte, à l'abri, dans son cagibi. Je suis lâche.

Tous les soirs, après son repas, elle épluchait les annonces de chambres à louer dans l'*Evening Standard,* mais seules les colocations étaient dans ses moyens. Or elle avait envie d'être indépendante. Elle se disait qu'elle ne se sentirait pas aussi seule dans un endroit à elle.

10 février 1966

Chère Megan,

Nous n'avons pas reçu de tes nouvelles depuis ton départ et je ne dors plus tant je me fais du souci. S'il te plaît, écris-nous.

Affectueusement,

Maman

Son silence s'expliquait par sa crainte de laisser transparaître sa détresse. Pourtant, quand elle reconnut l'écriture de sa mère sur l'enveloppe, elle revit son visage, ses traits tirés dès qu'un de ses enfants était en retard ou se conduisait d'une manière inexplicable. Elle ne pouvait pas la laisser dans cet état d'anxiété.

26 février 1966

Chers maman et papa,

Je regrette de ne pas vous avoir écrit plus tôt, mais j'ai été très occupée. Londres est une ville étonnante. J'ai trouvé du boulot – je travaille dans un grand magasin de Regent Street, l'une des principales rues commerçantes de Londres. Les immeubles sont énormes et vraiment imposants. Le magasin dans lequel je travaille s'appelle Dickins & Jones et il a presque la superficie de Struan. On y vend des vêtements et d'autres choses, toutes très chères. Partout où on va, on voit des milliers de gens. Les rues sont tout le temps bondées et la circulation est incroyable. Même la nuit, il n'y a jamais une minute de véritable silence.

Comment allez-vous tous ? Que devient Adam ? J'aimerais bien recevoir une photo de lui si vous retrouvez l'appareil. Tom l'a peut-être emporté à Toronto ? Viendra-t-il vous voir pour Pâques ? Dans ce cas, il pourrait prendre des photos. J'aimerais bien en avoir de toute la famille.

C'est tout pour aujourd'hui. Je vous écrirai bientôt. Si vous avez le temps de m'envoyer de vos nouvelles, ça me fera plaisir.

Affectueusement,

Megan

Elle était contente car sa lettre donnait l'impression qu'elle n'avait pas changé.

13 mars 1966

Chère Megan (l'écriture de sa mère était un peu tarabiscotée),

Merci pour ta lettre. J'avais peur qu'il ne te soit arrivé quelque chose de terrible.

Ici, il n'y a rien de neuf sinon que les jumeaux disent qu'ils vont s'enrôler dans la marine. Ils ne se rendent pas compte qu'on pourrait les envoyer n'importe où, surtout s'il y a une guerre.

Peter et Corey ont tous les deux été renvoyés à la maison parce qu'ils s'étaient battus à l'école. Ils ne se battaient pas entre eux mais contre d'autres garçons. Ils ont été exclus pendant une semaine.

Tes vacances semblent bien intéressantes. Quand comptes-tu rentrer à la maison ?

Affectueusement,

Maman

13 mars 1966

Chère Megan (l'écriture en script de son père était précise, efficace),

Merci pour ta lettre. Je suis content que tu aies réussi à t'installer correctement.

C'est intéressant que tu travailles dans Regent Street. Ce nom vient sans doute du prince régent. Son père, George III, était fou, si bien que George (IV) a régné en tant que « régent » à sa place de 1811 à 1820, jusqu'à la mort de son père, date à laquelle il a accédé au trône.

Je crois que Regent Street a été dessinée par John Nash qui a conçu des plans grandioses pour le centre de Londres pendant la Régence.

Ce sont là toutes les nouvelles de notre côté. Tout le

monde va bien, même si, bien sûr, nous en avons assez de la neige.

Tous mes vœux t'accompagnent.

P.S. D'après ta lettre, je suppose que tu t'en sors bien financièrement, mais ce serait dommage si, à cause des frais du voyage ou du prix des tickets d'entrée, tu ne pouvais pas, pendant ton séjour, visiter les plus beaux sites de la capitale (la Tour de Londres, la cathédrale Saint-Paul, la National Gallery, etc.).

Si c'était le cas, n'hésite pas à me le faire savoir.

Le problème était que, depuis qu'elle avait réappris à laisser couler ses larmes, il ne lui en fallait pas beaucoup pour se mettre à pleurer. Lorsqu'elle lut les lettres de ses parents (envoyées dans la même enveloppe pour économiser un timbre), elle ne résista pas alors qu'elle se trouvait dans la cuisine où n'importe qui pouvait la surprendre. La lettre de sa mère la faisait pleurer parce qu'elle lui remémorait la raison pour laquelle elle ne pouvait pas retourner à la maison ; celle de son père parce que, dans toute la langue anglaise, il n'y avait pas de mots qui puissent décrire le manque total d'intérêt qu'elle éprouvait pour la Tour de Londres, la cathédrale Saint-Paul et la National Gallery.

Son père n'avait pas signé sa lettre pour une raison simple (qu'elle connaissait) : il hésitait entre « ton père » et « papa » et, de manière inexplicable, ce fut précisément pour cela qu'il lui manqua. Ses parents n'avaient pas parlé d'Adam et Megan savait que personne ne lui enverrait de photo de lui.

De temps en temps, Mme Jamison traversait le rayon des vêtements féminins. Chaque fois, Megan essayait de prendre un air affairé et efficace, mais, un lundi matin d'avril, elle ne la vit pas arriver. Il n'y avait pas de clientes. Tracy et Julie gloussaient près de la caisse et Megan était seule, devant la vitrine, au rayon manteaux, et regardait les coulées de pluie argentée qui striaient le verre. Soudain, Mme Jamison lui souriait à moins d'un mètre d'elle. Les deux autres vendeuses se mirent à plier des pulls pour se donner l'air occupé.

« Eh bien, Megan, dit Mme Jamison. Comment vous en sortez-vous ?

— Très bien, merci, madame Jamison.

— Est-ce que la mode vous plaît davantage que les produits de beauté ?

— Oui. Oui. Merci beaucoup.

— Parfait. Je suis contente de l'entendre. »

Mais, avant de repartir, elle scruta un instant Megan d'une façon qui l'inquiéta. Et son inquiétude augmenta encore le lendemain quand Mme Timms vint l'avertir que Mme Jamison voulait la voir dans son bureau. Elle se demanda si la chef du personnel avait compris qu'elle n'aimait pas ce travail et ne s'y révélait pas très convaincante. À moins que Mme Timms ne se soit plainte de son manque d'enthousiasme. Quoi qu'il en soit, Mme Jamison allait la virer.

« Asseyez-vous, Megan. J'ai pensé que le moment était venu d'avoir une petite conversation toutes les deux. »

On se sentait à l'étroit dans cette pièce étriquée

presque totalement occupée par un énorme bureau, sur lequel il n'y avait rien à l'exception d'un sous-main vert, d'un stylo et d'un document que Megan reconnut : c'était son dossier de candidature.

Le cœur battant, Megan s'assit. Il lui vint à l'esprit que ce qui l'ennuyait dans ce renvoi, ce n'était pas de quitter Dickins & Jones, mais de ne plus voir Mme Jamison. Cette femme semblait s'intéresser à elle, ce qui la rendait unique dans le monde entier à l'exception de Struan.

Ses mains fines et élégantes – comme le reste de sa personne – croisées sur son sous-main, Mme Jamison lui demanda : « Eh bien, racontez-moi comment vous vous débrouillez. Pas seulement ici, au travail, mais en général. Avez-vous trouvé un endroit agréable où habiter ? Avez-vous des amis ici ? Ou de la famille ? »

Horrifiée, Megan sentit une boule se former dans sa gorge. Elle détourna bien vite le regard, catastrophée par sa réaction.

Mme Jamison patienta un moment, puis poursuivit d'un ton égal, comme si elle n'avait rien remarqué : « Je sais à quel point il peut être difficile de se lancer. Surtout quand on est loin de chez soi et qu'on ne connaît personne. Si vous rencontrez des problèmes, quels qu'ils soient, j'espère bien que vous n'hésiterez pas à m'en parler. Mais nous pourrons y revenir tout à l'heure, si vous préférez. Ou une autre fois. Pour l'instant, concentrons-nous sur votre travail. »

Elle s'interrompit et Megan réussit à la regarder en esquissant un sourire.

« J'ai l'impression que vous êtes une jeune femme très compétente et j'imagine que vous ne vous voyez pas rester vendeuse toute votre vie », reprit Mme Jamison.

Megan déglutit. La boule avait plus ou moins disparu. « Oh ! ce travail me plaît, répondit-elle d'une voix qui lui parut normale. C'est-à-dire, peut-être pas pendant toute ma vie, mais, pour l'instant, ça me convient très bien, je vous assure. »

Mme Jamison hocha la tête en ayant l'air d'attendre la suite.

« C'est juste qu'il n'y a pas toujours assez de clientes. Parfois, on n'a pas grand-chose à faire. J'ai l'habitude d'être tout le temps occupée, alors je trouve que... ça tourne un peu au ralenti. Parfois seulement. La plupart du temps, ça va très bien. »

Mme Jamison attrapa sa fiche de renseignements et l'étudia.

« Vous avez vingt et un ans ?

— Oui.

— Et vous n'avez aucun diplôme. C'est bien ça ? »

Megan inclina la tête.

« Comment ça se fait, Megan ? Une fille intelligente comme vous. Nous n'avions pas abordé ce point dans l'entretien d'embauche, n'est-ce pas ?

— Ma famille avait besoin de moi. Nous sommes neuf enfants, enfin nous étions neuf, tous les autres sont des garçons et ma mère n'est pas très... il fallait que je l'aide. »

Soudain, un souvenir très net l'assaillit : sa mère lui souriait en lui disant : « Qu'est-ce que je ferais sans toi, Megan ? » À l'époque, Megan ne devait pas avoir plus de sept ou huit ans. Elle adorait sa mère. Après l'école, ses camarades de classe se rendaient visite pour jouer à se déguiser ou à d'autres jeux stupides. Megan les plaignait car elles ne pouvaient pas se sentir aussi utiles qu'elle, ce dont elle était fière. Au fil des ans, d'ailleurs, on avait eu de plus en plus besoin d'elle.

Quand Henry, son quatrième frère, était né avec un trou dans le cœur, il avait polarisé l'attention de sa mère qui, après sa mort, ne semblait plus s'intéresser à rien. Puis elle avait été de nouveau enceinte. Le temps que Peter vienne au monde, suivi de près par Corey, les rôles étaient distribués de façon permanente : sa mère s'occupait des bébés et Megan de tout le reste.

Ça ne la dérangeait pas. Que sa mère se repose sur elle la flattait. Et puis les choses s'étaient faites tout naturellement : elle était plus douée que sa mère pour tenir la maison. Elle savait aussi mieux mener les garçons à la baguette. En grandissant, ils avaient besoin de sentir une main ferme et, contrairement à celle de sa mère, celle de Megan l'était.

Lorsqu'elle était en dernière année d'études secondaires, M. Hardy, son professeur d'histoire et professeur principal, l'avait appelée un jour dans son bureau pour discuter de ses futures études. Il lui avait suggéré une école de secrétariat, ou peut-être un cours d'économie familiale. Megan avait rétorqué que sa mère ne pouvait pas se passer d'elle. Avec un sourire aux lèvres, M. Hardy lui avait conseillé de penser à son avenir en ajoutant que sa mère ne voudrait certainement pas se mettre en travers de son chemin.

Megan s'était sentie insultée par le peu de cas qu'il faisait de l'importance qui était la sienne au sein de sa famille. Elle avait envie de répliquer : « Ma mère vient de faire une fausse couche, en ce moment, elle doit être en train de pleurer dans sa chambre, et vous voudriez que je m'en aille pour faire des études de secrétariat ? Mais qui préparera les repas ? »

Il lui demanda d'en parler avec ses parents et de revenir le voir la semaine suivante ; elle acquiesça, mais n'en fit rien.

À présent, assise dans le bureau de Mme Jamison, à cinq mille kilomètres de chez elle, elle se dit soudain que sa mère aurait pu mieux s'en sortir si elle avait été obligée de préparer les repas. Si elle avait eu l'esprit occupé et du pain sur la planche, elle n'aurait peut-être pas essayé d'avoir bébé sur bébé, ce qui lui avait valu une fausse couche de plus, puis un bébé mort-né.

M. Hardy pouvait bien avoir eu raison, tout compte fait. Elle aurait dû se détacher beaucoup plus tôt de sa famille. Pourquoi ne s'en était-elle pas aperçue ? Ce n'était sans doute pas sa mère qui était incapable de s'en sortir sans elle, mais le contraire. Megan s'était peut-être rendue indispensable parce qu'elle avait peur de quitter le cocon familial. De quitter sa mère.

L'été de ses dix-neuf ans, Tom, revenu passer les vacances à la maison, l'avait forcée à penser à son avenir : « Il y a un monde qui existe ailleurs, Megan, et tu vas le louper, lui avait-il dit d'un ton sérieux, pour une fois. Si tu ne pars pas bientôt, tu ne partiras jamais. »

À l'époque, elle lui en avait voulu, mais ça l'avait forcée à réfléchir. Elle avait regardé autour d'elle et constaté que les plus malignes de ses camarades de classe étaient parties. Les autres s'étaient mariées jeunes et élevaient leurs enfants. Elle était la seule à habiter encore chez ses parents. Tom avait raison, bien sûr, il avait failli être trop tard pour rompre les amarres. Elle avait dix-neuf ans quand elle avait décidé de s'en aller, et vingt et un quand elle avait enfin réussi à le faire.

Sur le mur opposé, le radiateur chauffait tellement que Mme Jamison avait ouvert la fenêtre. Megan entendait le bruit de la circulation dans la rue. Londres s'activait.

Mme Jamison attendait patiemment.

« C'est ma faute, dit Megan. Si je n'ai pas passé de diplôme. Je ne… Je crois que je ne voulais pas y penser à l'époque. »

Mme Jamison inclina la tête. « Bon, ce n'est pas la fin du monde. Il y a des tas d'emplois qui permettent de s'élever dans la hiérarchie. Le problème, c'est que nous n'avons pas de postes de ce type en ce moment. Alors j'ai bien peur que, si vous restez avec nous, ce soit pour être vendeuse.

— Ça me convient très bien. » Megan était tellement soulagée de ne pas être renvoyée qu'elle en arrivait à adorer le métier de vendeuse. « C'est parfait. J'aime vraiment ça.

— Bon, tant mieux. » Mme Jamison n'avait pas l'air convaincue. « Mais vous devriez y réfléchir,

Megan. Il faut privilégier ce que vous aimez vraiment, que vous découvriez ce pour quoi vous êtes le plus douée, et ensuite que vous trouviez un travail qui corresponde à vos capacités.

— Oh, je sais déjà ce que j'aime faire, dit Megan en se redressant. J'aime organiser le travail. J'aime être occupée, très occupée, tout le temps. J'aime préparer, mettre quelque chose sur pied. Je me débrouille bien là-dedans. »

Mme Jamison sourit. « Je vous crois sans peine. » Elle se leva. L'entretien était terminé.

Regonflée d'une manière ridicule puisque rien n'avait changé, Megan retourna à son travail. Pourtant, elle ne fut pas surprise quand, une semaine plus tard, une Mme Timms réprobatrice lui dit une nouvelle fois que Mme Jamison voulait la voir.

Mme Jamison lui expliqua que c'était parfois drôle, la façon dont les choses se passaient, dont les pièces d'un puzzle s'assemblaient soudain. Des amis d'amis venaient d'acheter un petit hôtel, ils se lançaient dans une nouvelle activité et cherchaient quelqu'un pour les aider à... « Bon, à tout faire. Apparemment, les locaux ne sont pas en bon état et il faut effectuer beaucoup de travaux pour qu'ils soient opérationnels. Et ensuite, bien sûr, il y aura mille choses à faire : engager du personnel, travailler à la réception... bref, tenir un hôtel. »

Elle sourit à Megan. « Je ne devrais pas m'en mêler. Dickins & Jones n'est pas une agence pour l'emploi, mais nous ne vous utilisons pas à votre juste mesure, Megan. Je crois que vous devriez aller voir ces gens.

Je leur ai donné votre nom. Je ne vous promets rien, notez bien. Ce sera à eux de décider. Et à vous, naturellement. »

Et les choses se firent, à la manière dont les pièces d'un puzzle s'assemblent.

8

Edward

Struan, février 1969

CE MATIN, le thermomètre indiquait trente-quatre au-dessous de zéro. Dehors, tout était tellement tranquille, tellement silencieux qu'on aurait dit que l'air lui-même était gelé et qu'il pouvait se craqueler d'un instant à l'autre en déversant d'infinitésimaux éclats de glace.

En été, nous avons beaucoup de touristes par ici et, indéniablement, le paysage est magnifique avec ses lacs, sa forêt et ses longues journées chaudes. Certains – des Canadiens, des Américains, et des visiteurs venus d'un autre continent – disent qu'ils aimeraient acheter une maison dans le coin pour y vivre toute l'année une fois retraités. Je leur suggère de passer d'abord un hiver ici. Le froid est une chose qu'on a peine à imaginer d'une façon abstraite ; il faut en faire concrètement l'expérience.

Et ce n'est pas seulement le froid qui rend les hivers difficiles à supporter ; la neige coupe les petites communes comme la nôtre du reste du monde pendant de longues périodes. À présent qu'il y a des motoneiges et des chasse-neige corrects, ça va mieux qu'avant, mais nous sommes souvent isolés et le sentiment de solitude est parfois pesant. Il y a quelques semaines – la veille de Noël, en fait –, des astronautes américains ont tourné autour de la Lune, un exploit qu'on pourrait considérer comme le plus important de l'histoire de l'humanité. J'ai lu après coup que « le monde entier » l'avait regardé à la télévision. Pas nous. Pour commencer, nous n'avons pas de téléviseur – nous n'avons vraiment pas besoin d'une autre source de bruit et d'irritation dans cette maison – mais même ceux qui en possèdent un à Struan n'ont rien vu. Les premières tempêtes hivernales nous ont frappés cette semaine ; toutes les lignes électriques ont été coupées et les routes et le chemin de fer sont restés bloqués pendant trois jours. Le temps que nous apprenions la nouvelle, que nous voyions cette photographie renversante de beauté de notre Terre suspendue dans l'espace infini, l'événement était déjà du passé.

La photo a confirmé le sentiment de solitude qui m'habite en ce moment. Il ne concernait pas que moi, mais nous tous, qui vivons nos vies insignifiantes sur cette petite planète. J'ai enfin compris pourquoi partout dans le monde les gens éprouvent le besoin de croire que nous faisons partie d'un dessein qui nous dépasse, que quelqu'un, « là-haut », se soucie de ce qui nous arrive. Malheureusement, vouloir quelque chose ne suffit pas pour que ce quelque chose existe. J'ai plutôt l'impression que nous sommes abandonnés à nous-mêmes.

Personnellement, je pense que l'accepter est une attitude digne. Malgré ce que l'ex-révérend Thomas pourrait dire.

Aujourd'hui, à l'heure du déjeuner, j'ai affronté le froid pour aller à la bibliothèque réserver l'*Histoire de la décadence et de la chute de l'Empire romain*, de Gibbon. Il a écrit cet ouvrage entre 1776 et 1788 et je pensais qu'il serait intéressant de le comparer à des textes plus modernes.

Betty était enveloppée d'un sac de couchage, l'un des anciens modèles de l'armée, dans lesquels on enfouit aussi la tête, et qui ne laissent voir que le visage. Elle ressemblait à la chenille d'*Alice au pays des merveilles*. Je ne me sentais pas dans mon assiette – cette scène avec les garçons ne me sortait pas de l'esprit – et ce spectacle m'a remonté le moral d'une façon remarquable. Betty avait pratiqué des fentes au niveau de ses coudes pour pouvoir sortir les bras et tamponner les livres. Je lui ai demandé si elle pourrait s'extraire du sac rapidement en cas d'incendie et elle m'a répondu qu'elle ne se donnerait pas cette peine, elle ne bougerait pas pour profiter de la première chaleur perceptible depuis six mois. Ça m'a rappelé *La Crémation de Sam McGee*, le poème de Robert Service. J'ai demandé à Betty si elle l'avait lu et, bien sûr, c'était le cas. Ce qui a relancé notre discussion sur les livres que j'aimerais sauver avant qu'elle ne mette le feu à la bibliothèque : L'*Encyclopædia Britannica* et les chroniques annuelles des événements jusqu'à nos jours. Je lui ai demandé ce qu'elle aurait elle-même l'intention de prendre. Elle a réfléchi une minute et a répondu : tout ce qu'a écrit Margaret Laurence, plus *Autant en emporte le vent* et *Les Quatre Filles du docteur March*. Quand je lui ai avoué que seul *Autant en emporte le vent* me disait quelque chose, elle a paru scandalisée et m'a dit : « Monsieur Cartwright, sérieusement, vous n'avez pas lu *Les Quatre Filles du docteur March* ? »

Je crois qu'il n'y a personne à Struan avec qui j'ai autant de plaisir à converser.

Après le sermon du révérend Thomas sur ceux qui se permettent de juger leurs semblables (auquel je ne voulais plus repenser), elle était l'un des rares membres de notre communauté à ne pas éviter à tout prix de croiser mon regard. Je sais pourtant qu'elle avait entendu ce sermon – elle est pratiquante. Mais Betty pense par elle-même.

D'après elle, le pasteur vient d'être abandonné par son épouse qui serait allée vivre chez un frère, à Ottawa, de façon permanente ou non, ça, personne ne le sait. Donc il vit seul dans sa maison. Betty dit qu'elle a frappé plusieurs fois à sa porte, de même que d'autres fidèles, pour lui apporter de quoi manger. (Les femmes ont l'air de croire que la nourriture règle tous les problèmes.) Il ouvre et remercie pour ces attentions, mais n'invite jamais personne à entrer.

Je ne peux pas me résoudre à le prendre en pitié.

Dans l'après-midi, moins d'une heure après ma discussion avec Betty sur l'incendie éventuel de la bibliothèque, le sergent Moynihan est venu me voir pour la deuxième fois en quinze jours.

« Vous avez une minute, monsieur Cartwright ? » m'a-t-il demandé sur le seuil de mon bureau. Il remplit tout l'encadrement de la porte, à l'exception des coins. Les beignets n'y sont pas pour rien, mais il faut dire qu'il est costaud.

« Bien sûr. Entrez. Asseyez-vous. »

Il m'a serré la main. « J'ai quelque chose à vous montrer dehors. »

J'ai donc enfilé mon manteau et je l'ai suivi. Nous sommes sortis de la banque, nous avons traversé le parking pour contourner le bâtiment de façon à nous retrouver à l'arrière. Comme personne n'a besoin d'aller là-bas, on ne déblaie pas la neige et la couche atteint plus de soixante centimètres. Il y avait trois séries d'empreintes de pas – sauf que, vu la profondeur, elles ressemblaient plutôt à des « empreintes » de jambes – menant à une zone piétinée, sous la fenêtre de mon bureau. Contre le mur, on avait dressé des bâtons carbonisés.

En les voyant, je me suis figé.

« Trois personnes, cette fois », ai-je dit au bout d'une minute. J'avais une drôle de sensation dans le ventre.

« Non, deux, il y a aussi mes traces, a rectifié Gerry.

— Bien sûr. Quand les avez-vous découvertes ?

— À l'instant. Je traversais votre parking – un raccourci pour me rendre au Harper's, je n'ai pas encore déjeuné. J'ai vu des traces qui ne menaient nulle part, alors je les ai suivies.

— À votre avis, elles datent de quand ?

— Hier soir, forcément. Il a neigé hier après-midi, ça s'est arrêté vers six heures, donc, elles ont été laissées après.

— Au moins, vous avez un indice avec ces empreintes.

— Non. Ils ont marché dans leurs empreintes en repartant, et ont réussi à tout brouiller. De toute façon, elles ne serviront pas à grand-chose. Nous portons tous les mêmes fichues bottes dans cette ville. Même moi.

— Les vôtres sont bien plus grandes. » Les empreintes de Gerry n'auraient pas fait honte à un ours polaire.

« Les miennes sont plus grandes que celles de n'importe qui. C'est pour ça que je ne suis pas un malfaiteur, je me ferais prendre en moins de dix minutes. »

Je me suis mis à rire, mais, pour dire la vérité, je n'en menais pas large. « On dirait qu'on m'en veut personnellement. C'est la fenêtre de mon bureau.

— S'ils avaient voulu s'en prendre à vous, ils auraient mis le feu à votre maison dans la nuit et ne seraient pas venus à la banque pendant la fermeture. Ils voulaient juste vous faire peur. C'est un feu d'amateurs, qui n'a rien à voir avec celui de la ferme des Giles. Là-bas, ça avait flambé comme une torche. Ici, ils n'ont pas versé d'essence, rien... Je suppose qu'il était déjà éteint avant qu'ils aient tourné le coin du bâtiment. Bizarre, quand même. Mais je vais les attraper avant qu'ils fassent une bêtise et que quelqu'un soit blessé.

— Alors qu'est-ce qu'on fait ?

— Vous vous êtes fait des ennemis ces temps-ci ?

— Pas que je sache.

— Vous connaissez quelqu'un d'autre qui aurait

maille à partir avec les Pickett ? Notez, je ne dis pas que c'est eux, je me pose juste des questions.

— Je n'ai rien entendu de tel. »

Il hocha la tête. « Bon. Ce que je vais faire dans l'immédiat, c'est aller déjeuner chez Harper's. Je ne peux pas réfléchir le ventre vide. »

Il a raison, je le sais : si Joel Pickett ou ses fils voulaient s'en prendre physiquement à moi, ils ne viseraient pas la banque à une heure où je n'y suis pas. Il n'empêche, le feu me terrorise littéralement.

On est déjà dimanche soir. J'avais l'intention de passer tout le week-end dans la Rome antique – ce n'est qu'une manière de parler – et je l'ai passé dans le nord de l'Ontario, vers 1920. À cause de mon père, bien sûr. Et de la colère qu'il semble m'avoir léguée.

La colère était l'émotion qui le caractérisait, pourrait-on dire. Je ne suis pas sûr de ce qui la motivait. En fait, si on considère l'influence qu'il exerce toujours sur moi, il est curieux que j'en sache aussi peu sur lui. Je me doute que ma mère elle non plus n'en savait pas très long. Je crois qu'il est arrivé dans le Nord vers 1919 en clamant qu'il était un héros de guerre, même si rien ne permet d'ajouter foi à cette affirmation. (Il n'y a aucune raison de croire ce que mon père disait ; il mentait comme il respirait.) Ma mère m'a dit qu'il était de Hamilton et que, pendant qu'il était en Europe pour gagner la Première Guerre mondiale, ses frères l'avaient évincé de l'affaire familiale, mais ça aussi, c'était une de ses allégations.

Elle n'a jamais expliqué ce qui l'avait amené dans

le Nord, mais je peux essayer de le deviner. On a découvert de l'argent ici en 1903, lors de la construction du chemin de fer. Selon une légende locale, un forgeron qui travaillait est sorti de sa tente un matin et a vu un renard rôder autour du camp. Il a attrapé un marteau, l'a lancé sur lui et l'a manqué. Le coup a arraché un morceau de roc et exposé un filon d'argent pur.

Que ce récit soit vrai ou non, cette découverte a provoqué une ruée vers l'argent spectaculaire. Si mon père n'en avait pas entendu parler avant d'aller à la guerre, il était certainement au courant en revenant. À l'époque, toute l'Amérique du Nord le savait. Le plus gros bloc d'argent jamais découvert – le « trottoir d'argent », comme on l'appelait – a été trouvé à moins de cinquante kilomètres de l'endroit où je suis assis maintenant. Le métal n'était pas profondément enfoui, parfois même il affleurait et on n'avait qu'à se baisser pour le ramasser, donc, en théorie du moins, tous les hommes qui ne connaissaient rien au travail de la mine avaient une chance de s'enrichir.

Du pognon facile. Ce que mon père préférait. Je l'imagine, débarquant du Sud civilisé, avec des souliers bon marché de citadin, en train d'écorner avec fébrilité des morceaux de roc sans même savoir à quoi ressemblait l'argent brut. Il n'a sûrement rien demandé à personne, parce que, premièrement, ça aurait voulu dire qu'il ignorait quelque chose, et deuxièmement, il pensait qu'on lui aurait menti. Je n'ai jamais connu personne qui ait une vision plus sombre de la nature humaine. Pus tard, quand il a cru tomber sur un filon qui devait se révéler, comme les autres, inexistant, et qu'il a dû l'abandonner le temps d'aller faire enregistrer sa concession dans un bureau, à Jupe, il nous a embauchés, mes frères et moi, pour monter la garde jusqu'à son retour. Il nous armait de bâtons de dynamite pour éloigner les voleurs. La première fois, je devais avoir sept ans. Il nous avait entraînés à allumer la mèche et à jeter le bâton contre un arbre. S'il n'avait pas vociféré à chaque fois – « Visez la tête », rugissait-il après avoir fait une encoche à hauteur de tête –, cet exercice aurait pu nous amuser. Mais j'étais tellement terrifié que je n'en dormais pas la nuit suivante.

Il se trouve que mon père et tous ceux qui participaient à cette ruée après la guerre arrivaient trop tard. Depuis déjà plus de dix ans, d'autres avaient remué chaque pouce de cette zone, telles des fourmis, et l'époque où on n'avait qu'à se baisser pour ramasser de l'argent brut était révolue. Certains faisaient encore fortune, mais c'étaient des « barons de l'argent », fumeurs de cigares, qui venaient du Sud – Toronto, Chicago, New York – et visitaient la région de temps en temps dans des trains privés comprenant wagon-restaurant et bibliothèque. Eux pouvaient se permettre de faire creuser des puits et de suivre les filons profonds. Mais pour les prospecteurs solitaires, l'aventure était terminée.

Pourtant, personne n'en avait averti mon père et, d'ailleurs, il ne l'aurait pas cru. Il était persuadé – parce qu'il voulait le croire et parce que, à mesure que les jours devenaient des semaines, des mois, puis des années, il fallait bien qu'il le croie – que, sous la prochaine pierre qu'il retournerait, il trouverait une veine tellement grosse, tellement pure qu'il en puiserait de l'argent comme on puise du miel dans un pot.

J'ignore comment il a fait la connaissance de ma mère, mais je suppose qu'il la cherchait, elle ou quelqu'un comme elle, peu après son arrivée dans le Nord, non pas pour accueillir quelqu'un dans sa vie, mais parce que prospecter coûte cher. Il faut manger, les bottes s'usent, la dynamite s'épuise ; on a peut-être envie de prendre une participation sur une concession prometteuse. On ne veut pas travailler ailleurs parce que ça empêcherait de prospecter, alors quoi de mieux qu'une épouse venant d'une famille aisée ? La famille de ma mère, des Écossais travailleurs et économes, possédait une ferme prospère et des parts dans plusieurs mines rentables. Il n'était pas question là de sentiments.

Non, ce qui est moins clair, c'est ce qui a pu attirer ma mère dans ce personnage et ce qui a pu passer par la tête de ses parents pour autoriser ce mariage. Peut-être commençaient-ils à se dire qu'elle ne trouverait jamais de mari. Elle avait une tache de vin sur la joue, pas très grande, mais qui risquait de compromettre ses chances. Elle était âgée de vingt-quatre ans quand mon père l'a épousée, et, à l'époque, on était déjà vieille fille à cet âge. Et bien sûr, mon père n'était pas du Nord, si bien qu'il n'y avait aucun moyen de vérifier ce qu'il racontait. Par ailleurs, il savait se montrer charmant, très convaincant.

Il possédait une sorte de beauté brute. D'après ce

que j'ai lu (je me suis enfin mis à lire les journaux intimes que maman a écrits une fois adulte), à l'évidence, ma mère pensait qu'il était l'homme de ses rêves.

Emily elle aussi pensait que j'étais l'homme de ses rêves. Je le sais parce qu'elle me l'a dit quand je suis revenu de la guerre. Les larmes ruisselaient sur ses joues. Elle m'a dit que je l'avais abusée, ce qui était faux. En fait, c'était plutôt le contraire, c'est elle qui m'a abusé. Elle m'a fait croire que nous partagions les mêmes rêves alors que les siens se limitaient à se faire passer la bague au doigt et à avoir un bébé perpétuellement accroché à son sein. Elle n'éprouvait – elle n'éprouve – pas plus de curiosité qu'une huître à l'égard du monde qui l'entoure.

Ce n'était qu'une parenthèse.

J'ai passé toute la journée d'hier rongé de frustration parce que, au lieu de tirer profit des livres sur Rome, je revivais des épisodes du passé que j'aurais préféré avoir oubliés. En conséquence, bien sûr, je n'ai pas dormi de la nuit. Je revoyais mon père tel qu'il est apparu dans mon rêve il y a quelques semaines – debout sur le toit de la ferme, sa silhouette se détachant sur un mur de feu si grand qu'il semblait remplir tout l'horizon.

Bref, quand j'ai eu l'impression de ne pas avoir fermé l'œil pendant une bonne moitié de la nuit, je suis descendu chercher le classeur contenant les journaux intimes de ma mère. Je n'espérais rien apprendre de nouveau, simplement, je me disais qu'il valait mieux savoir ce qu'ils contenaient plutôt que de me contenter de suppositions.

Comme je crois l'avoir déjà mentionné, très peu de ces écrits ont survécu à l'incendie et la plupart de ceux qui ont pu être sauvés étaient en si mauvais état qu'ils ont commencé à se réduire en poussière dès que je les ai touchés. Il m'a fallu plusieurs heures cette nuit et la plus grande partie de la journée d'aujourd'hui pour les classer plus ou moins par ordre chronologique, et ça m'aurait pris encore plus longtemps si l'écriture de ma mère ne m'avait pas fourni quelques indices. Je me suis aussitôt aperçu qu'il y avait deux périodes bien distinctes, l'une au début de son mariage, l'autre une quinzaine d'années plus tard. Les premiers textes sont rédigés d'une écriture ferme, ronde et déliée – celle d'une jeune femme confiante ; les derniers d'une écriture crispée, serrée, griffonnée à la hâte, avec une sorte d'urgence apeurée, comme si elle avait peur d'être découverte, d'être « prise sur le fait ».

Je n'ai pas encore entamé la lecture de ces textes tardifs et je ne pense pas en avoir le courage ce soir. Mais, dans les premiers, j'ai trouvé la réponse à une question que je me posais depuis des années, à savoir pourquoi ses parents, qui habitaient à moins de cinquante kilomètres et devaient bien avoir une petite idée de sa situation financière désespérée, n'avaient pas aidé le jeune couple au début de leur mariage.

Il se trouve qu'ils l'ont fait, et se sont même montrés d'une extrême générosité. Comme cadeau de mariage, ils ont donné à mes parents une somme importante non seulement pour bâtir leur maison mais pour monter dans la ville minière la plus proche un commerce de produits de base destinés aux prospecteurs et aux habitants du coin.

> *Il n'y a pas de commerce à moins de deux jours de voyage sur de simples pistes* – écrivait ma mère –, *si bien qu'un tel établissement répondrait à un réel besoin. Papa et maman pensent que les revenus que nous en tirerions seraient plus fiables qu'un investissement dans une mine, et Stanley leur donne raison.*

Donc tous les quatre avaient discuté de ce projet et mon père leur avait laissé croire qu'il était d'accord. Pourtant, peu après, ils étaient partis pour la nouvelle ville minière et, avant même que les travaux de la maison aient commencé, voici ce qui s'était passé :

> *Stanley dit qu'un énorme filon a été découvert au Québec. Il croit qu'il faut y aller voir avant que d'autres en entendent parler. Il dit qu'il n'y a pas encore de vraie ville, mais que ce sera un avantage puisque nous pourrons choisir le lieu de notre campement.*
>
> *Je regrette que ce soit aussi loin de mes parents, mais j'ai dit à Stanley, et je le pense vraiment, que l'endroit où nous habitions m'était égal tant que j'étais avec lui.*

Rien n'indique qu'elle était inquiète d'abandonner le projet sur lequel ils s'étaient mis d'accord. Peut-être mon père lui a-t-il promis que c'était temporaire. Elle s'en est sans doute remise à son jugement, n'ayant pas encore eu le temps de s'apercevoir qu'il en était dépourvu. Ce qui en tenait lieu, c'était un mélange catastrophique de fierté et de stupidité qui allait leur faire toucher le fond.

À l'époque, les conditions de vie dans un camp minier étaient rudimentaires, mais ma mère ne semblait pas s'en soucier, mieux, elle avait l'air de s'en amuser.

> *... pas de rue, juste des tentes, des cabanes au milieu d'un grand marais de boue et de souches d'arbre. Il faut aller chercher l'eau au lac et je cuis nos repas sur le feu de camp devant notre tente. Hier soir, j'ai installé une table – une caisse de dynamite (vide !) tournée sur le côté. Elle remplit très bien son office et j'en suis fière !*
>
> *Toute la journée, les bois résonnent de coups de pioche et de marteau donnés sur le roc et, de temps en temps, on entend le grondement d'une explosion. Les hommes ne parlent que de tomber sur un filon d'argent. Ils disent que celui qui a été découvert ici était énorme ! Stanley a acheté une participation de cinquante pour cent dans une mine. Il est d'un enthousiasme pharamineux...*

Je souffre en lisant ces deux dernières phrases. L'écriture est rapide, déliée, ornée, celle d'une jeune femme insouciante, optimiste au point d'en devenir déraisonnable. Toujours pas la plus légère inquiétude sur l'usage que mon père faisait de leur argent.

Que ses parents n'aient pas été aussi heureux du tour que prenaient les événements n'étonnera personne. Ma mère leur écrivait régulièrement (elle dit qu'ils lui répondaient) et j'imagine que son ton ressemblait à celui de son journal intime. Ils devaient être épouvantés. Les lettres mettaient des mois à parvenir mais, finalement, ayant appris entre autres choses que ma mère était enceinte, ils ont estimé que ça commençait à bien faire et mon grand-père les a rejoints. Le résultat a été une confrontation furieuse avec son gendre. Le désespoir de ma mère était tel que, lorsqu'elle a relaté la scène, plus tard, sa plume a troué le papier.

> *... s'injuriant devant notre tente et je voyais que Stanley était hors de lui tant il avait honte de voir le père de sa femme lui hurler dessus alors que tout le monde pouvait l'entendre... je ne l'avais jamais vu aussi furieux et j'avais peur qu'il ne frappe mon père.*
>
> *... comme Stanley n'était toujours pas revenu, je suis descendue jusqu'au lac et j'ai longé la rive en sanglotant de colère et de chagrin. Au début, je ne savais pas exactement pourquoi je pleurais, puis je me suis rendu compte que c'était parce que ma relation privilégiée avec mes parents s'était terminée aujourd'hui. C'est envers Stanley que je reste loyale. Il y a encore quelques jours, il m'a dit que j'étais la première personne qui avait confiance en lui, ce qui est à la fois terrible et merveilleux. Je ne le laisserai jamais tomber. Ce que mon père lui a sorti était impardonnable. J'ai dit à Stanley que je n'adresserai plus la parole à mon père ni à aucun membre de ma famille.*

Elle a fini par rompre cette promesse à cause de ses enfants et je lui en serai éternellement reconnaissant. Mais elle s'y est tenue pendant huit longues années, refusant de voir sa famille et d'accepter une aide quelconque. Ces années ont dû être terribles, même selon les critères de l'époque. Elle a accouché des jumeaux, mes frères aînés, Alan et Harry. Ils sont nés dans une tente. Moins d'un an plus tard, c'était mon tour, même si la tente était montée dans un autre camp.

Nous avons beaucoup bougé au cours de ces premières années, nous en remettant aux rumeurs successives, et, plus tard, quand il ne restait plus de quoi vivre, traquant les petits boulots. Chaque fois que nous changions de camp, la famille s'était agrandie. Nous habitions surtout dans des cabanes bricolées avec du bois trouvé sur place. Nous n'avions jamais d'eau courante, à plus forte raison d'électricité. Les journées de ma mère devaient être une lutte constante pour nous nourrir et nous vêtir. Je n'ai jamais connu personne qui ait plus de ressources, mais la situation épuisait ses forces et ses réserves d'ingéniosité.

Je ne sais pas combien de temps il a fallu pour venir à bout de son optimisme et de sa confiance en mon père. Pas mal de temps, j'imagine ; une foi aussi forte que la sienne était évidemment difficile à ébranler. La fierté s'y ajoutait sans doute – elle ne devait pas vouloir avouer aux autres, ni à elle-même, que l'opinion de son père sur son mari était justifiée. Néanmoins, ce moment a fini par arriver. J'en ai trouvé la preuve dans une longue bande arrachée à la marge du *Temiskaming Speaker*.

Quand Stanley est arrivé, il était tellement excité qu'il m'a attrapée et s'est mis à me faire danser en riant et en disant que c'était ce dont il avait toujours rêvé, et même mieux. Un filon si important, si pur, que, cette fois, il ne pouvait pas y avoir de doute, le premier imbécile venu voyait bien que c'était la trouvaille du siècle. Je me suis réjouie avec lui, bien sûr, sincèrement, mais...

Le « mais » est éloquent.

Je me rappelle l'avoir vu faire ça – l'attraper et la faire tournoyer dans la pièce en hurlant de joie. Dieu sait combien de fois elle a dû supporter ce cinéma au fil des ans, en se forçant toujours un peu plus à croire encore en lui, et à espérer, à prier pour notre bien à tous que, oui, cette fois, il aurait raison. Je me rappelle l'avoir observée pendant qu'elle riait et dansait et avoir remarqué la tension aux commissures de ses lèvres.

Le lendemain, il emportait un échantillon de sa trouvaille pour le faire estimer et on lui disait qu'il ne valait rien. Il en est resté abasourdi. Abasourdi. Puis l'incrédulité a laissé place à la rage. On l'avait roulé, on essayait de le décourager pour profiter de sa découverte à sa place. Ou alors ces gens étaient en cheville avec un consortium minier américain. Jamais il n'aurait reconnu qu'il s'était trompé une fois encore. En fait, plus ça lui arrivait, et moins il l'acceptait, parce que, le temps passant, la seule conclusion qu'on pouvait tirer de ses erreurs inlassablement répétées, c'était qu'il était un idiot.

Puis il s'est mis à boire, ce qui alimentait sa fureur.

Je crains que Stanley n'accepte pas les déceptions, écrivait ma mère.

C'est le moins qu'on puisse dire.

Les boucles et les ornements des premiers temps ont disparu de son écriture, qui reste cependant encore assez ferme, assez confiante. J'en déduis qu'il n'a pas encore commencé à lui faire payer physiquement ses « déceptions ». En d'autres termes, elle n'avait pas encore peur de lui. La connaissant, connaissant sa force intérieure, j'imagine qu'elle n'a été vraiment terrifiée que lorsqu'il s'est mis à déverser sa fureur sur nous. Surtout sur moi.

Si je me mets à y penser, je ne vais jamais pouvoir dormir. Je préfère m'arrêter.

Une chose très étrange est arrivée. Je venais de remettre les documents dans la chemise et je fermais le dossier quand j'ai entendu frapper à la porte d'entrée. J'ai attendu que quelqu'un aille ouvrir, mais, bien sûr, personne ne l'a fait, alors j'ai fini par y aller tout en jetant un coup d'œil à ma montre. Il était une heure du matin. Dans cette ville, tout le monde se couche à neuf heures, si bien que je me demandais s'il ne s'était pas produit une catastrophe. Quand j'ai ouvert, il n'y avait personne.

J'ai sorti la tête en laissant entrer une bouffée d'air glacial, et j'ai vu le révérend Thomas qui grimpait sur le talus de neige, au bout de notre allée. Il y a un lampadaire près de la route et je ne pouvais pas me tromper, c'était bien lui. Je l'ai vu redescendre de l'autre côté et gagner la route pour rentrer chez lui.

J'ai eu l'idée de l'appeler, mais il ne m'aurait pas entendu. Il aurait fallu que j'enfile mon manteau et mes bottes pour le suivre et, comme je n'avais rien à lui dire et aucune envie d'entendre ce qu'il avait à me raconter, je n'ai pas bougé. D'ailleurs, je n'avais pas vraiment tardé à ouvrir, donc il avait changé d'avis et rebroussé chemin.

Je venais de refermer la porte quand Tom est apparu, les yeux ensommeillés, visiblement réveillé par les coups frappés.

« Qui c'était ?

— Le révérend Thomas. »

Il a eu l'air stupéfait. « Qu'est-ce qu'il voulait ?

— Je n'en sais rien. Il est reparti avant de me laisser le temps d'arriver. »

Tom m'a poussé pour ouvrir la porte, et une nouvelle bouffée de froid s'est engouffrée dans le vestibule.

« Qu'est-ce qui te prend ? Tu vas nous faire mourir de froid. Il doit déjà être arrivé chez lui. »

Tom s'est exécuté, puis il s'est retourné. Il avait les traits tirés, l'air très anxieux. Il a fermé les yeux une minute, puis les a rouverts, m'a regardé et demandé : « Papa, tu crois qu'il va bien ? »

Il ne m'avait pas appelé papa depuis des années. Ça m'a surpris et, aussi, je l'avoue, fait plaisir, de façon inattendue, car j'en déduisais qu'il s'adressait bien à moi et non à quiconque aurait ouvert la porte.

La réponse à sa question était clairement non. Pourtant, j'ai dit : « Tom, rien de ce qui est arrivé à cette famille n'est ta faute. Tu le sais, n'est-ce pas ? »

Il a de nouveau fermé les yeux.

« Allons dans la cuisine, il fait chaud là-bas », ai-je proposé.

Pendant un instant, j'ai cru qu'il allait accepter, mais il a secoué la tête. « Il faut que je me recouche. Je me lève à cinq heures. »

Et il est remonté dans sa chambre.

J'aurais dû le retenir. J'aurais dû insister pour que nous parlions de ce qui lui cause autant de souci. Je crois qu'il aurait accepté si j'avais insisté, et ça l'aurait peut-être aidé.

9

Tom

Struan, février 1969

UNE SOURIS S'ÉTAIT NOYÉE DANS LE MIEL. Le couvercle était resté ouvert pendant la nuit. La bête avait plongé la tête la première et sa queue sortait, toute droite, telle la mèche d'une bougie.

« Elle a fait caca dedans », fit remarquer Adam. Agenouillé sur une chaise, il scrutait le bocal.

« T'as raison », dit Tom. Il y avait des crottes de la taille de fourmis à proximité de la queue.

« Elle avait faim ?

— Sûrement au début, mais sans doute pas à la fin.

— Qu'est-ce qui va lui arriver ? »

Tom réfléchit. Le miel allait-il la conserver ? En faire une souris confite ? Peu probable. Il devait y avoir assez d'air emprisonné dans les poils pour que le processus de décomposition se mette en œuvre.

« Elle va pourrir. » La mort semblait décidément le suivre comme un chien.

Adam eut l'air troublé ; deux courtes rides verticales apparurent entre ses sourcils. Tom se demanda soudain si c'était la première fois qu'il entendait parler du concept de mortalité – de cette réalité. Il ne voulait pas le traumatiser.

« Ça ne va pas lui faire mal. Elle ne peut plus rien sentir. »

Les rides verticales n'avaient pas disparu. « Mais on peut encore manger le miel ? Sur les bords ? »

Une autre tempête survint. Près de la ferme des Dunn, le chasse-neige bascula dans le fossé – humiliation suprême. Tom fut sauvé par Arthur Dunn, exemple du passé venant au secours du présent, parce que Arthur Dunn travaillait encore sa terre avec ses chevaux. Ces énormes bêtes, presque aussi grosses que des autocars, surgirent à travers les rideaux de neige. Arthur attacha une corde autour de l'essieu arrière de l'engin et les chevaux le tirèrent du fossé comme s'il s'agissait d'une des voitures Matchbox d'Adam.

« Merci beaucoup », dit Tom.

Arthur inclina la tête. « Vous voulez entrer vous réchauffer ? » Timide, il regardait ses pieds en parlant.

« Il vaut mieux que je continue, mais encore une fois, merci. »

Arthur et son attelage s'évanouirent dans la nature et il ne resta plus que la neige.

Le lendemain matin, la tempête s'était calmée, le ciel dégagé était d'un bleu pur. Tom et Marcel firent des heures supplémentaires et, alors qu'ils avaient enfin réussi à dégager les routes, les premiers flocons de la tempête suivante se mirent à voltiger.

« Quel boulot idiot, lâcha Marcel d'un ton dégoûté. Chaque année, je me dis : "Marcel, l'année prochaine, t'auras qu'à prendre ta femme et filer en Floride jusqu'à Pâques." Et chaque année, j'oublie de le faire. »

Les routes n'étaient plus que des couloirs entre des talus de plus d'un mètre de hauteur. Dans le centre-ville, les trottoirs avaient été abandonnés depuis plusieurs semaines ; tout le monde marchait sur la chaussée. Des trous dans les congères marquaient l'entrée des magasins et des bureaux, la neige pelletée tous les matins revenait après le passage du chasse-neige. Ceux qui avaient besoin de leur voiture pour aller travailler devaient déblayer leur allée matin et soir. Si vous laissiez un véhicule garé au bord de la route, vous risquiez de ne plus le revoir avant le printemps.

À six heures et quart, Tom, qui descendait Cleveland Road avec son engin, aperçut le révérend Thomas debout sous sa véranda, pieds nus. La lumière était allumée, sinon Tom ne l'aurait pas remarqué. Il semblait regarder son automobile, dans l'allée – ou plutôt la couche de neige atteignant presque un mètre qui couvrait son automobile. Il était en pyjama, sans chaussures ni chaussettes. Il y avait une dizaine de centimètres de neige fraîche sur les marches, mais pas plus de deux centimètres sous la véranda, et les pieds nus du révérend Thomas s'y enfonçaient.

Tom sentit son cœur cogner douloureusement dans sa poitrine. Hésitant sur la conduite à tenir, il continua à dégager la route. Il aurait pu rebrousser chemin. Oui, mais après ? La dernière chose que le révérend Thomas aurait envie de voir serait le chasse-neige arrêté devant chez lui et Tom – surtout Tom – en descendre pour lui demander ce qu'il faisait dehors pieds nus.

Mais s'il souffrait d'une sorte de dépression, s'il avait soudain perdu l'esprit ? Vu les circonstances, ce n'était pas impossible. D'ailleurs, qu'est-ce qui l'empêcherait de descendre les marches et de continuer à marcher jusqu'à ce qu'il meure de froid ? Avec cette température, ça ne prendrait pas longtemps.

Au bout de la route, Tom tourna à gauche, puis de nouveau à gauche, avança lentement dans Cleveland et passa devant la maison. La lumière de la véranda était éteinte à présent, et une lampe brûlait dans une pièce, or, Tom en était presque sûr, ce n'était pas le cas un peu plus tôt. Tant mieux. Pourtant, bien que l'absence d'éclairage extérieur ne permette pas de bien voir, Tom remarqua dans la neige des traces qui n'y étaient pas tout à l'heure. Deux séries d'empreintes menaient à la voiture, dans un sens et dans l'autre. Le révérend avait pataugé pieds nus sous les flocons pour aller regarder sa voiture. Bien sûr, il ne pouvait pas la voir sous la couche de neige qui la dissimulait.

Il ne pouvait pas vendre cette voiture, Tom le comprenait parfaitement. Une Ford robuste, solide, noire, sobre, tout ce qu'il fallait à un pasteur. Encore en très bon état, hormis l'aile avant droite un peu cabossée. Le révérend Thomas ne pouvait pas se résoudre à la vendre parce qu'il était inconcevable que quelqu'un puisse la conduire avec cette aile cabossée. Pas plus qu'il ne pouvait la faire réparer – impossible de supprimer cette marque. Une marque que ferait un objet léger, disons un enfant à vélo, en heurtant un véhicule lancé à folle allure.

Selon le point de vue qu'on avait, c'était arrivé très vite, ou très lentement. Du point de vue de la petite cycliste et de sa mère, qui courait à côté d'elle pour l'encourager (parce que c'était la première fois que l'enfant réussissait à faire rouler son vélo sans qu'on lui tienne la selle et que, même si elle vacillait un peu, elle commençait à bien se débrouiller), pour elles donc, tout n'avait paru durer qu'un instant car la voiture débouchait d'un tournant derrière elles, si bien qu'elles ne l'avaient ni vue ni entendue. Du point de vue du conducteur également, les choses avaient sans doute semblé se passer en un éclair. Il roulait très vite et un taux d'alcool élevé dans le sang ralentissait ses réactions. En débouchant du tournant, il avait dû heurter l'enfant avant même que son cerveau n'ait eu le temps d'enregistrer sa présence.

Tandis que, du point de vue de Tom, qui, de la rive, observait la Lower Beach Road sur laquelle pédalait la petite fille, tout avait paru se dérouler au ralenti parce qu'il voyait non seulement la cycliste et sa mère, mais aussi le nuage de poussière que soulevait la voiture en approchant du tournant. De grands roseaux l'empêchaient de distinguer l'automobile elle-même, mais, à en juger par la quantité de poussière, il savait qu'elle roulait vite et il savait aussi, sans en être conscient toutefois, que, à neuf heures du matin, Rob n'avait pas encore dessoûlé de la nuit précédente – comme ses camarades, parce qu'ils avaient fait la fête toute la nuit au bord du lac. Il surveillait donc l'approche du véhicule avec un léger frisson d'anxiété que seul son subconscient percevait, et quand le moment fatal survint il lui sembla qu'il l'avait vu venir depuis longtemps.

Ils étaient douze anciens camarades de classe réunis sur la rive du lac, à Low Down Bay, comme les étés précédents, pour allumer un feu gigantesque, admirer le coucher de soleil, boire un peu, nager un peu, puis regarder le soleil se lever. Les garçons apporteraient de quoi manger (hot dogs, petits pains, chips) et boire (gnôle), les filles s'occuperaient du petit déjeuner (jus d'orange en poudre, café instantané, pain perdu). Ils feraient tout cuire sur le feu de camp – les filles avaient prévu trois grandes poêles à frire pour le pain perdu – et la nuit serait mémorable. D'ailleurs, tout se passa à la perfection : la soirée était tiède pour un mois de juin, le feu éloignait les insectes et, même si l'eau du lac était d'un froid insensé, un bon nombre d'entre eux s'y baignèrent. Il y avait une quantité phénoménale d'alcool, surtout grâce à Rob, parce qu'il connaissait des types de la scierie qui avaient monté une distillerie clandestine dans une cabane, en pleine forêt. Ils mélangeaient ce tord-boyaux à du coca-cola pour en masquer le goût abominable et, assis autour du feu, ils se passaient la mixture, bavardaient, chantaient des chansons idiotes de feu de camp que, sur le moment, ils trouvaient non pas stupides, mais belles, nostalgiques, car elles leur rappelaient leur jeunesse, une jeunesse qui, avec le recul, leur paraissait extraordinaire.

Certains s'enroulèrent dans des plaids et dormirent un peu, d'autres s'enroulèrent dans des plaids et firent un peu l'amour, mais sans doute moins qu'ils ne le prétendraient. Le lendemain matin, tout le monde avait une faim de loup, si bien que les filles sortirent les ingrédients pour préparer le pain perdu, et s'aperçurent qu'elles avaient oublié la margarine pour le faire cuire.

Si seulement. Deux mots qui n'arrangent jamais rien après coup. Si seulement ça n'avait pas été Rob qui s'était dévoué pour aller chercher de la margarine chez lui. Si seulement il n'avait pas décidé de revenir en conduisant la voiture de son père pour gagner du temps. Si seulement Tom l'avait accompagné. Il n'aurait peut-être pas pu le persuader de revenir à pied parce que, une fois ivre, Rob n'était pas sensible à la raison, mais, au moins, il aurait pu lui dire : « Écoute, mon vieux, ralentis. On arrive au tournant. Ralentis. »

Le plus horrible n'était pas le corps de la petite fille, presque intact, ni le visage choqué, livide, de Rob qui semblait sur le point de s'évanouir. Non, c'était la manière dont la mère, assise dans la poussière du bas-côté, berçait son enfant dans ses bras, l'embrassait, lui disait que tout allait bien, que ce n'était qu'une petite bosse – « Ne pleure pas, ma chérie, ne pleure pas » – alors que la petite ne pleurait pas et qu'il était évident, à la façon dont sa tête roulait quand sa mère la bougeait, qu'elle était morte.

À cause de la tempête, aucun journal n'avait été livré à Struan depuis trois jours, mais Tom gardait un exemplaire des *Raisins de la colère* dans la cabine du chasse-neige pour les cas de ce genre et il l'emporta au Harper's afin de le parcourir en déjeunant. Ce n'était pas qu'il avait spécialement envie de le relire – lorsqu'ils l'avaient étudié au lycée, Rob avait décrété que c'était le sermon le plus long qu'on ait jamais écrit, et Tom était plutôt d'accord avec lui – mais il voulait un texte sombre qui soit en harmonie avec son humeur et, dans sa bibliothèque, il ne voyait, à part les ouvrages d'aéronautique, que *Moby Dick*, bien trop copieux, et *Jude l'Obscur*, tellement déprimant que, même à seize ans, il lui avait donné des idées de suicide.

Une dizaine de personnes étaient installées dans le restaurant, y compris un grand type blond assis au fond, en face du box que Tom considérait comme le sien, mais il lisait un *Temiskaming Speaker* de la semaine précédente et n'avait pas l'air du genre bavard, donc, ça irait. Pour sa part, Tom avait déjà lu ce journal deux fois. Il foisonnait d'articles sur les festivités hivernales : courses de traîneaux tirés par des chiens sur le lac, compétitions de patinage, matchs de hockey, sculptures sur glace – bref, des réjouissances et des jeux pour tous. Tout ce cirque fatiguait déjà Tom, au point qu'il avait du mal à tenir la tête droite. Les photos des sept jeunes filles qui briguaient le titre de reine du festival illustraient la une (avec le titre suivant : « Sept jolies jeunes demoiselles en compétition »), ce qui le fatiguait aussi – il semblait avoir perdu tout intérêt pour les filles comme pour le reste. Me voilà devenu eunuque, songea-t-il. Cette idée ne le dérangeait pas beaucoup.

Il retira son manteau, son bonnet et ses gants et les poussa dans le coin du box, s'installa et ouvrit *Les Raisins de la colère.*

> « Sur les terres rouges et sur une partie des terres grises de l'Oklahoma, les dernières pluies tombèrent doucement et n'entamèrent point la terre crevassée. Les charrues[1]... »

Une main que Tom ne reconnut pas déposa un verre d'eau devant lui.

« Bonjour, dit la propriétaire de la main. Qu'est-ce que je vous sers ? »

Il ne reconnut pas la voix non plus. Pourquoi une inconnue servait-elle au Harper's ? Puis il se souvint que Jenny Bates était partie pour Calgary. C'était sûrement la nouvelle serveuse.

Sans la regarder, il demanda : « Un sandwich au bœuf chaud, des frites et du café. » Ce n'était pas poli, mais il fallait qu'elle comprenne tout de suite quel genre de client il était.

« Oh ! c'est vous ! s'écria-t-elle. Vous êtes bien rentré l'autre soir avec toutes ces provisions sur la luge ? »

Tom leva brusquement la tête. C'était elle – l'Amazone –, le cauchemar de l'épicerie, celle qui avait essayé de lui fourguer des carottes.

« Moi, j'ai été obligée de passer la nuit là-bas ! continua-t-elle avec une humeur réjouie. C'était mon

1. Trad. Marcel Duhamel et Maurice-Edgard Coindreau.

dernier jour, ce boulot m'ennuyait tellement que j'en étais réduite à compter les secondes, et cette stupide tempête m'est tombée dessus. Mon frère n'a pas pu venir me chercher, alors j'ai dû passer la nuit sur place ! Mais ici... » Elle lui sourit. « ... C'est super. J'adore ! Je vais vous chercher votre déjeuner, bœuf chaud, frites, café, c'est parti ! » Elle s'élança vers la cuisine.

Incrédule, Tom fixa la table. C'était invraisemblable ! Non seulement le Harper's était le seul restaurant à cinquante kilomètres à la ronde, mais c'était aussi son unique refuge. Il ne pouvait pas rentrer à la maison parce qu'il ne voulait pas voir cette pouffiasse de Sherry, il ne pouvait pas aller à la bibliothèque parce qu'il risquait d'y croiser le révérend Thomas. Il n'avait nulle part, vraiment nulle part où aller.

Calme-toi, se dit-il. Tu réagis de façon excessive. Contente-toi d'ignorer cette fille. Elle ne peut pas te forcer à parler. Lis ton bouquin.

Il se pencha au-dessus de son livre, planta un coude de chaque côté comme s'il étudiait pour passer un examen difficile et ne devait en aucun cas être dérangé.

> « Sur les terres rouges et sur une partie des terres grises de l'Oklahoma, les dernières pluies tombèrent doucement et n'entamèrent point la terre crevassée. Les charrues... »

Une salade de chou cru atterrit devant lui.

« Et voilà, notre superbe salade du jour ! » annonça fièrement l'Amazone.

Tom considéra la mixture blanche gluante hérissée de morceaux de légumes crus.

« C'est offert par la maison ! Ça fait partie de notre nouvelle campagne pour aider les habitants de Struan à rester en bonne santé cet hiver. Pendant quinze jours, tous ceux qui commandent un repas auront du chou gratis ! » Elle rayonnait.

Il ne la regardait pas mais sentait son sourire radieux. Soudain, il eut la bouche sèche. Il s'humecta les lèvres. Il détestait tous les légumes sans exception et encore plus les mixtures gluantes. « Je n'en veux pas, dit-il d'une voix râpeuse.

— Vous n'avez même pas goûté ! Vous allez adorer ! Il y a de la pomme, du chou, des carottes, des oignons, des cerneaux de noix et de la mayonnaise maison. C'est moi qui l'ai faite et Mme Harper la trouve fabuleuse !

— Je n'en veux pas. Je déteste le chou.

— Ce n'est pas une salade de chou ordinaire ! Je vous le promets. Vous allez adorer ! Et puis c'est vraiment bon pour la santé ! »

Il pouvait partir, ou il pouvait lui lancer la salade à la figure et ensuite partir. Il ne voyait que ces deux solutions.

« Excusez-moi », fit une voix.

Le grand blond dans le box d'en face se penchait sur le côté pour attirer l'attention de la serveuse. Tom le voyait à la périphérie de son champ de vision.

« Pourriez-vous venir une minute, s'il vous plaît ?

— Quoi ? » Le ton joyeux de la serveuse avait disparu d'un coup, comme si elle l'avait tranché avec une hache.

« Pourriez-vous venir par ici, s'il vous plaît ? »

Du coin de l'œil, Tom la vit s'exécuter. Elle se planta devant l'homme, les mains sur les hanches. Il lui parla tout bas.

« C'est pas vrai ! » protesta-t-elle.

L'homme ajouta quelque chose.

« Il est pas obligé de la manger ! Je la lui propose, c'est tout ! Mme Harper a dit que je pouvais le faire ! »

La voix de son interlocuteur monta d'un ton – il semblait à deux doigts d'exploser. « Elle n'a pas demandé de forcer les gens à l'ingurgiter ! Il faut la remporter et donner au client ce qu'il a commandé ! »

La serveuse pivota, s'approcha, attrapa le chou sous le nez de Tom et s'éloigna à grands pas. La porte battante de la cuisine se ferma violemment.

Tom jeta un coup d'œil à l'homme et croisa son regard sans l'avoir cherché. L'autre eut l'air gêné. Il haussa légèrement les épaules et dit : « Ne faites pas attention à elle. On va sans doute la virer dans un ou deux jours. » Il retourna à son journal.

Tom était abasourdi par ce qui venait de se passer. Apparemment, un parfait inconnu lui avait sauvé la mise. C'était bien ça, non ? Mais alors, donnait-il à ce point l'impression d'avoir besoin qu'on vienne à son secours ? Paraissait-il aussi mal en point, aussi près de s'effondrer ? Parce que, si c'était le cas – si un parfait inconnu se sentait obligé d'intervenir quand une serveuse apportait une salade dont il ne voulait pas –, il ne devait plus remettre les pieds ici. C'était injuste d'infliger ça aux autres clients. Il fallait qu'il rentre directement à la maison après son boulot.

Il fut atterré par cette pensée. Soudain, il se rendit compte que le Harper's lui était indispensable. Il lui procurait des contacts humains sans rien lui demander en échange. Aller manger dehors était une chose normale qui lui donnait l'illusion d'être normal. L'ironie de l'histoire, c'était qu'il croyait mieux s'en sortir depuis quelques semaines. L'impression d'être sur le fil du rasoir cédait ; il se sentait moins tracassé.

La serveuse lui apporta son sandwich au bœuf chaud, retourna au comptoir chercher la cafetière, lui servit son café et posa un peu de lait à côté.

« Vous me direz si vous voulez encore du café. » Son ton était renfrogné, celui d'une enfant qu'on vient de gronder.

Le sandwich au bœuf avait le même goût que d'habitude, mais Tom n'avait plus faim. Immobile, il écoutait les conversations autour de lui. De nouveaux clients arrivaient, maintenant que les routes avaient été dégagées. Ils étaient venus trouver de la compagnie après une semaine d'isolement forcé. La serveuse faisait de constants allers et retours entre la cuisine et la salle. Elle marchait tellement vite qu'il sentait les déplacements d'air dans son sillage.

L'inconnu du box se leva – cette fois encore, Tom ne le vit qu'à la périphérie de son champ de vision – et enfila son manteau. Quand l'Amazone passa devant lui pour se rendre à la cuisine, il lui attrapa le bras.

« Six heures ? demanda-t-il.

— Six heures et demie, répondit-elle d'une voix

maussade. Il faut que je range et que j'aide à la vaisselle.

— D'accord. Je serai là. »

Elle commençait à pivoter quand il la retint et ajouta tout bas : « Et arrête. Les gens n'aiment pas qu'on leur force la main. »

D'un coup d'épaule, elle se libéra.

Ce ne fut que lorsque la porte du restaurant se referma derrière l'inconnu que ses paroles et le ton sur lequel il les avait prononcées firent leur chemin dans la tête de Tom. Comprendre leur signification lui donnait l'impression de remonter à la surface après être resté longtemps sous l'eau, son soulagement n'était pas sans rappeler la sensation de l'oxygène qui se diffuse dans les veines.

L'homme ne parlait pas à la serveuse comme on parle à une étrangère, c'était le ton qu'on emploie avec quelqu'un qui vous emmerde tous les jours que Dieu fait. Il venait la chercher après son travail. « Mon frère n'a pas pu venir me chercher », avait-elle dit pour expliquer qu'elle ait dû dormir à l'épicerie. Voilà, c'était son frère ! La manière dont ils se comportaient l'un envers l'autre, dont ils étaient si vite irrités par l'autre... mais oui, ils étaient frère et sœur. Il était bien placé pour le savoir. D'ailleurs, ils se ressemblaient, tous deux blonds, avec une robuste ossature. Le frère était bien plus âgé, trente-cinq ans, peut-être, tandis que la sœur n'avait pas encore vingt ans, mais il y avait des différences d'âge encore plus grandes dans la famille de Tom.

« Arrête. Les gens n'aiment pas qu'on leur force la main. » « Les gens », avait-il dit, et pas : « Il n'aime pas qu'on lui force la main. » Ce qui voulait dire – c'était le point délicat, et Tom l'examina sous tous les angles pour être sûr qu'il ne se racontait pas d'histoires – que, s'il était intervenu quand sa sœur voulait fourguer sa salade de chou, ce n'était pas parce que Tom paraissait sur le point de s'effondrer, mais parce qu'elle n'arrêtait pas de l'embêter, lui, son frère, avec ses fichus légumes, et que ça le rendait dingue. De soulagement, Tom faillit éclater de rire. Dieu lui vienne en aide ! La sœur de ce malheureux était pire que Meg.

Tom commença à manger son sandwich, qui avait refroidi, mais aucune importance, il était quand même excellent. Tout en mangeant, il lançait des regards furtifs en direction de la serveuse. À présent que son frère était parti, elle avait retrouvé sa vivacité. Elle glissait un petit mot à chacun tout en se hâtant d'aller et venir. La plupart des clients mangeaient docilement leur salade de chou, ils prenaient ça à la rigolade. « Allons, finissez votre assiette ! » l'entendit-il dire. La porte s'ouvrit et une femme entra avec un bambin emmitouflé dans une combinaison de ski. La serveuse s'accroupit devant lui et lança : « Coucou, mon joli, comment ça va ? Tu es plein de neige, dis-moi... il neige, là-dehors ? » et le visage de l'enfant s'éclaira. On voyait bien qu'il la considérait presque à l'égal du père Noël.

D'ailleurs, elle n'était pas aussi terrible, décida Tom. Il se rappela qu'elle lui avait proposé la luge à l'épicerie sans qu'il la lui demande, ce qui était vraiment gentil. Oui, elle était agaçante, mais ce n'était pas la fin du monde. Il pouvait s'en accommoder.

« Encore un peu de café ? demanda-t-elle une minute plus tard en passant comme une flèche devant sa table.

— Ouais. Merci. »

Il y a une loi de la nature – du moins de la nature humaine – qui stipule qu'on ne doit jamais, au grand jamais, se dire que les choses s'arrangent enfin, parce que le Destin ne pourra pas s'empêcher, à un moment ou à un autre, de vous faire un croche-pied.

À cinq heures de l'après-midi, sa mère apparut sur le seuil de la salle de séjour, l'air hagard, les cheveux en désordre, le visage cireux. « Il est parti ! » s'écria-t-elle.

Tom baissa le journal de la semaine précédente. « Qui ça ?

— Le bébé ! Dominic ! » Elle avait les yeux cernés, égarés.

« Où était-il la dernière fois que tu l'as vu ?

— J'en sais rien ! J'en sais rien ! Je l'avais, et maintenant il est parti !

— Il ne peut pas être bien loin, maman. Il est encore trop petit pour marcher à quatre pattes.

— Mais il est parti ! Il est parti ! »

Adam sortit de son repaire, derrière le fauteuil de Tom. Une odeur de pisse l'accompagnait. « Il est là », dit-il en montrant une pile de couvertures sur le canapé. Pendant qu'il parlait, les couvertures bougèrent et un pied minuscule apparut.

« Oh ! mon chéri ! s'écria leur mère. Mon chéri. Mon chéri. » Elle attrapa la pile de couvertures et y enfouit le visage.

Mal à l'aise, Tom l'observa. Peut-être avait-elle eu ce comportement après la naissance de chacun d'eux, mais il le trouvait pour le moins excessif.

Adam lui aussi la regardait, les poings sous le menton.

« Maman, dit Tom. Adam a besoin de prendre un bain. »

Mais elle ne semblait pas l'avoir entendu, ce qui, pour le coup, était une réaction habituelle.

Après son départ, Adam dit : « Je peux prendre un bain tout seul.

— C'est vrai ? Tu arrives à te savonner ?

— Oui.

— Parfait. Alors, vas-y. »

Il retourna à son journal. Les nouvelles n'étaient plus très fraîches, mais c'était ça ou relire pour la troisième fois *Les Raisins de la colère*.

Ça sentait de nouveau la pisse. Tom leva les yeux. Tout nu, Adam frissonnait.

« Qu'est-ce qu'il y a ?

— J'arrive pas à ouvrir les robinets.

— Ah ! D'accord. »

À contrecœur, il posa son journal et monta l'escalier, Adam sur ses talons. La baignoire était dans un état lamentable. En fait, toute la salle de bains était dégoûtante. Jusque-là, Tom refusait de le voir, mais soudain, la fureur le gagna parce que son père, lui aussi, refusait de le voir. Il boucha la bonde et ouvrit les deux robinets à fond. Adam recroquevillait ses orteils, debout sur le bord externe de la plante des pieds pour éviter le contact avec le lino glacé. Ses vêtements sales étaient entassés par terre.

« Tu as quelque chose de propre à te mettre ?

— Je sais pas. » Adam claquait des dents.

Tom testa la température de l'eau. « Vas-y, dit-il en fermant les robinets. Il fera plus chaud là-dedans. »

Adam grimpa dans la baignoire. Sa cage thoracique paraissait aussi fragile qu'un nid d'oiseau. Est-ce que tous les gamins de quatre ans étaient aussi maigres ? Comment pouvait-il le savoir ? Et d'ailleurs, pourquoi aurait-il dû le savoir ?

Pris d'une rage grandissante, Tom sortit dans le couloir pour se rendre dans l'ancienne chambre de Meg, occupée à présent par Adam. La puanteur l'assaillit. Le lit avait plus ou moins été fait, mais la pièce était dégueulasse. La fureur de Tom enfla et se dirigea aussi contre cette pouffiasse de Sherry. Il fallait qu'elle s'en aille ; quelqu'un devait la virer, mais ce ne serait pas lui. Puisque sa mère n'était pas en état de faire quoi que ce soit, c'était à son père de s'en occuper. Pourquoi ne l'avait-il pas déjà fichue à la porte ? Pourquoi tu ne l'as pas fichue à la porte pour prendre quelqu'un de sérieux ? lui demanda-t-il mentalement. Pourquoi tu ne fous jamais rien dans cette putain de famille ?

Il ouvrit les tiroirs, fouilla et parvint à rassembler une tenue à peu près complète qu'il apporta dans la salle de bains. Plié en deux, Adam se savonnait les pieds. Ses vertèbres pointaient, telle une minuscule chaîne de montagnes. Ses cheveux étaient tout hérissés, pleins de morve sans doute, ça ne pouvait être que ça.

« Et tes cheveux ? » Tom dut le dire d'un ton furieux parce que Adam s'empressa de le regarder avec des yeux écarquillés. « Tu sais les laver tout seul ? »

Adam secoua la tête.

« Alors, allonge-toi pour les mouiller. »

Il lui lava les cheveux, lui renversa la tête pour les rincer, le redressa et lui lava le dos, le cou et les aisselles. Il eut toutes les peines du monde à se retenir de le frotter sauvagement. Il était dans une telle colère qu'il avait un goût de bile dans la bouche. Une fois Adam propre, il le sortit de la baignoire et l'enveloppa dans une serviette sale.

« Bon. Sèche-toi et enfile ça. »

Il descendit frapper à la porte du bureau de son père. Son cœur cognait si fort qu'il faisait trembler sa poitrine. Comme on ne répondait pas, il entra. Le bureau était vide. Tom consulta sa montre – il n'était pas encore six heures. Il jura. Il voulait affronter son père tout de suite, là, pendant qu'il était encore assez en colère pour ne pas se dégonfler. Il entendit la porte d'entrée s'ouvrir. Il s'empressa de gagner le vestibule. Son père accrochait son manteau.

« Il faut que je te parle, dit Tom.

— Ah bon ? » Son père le regarda d'un air surpris, puis dit : « Bon, moi aussi, je voulais te parler. Allons dans mon bureau. »

Son père s'installa à sa place habituelle.

« Assieds-toi. » Il lui indiqua un fauteuil, dans un coin. Son ton était guindé, mais aimable. Tom devina que c'était celui qu'il employait à la banque. Il n'était pas encore passé au ton familial.

« Non, merci. J'en ai pour une seconde. Je voulais juste te dire...

— Assieds-toi, Tom. »

Tom sentait la colère refluer devant la frayeur, le désespoir ou tout autre sentiment que lui inspirait son père ces derniers temps. L'amertume le gagnait en percevant la réprobation paternelle, du fait qu'il ne s'était pas encore « ressaisi ». Pas une minute ne passait sans qu'il en soit conscient. Mais il fallait qu'il se sorte ça de l'esprit parce que ce n'était pas important pour l'instant. Pour l'instant, il fallait qu'il dise ce qu'il avait à dire : cette famille est dans la merde et il faut que tu fasses quelque chose.

Il baissa les yeux sur le sol, tenta de trouver le courage nécessaire pour faire passer le message.

« Bon, dit son père. Toi d'abord. Qu'est-ce que tu voulais me dire ? »

Tom prit une inspiration. « Maman ne va pas bien, commença-t-il, les yeux toujours baissés. Elle n'est pas... »

La porte extérieure, puis la porte d'entrée claquèrent. Peter hurla : « Espèce de crétin ! » et les garçons entrèrent au pas de charge dans le séjour et la cuisine.

« Je ne sais pas ce que c'est, mais il y a vraiment un problème avec maman, poursuivit Tom. Et Adam... »

Corey gueula : « Salaud ! Putain, t'es qu'un sale connard, je vais le dire... » Suivirent un craquement, puis un cri de rage ou de douleur, et enfin le bruit familier d'un corps projeté contre un mur.

Tom leva les yeux et vit la colère envahir les traits de son père qui ne l'écoutait plus. Ça ne sert à rien, songea-t-il. Mon père ne fera rien. Que cette foutue famille, que le monde entier aille se faire foutre.

Il se leva, sortit du bureau, monta dans sa chambre et referma la porte.

10

Megan

Londres, février 1967

UN PEU PLUS DE UN AN après son arrivée en Angleterre, Megan perdit sa virginité – ou plus précisément la donna – un mercredi soir pluvieux. Elle était contente d'en être débarrassée. C'était un reste d'enfance, qui l'empêchait, aussi bien sur le plan mental que physique, de se considérer comme totalement responsable de sa vie.

Par principe, coucher à droite et à gauche ne lui semblait pas souhaitable et elle n'avait aucune intention de s'adonner à ce genre de pratique malgré de nombreuses sollicitations, mais, au cours de longues nuits solitaires dans son cagibi d'abord, puis au dernier étage de l'hôtel ensuite, elle avait eu le temps de réfléchir à la question sans trouver une seule bonne raison pour interdire aux gens de coucher ensemble dès lors qu'ils en avaient envie. Si on ne vous forçait pas, si vous étiez assez âgée pour savoir ce que vous faisiez et si vous preniez des précautions pour ne pas concevoir un enfant non désiré, pourquoi est-ce que ça devrait être interdit ? Cette histoire de se réserver pour son mari était bien une idée d'homme. D'ailleurs, elle ne voulait pas se marier. Le mariage menait aux enfants, et elle avait eu son compte. Donc, la seule question légitime était la suivante : souhaitait-elle avoir des rapports sexuels sinon dans l'immédiat, du moins dans un proche avenir ? Et la réponse était : oui, si le moment, le lieu, le partenaire lui semblaient appropriés et si elle y prenait plaisir. À en juger par le temps que passaient les gens à faire l'amour et à en parler, ce devait être une chose à ne pas manquer.

Après avoir pris sa décision, elle alla consulter un médecin et lui demanda de lui prescrire la pilule pour être prête quand la perle rare se présenterait. Au début, le généraliste s'y refusa (c'était un homme) et essaya de la dissuader. Megan répliqua d'un ton ferme qu'elle avait presque vingt-trois ans, qu'il s'agissait de son corps, pas de celui du médecin, et, à la fin, il céda.

Elle était difficile et il lui fallut du temps pour dénicher le compagnon idéal, mais elle le trouva enfin en la personne d'un Écossais prénommé Douglas, que son employeur d'Édimbourg avait envoyé à Londres pendant six semaines suivre un stage de perfectionnement à la gestion d'entreprise. Elle le choisit parce qu'il avait de beaux yeux, ne lui rappelait aucun de ses frères, avait exprimé le désir d'avoir des relations sexuelles avec elle d'un ton poli et nullement arrogant, et surtout parce qu'il retournerait à Édimbourg à la fin de son stage, de sorte que leur relation n'aurait pas de suite. C'était à sa virginité qu'elle voulait renoncer, pas à sa liberté.

Elle avait voulu savoir comment c'était, eh bien, maintenant elle savait et, malgré son côté dégoulinant, la chose fut loin de lui déplaire. Elle en conclut cependant que faire l'amour devait vous empêcher de réfléchir correctement parce que, après le départ de Douglas, elle aurait bien aimé qu'il revienne, mais ces regrets s'effacèrent assez vite.

Tout cela eut lieu quelques mois après l'ouverture du Montrose Hotel. Car ensuite le temps et l'énergie de Megan furent entièrement consacrés à la magnifique et glorieuse tâche de ramener l'hôtel à la vie. Elle aimait en effet passionnément le Montrose et le dirigeait avec autant de fermeté que le capitaine Bligh dirigeait son navire.

« Voilà ce que j'appelle une salle de bains propre, disait-elle en montrant une baignoire, un lavabo et des toilettes étincelantes aux différentes jeunes filles qui avaient postulé à l'emploi de femme de ménage. Je veux que ce soit toujours aussi propre. Jour après jour, je vérifierai les chambres une par une et je regarderai dans tous les coins. Si ce n'est pas impeccable, ce sera le renvoi au bout de deux avertissements. La même chose vaut pour les retards. Ce travail vous intéresse toujours ? »

Pour certaines c'était oui, pour d'autres c'était non.

La rénovation du Montrose prit six mois au cours desquels Megan s'amusa comme jamais. Annabelle, Peter Montrose et Megan firent tout eux-mêmes. S'ils embauchèrent un électricien pour refaire le circuit électrique et un plombier pour installer des lavabos avec eau chaude et froide dans toutes les chambres et pour moderniser les salles de bains (une par étage, plus des toilettes près de la réception), tous trois se chargèrent du carrelage, de la peinture, des papiers peints, des tissus d'ameublement, des lampes et des tableaux à accrocher aux murs. Annabelle et Peter choisissaient, Megan les accompagnait parce qu'elle y prenait plaisir, mais s'il n'avait tenu qu'à elle, elle aurait tout peint en blanc et recouvert les sièges en velours côtelé foncé, solide, antitache. Mais Annabelle et Peter avaient du goût, elle le voyait bien. Jusque-là, elle ignorait ce qu'était le goût (à Struan, ça n'entrait pas en ligne de compte, si on avait besoin d'une lampe, on achetait une lampe, voilà tout) et elle n'était pas sûre que cette notion fût pertinente (dans ce domaine, comment une opinion pouvait-elle être « meilleure » qu'une autre ?) mais, si le bon goût existait, Annabelle et Peter en étaient sans aucun doute dotés. Ils fréquentaient les antiquaires, traquaient les soldes, achetaient dans les salles des ventes et revenaient avec un bric-à-brac pour lequel Megan n'aurait pas donné trois sous, mais qui se révélait époustouflant une fois installé.

Ils travaillaient douze heures par jour, sept jours sur sept, mais Megan avait l'impression de se livrer à une longue partie de plaisir.

« Megan, il faut vraiment que vous preniez un jour de repos, disait Annabelle de temps à autre, ses sourcils froncés dessinant une fine ride sur son front. Ça fait des semaines que vous ne vous êtes pas arrêtée ! Vous ne profitez pas de votre séjour. Vous devriez visiter les sites touristiques.

— J'y compte bien, une fois que nous aurons

terminé. Quand tout roulera, je prendrai tous mes mardis. »

Elle n'avait toujours pas vu la Tour de Londres, la cathédrale Saint-Paul, la National Gallery, bref, aucune des curiosités londoniennes. L'idée de traîner dans de vieilles bâtisses l'ennuyait, du moins c'était l'explication qu'elle se donnait. La vérité était plus complexe, et elle le savait. La vérité, c'était que ces vieilles bâtisses ne signifiaient rien pour elle parce qu'elle ne savait rien à leur sujet. Elle n'avait pas la moindre connaissance en histoire, en art, ignorait tout des autres pays, des religions du monde, de la guerre du Vietnam, tous ces sujets dont parlaient les gens autour d'elle. L'étendue de ses lacunes lui était apparue au fil des mois passés en Angleterre, et elle en était étonnée et gênée. Comment pouvait-on remédier à une ignorance aussi abyssale ? Par où commencer ? C'était un peu comme si quelqu'un lui avait offert un livre en disant : « Il est fantastique, tu vas l'adorer », et qui, une fois ouvert, se révélait écrit dans une langue inconnue, impossible à déchiffrer.

Qui était fautif ? Elle ne pouvait pas en vouloir à son éducation ni à Struan – Tom avait des connaissances, et son père aussi. En fait, son père savait énormément de choses ; Megan ne s'en était pas aperçue avant de quitter la maison. Elle en avait plus appris sur lui par ses lettres depuis un an que pendant les vingt et une années passées sous son toit. N'étant pas allé à l'université comme Tom et n'ayant pas voyagé, sauf pendant la guerre, il avait acquis sa culture dans les livres, ce qui, de l'avis de Megan, avait dû représenter un rude labeur.

Bon, ça ne fait rien, se disait-elle en collant avec habileté du papier peint dans les toilettes du rez-de-chaussée. Personne ne se soucie de savoir si tu as des connaissances ou non. Pour le monde extérieur, ça ne changera rien. Il se trouve que tu te débrouilles très bien pour tapisser les murs, alors continue. Avec précaution, elle lissa le bas du lé pour qu'Annabelle, perchée sur la plus haute marche de l'escabeau, prenne le relais.

Le papier peint était crème avec de fines rayures roses. Séparément, papier et pièce avaient paru ternes, inintéressants ; ensemble, l'effet était magnifique. Une fois les murs tapissés, Annabelle se planta sur le seuil et regarda un instant leur travail d'un air songeur, puis elle se rendit dans une brocante et en revint avec un miroir dont le cadre doré était orné d'une manière hideuse. Là, c'est vraiment une erreur, se dit Megan. Mais non : une fois accroché au-dessus du lavabo ovale, le miroir réfléchissait les deux appliques en forme de chandelle, sur le mur opposé, et toute la pièce resplendit alors d'une splendide lumière dorée.

« Qu'est-ce qu'on essaie de faire ici, un petit Versailles ? demanda Peter en revenant d'un rendez-vous avec un banquier.

— Exactement, répondit Annabelle. Les toilettes doivent être de petits Versailles. Vous êtes convaincue, Megan ? » Ce qui voulait dire qu'elle avait deviné une certaine réserve chez la jeune femme.

« Oui, avoua Megan, mais ça va être l'enfer à entretenir. » Elle passa son doigt sur une volute du cadre et en retira de la poussière – trop impatiente de le suspendre, Annabelle ne l'avait pas nettoyé.

Le soir – tard, une fois la journée de travail terminée –, tous trois s'asseyaient par terre sur des poufs poires au milieu des pots de peinture et examinaient leur œuvre en mangeant des fromages exotiques (et souvent dégoûtants) achetés chez Harrods, accompagnés d'une baguette et d'un vin français que Peter avait subtilisé dans la cave de son père. La plupart du temps, ils admiraient modestement le travail accompli, mais pas toujours.

« En ce moment, tout le monde suit la tendance Habitat, dit un soir Annabelle d'un ton angoissé. Pin brut, lignes épurées. » Malgré une confiance absolue en son propre goût, elle était coutumière des doutes de dernière minute – en l'occurrence, la dernière minute était déjà passée, car ils avaient achevé toutes les chambres et déjà bien avancé la rénovation du rez-de-chaussée.

« Nous y revoilà, dit Peter.

— Tu ne penses pas que nous sommes déphasés ?

— Je sais que nous sommes déphasés. Nous avons délibérément choisi de l'être ! Cesse de revenir là-dessus, pour l'amour du ciel !

— Qu'est-ce que vous en pensez, Megan ? »

Qu'on lui demande son avis étonnait et flattait Megan, mais elle était ravie de le donner. « Je crois que les étrangers aimeront beaucoup ce style.

— C'est vrai ? demanda Annabelle avec espoir.

— Oui. Ça fait ancien, et l'Angleterre est censée être un vieux pays.

— Elle a mis dans le mille, dit Peter. Reprenez un peu de vin, Meg. Comment le trouvez-vous ?

— Pas terrible.

— Aucun palais, cette fille », lâcha tristement Peter.

Ce qui ravit Megan. La plupart des gens ici auraient dit : « Aucun palais, ces Canadiens », comme si cette lacune était liée à sa nationalité et non à sa personne. En matière de vin en effet, elle ne connaissait rien, et ne souhaitait pas que ça change. D'après ce qu'elle avait vu jusque-là, le seul défaut de Peter était qu'il buvait parfois trop et devenait alors irritable avec Annabelle. Le seul défaut d'Annabelle était qu'elle ne l'envoyait pas aussitôt sur les roses. Elle était trop bonne, voilà le problème. Pour Megan, si on était trop bonne avec un homme, il en profitait sans vergogne.

Mais, la plupart du temps, ils faisaient preuve de gentillesse l'un envers l'autre, et toujours envers elle.

À présent, c'était seulement la nuit qu'elle se sentait seule. Pendant la rénovation et les premiers mois qui suivirent l'ouverture de l'hôtel, elle dormit donc seule dans l'une des chambres du dernier étage. Annabelle et Peter habitaient un appartement situé à quelques rues de là, de sorte que, lorsqu'ils partaient le soir, Megan avait l'hôtel entier pour elle. Annabelle s'en était inquiétée. « Vous êtes sûre que vous ne vous sentirez pas nerveuse, Megan ? Vous pouvez dormir sur notre canapé, ça ne nous dérange pas du tout. Ces vieilles bâtisses ont tendance à craquer.

— Je serai très bien. Les craquements ne m'impressionnent pas. »

C'était vrai. Ce qui l'inquiétait, c'était la distance qui la séparait de sa famille. Curieusement, maintenant qu'elle aimait son travail, un travail susceptible d'évoluer vers une activité qu'elle pourrait exercer plusieurs années d'affilée, imaginait-elle - car elle était responsable de toute la gestion de l'hôtel -, elle avait davantage le mal du pays que lorsqu'elle dormait enfermée dans un cagibi, à Lansdown Terrace. Là-bas, elle avait l'impression que ses vacances avaient mal tourné, mais que, puisque les vacances avaient une fin, le cauchemar cesserait bientôt. À présent, elle se voyait rester au moins cinq, dix ans. Sa famille se passerait d'elle, penserait sans doute de moins en moins à elle. Sa mère vieillirait sans que personne ne veille sur elle. Adam, dont elle sentait encore dans ses bras le poids tiède, grandirait et deviendrait un étranger. Le vide qu'elle recelait en elle se remplirait peu à peu avec d'autres centres d'intérêt, d'autres gens. Le mot « maison » prendrait une nouvelle signification, de sorte que, lorsqu'elle retournerait là-bas, elle ne s'y sentirait plus chez elle. Elle ne serait plus la même qu'avant son départ.

Elle s'endormait en éprouvant une sorte de souffrance, de deuil. Mais, le lendemain, elle s'éveillait en pensant que, ce jour-là, ils allaient s'attaquer au palier du deuxième étage, qui serait tapissé d'une douce teinte prune parcourue de nervures dorées veloutées, ce qui paraissait l'horreur absolue, mais se révélerait une note on ne peut plus juste.

Le Montrose faisait partie d'une rangée de maisons attenantes (hautes, propres et majestueuses, elles n'avaient rien à voir avec Lansdown Terrace) situées près de Gloucester Road, un endroit commode pour emprunter les bus de l'aéroport de Heathrow et pour se rendre à la gare Victoria, à l'Albert Hall, au musée des Sciences et au musée d'Histoire naturelle. Il comptait quinze chambres réparties sur trois étages, un grand salon accueillant et un hall petit mais élégant. Les plafonds étaient hauts, avec des moulures et des rosaces de quatre-vingt-dix centimètres de diamètre. Annabelle avait déjà conçu les brochures. (« Quinze belles chambres, douze à deux lits, trois à un lit, chauffage central, matelas à ressorts, lampes de chevet, salle de bains avec eau chaude et froide, salon confortable avec téléviseur couleur. ») On y fournirait un service retour pour les draps, par exemple (l'hôtel serait ainsi mieux classé), et un bar fonctionnerait en comptant sur l'honnêteté des clients.

La clientèle cible était les hommes d'affaires pendant la semaine et, le week-end, des visiteurs distingués originaires d'Europe ou du reste du pays, ainsi que, pendant la haute saison, des Américains et Canadiens aisés, mais pas richissimes.

« Des gens qui sont prêts à payer un peu plus pour un hôtel de charme, expliqua Annabelle.

— Et qui reviennent, compléta Peter. Pas question de les tondre et de ne plus les revoir, non, nous voulons qu'ils reviennent année après année et qu'ils nous recommandent à tous leurs amis. Il faudrait qu'ils apprécient tellement le Montrose que, même s'ils pouvaient s'offrir une chambre avec salle de bains au Ritz, ils préfèrent revenir ici. »

Jusqu'à ce jour, Megan pensait n'avoir jamais rencontré personne qui corresponde à cette description, mais elle se dit qu'elle en avait deux représentants devant elle. Les Montrose étaient exactement le type de personnes qui aimeraient descendre dans l'hôtel qu'ils allaient ouvrir. Ils n'étaient pas très riches mais prenaient l'avion pour Paris, Rome ou Florence deux ou trois fois par an et choisissaient toujours un hôtel qui leur plaisait. Ils n'ouvraient pas un hôtel parce qu'ils avaient désespérément besoin d'argent, mais parce que l'argent gagné ne serait pas de refus et surtout parce qu'ils éprouveraient un grand plaisir à s'en occuper.

Annabelle était grande, pâle, avec des cheveux châtains luxuriants qu'elle remontait au sommet de la tête quand Peter et elle sortaient le soir et attachait avec un foulard pour s'atteler aux gros travaux. Peter était beau, intelligent, et, sauf quand il avait trop bu, fou amoureux d'Annabelle, même s'ils étaient mariés depuis déjà cinq ans. Megan n'avait jamais observé d'aussi près un mariage réussi. Celui-ci en avait tout l'air et recueillait son entière approbation.

Annabelle serait la « vitrine », enregistrerait les réservations, accueillerait les clients, les conseillerait sur les sites à visiter et les restaurants à fréquenter pendant leur séjour. Peter dirigerait l'établissement – comptabilité, publicité, résolution des problèmes éventuels.

Megan, elle, s'occuperait de l'intendance, veillerait à la bonne marche de l'hôtel. On embaucherait deux employées pour faire le ménage – trois, si nécessaire –, un homme sachant bricoler, et un réceptionniste à temps partiel, capable de remplacer Megan la nuit et les jours où elle serait de repos. Megan superviserait l'ensemble du personnel.

« J'aimerais les embaucher moi-même, si ça ne vous ennuie pas », suggéra-t-elle à Annabelle lorsqu'ils abordèrent le sujet. Elle trouvait en effet Annabelle trop gentille et avait peur qu'elle n'engage des filles qui lui feraient pitié et qu'elle serait incapable de renvoyer si elles ne donnaient pas satisfaction.

« D'accord, répondit Annabelle avec docilité. Vous serez responsable de tout ce secteur. »

Un mois avant l'ouverture, au moment d'installer les moquettes, d'accrocher les lustres et de poser les boutons de porte, Megan passa une nuit dans chaque chambre pour s'assurer qu'aucun robinet ne gouttait, que le circuit électrique et les radiateurs fonctionnaient bien. C'est alors que le Montrose devint vraiment sa chose. Chaque chambre lui plaisait plus que la précédente.

Tous les matins, elle examinait avec l'agent technique la liste des travaux à effectuer. C'était lui qu'elle avait engagé en premier. Jonah n'avait qu'une seule dent, sur la rangée du haut (même s'il n'y avait plus de rangée), en plein milieu. Megan ne voyait pas l'intérêt de l'avoir gardée, on avait besoin d'au moins deux dents pour qu'elles servent à quelque chose, non ? Cela dit, elle appréciait sa manière de se déchausser avant de pénétrer dans une pièce et de regarder autour de lui, la tête légèrement penchée en avant pour repérer charnières branlantes ou vis manquantes, tel un chien policier.

« Il nous faut quelqu'un qui sache tout faire, avait-elle dit. Peinture, menuiserie, réparation de canalisations bouchées, purge des radiateurs. Vous en êtes capable ?

— Ouais. Ce châssis d'fenêtre tient pas, il va claquer dès qu'y aura du vent. »

20 novembre 1966

Chers maman et papa,

Excusez-moi de ne pas avoir écrit plus tôt, mais nous avons été très occupés à tout préparer pour l'ouverture de l'hôtel avant Noël. Maintenant, nous avons presque fini – aujourd'hui nous allons installer un arbre de Noël dans le hall de réception, c'est la touche finale. Tout est vraiment beau et nos premiers clients arriveront dès la semaine prochaine. Hier soir, Annabelle et Peter m'ont invitée au restaurant pour fêter l'événement. Nous sommes allés dans un établissement très chic appelé le Gai Hussard – on y sert des spécialités hongroises. C'était délicieux. Nous avons bu du champagne et ils m'ont offert une très jolie montre.

Comment allez-vous tous les deux ? Est-ce que les jumeaux sont déjà partis en mer ? Et Tom rentre-t-il pour Noël ? Où en est-il avec ses études ? Je ne m'en souviens plus. Est-ce que Peter et Corey sont sages ? Et Adam ? J'aimerais vraiment recevoir une photo de lui. Pouvez-vous demander à Tom d'en prendre une pendant qu'il sera à la maison ? Vous me l'enverrez ensuite.

S'est-il passé quelque chose d'intéressant à Struan ces temps-ci ? J'aimerais que vous me donniez les dernières nouvelles quand vous aurez le temps d'écrire.

Affectueusement,

Megan

P.-S. Je joins une brochure de l'hôtel pour vous montrer à quoi il ressemble.

8 décembre 1966

Chère Megan,

(Megan entendait la voix de son père en lisant ce qu'il avait écrit ; curieusement, ce n'était pas la voix qu'elle lui connaissait à la maison, mais celle qu'elle imaginait qu'il prenait à la banque : mesurée, assez guindée, et pas du tout irritée ni impatiente.)

Merci pour ta lettre. Ça fait plaisir de savoir que ton hôtel est prêt à ouvrir. Tes employeurs paraissent très gentils. À propos de votre célébration au restaurant, le Gai Hussard me paraît un nom intéressant. Les hussards faisaient partie de la cavalerie légère dans l'armée hongroise depuis le XV*e* *siècle. Ils appartenaient à un régiment d'élite et avaient sans doute de quoi être plus heureux que les soldats d'infanterie ordinaires (d'où le « gai »).*

Merci d'avoir envoyé la brochure de l'hôtel. On dirait qu'il s'agit d'un établissement bien élégant. J'aimerais savoir s'il se trouve près du Victoria and Albert Museum, qui est renommé mondialement pour sa collection d'art et de design. Il a été fondé sur le principe que les œuvres d'art devaient être accessibles à tous – une idée très progressiste pour l'époque (début des années 1850). S'il se trouve aussi près de ton hôtel qu'il le semble sur la brochure, tu pourrais facilement y faire un saut à l'heure du déjeuner.

Nous allons tous bien. Ta mère t'écrit elle aussi et te donnera sûrement les dernières nouvelles.

Tous mes vœux t'accompagnent.

Mardi

Chère Megan,

(Quant à sa mère, elle la voyait plutôt qu'elle ne l'entendait : teint lisse, pâle, visage large, regard perpétuellement anxieux, fins cheveux blonds, si fins qu'ils voletaient sur sa tête et refusaient de se laisser discipliner par des pinces.)

Ça m'a fait vraiment plaisir de recevoir de tes nouvelles. Ton hôtel doit coûter cher. Est-ce que tu peux te permettre d'y habiter ?

Oui, les jumeaux sont partis. Leur bateau est le HMCS[1] Saint-Laurent *et ils sont enrôlés dans une patrouille de l'Otan. Je ne sais pas où ils sont ni si ça leur plaît parce qu'ils n'ont pas envoyé une seule lettre. J'espérais que la maison serait bien plus calme après leur départ mais Peter et Corey font tellement de bruit que le changement ne se fait presque pas sentir.*

Ici, il ne s'est pas passé grand-chose. Tu te rappelles, je t'avais dit que l'ami de Tom, Robert, avait, en conduisant, fauché une petite cycliste cet été ? Il se trouve qu'il était ivre au moment de l'accident. Après l'enquête, il a souffert d'une sorte de dépression et n'est pas retourné à l'université. C'était terrible.

Tom va arriver vendredi mais retournera à Toronto

1. *Her Majesty's Canadian Ship*, vaisseau canadien de Sa Majesté. *(N.d.T.)*

tout de suite après Noël. Il doit passer ses examens très bientôt. Il continue ses études après la licence. Il a toujours été fou d'aviation.

Adam grandit très vite. Tu auras du mal à le reconnaître quand tu reviendras. Tu n'as toujours pas dit quand tu rentrais à la maison. Bientôt, j'espère !

Affectueusement,

Maman

N'avaient-ils pas noté qu'elle réclamait une photo d'Adam ? À moins qu'ils n'aient pas envie de s'embêter avec ça. Elle avait écrit deux fois à Tom, mais, bien sûr, il n'avait pas répondu. Peut-être se faisait-il du souci pour Robert. Ce qui serait compréhensible. Elle ne voyait pas comment on pouvait réconforter quelqu'un qui avait tué un enfant.

Ses parents, en revanche, n'avaient aucune excuse. Pourquoi continues-tu à faire des efforts avec eux ? se demanda-t-elle avec colère. Tu ne peux être que déçue à chaque fois.

Pourtant, Adam lui manquait terriblement et elle avait l'impression qu'elle n'avait pas le droit d'ignorer à quoi il ressemblait maintenant.

Elle allait jeter l'enveloppe quand elle remarqua que sa mère avait écrit quelque chose au dos. « *Une lettre de Cora Manning est arrivée pour toi. Je vais la joindre à cet envoi. Mais pourquoi t'écrit-elle ici ? Tu n'habites pas avec elle ?* »

Tu ne t'arranges pas, répliqua mentalement Megan à sa mère. Car elle vérifia l'enveloppe et ne trouva rien à l'intérieur. Il fallait s'y attendre.

Elle en avait presque oublié Cora, qui lui paraissait appartenir à un autre temps et à un autre lieu. Se reverraient-elles ? C'était étrange de se dire que quelqu'un avait autant influé sur le cours de sa vie et, en même temps, s'en était complètement effacé.

Sur le chemin du magasin John Lewis, dans Oxford Street, où elle voulait regarder le linge de maison (ils avaient besoin d'un nombre considérable de draps et espéraient bénéficier d'une remise), Megan eut l'œil attiré par une exposition de minuscules voitures dans la vitrine d'un marchand de journaux et s'arrêta pour les examiner. Elles étaient adorables, et, par chance, il y avait là un bus londonien rouge vif et un taxi noir luisant. Megan entra.

« Je voudrais ces deux-là », dit-elle au marchand de journaux sans prendre la peine de demander le prix. Elle qui avait toujours été très économe ne s'en souciait pas cette fois. Chaque véhicule était accompagné de sa petite boîte, avec le dessin de son modèle et la mention de la marque : Matchbox. Ils étaient plus petits que les jouets Dinky Toys que ses autres frères avaient eus et qui s'étaient perdus ou avaient été cassés des années plus tôt. Si Megan n'avait jamais vu l'intérêt d'acheter des jouets aux enfants, car ils s'amusaient aussi bien avec une cuillère, cette fois, c'était différent ; cette fois, c'était autant pour elle que pour Adam.

Elle imaginait sa mère en train de sortir les voitures de leur boîte une par une et de s'écrier : « C'est Megan qui te les offre, Adam ! Ta sœur, qui est très loin, là-bas, en Angleterre ! Hein qu'elles sont adorables ? » Elle imaginait le grand sourire d'Adam quand il s'en emparerait. Il essaierait de les porter à la bouche – il avait presque deux ans et demi maintenant – mais elles étaient trop grosses pour qu'il les avale et paraissaient assez robustes pour s'en tirer sans dommage. Plus il grandirait et plus il s'amuserait avec. Elle allait envoyer immédiatement le bus et le taxi par avion. Ce serait cher, mais tant pis. Tous ses cadeaux de Noël étaient partis depuis plusieurs semaines par bateau, mais ce serait un petit quelque chose en plus. Désormais, elle lui enverrait une nouvelle voiture tous les deux mois jusqu'à ce qu'il possède toute la collection. Ce serait sa manière de rester en contact avec lui.

L'inauguration du Montrose eut lieu la veille de l'ouverture. Des invitations avaient été lancées à la presse, aux critiques responsables du classement des hôtels, aux représentants du Royal Automobile Club et à tous ceux qui pouvaient se révéler intéressants ou utiles. Les invités grignotaient les amuse-gueules commandés chez Harrods et buvaient du champagne dans des flûtes. La tâche de Megan consistait à circuler parmi eux et de remplir les verres.

Elle portait un pantalon noir près du corps, de coupe impeccable, cadeau inattendu d'Annabelle et de Peter. (Elle avait prévu de mettre une jupe noire tout à fait correcte et un chemisier blanc.)

« Mais vous m'avez déjà offert la montre ! protesta-t-elle quand Annabelle souleva le papier de soie dans lequel le tailleur était enveloppé.

— C'était pour vous remercier. Ça, c'est votre

uniforme de travail. On n'a pas à payer son uniforme. Et ces chaussures vont avec. » Elle sortit de leur pochette des chaussures noires luisantes à talons aiguilles, puis se mit à rire en voyant l'expression de Megan. « Vous ne serez plus jamais obligée de les porter, c'est seulement pour ce soir. Essayez-les et, si elles vous font un mal de chien, je les rapporte. »

Quand, avant l'arrivée des premiers invités, Megan descendit parée de ces nouveaux atours, Peter en resta interdit, puis s'écria : « Seigneur, Meg, vous êtes renversante !

— C'est vrai, hein ? » confirma Annabelle en examinant Megan comme s'il s'agissait d'une pièce fraîchement décorée, qui pouvait avoir besoin d'une ultime petite touche. « J'aime bien vos cheveux tirés en arrière, ça fait très chic, mais je me demande si vous ne pourriez pas les laisser un peu plus souples. Comme ça. » Avec précaution, elle relâcha légèrement le gros nœud noir qui lui retenait les cheveux. Elles se trouvaient devant l'immense miroir du salon (une autre trouvaille dégotée dans une brocante). « Voilà. Qu'est-ce que vous en dites ? »

Megan considéra l'effet produit. Son visage s'en trouvait adouci, son menton ferme moins saillant. « C'est bien, reconnut-elle, mais dans quelques heures, mes cheveux seront partis dans tous les sens.

— Dans quelques heures, la réception sera terminée. »

Quant à Annabelle, des boucles ravissantes cascadaient au sommet de sa tête. Elle portait une robe rouge très courte avec des chaussures assorties, et aurait pu provoquer un accident de la circulation. « Comment vous sentez-vous dans ces talons aiguilles ?

— J'arriverai à les supporter un moment, je suppose », répondit Megan qui avait pourtant juré qu'elle ne laisserait jamais personne la torturer en l'obligeant à porter des chaussures aussi insensées.

Pendant que Megan circulait parmi les invités avec la bouteille de champagne, souriait poliment et expliquait que, non, elle n'était pas américaine, mais canadienne, et que, oui, elle se plaisait en Angleterre, il lui arrivait d'apercevoir son reflet dans le miroir du salon. Elle aurait dû être contente, pourtant son apparence la sidérait et l'embarrassait. Cette fille élégante, ce n'était pas elle. Bien sûr, elle n'avait pas envie de ressembler à une péquenaude, néanmoins elle voulait être elle-même. Quiconque la regardait devait penser qu'elle appartenait à ce milieu, mais, dès qu'elle ouvrirait la bouche, ils comprendraient que ce n'était pas le cas et qu'elle jouait un rôle. Pour la première fois depuis sa rencontre avec Annabelle et Peter, elle manqua de confiance en elle.

Pourtant, au milieu de la soirée, un photographe de l'*Evening Standard* la sauva involontairement en lui demandant de poser devant la cheminée du salon, puis en essayant de la draguer. Il portait un blouson en cuir noir et était coiffé à la Beatles. Megan soupçonnait qu'il passait beaucoup de temps devant sa glace, comme les jumeaux. (Ils restaient des heures dans la salle de bains, têtes rapprochées, à se lisser les cheveux et à s'admirer pendant que leurs frères, désespérés, cognaient à la porte. Megan avait tenté de leur confisquer la clé pour qu'on puisse les déloger, mais une émeute généralisée l'avait contrainte à la remettre en place. Finalement, à contrecœur, car, à son avis, un homme frivole était encore plus pathétique qu'une femme frivole, elle avait accroché un miroir dans leur chambre.)

« Qu'est-ce que vous faites après ? » demanda le photographe en prenant une première photo. Puis il se déplaça de quinze centimètres vers la droite, s'accroupit et en prit une autre. « Une fois que tout le monde sera parti ?

— J'irai me coucher, répondit Megan.

— Toute seule ? » insista-t-il, tellement prévisible, en la scrutant au-dessus de son appareil.

Soudain, Megan se sentit parfaitement à son aise. Cet homme paraissait extrêmement sophistiqué, et peut-être l'était-il, mais, au fond, c'était un imbécile et, à l'exception d'Annabelle et de Peter, ce qualificatif s'appliquait sans doute à toutes les personnes présentes. Megan se retrouvait en pays connu ; toute sa vie, elle avait eu affaire à des idiots.

Plus tard, en se remémorant les années passées au Montrose, Megan eut du mal à en retracer la chronologie. Il ne lui était pas difficile de se rappeler les événements des premiers mois – l'inauguration de l'hôtel, par exemple, fut aussitôt suivie par un premier Noël en Angleterre (passé avec Annabelle et Peter, merveilleux, hormis un coup de fil à ses parents pendant lequel sa mère pleura et son père calcula presque de manière audible le coût de chaque seconde de communication). Ensuite, comme les affaires ne démarraient pas – au point qu'ils se demandaient si l'hôtel n'allait pas faire faillite avant d'avoir eu le temps de montrer ses qualités –, Megan employa son temps libre à offrir sa virginité à un Écossais qui s'appelait Douglas.

Puis vint le deuxième printemps anglais, bien différent du premier. Il pleuvait toujours, bien sûr, mais, quand le soleil perçait, la ville en était transformée. Les bâtiments qui paraissaient vieux, crasseux, se paraient de majesté. Les arbres bourgeonnaient, se couvraient de grandes efflorescences roses qui oscillaient au gré du vent. Au bout de quelques semaines, les pétales se détachaient et tourbillonnaient comme de la neige, spectacle encore plus saisissant ; ils couraient doucement sur les trottoirs, puis se rassemblaient et s'envolaient au loin. De petits parcs (des « squares », comme on les appelait ici, même s'ils n'étaient pas carrés) surgissaient partout, avec des arbres, des parterres de fleurs et des pelouses entretenues avec soin. Sans doute étaient-ils là depuis toujours, mais, jusque-là, elle ne les avait pas remarqués. Pendant la pause du déjeuner, ils se peuplaient d'employés de bureau qui mangeaient un sandwich en lisant. Dès qu'il faisait chaud – en fait, avant qu'il fasse assez chaud –, les gens ôtaient le plus possible de vêtements et s'allongeaient sur les pelouses en présentant corps et visage au soleil, telles des plantes.

Megan ne se rappelait pas avoir vu ces choses l'année précédente. Le mal du pays devait l'aveugler.

En avril, l'hôtel commença à se remplir. À la suite de plusieurs articles élogieux dans des publications importantes, il était souvent plein, et Megan dut laisser sa chambre à des clients et aller dormir dans une pièce minuscule, au dernier étage, prévue pour ranger du linge. Annabelle en était consternée.

« Megan, c'est honteux ! Que diraient les gens s'ils découvraient que nous faisons coucher notre intendante dans un placard à linge ? Ça ferait un beau scandale ! » (« Au contraire, ça nous ferait une excellente publicité, dit Peter. J'ai bien envie de refiler le tuyau à la presse. »)

Megan ne voulait toutefois pas en démordre. Le moment venu, elle prendrait un studio à elle, mais, pour l'instant, elle était au début de sa carrière et se trouvait confrontée à beaucoup de problèmes inédits – première arrivée massive de touristes à Pâques, le hall de réception étant bourré de bagages, première plainte d'un client (du bruit dans la chambre voisine, pas facile à régler), toilettes bouchées pour la première fois (Jonah marmonnait tout bas qu'on y avait jeté des « trucs de bonne femme »). Bref, elle voulait être sur place pour s'occuper personnellement de tout.

En outre, pour un placard à linge, il était de belle taille, c'était Buckingham Palace comparé au cagibi de Lansdown Terrace. Il y avait même une lampe, une tringle pour suspendre ses vêtements et des étagères sur lesquelles elle pouvait installer une bouilloire et une plaque électrique.

Combien de temps avait-elle couché là ? Deux mois, lui semblait-il, mais, en réalité, plutôt un an. C'était là qu'elle avait reçu les lettres de ses parents l'informant du suicide de Robert Thomas – elle en était sûre, parce qu'elle se rappelait avoir approché de la lumière du plafonnier les minces feuillets du courrier envoyé par avion pour les relire plusieurs fois et s'en pénétrer, sans toutefois parvenir à les rendre réels. Elle avait très bien connu Robert, mais, à lire cette lettre, sa mort lui semblait presque être un fait divers – cette partie de sa vie, d'ailleurs, paraissait s'être détachée de sa vie présente et voguer loin d'elle. On aurait dit que Robert n'existait plus que dans son souvenir, devenait une idée et cessait d'être une personne. Elle n'éprouvait pas l'horreur qu'elle aurait dû éprouver et s'en inquiétait car elle y voyait la distance, dans tous les sens du terme, qu'elle avait prise avec son pays natal.

Une autre chose la troublait dans cette lettre, en plus de son contenu. Sa mère avait toujours eu une très bonne orthographe, et pourtant, elle avait écrit : « il s'est jeté dans la *ravvine* ». Elle avait aussi omis signature et formule affectueuse, ce qui ne lui ressemblait guère. Peut-être était-elle chamboulée par la mort de Robert – la lettre de son père, jointe à la sienne, le laissait entendre. « Toute la ville est sous le choc, comme tu peux l'imaginer. Ta mère est dans tous ses états. » Donc, c'était sans doute l'explication : sa mère était simplement encore plus distraite que d'habitude.

Pourtant, à partir de cette date, l'orthographe de sa mère fut fluctuante, même sans explication recevable. Avec le temps, les phrases semées de quelques fautes devinrent la norme et bientôt Megan cessa de les remarquer.

À l'automne, elle couchait toujours dans le placard à linge quand elle sortit avec un policier venu enquêter sur le vol du téléviseur couleur installé dans le salon. Leur relation dura une quinzaine de jours. Puis il y eut cet homme d'affaires qui l'emmena à une réception où il l'appela « ma petite coloniale » comme il l'aurait dit pour son chimpanzé, et essaya de lui faire l'amour dans le taxi qui les ramenait à l'hôtel. Leur relation ne dura pas plus de cinq heures. Ensuite, un dentiste très gentil mais pas très éveillé la présenta à sa mère dès le premier rendez-vous. On fêtait alors la première année de l'hôtel (champagne dans le salon pour les clients, dîner nostalgique au Gai Hussard pour Megan, Annabelle et Peter), et, aussitôt, ce fut de nouveau Noël et le Nouvel An. Et bientôt, incroyable mais vrai, on fut en 1968. Megan se trouvait en Angleterre depuis deux ans.

En mars 1968, Megan décida qu'il était temps d'avoir un endroit à elle. Elle se résigna à chercher un studio, une pièce avec soit une cuisine soit une salle de bains, pas les deux. Si Annabelle et Peter la payaient bien, elle ne pouvait pas se permettre de louer un véritable appartement à proximité de l'hôtel. Il fallait choisir entre un petit studio ou une colocation, comme à Lansdown Terrace, et elle ne voulait pas revivre cette expérience.

Comme elle n'était pas pressée, et qu'elle était difficile, il lui fallut un moment pour trouver son bonheur – trois mois, en fait. Enfin, dans la vitrine du marchand de journaux où elle avait acheté les voitures Matchbox pour Adam, elle repéra parmi d'autres annonces – chats perdus et heures de ménage – une carte postale proprement rédigée proposant un studio équipé d'une cuisine, la salle de bains étant partagée avec une seule autre personne. C'était à dix minutes à pied de l'hôtel.

La pièce se trouvait au dernier étage d'une vieille bâtisse, sous les combles, si bien qu'il y avait des angles curieux et un toit mansardé, et donc des endroits où on ne pouvait pas se tenir debout, mais, pour Megan, ces particularités ajoutaient au charme du lieu. Les murs étaient d'un vert terne, mais elle les repeindrait. La propriétaire n'y voyait aucune objection. La cuisine, tout en longueur, séparée par une porte coulissante, contenait le strict nécessaire, y compris le plus petit réfrigérateur que Megan ait jamais vu et dont l'intérieur devait être inférieur à trente centimètres cubes. Elle vérifia mentalement qu'elle pourrait y stocker lait, beurre, jus d'orange, viande et fromage et se dit que ça irait, et même que c'était parfait puisqu'il n'y avait pas de place perdue. Tout l'emballa. Même la salle de bains à partager était correcte, et surtout propre, c'était tout ce qu'elle demandait.

« Je le prends, dit-elle à la propriétaire, une femme aux traits tirés, accompagnée d'une petite fille collée à ses jupes.

— Maman, tu avais promis ! » dit la fillette. Son ton geignard, très au point, fit dresser les cheveux sur la tête de Megan.

« Oui, ma chérie, dans une minute, lui répondit

sa mère avant de s'adresser à Megan : Oh, parfait, je suis bien contente.

— Maman !

— Avec qui est-ce que je partagerai la salle de bains ? demanda Megan.

— Maman, tu avais promis ! » L'enfant tirait sur la jupe de sa mère.

Laissez-moi cinq minutes seule avec cette gosse, songea Megan, vous allez voir, mais elle s'adressa poliment à la mère : « Est-ce que vous habitez là ? » Elle avait beau adorer ce studio, elle aurait été incapable de supporter ces gémissements.

« Oui, au rez-de-chaussée. Au premier étage, il y a un appartement, et aux deuxième et troisième étages, il y a deux studios. »

Parfait, songea Megan. Deux étages devraient fournir l'isolation nécessaire. « Avec qui est-ce que je vais partager la salle de bains ?

— Maman, tu avais promis ! »

Megan pinça les lèvres. Et si ça ne suffisait pas ? pensa-t-elle. Je n'arriverai peut-être pas à supporter de l'entendre courir et crier dans l'escalier.

En face, une porte s'ouvrit et un homme sortit dans le couloir. Il jeta à la fillette un regard de féroce réprobation, puis aperçut Megan et sourit.

« Bonjour, dit-il. Vous prenez le studio voisin, c'est ça ? »

Megan le considéra une fois, deux fois. « Oui, dit-elle d'un ton décidé. Oui, je le prends. »

11

Edward

Struan, mars 1969

PARFOIS, JE SUIS TENTÉ DE M'INSTALLER à la banque plutôt que de revenir tous les soirs affronter une nouvelle série de problèmes. Et puis, il n'y a pas de mauvaise odeur à la banque, contrairement à cette maison. Au début, ça ne sentait mauvais qu'à l'étage, mais maintenant, la puanteur a gagné la salle de séjour. Emily ne s'occupe pas du linge – dans la salle de bains, les serviettes n'ont pas été changées depuis une éternité –, pourtant je ne crois pas que ça suffise à expliquer ce phénomène.

En outre, il y a les éternels problèmes avec les garçons. Hier soir, quand je suis revenu, une lettre de Ralph Robertson, le directeur d'école, m'attendait. Il nous demandait, à Emily et à moi, d'aller le voir au sujet de Peter et Corey. Je l'ai montée à Emily pour savoir si elle était au courant, mais, bien sûr, elle ne l'était pas, alors je suis allé frapper à la porte des garçons. Ils l'ont à peine entrouverte.

En la poussant plus largement, je leur ai dit : « J'ai là une lettre de votre directeur qui nous demande, à votre mère et à moi, d'aller le voir à votre sujet.

Avez-vous une idée de la raison pour laquelle il nous convoque ? »

Ils ont échangé un bref regard, puis baissé les yeux. Ils avaient l'air d'avoir commis tous les crimes possibles et imaginables.

« Alors ? » ai-je ajouté puisque le silence n'avait pas l'air de devoir prendre fin. Je ne sais pas comment font ces deux-là pour me faire monter autant et aussi vite la tension. Ils sont agaçants à un point invraisemblable. Ils vous donnent l'impression que, pour eux, vous n'existez pas, vous n'êtes qu'un accident de terrain à éviter – disons, un trou dans la chaussée.

« J'sais pas », a répondu Peter, les yeux fixés sur ses pieds. Corey l'a imité.

« Donc, tout va bien à l'école ? Aucun de vous n'a le moindre problème ? »

Peter a haussé légèrement les épaules. Corey l'a imité.

J'ai réussi à tourner les talons et à m'éloigner – un véritable exploit. Mon père les aurait tous les deux envoyés au tapis.

Je devrais préciser que je n'ai rien désiré de tout cela – foyer, famille, boulot à la banque. Je n'en avais pas la moindre envie. Je n'accuse pas Emily. Je lui en ai longtemps voulu mais je me rends compte à présent qu'elle y a perdu autant que moi. C'est elle qui m'a demandé en mariage, plutôt que le contraire, mais, comme j'ai accepté, je n'ai pas le droit de lui faire de reproches.

Dans les procès, on dit parfois que quelqu'un

n'est « pas en possession de toutes ses facultés ». Cette expression résume très bien la situation. J'ai épousé Emily alors que je n'étais pas en possession de toutes mes facultés.

Après être redescendu, j'ai aperçu Tom assis dans son fichu fauteuil. Il le tourne un peu vers le mur de façon à s'isoler du reste de la pièce. Soit il ne veut pas nous voir, soit il ne veut pas être vu. Peut-être les deux. Il m'est déjà arrivé d'éprouver ça. J'ai envisagé de l'appeler dans mon bureau pour que nous essayions une nouvelle fois de parler tous les deux, mais je me sentais trop horripilé par les garçons.

Il y a eu une époque où je parvenais à parler à Tom, à lui seul, pas aux autres enfants. Quand il était un jeune adolescent, je me rappelle avoir eu une assez longue conversation avec lui sur la construction du chemin de fer Canadien Pacifique. Nous en avions abordé le prix en vies humaines, nous nous étions demandé si la fin justifiait les moyens, ce genre de choses. C'était la première fois que nous débattions réellement et je me souviens d'avoir été impressionné par le sérieux avec lequel il prenait en considération tous les aspects de la question.

Au fil des ans, nous avons eu d'autres grandes discussions. Pas beaucoup, une ou deux. Pendant son année de licence, nous nous sommes posé la question de savoir s'il devait ou non embrayer sur des études d'ingénieur aéronautique. Il était inscrit à l'Institut d'études aérospatiales de l'université de Toronto et voulait y passer son diplôme. Cette spécialisation ultérieure allait coûter une somme importante et il m'a demandé avec une certaine hésitation si j'acceptais de la débourser. Il n'y avait pas le moindre risque de refus de ma part, mais, juste pour le plaisir de l'entendre parler de ce sujet qui le passionnait, je l'ai longuement interrogé.

Je regrette de ne pas avoir parlé plus souvent avec lui. Pas seulement à ce moment-là, bien plus tôt. Le fait est que je ne savais pas m'y prendre, et que je ne sais toujours pas. On ne peut pas décider de but en blanc d'avoir une discussion avec quelqu'un, du moins, moi, j'en suis incapable. À mon travail, c'est facile parce qu'il y a toujours un point précis à évoquer, une raison pour laquelle les gens viennent me voir, si bien que ça ne me pose pas de problème. Je n'éprouve pas non plus de difficulté à m'entretenir avec Betty. Dans ce cas, ce sont les livres qui me fournissent une amorce de conversation.

Tom a décroché brillamment son diplôme. Il y a juste un peu plus de dix-huit mois, quand il a terminé ses études, ce qui a plus ou moins coïncidé avec le suicide de son ami. Boeing et de Havilland l'ont contacté à l'université pour l'inviter à venir passer un entretien. Le siège de Boeing se trouve à Seattle. Imaginez un peu, être payé pour se voir proposer un poste à Seattle !

Il n'a même pas répondu à ces deux lettres. J'en étais malade de frustration. Je le suis toujours.

Pendant la pause de midi, je me suis mis à fréquenter la bibliothèque. Je ne suis pas amoureux de Betty, non, rien d'aussi ridicule, mais je l'aime bien, je l'admire, j'ai plaisir à parler avec elle et, en général, je me sens mieux ensuite, bien que ça n'ait pas été le cas aujourd'hui.

Nous n'avions encore jamais abordé les questions familiales, mais, aujourd'hui, elle m'a demandé comment allait Tom. Le problème, c'est que j'étais bien en peine de répondre. Finalement, j'ai dit qu'il semblait avoir du mal à surmonter la mort de son ami et que j'avais l'impression qu'il s'en sentait responsable, dans une certaine mesure. J'ai ajouté qu'il ne voulait pas en parler et que je ne savais pas ce que je pouvais faire. J'ai terminé en disant que je me demandais s'il ne fallait pas le mettre à la porte, pour son bien.

Betty a hoché la tête, puis a voulu savoir ce qu'Emily en pensait. C'était de nouveau une question directe à laquelle je n'ai pas su répondre. Je ne me voyais pas dire : « Je ne lui en ai pas parlé », sans expliquer pourquoi, ce qui m'aurait entraîné à aborder le sujet d'Emily et de son incapacité à se concentrer sur ce qui se trouvait à plus de quinze centimètres de son nez. Finalement, j'ai dit qu'elle était absorbée par le dernier-né. Betty a eu ce sourire commun à toutes les femmes dès lors qu'il est question de bébés, m'a demandé comment il se portait, comment nous allions l'appeler, et ainsi de suite, de sorte que nous avons quitté la zone de danger et vogué sur les eaux paisibles du monde des nourrissons.

Betty n'a pas eu la vie facile, elle non plus. Elle n'a qu'un enfant, qui est né avec un problème au cerveau. Je ne connais pas les détails. Le Dr Christopherson a envoyé le gamin à l'hôpital des enfants malades de Toronto, mais ils n'ont rien pu faire. Ce garçon est adolescent à présent et, pour autant que je sache, ne pose pas de problème hormis le fait qu'il ne pourra jamais se débrouiller tout seul. On pourrait donc dire que Betty en a pris à perpétuité. Bien sûr, il est possible qu'elle ne considère pas les choses sous cet angle. Contrairement à son mari qui, lui, a filé il y a longtemps.

Comme elle avait abordé le sujet des enfants, une fois que nous en avions fini avec les nourrissons, je lui ai demandé comment son fils s'en sortait (par miracle, j'ai réussi à me rappeler son nom, Owen). Elle m'a dit que c'était toujours pareil. Il y a eu un bref silence pendant lequel je me suis creusé la tête pour savoir comment continuer. Enfin, j'ai lâché que ça ne devait pas être facile.

« Bon, qui a dit que ça devait être facile ? a-t-elle rétorqué avec un sourire. Il ne faut pas s'en faire, mais toujours aller de l'avant. »

Toujours aller de l'avant. J'imagine que cette formule résume son attitude envers la vie. Admirable, et plutôt humiliant.

Quand je suis revenu à la maison, je suis monté voir Emily. Elle était en train de parler au bébé tout en le changeant. En ouvrant la porte, je l'entendais, mais elle s'est arrêtée quand je suis entré. Le bébé moulinait des bras et des jambes, comme ils font tous, les yeux avidement fixés sur le visage d'Emily. Il était nu et paraissait d'une petitesse et d'une vulnérabilité alarmantes, et, en même temps, comblé.

Emily a levé les yeux et m'a dit bonsoir en ayant l'air de ne pas savoir au juste qui j'étais.

« Comment ça va, tous les deux ? lui ai-je demandé en esquissant un sourire et en penchant la tête vers le bébé.

— Très bien, a-t-elle répondu avec prudence. Nous allons tous les deux très bien. Et toi ?

— Moi aussi. J'aimerais te parler. Tu as une minute ?

— Me parler ? » Elle a semblé affolée. J'ai essayé de ne pas m'en offusquer.

« C'est au sujet de Tom.

— Oh ! »

Pour une raison ou une autre, elle a paru soulagée. Elle a enfilé un minuscule tricot de corps au bébé – il faut que je cesse de l'appeler ainsi, son nom est Dominic –, à Dominic, et l'a ensuite habilement vêtu d'une sorte de sac boutonné qui emprisonnait aussi les pieds. Ça m'a rappelé le sac de couchage de Betty.

« Tu auras remarqué que Tom est encore à la maison, ai-je dit même si je ne pouvais en être sûr. Cela fait maintenant plus de dix-huit mois que son ami est mort, mais il paraît incapable de surmonter cette épreuve. Du moins, je suppose que c'est là le cœur du problème. Je me demandais ce que nous devrions faire. Il ne peut pas rester assis dans le séjour pendant le restant de ses jours.

— Ah bon ? a lâché Emily d'un ton vague en boutonnant le vêtement.

— Non. » Impossible de réprimer mon agacement. Elle avait décroché, c'était évident. Je ne peux pas croire qu'elle ne le fasse pas exprès, elle préfère ne pas penser aux difficultés, aux désagréments. « Il passe à côté de sa vie, il est temps qu'il se ressaisisse. J'ai essayé de réfléchir à ce que nous pourrions faire ou dire pour l'aider, et je me demandais si tu avais des idées sur la question.

— Moi ?

— Tu es sa mère, Emily. À ton avis, que devrions-nous faire ? »

Elle m'a regardé et, l'espace d'un instant, on aurait dit qu'un brouillard s'était dissipé, qu'elle avait vraiment entendu et compris mes paroles. Mais ce moment n'a pas duré. Elle s'est tournée vers le bébé, l'a soulevé en prenant la petite tête chauve au creux de sa main. « Je ne sais jamais quoi faire, lui a-t-elle dit. Sauf avec toi. Avec toi, je sais toujours quoi faire. »

Ce matin, j'ai téléphoné à Ralph Robertson à l'école. J'ai expliqué qu'Emily n'avait pas une minute avec notre dernier-né, que j'avais moi-même beaucoup de travail, et je lui ai demandé s'il pouvait me parler de Peter et Corey au téléphone au lieu de m'obliger à me déplacer. Il a répondu qu'il préférait que je passe, ce qui était énervant. Nous avons fixé une date la semaine prochaine.

Côté positif, une lettre de Megan est arrivée. Elle l'a écrite et postée il y a plus de trois mois et nous en avons reçu de plus récentes entre-temps. Dieu seul sait où elle est restée bloquée. Bref, Megan est en Angleterre depuis trois ans et elle vient, enfin, de visiter la National Gallery pour la première fois. Si j'étais du genre à boire, j'aurais fêté l'événement avec un verre. Elle a trouvé ce musée « stupéfiant » et ne tarit pas d'éloges. Avec sa lettre, elle envoie une carte postale de *L'Exécution de lady Jane Grey*, par Paul Delaroche, dont je n'ai jamais entendu parler. Voilà un choix de tableau étrange, je dois dire, mais Delaroche est à l'évidence un très bon peintre, il faudra que je me renseigne sur lui. Quant à lady Jane Grey, elle ne m'est pas inconnue. Je crois qu'elle n'était qu'un pion dans les petits jeux des puissants à l'époque de Henry VIII, et qu'elle a fini par se faire couper la tête. Je chercherai des renseignements sur elle.

J'ai apporté la lettre à Emily que j'ai trouvée en train de déambuler dans la chambre avec le bébé contre son épaule. Elle était en chemise de nuit, j'ai l'impression qu'elle n'a pas dû s'habiller de la journée. Quand je lui ai annoncé que nous avions reçu des nouvelles de Megan, elle m'a fait un sourire angélique sans cesser d'arpenter la pièce. J'ai posé la lettre sur le lit pour qu'elle la lise lorsqu'elle redescendra sur terre. Je ne lui ai pas laissé la carte postale, pensant que ce sujet pourrait la troubler.

Emily est splendide. Voilà bien une chose qui ne s'est pas dégradée avec les années. J'irai même jusqu'à dire qu'elle est encore plus belle aujourd'hui qu'à l'époque où je l'ai connue. Non que la beauté ait de l'importance, mais, quand on est jeune, on pense que ça en a. D'ailleurs, quand on est jeune, on n'est peut-être pas capable de réfléchir, tout simplement.

Le père d'Emily est devenu proviseur de notre lycée au moment où j'étais en terminale. La famille est venue de Hamilton pour lui permettre d'occuper ce poste. De mon point de vue, le moment était bien choisi, car la situation s'était extrêmement tendue entre mon père et moi. Emily m'apportait donc une diversion bienvenue, pourrait-on dire.

En plus d'être la fille la plus jolie que j'avais jamais vue, elle était aussi, d'après moi, la plus intelligente, ce en quoi je me trompais. Venant d'une famille instruite, elle s'exprimait bien et j'ai pris cette aisance pour de l'intelligence. Je ne dis pas qu'elle est stupide, non, seulement qu'elle n'est pas aussi fine qu'on le croit à l'entendre.

Pourtant, c'était la seule de mes camarades de classe à qui j'avais trouvé le courage d'adresser la parole. Je ne me souviens pas de quoi nous avons parlé, mais les voyages et l'art étaient sans doute des sujets que nous avons abordés. À l'écouter, elle partageait mon rêve de voir le monde et j'étais assez innocent pour le croire.

Cette formulation pourrait donner l'impression qu'elle tissait sa toile comme une araignée, mais je ne pense pas qu'elle ait calculé son coup. Nul doute qu'elle se croyait amoureuse de moi et essayait de s'intéresser à ce qui m'intéressait. Moi aussi, je me croyais amoureux d'elle. J'ai toujours trouvé que la Nature nous induisait en erreur en nous faisant prendre les décisions les plus importantes de notre vie à un âge où nous sommes trop jeunes pour envisager les conséquences de nos actes.

J'ai repris le journal de ma mère – sa dernière partie. Je ne cessais de remettre à plus tard, mais, m'étant lancé dans cette aventure, je sens que je dois à sa mémoire de terminer cette lecture. Ainsi, je connaîtrai son histoire, du moins, autant que faire se peut.

Je devais être adolescent quand elle a rédigé les dernières pages qui ont survécu à l'incendie. À l'époque, nous habitions déjà la ferme. Notre vie était sans commune mesure plus facile que dans les premiers temps, donc, voir son écriture commencer à se dégrader me paraît d'une cruelle ironie.

C'étaient les parents de ma mère qui avaient acheté cette ferme. Je l'ignorais jusqu'à ce jour. Si ça explique beaucoup de choses, je suis resté interdit en l'apprenant. Pendant huit ans, ma mère n'a pas voulu voir ses parents, a refusé toute aide de sa famille, et, soudain, voilà qu'elle capitule et accepte qu'on lui achète une ferme. Elle avait vraiment dû en rabattre. Rien dans son journal n'expliquait ce changement d'attitude et ce n'est qu'en calculant l'âge que nous avions en nous installant dans cette ferme que j'ai compris.

J'avais sept ans, Alan et Harry huit ans. L'âge d'aller à l'école. Par loyauté envers mon père, ma mère avait accepté de tout sacrifier, tout sauf notre scolarisation. Pendant plusieurs années, elle s'était occupée elle-même de notre instruction, mais elle devait être consciente de ses propres limites. La seule solution était donc de cesser de sillonner le Nord et de s'installer à proximité d'une ville possédant une école. Or ses parents lui offraient précisément le moyen de le faire.

Son amour-propre avait dû en souffrir avant qu'elle ne s'y résolve, sachant comment mon père réagirait, quel message cette décision lui enverrait. Mais elle savait aussi qu'elle n'avait pas le choix. Il avait prospecté durant une décennie environ, promis monts et merveilles sans rien obtenir, et quitté tous ses boulots quand on ne l'avait pas fichu à la porte.

« Stanley dit qu'il ne veut pas travailler pour des idiots et qu'ils sont tous idiots », avait gribouillé ma mère sur un bout de journal pas plus grand que mon pouce.

Et comment donc.

Offrir une ferme était généreux, certes, mais sans doute moins extravagant qu'il n'y paraît. En effet, ça se passait en 1929. La cote de l'argent s'effondrait, les mines fermaient. Les villes minières perdaient leurs habitants et, dans certains endroits, seuls les immenses chevalements en tôle ondulée dominaient le paysage. Il en reste encore quelques-uns. À leur manière, ils sont magnifiques. On dirait de gigantesques dinosaures rouillés.

Une fois les mineurs partis, les fermiers n'avaient plus personne à qui vendre leurs produits. Beaucoup ont fini par partir en n'emportant que ce qu'ils pouvaient porter sur leur dos et sont allés chercher du travail plus au sud. Nous avons profité de leur malheur : mon grand-père a dû payer cette exploitation une bouchée de pain. Elle se trouvait à cinquante kilomètres de la sienne. Je suis sûr que ma grand-mère aurait préféré être plus près de sa fille, mais ma mère a dû insister pour imposer une certaine distance.

Quiconque menait une existence plus ou moins normale aurait jugé que cette ferme ne disposait pas du moindre confort. Elle se trouvait à peine à cinq kilomètres de Jonesville, village dont l'exploitation du bois constituait l'activité principale. À présent déserté, il s'enorgueillissait à l'époque de compter une église, un bureau de poste, un bazar, et, surtout, une école. Après avoir connu l'isolement des camps de mineurs, on devait sans doute se croire dans une métropole.

La maison elle-même, simple cabane en rondins, mais bien construite, comptait trois belles chambres et une grande pièce servant de séjour et de cuisine, avec une cheminée à un bout, et un fourneau à l'autre. Pour nous autres, enfants, c'était un palais, et, pour ma mère aussi, je pense, elle qui avait si longtemps vécu dans des conditions rudimentaires. Je me rappelle que, plantée au milieu de la pièce principale le jour de notre arrivée, elle avait décrit un cercle complet pour tout appréhender – les rondins bien ajustés, le parquet robuste, les fenêtres propres qui fermaient parfaitement – avec une expression curieuse de réprobation et de ravissement mêlés : réprobation car son intention n'avait pas été de se faciliter la vie, ravissement car, après tout, elle était femme et un foyer comptait beaucoup pour elle. Sans doute essayait-elle de ne pas aimer cette maison, mais en vain. Après avoir tourné sur elle-même, elle s'est approchée du fourneau, s'est baissée et a déposé un baiser sur l'une des plaques, puis s'est redressée et tournée vers nous en riant, les lèvres et le nez noirs de suie, le visage rayonnant de soulagement et de joie.

Nul doute que ce changement de vie a dû être radical pour elle. Jusque-là, nous avions tellement bougé que nous n'avions pas le temps de créer un potager ou de défricher assez de terrain pour élever ne serait-ce qu'une vache. Dans ces premiers camps de mineurs, on vivait au jour le jour, ce qui est déjà désespérant quand on n'a pas de multiples bouches à nourrir. La ferme, au contraire, bien que petite – moins de trois hectares –, avait été vendue avec ses quatre vaches, sa demi-douzaine de poules et son grand potager. Elle se trouvait assez loin du village pour qu'il y ait du gibier à proximité et donc, dès les premières neiges, nous déposions tous les jours quelques poignées de foin pour attirer les cerfs et, quand nous avions besoin de viande, nous en tirions un. Lorsque c'était la saison, canards et oies sauvages passaient par là ; nous avions des œufs grâce aux poules, du lait, du beurre et du fromage grâce aux vaches. En été, nous ramassions des myrtilles et des fraises sauvages, que ma mère mettait en bocaux et vendait au village avec les produits du potager que nous n'avions pas mangés.

Pour autant, il ne faudrait pas croire que cette existence était idyllique. Cultiver ces produits de subsistance exigeait un labeur éreintant, mais, au moins, il y avait de quoi manger sur la table. Il fallait faire pousser ou ramasser fruits et légumes, tirer le gibier, savoir où chercher et comment conserver ce que la nature offrait, mais, si vous descendiez de pionniers comme ma mère, vous saviez faire tout cela.

Mon père, lui, en était incapable.

Stanley dit que travailler dans une ferme est bon pour les paysans, pas pour les hommes qui en ont dans le ventre. Je lui ai demandé si, à son avis, ça n'apportait pas des satisfactions de voir pousser les plantes, de nourrir sa famille à la force de ses bras. C'était idiot de ma part. Stanley a explosé de fureur en pensant que je lui reprochais de ne pas subvenir à nos besoins, ce qui n'était pas du tout mon intention. Il a renversé la table et tout s'est fracassé par terre.

Elle avait raison, ce n'était pas la chose à dire.

Je me demande si, au fond de lui, il ne se doutait pas qu'il n'était pas très intelligent, qu'il était dépourvu de tout talent, de toute aptitude, bref, qu'il n'avait rien de spécial à offrir au monde. J'avais toujours pensé que, au contraire, il se croyait bêtement meilleur que tout le monde, mais j'ai l'impression que je me trompais. Au cœur de la nuit, un frisson de lucidité le gagnait peut-être et il se rendait alors compte que, selon ses propres normes, il n'était qu'un zéro. Un raté. Voilà peut-être ce qui faisait flamber sa colère.

Donc, quand ma mère, rompant sa promesse, a accepté la ferme achetée par mes grands-parents, il y a vu la preuve qu'elle ne se faisait plus d'illusions sur lui.

Est-ce suffisant pour expliquer le changement d'écriture de ma mère et les bleus que nous cachions sous nos vêtements ? Je crois que oui. À l'époque, un homme qui ne pouvait pas entretenir sa famille n'était pas un homme. La ferme était là pour le lui rappeler tous les jours.

Pourquoi ne nous a-t-il pas quittés ? Dieu sait que c'était mon souhait le plus ardent. Mais mon père n'était pas du genre à lâcher quoi que ce soit. Ma mère lui appartenait, donc la ferme lui appartenait, même s'il méprisait les fermiers. Il était nourri et logé et, quand ma mère réussissait à vendre des produits du potager, l'argent lui appartenait aussi. Il lui permettait d'acheter de l'alcool.

J'ai découvert quelque chose – un nom a accroché mon regard. Ma mère l'a écrit au dos d'un sachet en papier marron, de ceux qui contiennent de la farine ou du sucre.

> *Hier, j'ai parlé à M. Sabatini et il s'est dit convaincu qu'Edward est promis à un brillant avenir si je le laisse poursuivre ses études. Je n'ose pas en parler à Stanley – il s'en prend de plus en plus à Edward – même si j'aimerais partager ce bonheur avec quelqu'un. J'ai remercié M. Sabatini du fond du cœur.*

M. Sabatini était mon professeur de géographie. Un homme remarquable, italien, comme son nom l'indique. Il était doué pour les langues et avait voyagé dans le monde entier, non pas comme touriste, mais en travaillant dans chaque pays pendant un an ou plus, en général comme professeur. J'ignore comment il s'est retrouvé dans le Nord. Peut-être fuyait-il quelque chose, peut-être quelqu'un lui avait-il dit que l'essence de ce pays ne se trouve pas dans ses villes mais dans ses étendues sauvages. De toute façon, je suis content qu'il se soit installé dans ce village perdu.

Pendant deux ans, les cours de géographie

incluaient l'histoire, l'art, la philosophie, la politique, la religion... presque tous les sujets. C'était une véritable éducation dans la conception la plus large de ce terme. Il avait commencé par nous parler des pays méditerranéens et, pour illustrer son propos, avait apporté des photos de sa collection personnelle. J'étais époustouflé. En elles-mêmes, les photos étaient déjà extraordinaires, mais surtout, je n'avais jamais imaginé que de tels endroits puissent exister. Ce jour-là, à la fin des cours, je suis allé le trouver pour lui demander de les revoir pendant qu'il rangeait ses affaires. Le lendemain, il a apporté plusieurs de ses livres sur l'art et l'architecture et me les a prêtés.

Je les ai cachés sous mon lit. J'avais peur que mon père ne mette la main dessus.

M. Sabatini devait se douter que les choses ne se passaient pas très bien à la maison. Je m'en souviens, il m'a raconté qu'on l'avait jeté en prison un jour dans un pays étranger et que, pour ne pas se laisser gagner par le désespoir, il revoyait mentalement les photos des endroits magnifiques qu'il n'avait pas encore vus et visiterait dès sa sortie. Ce n'est sûrement pas par hasard s'il m'a raconté ça.

Si je disais qu'il a changé ma vie, ce serait une exagération, mais il me l'a rendue plus supportable. Il m'a permis de rêver, de batailler pour atteindre un but. Je n'y arriverai plus maintenant, mais y rêver était déjà quelque chose. Ma vie, qui, autrement, aurait été étriquée, s'en est trouvée élargie.

L'ironie de l'histoire, c'est que, après avoir tant rêvé de voyager dans le monde entier, je suis le seul de mes frères et sœurs à être resté dans le Nord. Alan et Harry habitent dans des fermes proches du Manitoba. Ils ont épousé des sœurs et, à eux deux, ont au moins une dizaine d'enfants. Margaret s'est mariée avec un habitant de Toronto et se plaît beaucoup là-bas. Ils ont quatre enfants. Mes autres sœurs sont disséminées dans le pays. Margaret est la seule de la famille à écrire régulièrement. Elle nous donne des nouvelles de tout le monde.

Quelle drôle de soirée ! J'étais installé à mon bureau, en train de repenser à M. Sabatini, lorsque la porte s'est ouverte. Emily s'est avancée sur le seuil.

Elle était... Je ne sais pas comment la décrire. Elle était différente. Tout d'abord, elle n'avait pas de bébé dans les bras, et, sans bébé, Emily semble incomplète, et, en plus, elle avait l'air bien éveillée, plus attentive que d'habitude, un peu comme quand, il y a quelques jours, je suis allé lui parler de Tom.

Avant que je puisse ouvrir la bouche, elle m'a demandé : « Edward, qu'est-ce que j'ai fait de travers ? » Sa voix était chancelante, mais elle m'a posé la question d'une manière si directe que j'en ai été déconcerté.

« Que veux-tu dire ?

— J'ai dû faire quelque chose qu'il ne fallait pas faire, mais je ne sais pas quoi. Je ne l'ai jamais su. Tu ne me l'as jamais dit.

— Emily, qu'est-ce que tu racontes ? Je ne vois pas à quoi tu fais allusion.

— Toi et moi. Tu m'aimais, et puis tu as cessé de m'aimer, et je ne sais pas ce que j'ai fait pour que tu ne m'aimes plus. »

Elle ne pleurait pas, mais ses lèvres tremblaient. J'ai éprouvé un sentiment cuisant de honte. Je me suis empressé de me lever, j'ai contourné mon bureau et je me suis figé un instant, hésitant, puis je l'ai enlacée. Je ne suis pas enclin à ce genre de gestes, mais je ne voyais pas comment réagir autrement.

Elle a légèrement sursauté, mais ne m'a pas repoussé, elle s'est contentée de baisser la tête. Son front n'était qu'à quelques centimètres de mon épaule.

Je lui ai dit : « Tu n'as rien fait de mal, Emily. Excuse-moi. Ce n'était pas ta faute. Tu n'es fautive en rien, c'est moi qui suis fautif. »

Nous sommes restés une minute comme ça. Je ne savais pas quoi ajouter, alors je lui ai de nouveau demandé de m'excuser.

« Ce n'est pas grave, a-t-elle soufflé. Ça n'a pas d'importance. »

Je me suis senti encore plus coupable. Comme si sa vie n'avait pas d'importance. Ou comme si elle supposait que, pour moi, elle n'en avait pas.

« Si, c'est grave. Je te demande pardon. » Je savais que répéter ces mots bateau n'avait jamais rien arrangé.

Au bout d'un moment, elle a reculé, m'a regardé et a dit : « Je voudrais retourner me coucher.

— D'accord. Je viens avec toi. »

Je l'ai accompagnée à l'étage. Le bébé – Dominic – dormait dans un enchevêtrement de draps et de couvertures et faisait avec sa bouche les mouvements de succion involontaires que la Nature avait programmés.

Emily m'a considéré d'un air anxieux.

« Qu'y a-t-il ? lui ai-je demandé.

— Je veux dormir, c'est tout. Seule.

— Parfait, ai-je répondu avec quelque raideur. C'est bien ce que j'avais compris. » Je n'ai jamais insisté pour avoir des « rapports ». Je lui en ai toujours laissé l'initiative.

Je suis redescendu en portant ce poids terrible de la honte. Je ne savais pas quoi faire de moi. Je n'avais pas envie de lire, je n'avais pas envie de réfléchir. Je suis allé dans le vestibule, j'ai enfilé mon gros manteau et je suis sorti dans l'obscurité. J'ai eu tôt fait d'arriver au village.

Marcher d'un bout à l'autre de Struan prend moins de dix minutes. Si vous continuez vers le sud-est, vous finirez par tomber sur une zone civilisée ; si vous avancez vers le nord-ouest, vous tomberez sur Crow Lake, l'endroit où se termine la route. Dans un cas comme dans l'autre, vous mourrez de froid bien avant d'y arriver. Une fois parvenu à la station-service, au nord du village, j'ai rebroussé chemin et je suis revenu à la maison.

Je savais qu'il était inutile que je me couche, alors je suis allé dans la cuisine me préparer un bol de corn-flakes, plus pour faire quelque chose que par véritable faim. Je l'ai emporté dans mon bureau en me disant que j'allais feuilleter un des livres sur Rome tout en mangeant, mais je me suis rendu compte que je n'avais pas envie de penser à Rome.

J'ai mangé les corn-flakes les yeux fixés sur ma table de travail. Ensuite, j'ai décidé d'éplucher les derniers bouts de papier écrits par ma mère. Je me sentais déjà si mal que rien ne pouvait me démoraliser davantage.

Seul un passage était assez complet pour avoir du sens, et l'écriture de ma mère tremblait tellement que, par endroits, je n'arrivais pas à la déchiffrer, mais elle racontait un événement dont je me souviens avec une grande netteté. Je peux le dater parce que ma mère a griffonné dans la marge du *Temiskaming Speaker* du 18 septembre. Je devais donc avoir douze ans.

... les enfants hurlaient et les trois garçons ont essayé de me protéger, mais ça l'a rendu encore plus furieux et il s'en est pris sauvagement à eux. Il les a écartés l'un après l'autre à coups de poing. Pendant ce temps, je le suppliais de s'arrêter, mais ça ne faisait qu'accroître sa fureur et ce n'est qu'une fois épuisé qu'il s'est enfin arrêté et a quitté la maison. Nous pleurions tous, moi comme les autres. Je n'avais encore jamais pleuré devant les enfants et ils étaient terrifiés. Il m'a fallu une bonne heure pour les calmer et les coucher. Je crois que j'ai le bras cassé, et mon œil n'est pas beau à voir, mais le pire, et de loin, c'est que les enfants ont assisté à la scène.

Au bout d'une heure, Edward est sorti de sa chambre. Il avait le visage rouge et enflé, en partie à cause des coups de Stanley et en partie à cause des larmes. Il s'est approché et m'a dit : « Maman, si jamais il recommence, je le tue. »

J'étais tellement horrifiée que j'ai failli lâcher un cri. Je lui ai dit qu'il ne devait jamais, jamais, se laisser aller à penser une chose pareille. J'ai essayé de le lui faire promettre, mais il n'a pas voulu...

Le passage suivant est indéchiffrable, mais, au bas de la page, il y a ces quelques lignes :

Edward a été ma joie, ma consolation. Voir son intelligence se développer, observer son visage pendant qu'il lit et le voir transporté m'a donné l'espoir qu'il échappera à tout ça et que ma vie aura au moins servi à quelque chose. Mais pour l'instant, j'ai peur pour lui. Très peur. Je crois qu'il a la force de caractère nécessaire pour dépasser la haine et l'amertume qu'il éprouve à l'égard de son père, mais je n'en suis pas sûre. Je ne dois pas perdre la confiance que j'ai en lui. Ces mots ont été prononcés dans un accès de colère et il est encore très jeune. Il faut que je garde la confiance que j'ai en lui. Il est gentil et aimant, il dépassera ce moment. Je sais qu'il y arrivera.

Je ne me suis pas couché avant minuit. Je lisais et relisais ces lignes. Je ne sais pas ce que je dois en penser. Je ne sais même pas ce que je devrais éprouver.

12

Tom

Struan, mars 1969

TRENTE CENTIMÈTRES DE NEIGE D'UN COUP. Marcel y a vu un affront personnel. Dans un accès de fureur, il a conduit le chasse-neige un petit peu trop vite et la lourde neige qu'il soulevait a créé un tourbillon, une minitornade qui a démoli six panneaux de signalisation en un clin d'œil.

« Ça les a arrachés d'leurs poteaux, enrageait Marcel. Maint'nant, va falloir que j'les remette en place, ça va m'prendre une semaine. Fais chier, cette foutue neige, j'lui chie et pisse dessus ! » Là-dessus, il a ouvert sa braguette et il a pissé.

À un certain endroit de Crow Lake Road, le vent taquin avait accumulé la neige d'un côté pour y sculpter des formes fantastiques et, de l'autre, n'avait laissé qu'une simple couche de glace. Tom rentrait après sa tournée quand un camion pressé le doubla, dérapa sur une plaque de verglas, tournoya et s'empêtra dans les buissons. Tom écrasa tellement le frein que ce fut un miracle s'il ne partit pas lui aussi dans le décor. Il bondit de son engin et, tout en jurant, suivit la piste laissée par le camion. Tom entendait le conducteur jurer lui aussi, donc, au moins, il était vivant. Il essayait de s'extraire de la cabine mais n'arrivait pas à ouvrir la portière car le camion s'était enlisé dans une épaisse couche de neige. Tom la déblaya à mains nues. Ce travail de force le laissa pantelant.

« Merci, dit le conducteur d'un ton furieux en descendant. Merci beaucoup, mais bon sang !

— Ça va ? lui demanda Tom, toujours haletant.

— Ouais, mais je vais être en retard ! Il faut que je voie ce type... » Il s'interrompit et reconnut Tom au moment même où Tom le reconnaissait lui aussi – c'était l'homme qui l'avait sauvé de la salade de chou au Harper's. « Bonjour, dit-il en se calmant un peu. Je ne savais pas que vous conduisiez le chasse-neige. Merci de vous être arrêté.

— Pas de quoi. » À n'importe qui d'autre, Tom aurait dit : « Qu'est-ce qui vous a pris de rouler aussi vite sur une route dans un état pareil ? » Mais il se sentait redevable envers ce type. « Vous voulez que je vous remorque ? »

L'homme vérifia l'heure à sa montre et secoua la tête. « Merci, mais ça prendrait trop de temps. Vous pourriez m'emmener ? Je ferai appel à une dépanneuse plus tard.

— Oui, bien sûr.

— Il faut juste que je prenne certains trucs. »

Sur le camion, on lisait « Mobilier rustique de Luke ». L'homme – Luke, donc, sans doute – disparut dans la cabine et en sortit avec un gros carton. « Des échantillons, expliqua-t-il. Et ils ne sont pas cassés, c'est déjà quelque chose. C'est très gentil à vous de m'emmener. Je vous en suis vraiment reconnaissant. »

Il se trouvait que, s'il était pressé, c'était parce qu'il avait rendez-vous avec le directeur de l'hôtel-pavillon de chasse qu'on construisait au bord du lac. Il espérait décrocher le contrat d'ameublement.

« Le patron m'a téléphoné à la première heure ce matin, dit-il, le carton d'échantillons posé sur ses genoux, une fois qu'ils roulaient. Il voulait profiter de ce fichu temps pour prendre l'avion et venir passer la journée ici. Il doit s'entretenir avec plusieurs personnes et il m'a proposé de déjeuner avec lui pour discuter affaires. J'ai entendu l'avion passer il y a environ une heure. »

Il regarda Tom. « À propos, je m'appelle Luke Morrison. Et encore merci.

— Tom Cartwright. Et il n'y a pas de quoi. »

Ce fut tout pendant trois ou quatre kilomètres. Silencieux, Luke semblait hypnotisé par la gerbe de neige soulevée et projetée par l'éperon d'acier. Tom connaissait l'effet que cela faisait aux gens et s'obligeait à ne pas se laisser absorber par ce spectacle.

Finalement, Luke se ressaisit. « Vous avez bien dit Cartwright ?

— Oui, c'est ça.

— Votre père dirige la banque ?

— Ouais.

— Il m'a beaucoup aidé quand j'ai créé mon entreprise de meubles. Il y a de ça dix, quinze ans. Je n'étais encore qu'un gamin, je ne connaissais rien à rien. J'y allais pour un prêt. Il m'a montré comment monter un projet, calculer le montant de l'emprunt nécessaire, ce genre de trucs. Il m'a consacré beaucoup de temps. Ça m'a vraiment aidé.

— Sans blague ? » fit Tom en essayant de ne pas sembler aussi acerbe qu'il l'était.

Luke hocha la tête. « C'est un chic type. »

Disons plutôt Dr Jekyll et Mr Hyde, songea Tom avec amertume. Peut-être devrait-il demander un rendez-vous à la banque, comme ça, son père pourrait lui consacrer dix minutes.

Plusieurs kilomètres défilèrent. Quelques centimètres de neige fraîche avaient recouvert la route et les dégager ne posa pas problème. Plus délicat était de s'attaquer à la couche de neige tassée, traître, dessous, aussi dure que de la glace et aussi dangereuse. Les chaînes étaient la seule solution et la plupart des gens en équipaient leurs véhicules, mais même avec ça, certains finissaient régulièrement dans le fossé.

« Puisqu'on parle de famille, dit Luke. La... euh... serveuse, chez Harper's l'autre jour... Désolé, c'est une emmerdeuse. Le mieux est de l'ignorer.

— C'est une parente ? » Tom estimait plus poli de faire semblant de l'ignorer.

« Oui, ma sœur. »

Tom chercha une réponse appropriée. « Désolé de l'apprendre », pourrait paraître peu courtois. « On dirait qu'elle est obsédée par les légumes, finit-il par dire.

— Oui, et depuis des années.

— Ça doit être... » Il chercha comment exprimer la chose. « ... lassant.

— Si vous saviez à quel point ! »

Tom se mit à rire. Il n'avait pas ri depuis longtemps et ça lui fit du bien. Il eut l'impression que ça desserrait quelque chose qui était comprimé en lui.

« Et vos parents, qu'est-ce qu'ils en disent ? demanda-t-il.

— Ils sont morts, alors ce n'est plus leur problème.

— Oh ! pardon. »

Luke leva la main pour chasser ce scrupule. « Ça fait des années. »

Devant eux, un orignal sortit des buissons, s'avança au milieu de la chaussée, puis s'immobilisa. Tom freina d'abord avec précaution, puis un peu plus fermement, et le chasse-neige dérapa sur le côté, se redressa et s'arrêta. L'orignal ne lui prêta pas la moindre attention. Perdu dans ses pensées, il regardait en direction de la forêt, de l'autre côté de la route.

« Parfois, ils ne paraissent pas très éveillés, dit Luke.

— C'est bien vrai. » Tom klaxonna. L'orignal tourna la tête, leur lança un regard mauvais, et s'éloigna.

Ensuite, jusqu'à Struan, ils se contentèrent de regarder défiler les arbres alourdis de neige et, une fois là, Tom se rendit compte que, non seulement il avait réussi à converser sans transpirer, mais qu'il était passé devant la bifurcation du ravin sans même la remarquer.

Luke Morrison avait rendez-vous au Harper's avec le patron du futur hôtel, si bien que Tom le déposa devant le restaurant avant d'aller garer le chasse-neige. Quand il s'y présenta lui-même, Luke et un type chauve vêtu d'un costume étaient installés à leur aise dans l'un des plus grands box. Outre leur déjeuner, il y avait sur la table un mobilier de poupée. D'une main, le chauve portait des frites à sa bouche, de l'autre, il attrapait ces maquettes, les tournait et les retournait. « Autant que vous voulez, la quantité n'est pas un problème », disait Luke au moment où Tom passa devant leur table.

En chemin, Tom jeta un rapide coup d'œil aux meubles miniatures. Apparemment de bonne facture, ils proposaient trois ou quatre styles différents, certains très originaux, d'autres plus simples, tous robustes et élégants. Il aurait bien aimé les voir de plus près.

Avant d'arriver au Harper's, il s'était procuré un exemplaire du *Globe and Mail*, mais il n'avait pas encore eu le temps de l'étaler que l'Amazone filait devant lui avec deux assiettes de hamburgers et de frites. Elle les apporta à des clients installés à l'avant de la salle, puis, en se dirigeant vers la cuisine, elle marqua une pause devant la table de Luke, comme si seul le sens du devoir la motivait.

« Votre repas vous convient, monsieur ? demanda-t-elle au chauve d'un ton empressé. Le sandwich à la dinde vous plaît ? Et la salade de chou... vous ne la trouvez pas excellente ? »

De sa place, Tom voyait le visage de l'homme et le dos de Luke. Ce dernier se passait la main dans les cheveux – un geste de stress, devina Tom. À coup sûr, cet endroit n'était pas celui qu'il aurait lui-même choisi pour ce rendez-vous.

Mais le chauve eut un large sourire. « Elle est vraiment bonne. Tout est bon là-dedans, même le chou. Comment vous appelez-vous, mademoiselle, si je peux me permettre de vous demander ça ?

— Bo, répondit l'Amazone. Tant mieux, ça fait plaisir d'entendre de tels compliments. Et vous, monsieur ? dit-elle en se tournant avec grâce vers Luke et en penchant la tête de l'autre côté. Votre plat vous a plu ? »

Tom détourna les yeux – observer la scène aurait été cruel. Luke devait avoir interdit à sa sœur de laisser entendre qu'ils étaient parents, ou même qu'ils se connaissaient, et elle s'amusait tellement de cette situation qu'elle tardait à y mettre un terme.

« Et voilà ! Deux clients emballés, entendit Tom. Le chef va être ravi. Et comme dessert, qu'est-ce que vous prendrez ? Il y a de la tarte aux myrtilles, de la tarte aux pommes, de la tarte au citron meringuée, de la tarte aux cerises, de la tarte aux noix de pécan, et les brownies de Mme Harper, qui sont célèbres dans le monde entier. Tout est servi avec de la crème ou de la glace. Personnellement, je vous recommande la tarte aux myrtilles, parce que nos myrtilles sont les meilleures de la région, mais tous les desserts sont délicieux.

— Bon, pour ma part, je vais suivre vos conseils à la lettre, dit le chauve. Et je reprendrai de votre excellent café. »

Les cheveux de Luke commençaient à ressembler à un champ bien labouré. Lorsqu'il marmonna quelque chose, l'Amazone dit : « Un très bon choix, monsieur ! Je vous les apporte tout de suite ! » et elle s'élança vers la cuisine. Le chauve la suivit des yeux.

« En voilà une qui n'est pas banale ! dit-il d'un air admiratif. J'ignorais que vous en aviez des comme ça par ici ! » Un peu plus, et il se serait léché les babines.

Salaud, pensa Tom avec dégoût. Tu ne dois pas être loin de la cinquantaine !

Avant de rentrer à la maison, il fit un détour par le lac pour jeter un coup d'œil à l'hydravion. Les skis de l'appareil reposaient sur la glace. Comme s'en doutait Tom, c'était un Beaver, monomoteur, un petit cheval de labour, à hélice, conçu par la branche canadienne de la société de Havilland pour résister aux rigueurs du Nord. Tom devait avoir quatre ou cinq ans lorsque, un jour qu'il jouait sur la plage, un hydravion d'une beauté renversante était descendu en piqué, avait rasé le lac, s'était posé sur ses flotteurs et avait gagné la rive. La portière s'était ouverte, un homme avait sauté à terre, pieds nus sur la plage, en s'arrêtant juste le temps d'ébouriffer les cheveux de Tom. Le gamin en était resté muet de stupeur.

Aussitôt, il avait été accroché. Le miracle que représentait le vol, son côté glorieux, romanesque, la facilité déconcertante avec laquelle l'Homme défiait la loi de la gravité, tout l'enthousiasmait. Vingt ans plus tard, toujours aussi enthousiaste et désormais étudiant en aéronautique à Toronto, il avait reconnu que le plus surprenant, c'était que ce n'était pas un miracle : l'Homme avait compris qu'on pouvait y arriver et il y était arrivé, c'était aussi simple que ça. À présent, l'Homme s'était même attaqué à l'espace ; il s'était libéré de la gravité terrestre et tournait autour de la Lune. Bientôt, il serait en mesure de se poser dessus. Pas besoin de miracles, il suffisait d'un peu d'imagination et de beaucoup de mathématiques.

La passion de Tom, ce n'était pas l'espace, mais les vols supersoniques, et il lui semblait que, si miracle il devait y avoir, c'était d'être né à l'époque où il était né, car, dans toute l'histoire de l'aviation, il n'y avait pas eu de meilleur moment pour être ingénieur aéronautique. En Europe, on concevait le Concorde ; à Seattle, Boeing travaillait sur les avions supersoniques. Après son diplôme, Tom fut appelé dans le bureau du directeur de l'Institut des études aérospatiales de Toronto : il avait été recommandé à la fois à Boeing et à Havilland et recevrait sans doute sous peu un courrier l'invitant à un entretien d'embauche. Si ce n'était pas un miracle pour un garçon de la cambrousse, qu'est-ce que c'était ?

Trois semaines plus tard, pendant ses vacances d'été dans sa famille, il avait contourné une falaise à pic et vu le corps de son ami écrasé en bas. Vingt ans d'intérêt passionné s'étaient évanouis d'un coup.

Tom fit le tour du petit avion en essayant de décrypter ses sentiments. Il n'éprouvait pas grand-chose. Pourtant, il pensait qu'il aurait été incapable de venir voir l'appareil il y avait seulement deux mois, donc, c'était déjà mieux.

Il longea la rive en restant près du bord, là où le vent avait laissé assez de neige pour ne pas glisser. Le soleil s'était couché et quelques gros flocons moelleux voltigeaient – l'avion devrait repartir bientôt ou il serait bloqué. Après avoir dépassé l'endroit où Low Down Bay était abrité du vent, Tom s'enfonça dans la neige jusqu'aux cuisses et, au bout de quelques mètres seulement, commença à haleter et transpirer. Dès que Lower Beach Road fut en vue, il s'arrêta. Inutile d'aller plus loin.

La baie semblait complètement différente en hiver, déserte, hostile, le point de rencontre entre la terre et l'eau recouvert par la glace et la neige, la courbe des rochers estompée par les flocons. Les arbres étaient tellement alourdis de neige qu'ils avaient l'air de silhouettes courbées, luttant contre le vent.

Les cottages étaient désertés – ils n'avaient pas d'isolation thermique et servaient donc uniquement l'été. Celui dans lequel la petite fille et ses parents avaient séjourné se trouvait tout au bout de la route, sa façade avant au bord du lac et l'arrière jouxtant les bois. Ils choisissaient toujours le même lorsqu'ils venaient l'été passer un mois pour profiter du lac et de la courbe magnifique que dessinait la baie. C'étaient la tranquillité, le silence de ce lieu qu'ils adoraient, avait dit la mère ce jour-là au tribunal, la bouche déformée par le chagrin et la rage, si bien qu'elle expulsait les mots un à un. La tranquillité et le silence, et surtout, l'absence de circulation.

Robert fut reconnu coupable d'homicide par imprudence, ce qui ne surprit personne. En revanche, ce qui étonna tout le monde, ce fut la peine prononcée par le procureur de la Couronne : trois mois de travail d'intérêt général. Robert en était resté sidéré. Il s'attendait à une peine de prison.

Quand la mère de la petite fille s'était approchée de lui après le prononcé de la sentence, Robert était flanqué d'un côté par ses parents, de l'autre par Tom qui put entendre ce qu'elle lui lança à la figure. Tremblant de colère, elle ne put articuler que des syllabes hachées, bien compréhensibles toutefois : justice n'avait pas été faite et Robert le savait. Elle espérait que l'image du cadavre de sa fille le hanterait le restant de ses jours. Elle ajouta que, en plus de son présent et de son avenir, Robert avait détruit le passé de son enfant ; car elle ne pouvait plus se représenter sa fille bébé, bambin ou petite fille en train d'apprendre à faire de la bicyclette, tous ces souvenirs s'étaient évanouis. La seule image qu'elle revoyait, la seule qu'il lui restait, c'était le corps de son enfant, tête ballante, bouche grande ouverte, au moment où on l'avait installée dans la voiture du médecin. Donc, à présent, elle priait sans cesse pour que ce soit aussi l'unique image que Robert garde d'elle jusqu'à sa mort.

Tom aurait dû lui demander de se taire, il le savait, il aurait dû s'interposer entre elle et Robert et dire : « Madame, excusez-moi, mais ce ne sont pas des choses à dire, je vous assure, je vous en prie, venez. » Il aurait dû l'entourer de son bras et l'éloigner, de force si nécessaire, pour la confier à quelqu'un, n'importe qui, afin qu'elle ne profère pas des paroles qui n'auraient jamais dû être émises. Il le savait, mais il n'avait pas pu bouger. Il avait senti, vu que Robert reculait en vacillant, même si la femme ne l'avait frappé qu'avec des mots. Plus tard, la mère de Robert avait eu un malaise et les gens s'étaient pressés autour d'elle. Tom avait aussi aperçu le père de Robert, le révérend Thomas, figé, comme une statue, une main à demi levée, sans doute pour arrêter les mots redoutables avant qu'ils n'atteignent son fils, la bouche entrouverte, comme s'il voulait dire quelque chose mais avait perdu l'usage de la parole au moment le plus critique de sa vie.

Par chance, cette pouffiasse de Shelley n'était pas là quand il arriva à la maison. Adam s'amusait avec ses voitures dans le séjour. Tom s'assit dans son fauteuil, appuya sa tête contre le dossier et ferma les yeux. À l'exception du bruit des garçons en train de jouer, le silence régnait, un événement extrêmement rare dans cette maison. Tom songea même qu'il pourrait s'endormir, puis il eut l'impression de s'être endormi et de se réveiller parce que le bruit des voitures avait cessé et qu'il sentait une présence qui dégageait une odeur. Il souleva à demi les paupières. Adam s'était approché de son genou et le considérait d'un air sérieux.

« Coucou, dit Tom sans se donner la peine de bouger la tête.

— T'es triste ?

— Un peu, je crois.

— Pourquoi ? »

Tom soupira et se redressa. « Un de mes amis est

mort. Ça fait un moment, mais ça me rend encore triste. »

Le pli maintenant familier apparut entre les sourcils d'Adam. « C'est quoi, mort ? »

Tom ouvrait déjà la bouche pour répondre que c'était comme la souris qu'ils avaient trouvée, mais il se retint. Le concept de mort était déjà assez difficile à appréhender sans que ce gosse aille s'imaginer que tout le monde finissait ses jours les pieds en l'air dans un bocal de miel.

« C'est quand… on n'est plus là. C'est assez difficile à expliquer.

— Où c'est qu'on va ?

— Personne ne le sait. Mais pas dans un endroit terrible. »

Adam y réfléchit longtemps, avec concentration. Finalement, il brandit une voiture qu'il serrait dans sa main. « C'est ma nouvelle voiture.

— Voilà ce qu'on appelle passer du coq à l'âne, dit Tom en prenant la voiture. Elle est toute neuve, hein ? Elle brille. Tu connais ce modèle ? »

Adam secoua la tête.

« C'est un coupé Mercedes. Ça peut rouler très vite. »

Hochement de tête vigoureux. « Gris argenté, c'est comme ça qu'on dit ?

— Oui. D'où sort-elle ?

— Elle était sur la table.

— Comment ça, sur la table ? Dans une boîte ? »

Adam fila et revint avec une petite boîte Matchbox qu'il lui tendit.

« Je vois », dit Tom en l'examinant. Elle était plutôt écrasée. « Formidable. D'où est-ce qu'elle vient ?

— Elle est arrivée avec les lettres.

— Quelqu'un te l'a envoyée ? C'est gentil. Tu sais qui c'était ? »

Adam secoua la tête.

« Tu as encore le papier d'emballage ? »

De nouveau, Adam fila et revint avec un papier marron tout froissé et déchiré.

« Bon, dit Tom qui le lissa sur son genou et rassembla les morceaux. Il devrait y avoir l'adresse de l'expéditeur quelque part... Regarde les timbres, ils ne sont pas d'ici. Hé, dis donc... c'est de Meg. Tu te souviens de Meg ? Sans doute pas. Elle est partie il y a longtemps. C'est ta grande sœur. Elle habite en Angleterre. »

Adam souleva son T-shirt, ce qui provoqua des effluves malodorants, puis le baissa. « Pourquoi elle habite pas ici avec nous ?

— Bonne question. J'aimerais bien, comme ça, tu ne sentirais pas aussi mauvais et il y aurait moins de pagaille. Toutes tes voitures sont arrivées de la même manière ?

— Oui.

— Alors c'est Meg qui te les a envoyées. Ben dis donc ! C'est vraiment gentil, hein ? Elle doit beaucoup t'aimer, je pense. Moi, elle ne m'a jamais rien envoyé. »

Adam eut l'air songeur, sembla hésiter un instant, puis, brusquement, il disparut derrière le fauteuil, fit percuter ses voitures et réapparut avec un camion benne rouge et jaune qui avait connu des jours meilleurs.

« Tu peux le garder.

— Tu veux me le donner ?

— Oui.

— Merci, dit Tom. C'est très généreux de ta part. Je suis touché. »

13

Megan

Londres, juillet 1968

IL S'APPELAIT ANDREW BANNERMAN et, à l'exception de son charmant sourire, il n'avait rien de très remarquable : cheveux châtains qui auraient nécessité une coupe, visage plutôt agréable, jean sale et pull qui se démaillait au col. Son studio, de l'autre côté du palier, était un capharnaüm – du moins le peu qu'elle aperçut par la porte ouverte : vêtements, livres et papiers traînaient partout.

Autrement dit, c'était un garçon comme les autres. Quand elle le croisa sur le palier, il sortait et la prévint qu'il s'absenterait une quinzaine de jours, mais frapperait chez elle à son retour pour se présenter en bonne et due forme. Donc elle ne fit que l'entrevoir et ne lui trouva rien d'extraordinaire. Point à la ligne.

Pourtant, il semblait être quelqu'un de bien, se dit-elle en faisant aller et venir son pinceau sur l'encadrement de la fenêtre. Ce serait intéressant d'avoir quelqu'un de bien juste en face. Avait-elle repeint cette partie ou non ?

Le lendemain du jour où elle signa le bail, Annabelle et Peter vinrent voir le studio les bras chargés d'une bouteille de vin et de verres dont le pied était délicatement tourné.

« À votre nouvelle demeure ! dit Peter en levant son verre. Vous avez déniché un joli petit appartement, Meg. Et la vue est superbe. »

Il s'approcha de la grande fenêtre à guillotine. (Au péril de sa vie, Megan l'avait lavée à l'intérieur et à l'extérieur dès qu'elle avait pris possession des lieux.)

« Vous avez là un coin de nature rien qu'à vous », fit remarquer Peter.

Des oiseaux voletaient, des écureuils grimpaient aux arbres, c'était là une forêt miniature et, de la rue, elle était absolument invisible. Juste avant l'arrivée d'Annabelle et de Peter, il y avait eu une forte averse et, à présent, le soleil vespéral brillait sur les toits comme si ce tableau était uniquement destiné à impressionner les visiteurs de Megan.

Annabelle tourna le dos à la fenêtre et considéra la pièce d'un œil aiguisé de décoratrice. Le couple avait proposé à Megan de l'aider à rafraîchir le studio avant qu'elle ne s'y installe. « Est-ce que vous vous êtes décidée pour une couleur ?

— Jaune doré pâle. » Deux ans plus tôt, elle aurait tout repeint en blanc sans états d'âme.

« Parfait, dit Annabelle. Je crois que vous aurez besoin d'un deuxième fauteuil pour les visiteurs. Est-ce que le Windsor du bureau vous plairait ? Nous ne nous en servons jamais. »

Megan imagina Andrew Bannerman assis dans ce fauteuil, un verre de vin à la main.

Elle prit une semaine de congé pour peindre et décorer sa pièce. Janet, son assistante, était à présent capable de la remplacer et, de toute façon, Megan couchait encore sur place pour garder un œil sur le bon fonctionnement de l'hôtel. À deux reprises, Annabelle et Peter vinrent l'aider le soir, comme au bon vieux temps, pourtant Megan goûtait à présent les journées solitaires. Jusque-là, elle n'avait jamais eu de vacances, du moins depuis qu'elle n'était pas trop petite pour s'en souvenir. Entre deux couches de peinture, elle s'asseyait à la table, devant la fenêtre, regardait les jardins que les gens entretenaient derrière leur maison, et pensait aux deux ans et demi étranges qui venaient de s'écouler – le mal du pays désespéré des premiers jours avait failli l'inciter à renoncer et à rentrer au Canada, ce qui lui aurait fait louper beaucoup de choses. Car elle avait enfin un coin à elle, payé avec l'argent qu'elle gagnait en faisant un travail qu'elle adorait. En outre, qui savait ce que le lendemain lui réservait ?

Une fois la décoration terminée, elle fit des emplettes. Au coin de la rue, une droguerie vendait toutes sortes d'articles de cuisine. Elle fit l'acquisition d'un service de table (tout simple, blanc, pour quatre personnes), de couverts, de casseroles, d'une planche à pain, d'une planche à découper, d'ustensiles de cuisine et d'une grosse théière marron. Puis elle se rendit chez John Lewis (« À notre connaissance, nous vendons moins cher qu'ailleurs ») et acheta une bouilloire électrique, un grille-pain, une cafetière électrique et une cocotte assez jolie pour ne pas déparer la table si elle invitait quelqu'un à manger. Pour rapporter le tout chez elle, elle dut prendre un taxi.

Le dimanche, dernier jour de sa semaine de congé, Megan emménagea. Il ne lui fallut pas longtemps. À l'exception de ses récentes acquisitions, elle ne possédait encore presque rien. Le soir, elle avait invité Annabelle et Peter pour fêter l'événement. Après avoir rangé ses achats, elle se mit à cuisiner : tourte au poulet comme plat principal, afin de s'assurer qu'elle n'avait pas perdu la main pour préparer la pâte, et prunes pochées en dessert. Ensuite, parce qu'elle avait envie d'en préparer depuis deux ans et demi et qu'elle en avait enfin la possibilité, elle confectionna des *Chelsea buns* pour accompagner les prunes. Ces petits pains n'étaient pas un dessert à proprement parler, et alors ? Elle les servit chauds avec de la crème anglaise et ce fut un triomphe.

Ce jour-là, Megan faillit éclater de bonheur. Le rêve dérangeant qu'elle fit dans la nuit lui parut d'autant plus étrange. Elle retournait voir sa famille, mais il n'y avait plus personne. Plus rien, plus personne, plus de maison, et même plus de Struan. Tout s'était évanoui. Elle ne voyait pas comment expliquer ce cauchemar et, le lendemain, elle se réveilla avec une sensation de perte, de chagrin qu'elle n'avait plus éprouvée depuis son séjour à Lansdown Terrace. Que venait faire un rêve pareil à ce moment précis de sa vie ?

Le lundi matin, elle reçut une lettre de son père – de son père uniquement, ce qui n'était pas normal car ses parents lui écrivaient toujours en même temps pour économiser un timbre. Megan ouvrit l'enveloppe avec une vague appréhension (le cauchemar s'attardait encore dans un coin de son esprit) mais, le temps qu'elle finisse de lire la lettre, ce n'était plus de l'appréhension qu'elle éprouvait, c'était de l'indignation.

6 août 1968

Chère Megan,

Merci pour ta lettre datée du 15 juillet. Je suis content que tu aies trouvé un appartement près de ton lieu de travail. C'est un avantage considérable qui te fera gagner du temps et économiser des frais de transport. À condition que le toit soit en bon état, loger au dernier étage se révélera également avantageux puisque tu n'auras pas de bruit au-dessus de ta tête.

Ici, rien n'a beaucoup changé. Cet été, ton frère Tom conduit un camion qui transporte du bois et ne paraît pas décidé à chercher du travail dans le domaine qu'il avait choisi. Nous n'avons pas reçu de lettre des jumeaux depuis un bon moment, nous ignorons donc où ils se trouvent, mais ça n'a rien d'inhabituel. Ta mère attend un bébé qui devrait arriver après Noël.

Ce sont là toutes les nouvelles sauf que nous avons eu un temps sec. Les moustiques sont donc moins virulents, ce qui nous soulage énormément.

Tout le monde se porte bien. J'espère que toi aussi, tu vas bien.

La manière dont il avait glissé : « *Ta mère attend un bébé qui devrait arriver après Noël* », comme si ça n'avait aucune importance ! Comme si le

Dr Christopherson ne lui avait pas dit qu'il ne fallait plus qu'elle ait d'enfants ! Megan l'avait entendu de ses propres oreilles. Sa mère ne pourrait pas s'en sortir, la maison serait dans une pagaille monstre. Mais surtout, le plus important, c'était Adam. Qui s'occuperait de lui pendant que sa mère tomberait amoureuse du dernier-né ? Megan était tellement furieuse qu'elle avait envie de téléphoner à son père pour lui hurler : « Tu n'as pas honte ? »

Par chance, l'hôtel accaparait tout son temps. Le lundi, Annabelle ne travaillait pas, donc, en plus de ses tâches propres, Megan s'occupait des siennes. Surprise par l'apparition d'une araignée dans la baignoire, une dame âgée devait être rassurée, réconfortée avec une tasse de thé, et il fallait se débarrasser de la bestiole. Quelqu'un avait volé une bouteille de Harveys Bristol Cream, une bouteille de Courvoisier, ainsi que les pièces que les clients glissaient dans la boîte posée sur le bar quand ils consommaient. (Un client ? Un membre du personnel ? Un passant ? Pas moyen de le savoir.) Mécontente, Megan le nota et envoya Janet acheter d'autres bouteilles. Pendant qu'elle faisait un tour d'inspection avec Jonah (l'employé à la dent unique), elle remarqua que sa main, qu'il avait transpercée avec un tournevis la semaine précédente, n'avait pas un air très engageant. « Ça s'est infecté, lui dit-elle. Allez voir un médecin. Tout de suite. » Jonah répondit qu'il n'avait jamais vu de médecin de sa vie et qu'il ne leur faisait aucune confiance. Megan téléphona au cabinet médical le plus proche, prit rendez-vous pour lui et menaça de l'accompagner s'il ne s'y rendait pas illico. Un couple américain se présenta sans bagages : ils avaient pris l'avion de New York à Heathrow mais leurs valises, elles, étaient parties pour Singapour. Megan leur témoigna une compassion qu'elle n'avait pas besoin de feindre. Elle leur procura gracieusement brosses à dents et dentifrice et promit de harceler la compagnie aérienne tant qu'ils n'auraient pas récupéré leurs affaires.

Chaque fois qu'elle repensait à la lettre de son père, elle se répétait que sa mère s'en était sortie pendant deux ans et demi sans elle, que Mme Jarvis venait deux fois par semaine et accepterait sans doute de le faire plus souvent si besoin était. Et puis, Adam avait presque quatre ans à présent et, s'il n'avait pas changé en son absence – et il devait être resté le même car, pour autant qu'elle puisse en juger, aucun de ses frères n'avait changé depuis sa naissance –, c'était vraiment un bambin équilibré. Il allait sûrement très bien, se dit-elle, oui, très bien.

Elle réussit presque à s'en persuader, mais, une fois dans son studio le soir, elle relut la lettre de son père et remarqua une chose qui lui avait échappé jusque-là : Tom était resté à la maison, ce qui la fit de nouveau enrager. Ni son père ni sa mère n'avait parlé de lui depuis un moment et elle en avait déduit qu'il avait réussi à se ressaisir et à reprendre le cours de sa vie. Elle aurait dû s'en douter. Tom avait toujours été du genre à ressasser. Tout petit déjà, au plus léger problème – si quelqu'un avait marché sur son bombardier Lancaster[1], si son stylo préféré avait

1. Célèbre modèle de bombardier de la Royal Air Force pendant la Seconde Guerre mondiale. *(N.d.T.)*

disparu –, il se renfermait et faisait la tête pendant plusieurs jours.

Elle décida de lui écrire. Quelqu'un devait prendre une initiative ou il ne décollerait pas de Struan pendant le restant de ses jours. Dans un tiroir de cuisine réservé aux documents, elle attrapa un stylo et un aérogramme et s'installa à la table, devant la fenêtre. « *Cher Tom* », écrivit-elle avant de marquer une pause. Ce qu'elle avait envie de lui dire, c'était : « Cher Tom, je sais que la mort de Robert a été pour toi un choc terrible, mais, d'après ce que papa écrit, tu es toujours à la maison, le cul sur ta chaise, à y penser sans arrêt. Je ne vois pas à quoi ça t'avance et je me demande quand tu vas recommencer à vivre ta vie », mais elle supposait que ce serait une erreur. Pendant qu'elle réfléchissait, on frappa à la porte. Perdue dans ses pensées, le stylo à la main, elle alla ouvrir.

« Bonjour, dit Andrew Bannerman. Je suis venu vous souhaiter la bienvenue au dernier étage. Oh... » Il s'interrompit en remarquant son stylo. « Excusez-moi. Vous êtes occupée, je reviendrai une autre fois. En tout cas, je vous souhaite la bienvenue. » Il lui adressa son très beau sourire et fit mine de rebrousser chemin.

« Non, s'empressa de dire Megan. Ce n'est pas grave. J'étais seulement en train d'écrire une lettre. Je pourrai m'y remettre plus tard. Entrez, je vous en prie.

— Alors, juste une seconde. Je ne peux pas rester. Je voulais seulement vous saluer. Oh ! là, là ! » Il regarda autour de lui. « Ça a vraiment changé ! C'est stupéfiant. Superbe, cette couleur.

— Ce n'était pas bien difficile dans une pièce vide, répondit Megan, flattée à un point ridicule. J'ai repeint avant d'emménager. »

Il la considéra d'un air hésitant. « Je ne suis pas doué pour reconnaître les accents, mais il me semble en déceler un dans votre voix. D'où venez-vous ? »

Comment ne pas aimer quelqu'un qui s'exprime de la sorte ?

« Du Canada.

— Du Canada », répéta-t-il. Ce pays paraissait le rendre songeur.

« Ça se trouve au-dessus des États-Unis », lâcha-t-elle d'un ton sec. Elle était à présent habituée à cette réaction, mais un peu déçue tout de même – elle s'attendait à mieux de sa part. Elle leva la main. « Vers le nord. »

Il baissa les yeux et sourit. « Croyez-le ou non, je le savais. Je me demandais seulement ce que je connaissais d'autre sur ce pays. Je sais qu'il est grand et qu'il y a beaucoup de neige. Voyons : le passage du Nord-Ouest, l'expédition de Franklin – aucun rescapé. Des ours polaires. La police montée, bien sûr, qui arrête toujours les coupables. Et les bûcherons – il y a beaucoup de bûcherons, c'est ça ?

— Un certain nombre. »

Elle comprit qu'il plaisantait, mais ça ne la gênait pas. Plus âgé qu'elle ne l'avait cru tout d'abord, il frisait sans doute la trentaine. Il était aussi beaucoup plus beau que dans son souvenir. Comment avait-elle pu juger son visage simplement agréable ?

« Je crois que mes connaissances s'arrêtent là, dit-il. Désolé.

— Il n'y a pas de quoi. C'est plus que je n'en savais sur l'Angleterre quand je suis arrivée. Voulez-vous un café ? »

Jamais elle n'avait vu d'aussi beaux yeux. Des yeux francs. Bleus (ce qui était rare avec des cheveux châtain foncé) et directs. Derrière son regard, on avait l'impression qu'il se demandait quand il pourrait coucher avec vous.

« J'en serais ravi, mais je ne peux pas pour l'instant. J'ai un travail à terminer. Une autre fois, sans faute. Ou alors vous viendrez chez moi, sauf qu'il faudra que je fasse le ménage d'abord. »

Il ne s'attarda qu'une minute de plus, juste le temps de dire que, parfois, il allumait la radio pendant qu'il écrivait ses « trucs » (il était journaliste) et que, si ça la dérangeait, elle n'avait qu'à frapper et il baisserait le son. Il n'avait pas pu rester plus de cinq minutes en tout, et pourtant, quand il partit, Megan eut l'impression d'avoir la fièvre. Elle s'approcha de la fenêtre, l'ouvrit en grand et considéra les jardins silencieux. Ne t'emballe pas, lui conseilla son moi rationnel. C'est quelqu'un de bien, je te l'accorde. Quelqu'un de très bien, même. Tu le trouves sympathique et il te trouve sympathique – elle l'avait aussitôt senti –, mais c'est tout, ne va pas t'imaginer autre chose.

Mais un autre moi, un moi qui, malgré l'absurdité des paroles de chansons à la mode, semblait bel et bien résider près du cœur et que la raison et le sens commun ne pouvaient atteindre, lui murmurait : « C'est lui. C'est l'homme de ta vie. »

Quand, enfin, elle pivota vers la pièce et vit l'aérogramme posé sur la table, elle se demanda un instant à qui elle voulait écrire. Puis elle prit le feuillet, le replia et le remit dans le tiroir de la cuisine. Pas ce soir, dit-elle mentalement à son frère. Excuse-moi. Je ne peux pas penser à toi ce soir.

Trois semaines plus tard, Megan décida d'inviter Andrew Bannerman à dîner. Elle y avait longuement réfléchi. Comme l'homme était censé prendre les initiatives – un usage idiot, mais qui n'en avait pas moins cours –, elle avait passé trois semaines à attendre qu'il l'invite à boire un café. Elle était déçue qu'il ne l'ait pas fait, mais elle essaya de se convaincre que ça ne voulait pas forcément dire qu'elle ne l'intéressait pas. Bien sûr, il pouvait très bien avoir une petite amie, même s'il ne l'amenait jamais chez lui le soir. Ou alors il était pressé par le temps – elle entendait en effet le crépitement de sa machine à écrire à toute heure du jour et de la nuit. Mais, plus probablement, si Megan se fiait à son expérience des garçons, il manquait à ce point d'organisation qu'il n'avait pas encore trouvé un moment pour tenir sa promesse.

Puis elle se dit que l'inviter ne tirerait pas à conséquence. Si elle en faisait une invitation impromptue, lancée sous le coup d'une impulsion subite, ce serait considéré comme un simple geste de bon voisinage : « J'ai préparé un plat trop copieux pour moi seule », par exemple. Quel mal y avait-il à ça ?

Le repas devait être pensé avec soin. Il fallait un plat tentant, excellent, mais aussi quelque chose qu'elle aurait pu cuisiner pour elle seule, sinon, il comprendrait la manœuvre. Les hommes raffolaient des tourtes, mais n'en cuisinaient pas pour eux. Ils adoraient aussi les steaks, mais elle n'aurait pas pu acheter par inadvertance deux fois plus de viande qu'elle n'en consommait elle-même. Pendant sa pause de midi, elle alla chercher l'inspiration dans une librairie et trouva dans un livre de cuisine la recette du coq au vin. Ça semblait délicieux. Le nom français de ce plat ferait peut-être snob, mais elle pourrait l'appeler ragoût de poulet et son voisin n'irait pas chercher plus loin.

Elle quitta son travail plus tôt que d'habitude et acheta les ingrédients en chemin : poulet, lard de poitrine, beurre, huile d'olive (elle n'en connaissait même pas l'existence), ail (*idem*), herbes de Provence (*idem* pour la plupart), un quart de brandy (on n'avait besoin que de deux cuillerées, mais impossible d'acheter cette quantité) et enfin une bouteille de bourgogne (on n'en utilisait que la moitié, mais ils boiraient le reste). Elle dépensa une fortune, mais ça lui était égal. Quand elle rapporta le tout chez elle, les sacs en plastique lui cisaillaient les doigts. La journée était étouffante, mais elle n'y prêta pas attention. Il lui fallut presque une heure pour désosser le poulet, peler les oignons, préparer le bouillon, puis le roux avec beurre et farine, et elle y prit un immense plaisir. Pourtant, une fois le plat au four, lorsqu'elle recula, mains sur les hanches, un sourire aux lèvres en voyant le désordre de sa minuscule cuisine, elle se rendit soudain compte qu'elle était exactement le genre de femmes qu'elle méprisait, celles qu'on voyait dans des publicités télévisées au bar de l'hôtel, celles qui n'aspiraient qu'à passer leur vie à trancher des oignons pour satisfaire un homme.

Encore plus grave, elle s'abusait elle-même. Si son voisin s'était intéressé à elle, il serait venu la voir depuis le temps. Et puis, il n'était pas bête. Si elle frappait à sa porte en lui racontant qu'elle avait préparé trop de ragoût, il comprendrait ce qu'elle avait derrière la tête.

Déjà en sueur au-dessus du fourneau, elle eut encore plus chaud quand une bouffée de honte la submergea. Non, pas question que je me ridiculise pour un homme, se jura-t-elle en silence, pas seulement avec son moi rationnel, mais avec chaque molécule, chaque atome de son être. Je mangerai ce coq au vin toute seule. Il se gardera plusieurs jours au réfrigérateur. Et je boirai aussi le vin.

Pour se rafraîchir, elle prit un bain froid, puis enfila un jean, un haut qui n'était pas très propre, et ses mules Scholl. Au moment où elle retournait dans son studio, la porte d'Andrew s'ouvrit. Il sortit, se figea et demanda : « Mon Dieu, Megan, qu'est-ce que vous cuisinez ? Cette odeur est fantastique ! »

Il était originaire de Leicester, où ses parents vivaient à présent, mais, quand il était petit, la famille avait habité environ deux ans à Édimbourg et, l'été, allait passer les vacances sur l'île de Skye, dans un village qui s'appelait, chose curieuse entre toutes, Struan. Âgé de vingt-neuf ans, il avait un frère aîné et une sœur cadette. Le journalisme l'avait toujours attiré. (Le problème, dit-il, c'était qu'il n'était pas le seul, trop de gens choisissaient cette voie, c'est pourquoi il était tout le temps fauché.)

Il avait l'habitude de baisser les yeux quand il plaisantait ou exprimait une opinion personnelle, comme s'il jugeait qu'il ne fallait pas forcer les gens à le suivre, mais, dès qu'il les relevait, il croisait votre regard d'une façon si directe qu'il donnait l'impression de pénétrer votre âme.

Lorsque Megan lui décrivit la vie à Struan, il parut fasciné. L'intérêt qu'il manifestait donnait à Megan l'impression d'être elle-même intéressante. Pourtant, après coup, elle craignit d'avoir trop parlé d'elle-même. Elle lui confia qu'elle n'avait jamais vu de grande ville avant de venir à Londres et, sidéré, il secoua la tête. Elle lui parla de son arrivée au 31, Lansdown Terrace et du vol de sa valise. En racontant cette histoire, elle rit de sa naïveté, mais pas lui.

« Ça n'a rien de drôle, c'est terrible au contraire. Quelle première impression de l'Angleterre ! »

Si bien qu'elle s'empressa de lui parler de Mme Jamison, chez Dickins & Jones, et d'Annabelle et Peter, et lui dit qu'elle adorait son travail au Montrose.

Après le dîner (elle expliqua qu'elle avait préparé du coq au vin pour se familiariser avec la cuisine européenne sophistiquée), il insista pour l'aider à faire la vaisselle – c'était la première fois qu'elle voyait un homme le proposer. En partant, il lui dit : « C'était vraiment un repas extraordinaire, Meg... merci. La prochaine fois, il faudra venir chez moi si vous en avez le courage. Je ne suis pas de taille à rivaliser avec vous, mais je cuisine pas mal du tout les *spaghetti bolognese.* »

Trois semaines s'écoulèrent. Quatre. Ils se croisaient souvent sur le palier et, l'air content de la voir, nullement gêné, il ne songeait pas à s'excuser de ne pas l'avoir encore invitée à partager ses *spaghetti*. Peut-être étaient-ce là des paroles en l'air. Ou alors, il prenait les relations très au sérieux et ne voulait pas les précipiter. Et là, bien sûr, c'était un point positif.

Un jour, elle montait l'escalier au moment où il sortait de la salle de bains, enveloppé seulement d'une petite serviette. Les cheveux mouillés, il était d'une beauté stupéfiante, au point que Megan se sentit rougir. Par chance, il se méprit sur sa réaction. « Excusez-moi, Meg. J'ai mal choisi mon moment. » Il n'essaya pas de profiter de la situation comme la plupart des hommes l'auraient fait, se dit-elle.

Sa porte ne fermait pas bien à moins qu'il ne pèse dessus, de sorte qu'elle était souvent entrebâillée. Si Megan laissait la sienne ouverte, elle apercevait son coude droit lorsqu'il était assis à son bureau. De temps en temps, il frappait pour demander : « Un café ? » Le cœur de Megan faisait alors un énorme bond et une bouffée de chaleur la submergeait tout entière, telle une marée.

Il arrivait à son voisin de s'absenter pendant quelques jours. Le dernier étage n'était alors plus le même. Le silence se réverbérait et, parfois, Megan entendait la sale gosse pleurnicher en bas.

« Nous avons beaucoup réfléchi », annonça Peter.

Ils se trouvaient au bureau, derrière le comptoir de la réception. Il était trois heures de l'après-midi, le moment le plus calme de la journée.

« Nous pensons vendre le Montrose. »

Megan en resta interdite. La porte d'entrée s'ouvrit et le jeune couple parisien entra. Par réflexe, Megan se leva, s'avança vers le comptoir, sourit, donna la clé de la chambre et revint dans le bureau.

« Ce n'était pas une façon de lui annoncer la nouvelle, Peter, dit Annabelle. Megan, vous êtes toute pâle. N'ayez pas peur, vous n'allez pas être obligée de chercher du boulot. Nous voulons acheter un autre vieil hôtel et le rénover comme nous avons rénové celui-ci, et, bien sûr, vous ferez partie de l'aventure. Nous ne songeons pas une minute à nous passer de vous.

— Nous obtiendrons un bon prix du Montrose, reprit Peter. C'est le moment de vendre. Et nous achèterons quelque chose d'un peu plus grand, vingt à trente chambres.

— Ce sera un nouveau défi à relever. » Annabelle sourit à Megan. « Nous savons que vous aimez les défis. »

Vendre le Montrose ? Ils voulaient faire ça ? Elle n'arrivait pas à y croire. Le Montrose était leur chose – tous trois en avaient fait ce qu'il était. Ils y avaient mis tout leur cœur. Ils étaient eux-mêmes le Montrose. Comment pouvaient-ils le vendre ?

Annabelle et Peter l'observaient.

« Ce n'est pas pour tout de suite, expliqua Peter.

Sans doute pas avant l'année prochaine, à moins que nous ne tombions plus tôt que prévu sur l'endroit idéal. Allons, Meg, ne faites pas cette tête d'enterrement. Rappelez-vous que nous nous sommes bien amusés la dernière fois. »

Megan se ressaisit. « Oui. Oui, c'est vrai. Bien sûr. »

Le soir, chez elle, elle s'assit à sa petite table et regarda les arbres osciller sur le ciel qui s'obscurcissait. Une pluie froide s'écrasait sur les vitres. On était en octobre et les jours raccourcissaient. Quand Peter avait annoncé la nouvelle, Megan avait eu l'impression que le monde basculait, que tout ce qui lui avait semblé stable devenait soudain précaire.

Avec le recul, elle s'aperçut que Peter avait manifesté certains signes d'impatience ; il avait pris l'habitude de se poster sur le perron de l'hôtel, les mains dans les poches, et de regarder dans la rue comme s'il attendait qu'il se passe quelque chose. La pensée qu'il n'était pas assez occupé lui avait traversé l'esprit, mais elle ne s'y était pas attardée. À présent, elle constatait que c'était pourtant le nœud du problème. Le Montrose tournait bien, souvent à pleine capacité, et sa comptabilité était en ordre, ce qui les satisfaisait tous les trois, mais signifiait aussi que l'hôtel ne représentait plus une gageure pour Peter. C'était lui qui aimait les gageures. Et Annabelle se persuadait qu'elle voulait elle aussi ce qu'il voulait.

Au moins, ils cherchent un hôtel à Londres, songea Megan. Ils auraient pu décider d'en monter un en France, en Italie ou en Espagne. D'ailleurs, ils pouvaient encore le faire. Tous deux parlaient plusieurs langues et adoraient voyager à l'étranger. Dans ce cas, Megan ne les accompagnerait pas. Elle n'avait aucun don pour les langues et, en outre, ce serait trop lui demander. Elle n'avait pas l'esprit d'aventure. Elle le savait à présent.

Que ferait-elle si Peter et Annabelle quittaient Londres, s'ils se lassaient de l'hôtellerie, ou si un événement imprévu surgissait ? Elle devrait repartir de zéro et elle n'en avait aucune envie... C'était trop dur. Elle comprit qu'elle n'avait pas vécu en Angleterre, ni même à Londres, depuis bientôt trois ans, mais à l'hôtel Montrose. En dehors de ses murs, elle restait une étrangère. C'était sa faute, elle aurait dû se secouer, rencontrer des gens, essayer des choses nouvelles. Mais la facilité l'avait emporté.

On frappa à la porte. Megan alla ouvrir. Un tablier de cuisine par-dessus ses vêtements, un verre de vin rouge dans chaque main, Andrew Bannerman proposa : « *Spaghetti* ? »

Elle ne connaissait personne qui écoutait avec autant d'attention. Lorsqu'elle mentionna la nouvelle que lui avait annoncée Peter, elle ne s'attarda pas sur sa propre réaction, mais il la devina.

« La nouveauté est terrifiante, mais rien ne reste jamais inchangé, Meg. Il faut aller de l'avant, saisir les occasions qui se présentent.

— Je sais. Je sais. »

Il sourit. « Excusez-moi. Vous ne m'avez pas demandé de conseil. Reprenez donc des *spaghetti*. »

Au contraire, elle appréciait qu'il lui donne des conseils non sollicités. Ça prouvait qu'il s'intéressait à elle. Mais elle ne voulait pas s'étendre sur elle, elle préférait en savoir davantage sur lui. Elle lui posa des questions sur son métier et il lui parla de son arrivée à Londres où il essayait de placer ses articles. Il lui avait fallu se battre, et elle devina qu'il avait parfois été démoralisé ; il n'était pas aussi relax qu'il le semblait. Il était le seul de sa famille à ne pas être médecin – contrairement à ses deux grands-pères, son père, sa mère, son frère et sa sœur. « Ils pensent que le journalisme n'est pas un vrai métier, dit-il avec regret. Ils sont d'une condescendance scandaleuse, même ma petite sœur. Surtout ma petite sœur. »

Megan hocha la tête. « Mon frère aîné se montrait lui aussi condescendant à mon égard. Tout le temps. J'en avais tellement assez que j'ai fini par interdire cette attitude.

— Par l'interdire ? répéta Andrew avec un sourire. Comment peut-on interdire la condescendance ?

— Bon, il y avait certaines tournures qui m'énervaient parce qu'elles ne semblaient pas grossières à première vue, mais l'étaient bel et bien. Par exemple : "Si tu y réfléchis", ce qui veut dire qu'on ne réfléchit pas, ou : "Avec tout le respect que je te dois", qui veut dire l'inverse, bien sûr. Ou encore : "Je crois que tu t'apercevras." Je lui imposais une amende de vingt-cinq *cents* chaque fois qu'il disait quelque chose de ce genre. »

Andrew éclata de rire. « Génial. Et il payait ?

— C'est moi qui distribuais l'argent de poche, alors je le déduisais de son enveloppe. Parfois, il ne touchait rien du tout. »

Andrew en fut doublement amusé.

Megan ne comprenait pas bien ce qu'il trouvait

aussi drôle. Quoique, avec le recul, elle se demanda si Tom lui aussi trouvait ça rigolo, tellement rigolo qu'il était prêt à sacrifier son argent de poche – à l'époque, cette éventualité ne lui était pas venue à l'esprit. Pourtant, quelle qu'en soit la raison, elle était contente de faire rire Andrew. Il n'y avait aucune retenue dans son rire, alors que, le reste du temps, il était un peu sur la réserve. Ce n'était pas vraiment de la réserve, d'ailleurs, plutôt de la circonspection. Une ancienne liaison avait pu le laisser meurtri. Par ailleurs, les Anglais n'étaient-ils pas réputés pour leur retenue ? Alors c'était peut-être simplement ça.

Elle lui demanda sur quoi il travaillait en ce moment. Il répondit qu'il écrivait un article sur un tableau exposé à la National Gallery.

« Vous êtes allée à la National Gallery ?

— Non, fit Megan. Je ne suis allée nulle part. » Elle avait redouté cette question, qui devait bien finir par être posée à un moment ou un autre.

Pourtant, s'il fut horrifié, il ne le montra pas. « Et à Buckingham Palace ? Hampton Court ?

— Non. Rien de tout ça. Je ne connais rien à l'histoire ni à l'art, alors j'ai bien peur de ne pas en tirer grand profit, si je dois parler franchement.

— On n'a pas besoin de savoir quoi que ce soit. Je n'y connais pas grand-chose moi non plus. Écoutez, il faut que j'aille regarder une nouvelle fois ce tableau jeudi. Vous voulez venir ? Vous pouvez prendre un peu de temps dans l'après-midi ?

— Oui. Oui, je peux prendre un moment. J'aimerais bien vous accompagner. »

Qui aurait cru que son cœur battrait autant quand quelqu'un l'inviterait à aller à la National Gallery ?

Pourtant, une fois sur place, elle se rendit compte que le musée était tel qu'elle se l'était imaginé : une enfilade de salles pleines de tableaux représentant des hommes et des femmes habillés de façon ridicule, qui vous regardaient en face, des paysages peu réalistes, des bateaux jetés en pleine tempête, des représentations d'anges et de saints avec des auréoles dorées. Leur vue laissa Megan de marbre.

Andrew feignit de ne pas remarquer son attitude. De temps à autre, il lui disait qui était le personnage représenté, ou lui racontait l'histoire qui se cachait derrière le tableau.

« Vous reconnaissez ce type ? »

Un maigrichon en armure, sur son cheval, avec une tête trop petite pour son corps.

« Non, mais je sais lire. C'est Charles Ier – c'est écrit sur la plaque. » Elle avait beau apprécier Andrew, pas question qu'elle lui permette de la traiter avec condescendance.

« Ah, tiens, tiens. » Elle entendit le rire dans sa voix.

Ils pénétrèrent dans une autre salle, remplie de tableaux, comme les autres. Andrew la conduisit vers une grande toile représentant plusieurs personnages, tous vêtus de sombre, dans un décor sombre lui aussi, seul le personnage central, une jeune fille pâle portant une robe blanc nacré, un bandeau sur les yeux, donnant une tache de clarté.

« C'est sur ce tableau que j'écris un article,

précisa-t-il. *L'Exécution de lady Jane Grey*. La National Gallery vient de l'acquérir.

— Qui était cette dame ?

— La reine d'Angleterre en 1553. Elle a régné neuf jours et a été enfermée dans la Tour. Peu après, on lui a coupé la tête. »

Son bandeau lui couvrait presque la moitié du visage, mais on remarquait quand même sa jeunesse, et aussi son air terrifié. Ses lèvres, aussi douces que celles d'un enfant, s'écartaient légèrement, et elle tendait les bras parce qu'elle ne voyait pas ce qui se trouvait devant elle - un billot. À côté d'elle, un homme portant une culotte rouge foncé s'appuyait nonchalamment à une hache. Un vieillard en redingote à col de fourrure guidait la jeune fille vers le billot, l'aidait à s'agenouiller. Dans un coin, deux femmes se pâmaient contre le mur.

« Quel âge avait-elle ?

— Seize ans.

— Seize ans ! »

Sa main donnait l'impression d'être glacée.

« Qui sont les autres femmes, celles qui s'appuient au mur ?

— Ses dames d'honneur, j'imagine. Frappées d'horreur et de chagrin. »

Les lèvres serrées, Megan les examina. Levez-vous, songea-t-elle. Approchez-vous d'elle, agenouillez-vous et parlez-lui. Restez à ses côtés jusqu'à sa mort. Vous aurez alors tout le temps d'être frappées d'horreur et de chagrin.

« Ça n'est sans doute pas de cette façon que les choses se sont passées dans la réalité, expliqua

Andrew. Tout d'abord, on n'a pas dû l'exécuter dans une salle, mais dehors, sur la pelouse de la Tour. Et sa robe ne correspond pas aux costumes de l'époque. »

Quelle importance, le lieu ou le costume ! songea Megan. L'intensité de l'émotion transmise par le tableau l'étonnait. Qui aurait pensé qu'on pouvait peindre la terreur, l'effroi ?

« Quelle force, hein ? reprit Andrew. Je me suis toujours intéressé à cette dame parce qu'elle habitait tout près de l'endroit où j'ai grandi – à Bradgate Park, près de Leicester. Le jour où on lui a tranché la tête, on a étêté tous les chênes de son domaine, on les a décapités, en signe de respect. Quelques-uns sont toujours là. »

Megan s'arracha à la contemplation du visage de la jeune fille. « Les vrais arbres ? Vous ne disiez pas que ça se passait en l'an mille cinq cent quelque chose ?

— C'est bien ça. » Il la scruta en souriant devant l'intérêt qu'elle manifestait. « Voudriez-vous les voir ? J'y vais la semaine prochaine. J'aimerais en parler dans mon article et j'ai besoin d'une photo. Comme j'emprunte une voiture, si ça vous tente, vous pourrez les voir vous-même. »

Ils se mirent d'accord sur le mardi, jour de repos de Megan. En attendant, avec la belle énergie que lui infusait son allégresse, elle passa ses journées à s'activer dans tout l'hôtel pour en surveiller le bon fonctionnement. Elle réorganisa le placard à linge, envoya Jonah vérifier et purger les radiateurs avant l'hiver, décrocha et nettoya les lustres des paliers, suspendit les rideaux dans la chambre n° 8. Le soir, elle s'adonnait aussi à un nettoyage de printemps dans son appartement qui n'en avait pourtant nul besoin. Il lui fallait se dépenser. Elle avait envie que tout soit impeccable pour l'accueillir à son retour car, même si, en apparence, cette excursion avec Andrew ne changerait rien, en réalité, tout serait désormais différent.

Il fallait compter trois heures de route pour atteindre le Bradgate Park et, dans la mesure où ils rentraient à Londres le soir, ils partirent tôt. Le ciel était chargé et le paysage plat ne présentait pas d'intérêt jusqu'au parc, qui, lui, valait le coup d'œil. Il était plus grand, plus sauvage et plus beau que ne s'y attendait Megan. Collines couvertes de fougères, entrecoupées çà et là d'affleurements granitiques, zones boisées, large rivière limpide. Les feuilles virevoltaient. Au Canada, l'automne était moins spectaculaire, les couleurs moins vives. Ici, à chaque bourrasque, les feuilles tournoyaient en s'agglutinant pour former des nuages roux doré.

Aussitôt, ils tombèrent sur plusieurs chênes centenaires : troncs énormes sciés à environ trois mètres du sol, couronnés par de petites branches qui faisaient penser aux doigts écartés d'une main. L'un des arbres était mort et son corps mutilé se détachait nettement sur le ciel. Megan songea à la jeune fille aux lèvres enfantines et aux mains glacées, qui avait dû voir cet arbre au temps de leur jeunesse à tous deux. Par une journée de chaleur, elle avait peut-être recherché son ombre pour s'y asseoir paisiblement.

Sans connaître le destin du chêne. Sans connaître son propre destin.

Jusque-là, l'idée que les personnages historiques avaient réellement vécu ne lui était encore jamais venue à l'esprit. Bien sûr, en théorie, on le savait, mais, en pratique, il ne restait d'eux que quelques mots sur une page. En revanche, l'arbre apportait une preuve tangible. Megan se demanda qui avait tué cette jeune fille et pour quelle raison, mais elle ne posa pas la question à Andrew parce que sa réponse aurait transformé la forte impression qu'avait produite le tableau en leçon d'histoire et détruit le lien qu'elle ressentait avec ce personnage. Elle l'interrogerait un autre jour.

Ils se promenèrent et, de temps à autre, Andrew s'arrêtait pour prendre des photos. Un arbre en particulier semblait le ravir. Ils passèrent devant au début et, après s'être promenés alentour, ils y revinrent et Andrew le photographia sous divers angles. À un moment de son histoire, l'arbre avait été frappé par la foudre – un côté avait partiellement brûlé en laissant un grand creux au centre. Pourtant, par miracle, plusieurs branches poussaient, couvertes de petites couronnes de feuilles brunes friables. Sous le regard de Megan, une rafale les fit trembler et plusieurs se détachèrent et s'envolèrent.

« Voilà un véritable survivant », dit Andrew.

Quelques mètres plus loin, il y avait une souche. Megan s'y assit et se frotta les bras. Le vent était froid. Pendant qu'ils marchaient, le ciel s'était chargé de nuages et le sentiment de proximité qu'elle éprouvait avec cet endroit historique s'était évanoui. À présent, elle n'était rien d'autre qu'elle-même, assise sur une souche, et essayait de ne pas se dire que le temps filait et que la moitié de la journée était déjà passée. Dans quelques minutes, Andrew allait expliquer qu'il avait pris assez de photos. Ils retourneraient à la voiture, iraient déjeuner quelque part, puis entameraient le chemin du retour et l'excursion serait terminée.

Ce qui aurait été parfait s'il s'agissait purement et simplement de lady Jane Grey. Sauf que ce n'était pas le cas. Megan avait cru qu'elle visiterait ce parc main dans la main avec Andrew ; elle imaginait Andrew appuyé à l'un de ces arbres centenaires, les bras refermés sur elle. En train de l'embrasser, de la serrer contre lui. Clichés ridicules de magazines féminins, mais qui, toutefois, renfermaient un fond de vérité, elle le savait à présent. Quand on était amoureux de quelqu'un, on voulait être aussi proche de lui que possible, ne faire plus qu'un, chacun étant une partie de l'autre. On avait besoin de le toucher, on avait besoin qu'il vous touche. Et il ne l'avait pas touchée. Il ne l'avait encore jamais touchée et ne semblait pas en avoir envie. Il ne l'avait jamais embrassée. Pourtant, elle avait été certaine que, ce jour-là, enfin, marquerait un tournant dans leur relation, mais rien n'avait changé.

Ayant grimpé le plus haut possible sur l'arbre, Andrew prenait une photo du tronc creux. « J'ai de bons souvenirs de cet arbre en particulier, dit-il. Mon frère et moi y voyions un château que nous devions défendre contre les envahisseurs, c'est-à-dire nos parents. Et notre petite sœur devait jouer le rôle d'un loup affamé. Sauf qu'elle n'en avait pas envie, elle voulait rester dans le château avec nous, mais comme nous avions besoin d'un loup affamé, nous lui imposions ce rôle. C'était très méchant. »

Il attendait un commentaire de Megan qui dit alors : « Vous avez donc habité tout près d'ici ?

— À une quinzaine de kilomètres. Nous venions souvent ici le week-end. »

Elle essaya vainement de l'imaginer petit, en train de crapahuter sur les rochers avec son frère.

« J'ai presque fini, dit-il en se laissant glisser le long de l'arbre creux. Vous avez froid ?

— Non, ça va très bien. » Ça n'allait pas du tout, elle se sentait horriblement malheureuse.

« Bon, je... Mince, je n'ai plus de pellicule. Donc, il faudra bien que ça me suffise. » Il s'extirpa de l'arbre et vint s'asseoir à côté d'elle. « Il y a un pub au village, ajouta-t-il en ouvrant le dos de son appareil. Nous y déjeunerons pour nous réchauffer avant de prendre le chemin du retour. » Il sortit la pellicule et la mit dans sa poche. Puis il regarda Megan et sourit. « Eh bien, comment avez-vous trouvé ces arbres ? J'espère que vous ne regrettez pas d'avoir passé ici votre jour de repos.

— Non, ils sont stupéfiants. »

Elle avait tellement envie de lui qu'elle n'osait pas le regarder. Il le lirait dans ses yeux.

Une minute s'écoula. « Ça va, Meg ?

— Bien sûr, ça va très bien, répondit-elle sans

lever les yeux. Voulez-vous vous arrêter chez vos parents en cours de route ?

— Non, pas cette fois. »

En sentant qu'il l'observait, elle tenta de se ressaisir. « Vous êtes sûr ? Parce que je ne suis pas pressée. » Elle avait cru qu'il en aurait envie et s'était demandé s'ils la trouveraient à leur goût.

« Ce ne serait pas une bonne idée », reprit-il.

Cette remarque était tellement curieuse que Megan le considéra. Il l'observait toujours avec, dans les yeux, une expression qu'elle ne pouvait pas déchiffrer.

« Meg, il y a une chose que vous devriez savoir, je pense. » Il hésita, détourna le regard, puis le reporta sur elle en souriant. Megan ne savait pas ce que cachait ce sourire. « Vous avez sans doute deviné, mais je dois m'en assurer parce que je vous aime beaucoup, vraiment beaucoup, et que je ne veux pas que vous vous mépreniez. J'ai l'impression – mais je peux me tromper et, dans ce cas, il n'y a pas de problème –, j'ai donc l'impression que vous aimeriez peut-être que notre amitié soit plus que... plus qu'une simple amitié. »

Elle baissa les yeux. Le froid la transperçait jusqu'aux os. Si ça signifiait qu'il avait déjà une petite amie quelque part, autant qu'il annonce la couleur.

« Ce qui revient à dire que je ne suis pas de ceux dont on fait de petits amis. »

Que devait-elle comprendre ? Elle commençait à se fâcher. Serait-il marié ?

« Vous êtes marié ? » demanda-t-elle en le fusillant du regard.

Il lui adressa un sourire, mais un sourire las,

comme s'il avait déjà dû mener nombre de fois cette conversation et aurait préféré ne pas y revenir. « Non, non, je ne suis pas marié. Et je n'ai pas de petite amie. Je n'ai jamais eu de petite amie. Je suis homosexuel. »

Megan en fut ébranlée. Son visage s'empourpra. Elle se détourna brusquement. À leur droite, sur une colline, il y avait un autre de ces vénérables chênes, mort, mais toujours debout, d'un noir qui se découpait sur le ciel.

« Vous ne vous en étiez pas rendu compte. Excusez-moi, j'aurais dû vous avertir plus tôt. »

Incapable de le regarder, elle fixa les yeux sur le chêne.

« Megan, dites quelque chose, reprit-il d'une voix douce. Vous avez déjà entendu parler d'homosexualité, je suppose ? Même dans le nord de l'Ontario, on doit connaître ce terme. »

Oui, elle en avait entendu parler, mais ce n'était qu'un mot, un concept. Jamais encore elle n'avait rencontré d'homosexuel, du moins à sa connaissance. Pour elle, c'était surtout une injure que s'adressaient les garçons entre eux. « Sale pédé. »

Derrière eux, dans les arbres, des freux se chamaillaient. On n'entendait pas d'autre bruit.

« Vous ne me rendez pas les choses faciles, Meg », souffla Andrew.

Il fallait qu'elle dise quelque chose. Elle s'éclaircit la gorge. « Voilà une chose que je n'ai jamais comprise.

— Bon, d'accord. Vous parlez, c'est déjà ça. » Le

soulagement s'entendait dans sa voix. « Qu'est-ce que vous ne comprenez pas ?

— Je ne comprends pas comment ça arrive. Pourquoi une telle chose…

— Bon, le problème avec les pourquoi, c'est que personne ne peut y répondre. Ça arrive, voilà tout. Il y a toujours eu des homosexuels, il y en aura toujours, à moins qu'on ne trouve un moyen de nous éradiquer, ce qu'on s'efforce sans aucun doute de faire. »

C'était insensé. S'il était vraiment homosexuel, elle n'aurait pas pu tomber amoureuse de lui, éprouver ce besoin éperdu, incessant de lui ; son corps aurait su que le sien ne voulait pas de son amour physique, et le chapitre aurait été clos. Alors qu'elle l'avait aimé et désiré un peu plus chaque fois qu'elle le voyait. Donc ça ne pouvait pas être vrai.

« Mais, Andrew, comment pouvez-vous être sûr ? C'est-à-dire… »

Il se releva aussitôt pour la faire taire et s'éloigna, le dos tourné, les mains dans les poches, le regard braqué sur le parc.

Elle remarqua la tension dans son dos, dans tout son corps. Faire cet aveu n'avait pas été facile pour lui. Il s'en serait volontiers dispensé si ça n'avait pas été vrai.

Megan avait envie de retourner chez elle. Non pas à Londres, mais à Struan. Elle voulait se retrouver dans son lit, dans sa chambre, et ne plus en bouger parce que la vie était trop dure, trop compliquée, trop douloureuse.

Finalement, Andrew revint s'asseoir à côté d'elle.

« Désolé. C'est un sujet pénible. » Il lui frotta le dos. « Allons déjeuner. »

C'était la première fois qu'il la touchait.

Comment cesser d'aimer la personne qu'on aime ?

14

Edward

Struan, mars 1969

J'AI BESOIN DE CHANGER D'AIR. Non, pas de partir en vacances. J'ai droit à deux semaines de congé annuel que je ne prends jamais parce que je trouve moins pénible d'être à mon travail qu'à la maison. Quand je parle de changer d'air, j'entends par là échapper à ce chaos familial grandissant. J'ai besoin de réfléchir à certaines choses importantes, parce qu'il me semble que si je pouvais mettre en perspective les événements du passé, je pourrais mieux m'en sortir avec ceux du présent, mais je n'en ai pas le loisir ; les crises s'enchaînent si vite que j'ai à peine le temps de respirer, et encore moins de réfléchir.

Cet après-midi, j'ai eu le fameux entretien avec Ralph Robertson, le directeur d'école. Ça ne m'arrangeait pas du tout – des tas de dossiers m'attendaient sur mon bureau –, pourtant, je me suis déplacé. Robertson est un homme gris. Il s'habille en gris et c'est quelqu'un de terne. Il m'a accueilli d'un air plutôt inquiet, m'a-t-il semblé, et a passé un temps plus long que nécessaire en politesses d'usage, mais j'ai finalement réussi à orienter la conversation sur l'objet de notre rendez-vous.

« Vous vouliez me parler de Peter et Corey, ai-je dit lorsque nous nous sommes assis.

— Oui. » Les sourcils froncés, il fixait son stylo. « Oui, j'ai pensé que nous devrions peut-être échanger quelques mots... »

D'un signe de tête, je l'ai encouragé à poursuivre. Je me rappelais que sa femme et ses trois filles adolescentes s'éclipsaient de temps en temps à Sudbury avec son carnet de chèques et réussissaient à dépenser en un après-midi plus qu'il ne gagnait en un mois. Je me demandais si elles avaient récidivé et si, en me voyant, il pensait à son compte en banque et se faisait du souci.

« De gentils garçons, disait-il. Quoique, bien sûr, à un âge difficile.

— J'en déduis qu'ils se sont mal conduits. » J'essayais de précipiter le mouvement.

« Rien de grave. Bon, en gros, rien de bien grave. Juste les bêtises habituelles : ils se battent dans la cour du lycée, fument dans les toilettes, ne font pas leurs devoirs, ce genre de...

— Ils fument ? » Voilà l'habitude la plus ridicule à laquelle l'homme se soit jamais adonné. Indépendamment de ses effets nocifs sur la santé, c'est comme si on roulait un billet d'un dollar avant d'y mettre le feu.

« Ils le font tous. » Robertson ôta ses lunettes et se frotta les yeux. « Parce que c'est interdit. Et maintenant, il y a tous ces nouveaux trucs, marijuana, LSD, et je ne sais quoi d'autre. Le LSD n'est pas encore arrivé jusqu'ici, du moins, je ne crois pas. Il paraît que ça leur fait perdre la tête, mais, avec certains de nos gamins, on ne verrait sans doute pas une grande différence. À mon avis, on devrait rendre la consommation de toutes ces substances obligatoire, comme ça, ils s'arrêteraient d'eux-mêmes. » Il remit ses lunettes. « Mais dans le cas de Peter et Corey, le plus gros souci du moment est leur absentéisme et...

— Leur absentéisme ?

— Oui. Ces derniers temps, ils manquent régulièrement un ou deux jours par semaine, parfois plus. La semaine dernière, ils ne sont pas venus du tout et la semaine d'avant seulement le mardi. Mme Turner, notre secrétaire, a téléphoné plusieurs fois à votre femme pour vérifier s'ils n'étaient pas malades, mais personne n'a pris la communication. Donc j'ai jugé préférable de vous parler. »

Qu'Emily n'ait pas décroché le téléphone ne m'étonnait guère – elle ne l'avait sans doute même pas entendu, là-haut, dans sa chambre, avec la porte fermée –, mais que les garçons fassent l'école buissonnière, ça, c'était nouveau. Ce qui m'inquiétait n'était pas tant qu'ils manquent des cours, mais je me demandais surtout ce qu'ils fabriquaient pendant ce temps.

« Et enfin... » Penché sur son bureau, Robertson avait les épaules remontées jusqu'aux oreilles et les mains croisées devant lui. J'ai soudain remarqué qu'il se tournait les pouces, littéralement, ses pouces tournaient l'un autour de l'autre comme deux petites turbines. Je n'avais encore jamais vu personne faire ça. Je croyais que c'était une simple figure de style. À sa place, je romprais avec cette habitude. Les élèves devaient s'en donner à cœur joie.

« Et enfin – je ne peux pas le vérifier, ce ne sont que des on-dit, mais j'ai pensé que je devais vous avertir de toute façon –, un après-midi de la semaine dernière, vos fils, ou des garçons qui leur ressemblaient, ont été vus à la scierie alors qu'ils essayaient de mettre le feu à une vieille cabane. D'ailleurs, ils ont partiellement réussi puisque c'est la fumée qui a attiré l'attention sur eux. Mais je crois que le feu s'est vite éteint. Le bois était trempé, bien sûr. »

Je me suis figé sur mon siège.

« Comme je le disais, on n'a pas pu les identifier formellement, mais j'ai préféré vous en parler. Parce que, à ce moment-là, vos fils n'étaient pas en classe. »

Toutes sortes d'images défilaient dans ma tête. La grange d'Archie Giles. Les bouts de bois carbonisés derrière la banque. Joel Pickett et ses fils. Le sergent Moynihan qui occupait tout l'encadrement de la porte, à la banque.

« Je vois. » Je me suis levé, imité par Ralph Robertson. « Merci de m'avoir prévenu. Est-ce qu'ils sont là en ce moment ? En classe ?

— Euh... non. Je ne crois pas qu'ils soient venus aujourd'hui. »

Je ne suis pas allé à la maison pour vérifier s'ils s'y trouvaient, je n'ai pas osé. J'étais dans une telle colère que je ne savais pas quelle aurait été ma réaction. C'est au poste de police que je me suis présenté. Par chance, Gerry Moynihan y était. Il m'a offert un siège et je me suis assis, mais j'étais tellement agité que j'avais du mal à rester en place.

Sans préambule, j'ai annoncé à Gerry : « Ce sont

mes fils. Peter et Corey. Ce sont eux qui ont incendié la grange d'Archie Giles. Inutile d'aller chercher plus loin. Il va sans dire que je… »

Gerry a levé la main pour m'arrêter. Très calme, il m'a dit : « Excusez-moi, monsieur Cartwright, pouvons-nous reprendre depuis le début ? Que s'est-il passé ? Ne vous pressez pas, nous avons tout notre temps. »

J'ai inspiré un grand coup. Mes poumons ne semblaient pas se dilater correctement. On aurait dit qu'ils étaient à l'étroit dans une cage thoracique trop petite. J'ai dû faire un immense effort pour parler normalement – pour ne pas hurler –, mais j'ai réussi à lui relater mon entretien avec Ralph Robertson. Gerry m'a écouté en silence, avec attention, mais sans s'émouvoir.

« Donc, ce sont eux, ai-je conclu après avoir énoncé les faits. Il va sans dire que je rembourserai à Archie chaque *cent* qu'il a perdu – grange, fourrage, dépenses auxquelles il a dû faire face, tout. La seule question est… »

Gerry a de nouveau levé la main. « Attendez, monsieur Cartwright, attendez. Je vous sais gré d'être venu me raconter tout ça, peu de gens l'auraient fait, mais je suis presque sûr que vos gosses n'ont pas mis le feu à cette grange. »

Je me concentrais tellement pour ne pas exploser de fureur que, tout d'abord, je ne l'ai pas vraiment écouté, puis, au bout d'une minute, les mots sont parvenus à mon cerveau et, même si j'étais certain qu'il se trompait, je n'avais jamais entendu de paroles plus douces.

« Depuis le début, je pense que les deux manières de procéder sont différentes, a poursuivi Gerry. Celui ou ceux qui ont incendié la grange de Giles ne plaisantaient pas. Ils ont arrosé les lieux d'essence. Tandis que pour le feu derrière la banque, vos gosses, si ce sont bien vos gosses...

— Ce sont eux. Merci, mais je sais que ce sont eux.

— Non, vous ne le savez pas, monsieur, a rectifié Gerry d'une voix rassurante. Il n'y a aucune preuve, personne ne les a vus et, d'après ce que vous m'avez dit, on n'a pas pu les identifier formellement à la scierie non plus. Donc, vous ne savez pas, vous avez de simples soupçons.

— D'accord. J'ai des soupçons, mais alors de graves soupçons.

— Bon. Ce que je voulais vous faire comprendre, c'est que ceux qui ont allumé ce petit feu derrière la banque sont des amateurs, et, qui plus est, pas très doués. Ça m'a tout de suite frappé. Je me suis dit que des gosses avaient eu cette idée en entendant parler de l'incendie chez les Giles. Ils ont voulu essayer à leur tour de mettre le feu pour rigoler. Pareil avec la scierie. Je vais aller jeter un coup d'œil, mais, d'après ce que vous me dites, ils n'ont même pas réussi à faire partir le feu. »

Il s'est tu et m'a observé. Au bout d'un moment, il a repris :

« Donc, la question qu'il faut se poser, c'est : qu'est-ce que nous allons faire ? Dans la mesure où nous n'avons pas la preuve qu'ils sont coupables et qu'il n'y a pas eu de dommages.

— Qu'est-ce que vous faites dans ces cas-là ? ai-je demandé d'un ton contraint. Je ne veux pas qu'ils aient un traitement de faveur. Il n'en est pas question. »

Gerry s'est éclairci la gorge. « Bon, je vais vous dire une chose. En principe, tous les gamins sont pareils et on doit donc les traiter de la même façon, mais en fait, ce n'est pas vrai, alors je tiens compte de mon opinion des parents. Dans des cas comme le vôtre, où il s'agit d'une bonne famille, je fais seulement part de mes soupçons aux parents et je les laisse régler le problème. Si, au contraire, j'estime que les parents ne s'occupent pas assez de leurs enfants ou n'ont aucune autorité sur eux, je traîne les gamins jusqu'ici. Je leur pose quelques questions, il m'arrive même de leur montrer à quoi ressemble une cellule. Tout ça pour leur flanquer la trouille.

« Dans votre cas, les choses sont un peu différentes puisque c'est vous qui êtes venu m'avertir et non l'inverse, ce dont je vous sais gré. Et, comme je vous connais, je suis tenté d'en rester là. » Il s'est interrompu et m'a scruté avant d'ajouter : « À moins que vous vouliez que j'intervienne, bien sûr. »

Pendant une minute, je n'ai rien dit. Ce n'était pas tant une question d'autorité sur les garçons qu'une question de maîtrise de mes propres pulsions. J'étais encore si furieux que j'estimais plus sage de rester à une distance d'au moins dix kilomètres. En outre, je me doutais qu'ils se ficheraient bien de ce que je pourrais dire.

« Si ça ne vous ennuie pas, j'aimerais que vous leur parliez, ai-je fini par suggérer.

— Voulez-vous que je les amène ici ? Dans la cellule ?

— Plutôt à la maison – chez nous. Si ça ne vous ennuie pas. »

Il a acquiescé. « D'accord. Pas de problème. Je passerai chez vous ce soir.

— Et s'ils ne sont pas rentrés ? » Je me suis rendu compte que je n'avais aucune idée de l'endroit où ils passaient leurs soirées.

« Je les trouverai. »

Ce n'étaient pas des paroles en l'air. J'étais soulagé à un point inouï de m'en remettre à quelqu'un qui connaissait son boulot.

« Merci. Merci beaucoup. »

J'ai fait mine de me lever mais Gerry n'avait pas tout à fait terminé.

« Une dernière chose, monsieur Cartwright. Mettre le feu est un sérieux délit et vous avez eu raison de venir m'en parler, mais vos gamins, à condition qu'ils soient bien les coupables, ne sont pas les premiers à commettre ce genre de bêtise. Ils sont jeunes, ce sont des garçons, ce qui veut dire qu'ils sont stupides, mais pas que ce sont des délinquants. Je vous le dis au cas où vous vous sentiriez un peu trop… remonté. »

Il est arrivé à huit heures, en uniforme, et il n'avait pas l'air de rigoler. Les garçons étaient là. Je ne les avais pas vus – j'avais pris soin de ne pas les croiser – mais les coups et les hurlements habituels se répercutaient dans toute la maison. Je les ai appelés et, quand ils ont aperçu Gerry, ils sont devenus presque verts. Franchement, j'avais moi aussi un peu la nausée. Je les ai fait entrer dans mon bureau avec Gerry – Tom et Adam se trouvaient dans la salle de séjour – et j'ai battu en retraite dans la cuisine. Impossible de m'asseoir. Je faisais les cent pas en songeant à ce que Gerry avait dit : s'il s'agissait d'une bonne famille, il prévenait les parents et les laissait régler le problème. Il considérait donc que nous formions une bonne famille et, sans doute, vu de l'extérieur, c'est ce qu'elle semblait être. Mais ce que les gens appellent ainsi, quand on prend la peine d'y réfléchir, c'est une famille qui habite une belle maison, avec un père qui gagne un salaire correct. Tout en allant et venant, je me disais que, s'ils savaient ce qui se passait chez nous, il ne leur viendrait certainement pas à l'esprit de qualifier notre famille de « bonne ». En ce moment, dans mon bureau, un policier – il se trouve qu'il n'est pas marié et n'a pas d'enfants – parlait à mes fils parce que moi, leur père, je risquais d'user de violences physiques si j'essayais de leur parler moi-même et aussi parce que j'avais peur qu'ils ne m'écoutent pas, quoi que je leur dise. Et là-haut, ma femme venait de fabriquer un autre enfant dont elle serait folle pendant un an avant de s'en désintéresser et de le négliger complètement. Un fils qui pourrait très bien nous couvrir de honte et se révéler une menace pour la société. Je pensais à la communauté dans laquelle nous vivions et à mes années d'efforts pour en devenir un membre utile et respecté. Je pensais à ma réputation. Difficile de dire ce qui l'emportait dans mon esprit, la rage ou la honte.

Au bout d'un moment, j'ai entendu les garçons sortir de mon bureau. J'ai attendu qu'ils soient montés pour aller retrouver Gerry.

« Bon, nous avons eu une petite conversation, m'a-t-il dit tranquillement en s'appuyant au dossier du fauteuil. C'est bien ce que je pensais : ils ont allumé le feu à la banque et dans la scierie, mais pas dans la grange. Je doute qu'ils aient envie de recommencer. Ce ne sont pas de mauvais gosses, monsieur Cartwright.

— Merci. » Je voulais lui demander ce que je devrais faire désormais. Comment réussir à les tenir, parce que je n'en avais aucune idée. Je voulais lui expliquer que je n'avais jamais voulu avoir d'enfants et ne possédais pas les qualités nécessaires pour m'acquitter d'un boulot de père. Je voulais lui demander s'il voulait bien s'en charger pour m'ôter ce poids.

Je lui ai proposé un café mais il a décliné. Je l'ai raccompagné à la porte et l'ai remercié une fois de plus. Il m'a salué à sa façon et s'est éloigné dans la neige.

Puis je suis revenu sur mes pas. Tom a levé les yeux de son journal au moment où je passais devant son fauteuil.

« Y a un problème ? » m'a-t-il demandé.

C'était la première fois depuis un an et demi que je l'entendais lancer une conversation, mais je n'étais pas d'humeur à bavarder.

« Incendie criminel », ai-je répondu d'un ton amer.

Il a haussé les sourcils. « À une grande échelle ?

— Pas encore. Mais uniquement parce qu'ils ne sont pas doués.

— Ils ne faisaient sans doute que s'amuser. Tu les connais. » Il m'a observé une minute, puis a ajouté : « De toute façon, il leur a passé un bon savon. En sortant, ils n'étaient pas fiers. »

Et il est retourné à son journal. J'ai regagné mon bureau et j'ai fermé la porte.

Après m'être assis, je me suis remémoré la première fois que j'avais entendu des policiers frapper à la porte. Je devais avoir dix ans. Ils étaient deux et soutenaient mon père chancelant qui marmonnait des bêtises et puait le vomi. La scène s'était reproduite à plusieurs reprises, mais je me rappelle très bien cette première fois. La honte que j'avais éprouvée. J'avais envie de dire que je ne connaissais pas cet homme, que nous n'avions aucun lien de parenté. Je voulais qu'ils l'enferment et ne le laissent plus jamais sortir.

À présent, dans mon bureau, je me disais : « Ça y est, ça recommence. » La police frappe de nouveau à la porte deux générations plus tard. Qu'importe si c'est moi qui avais demandé à Gerry de venir, ça revenait au même.

Au bout d'un moment, j'ai entendu que Tom et Adam montaient se coucher. Je n'ai pas bougé, englué dans ma confusion, mon incompréhension. Je me demandais comment ma vie en était arrivée là. J'ai pensé aux cinq fils qui dormaient là-haut. Aux deux autres partis au bout du monde. À celui qui reposait au cimetière, près de l'église. Et à ma fille, qui se trouvait à cinq mille kilomètres.

Je m'étonnais d'avoir engendré tous ces êtres alors que je n'en voulais aucun. Pour la centième fois, je m'étonnais d'avoir épousé Emily puisque je ne l'aimais pas. Je me disais qu'il y avait de nombreuses raisons à ce mariage, mais pas une seule valable. Je l'ai épousée parce qu'elle était amoureuse de moi et que j'en étais sidéré et flatté. Je l'ai épousée parce que j'ai cru à tort que nous voulions les mêmes choses dans la vie. Parce qu'elle était belle. Parce que j'étais reconnaissant à ses parents de m'avoir accepté comme prétendant malgré l'ivrognerie et la bêtise de mon père. Parce que je partais à la guerre où j'allais me faire tuer et que je voulais coucher avec une fille avant de mourir. Je l'ai épousée parce qu'elle me l'a demandé et que refuser aurait été impoli. Je l'ai épousée parce que j'avais encore dans les narines l'odeur âcre de l'incendie et que j'étais déboussolé.

Nous semblons programmés pour chercher des réponses. Quelque chose se produit et il nous faut savoir pourquoi. Nous nous creusons la cervelle, nous essayons de suivre tel ou tel raisonnement, d'en chercher un qui puisse coller à notre cas de figure. Mais souvent, il n'y a pas de réponse, ou alors il y en a trop. Par exemple, on pourrait dire que ce qui s'est passé pendant l'incendie est arrivé parce que j'étais bon élève. Que c'était aussi parce que mes frères, Alan et Harry, étaient partis pour la guerre. Ce sont peut-être des liens de cause à effet ténus, mais ils sont réels et importants. Sans eux, il ne se serait pas passé la même chose.

Ma mère a écrit dans son journal qu'elle n'osait pas dire à mon père que je travaillais bien en classe parce qu'il s'en prenait de plus en plus souvent à moi, et c'était vrai. Mes frères avaient leur part de mauvais traitements, mais c'est moi que mon père détestait, ce que j'explique du moins en partie parce qu'il me savait beaucoup plus intelligent que lui, et se doutait bien que j'en avais conscience. Encore plus grave : j'avais une forme d'intelligence qu'il méprisait et jalousait : une intelligence livresque.

Ma mère était elle aussi cultivée, mais elle prenait soin de le cacher. J'aurais sans aucun doute eu la vie plus facile si j'en avais fait autant. Mais je ne parvenais pas à m'y résoudre. La haine que j'éprouvais pour mon père était si intense à cause de ce qu'il nous faisait subir, surtout à ma mère, que je tremblais dès qu'il entrait. C'était du dégoût, pas de la peur, mais je savais que j'avais l'air terrorisé et, par souci de dignité, je devais trouver le moyen de faire front. Physiquement, je n'avais aucune chance – il était costaud et ses poings étaient aussi durs que des pierres –, si bien que je le combattais avec mon intelligence. Je le combattais en maniant l'ironie.

Le soir, je faisais mes devoirs sur la table de la cuisine. Dès qu'il arrivait après une journée passée à boire ou à écorner des rocs – il a été le dernier à se rendre compte que l'argent ne trouvait plus de débouché au Canada – et me voyait plongé dans un livre, il enrageait. C'était immédiat, on aurait dit qu'on appuyait sur un commutateur. D'une voix basse et menaçante, il me demandait : « Qu'est-ce que tu fiches à te prélasser comme si tu étais chez toi ? » D'un bond, je me levais et me mettais presque, mais pas tout à fait, au garde-à-vous, j'essayais de rester immobile et disais quelque chose de ce genre : « Excuse-moi, papa, je dois résoudre des équations pour l'école, mais je pourrai m'y remettre tout à l'heure si tu veux que je fasse quelque chose. » D'un ton sérieux, respectueux, sans la moindre trace de sarcasme – ou alors une dose infinitésimale. Il me regardait en plissant les yeux. Sans savoir sur quel pied danser.

J'adorais cette expression. La méfiance, l'incertitude dans son regard. Je payais le prix fort, mais ça valait le coup. Je ne m'y risquais jamais en présence de ma mère. Ce qui est une manière de reconnaître que j'avais tort.

Les jumeaux trouvaient mon attitude complètement folle. Je me rappelle qu'un soir, dans notre chambre, pendant que j'examinais mes bleus, Harry m'a dit : « Bon Dieu, Ed, tu peux pas te débrouiller pour rester en dehors de son chemin ? Fais tes fichus devoirs ici pour qu'il ne te voie pas. »

J'ai répondu que j'avais bien le droit de travailler où je voulais. Harry a secoué la tête, écœuré. « Je te croyais intelligent ! »

Avec le recul, je me rends compte que les jumeaux me témoignaient une gentillesse remarquable. Nous n'avions rien en commun mais ça ne semblait pas les gêner. Tous deux avaient quitté l'école à seize ans pour donner un coup de main à la ferme, tandis que moi, je continuais mes études. Ce qui veut dire que je n'accomplissais pas ma part du travail, mais ils ne m'en voulaient pas. L'école était mon refuge et je suppose qu'ils le savaient. Je visais l'université et j'avais décidé qu'après mon diplôme, j'imiterais M. Sabatini : j'enseignerais en parcourant le monde. Quand Emily est entrée en scène, je lui ai confié mon rêve et elle l'a partagé, du moins, elle a semblé le faire. Nous allions tous les deux parcourir le monde.

Rêves de jeunesse. Ils me paraissent tragiques puisqu'ils supposent que nous sommes maîtres de notre destin. Le 3 septembre 1939, beaucoup de rêves se sont écroulés, y compris le nôtre. À dix-sept ans, j'étais trop jeune pour m'engager, mais les jumeaux avaient dix-huit ans. Je me rappelle le soir où ils m'ont annoncé leur départ. « À ton tour, maintenant », m'a dit Alan, pour me faire comprendre que je devais quitter l'école et m'occuper de la ferme.

On aurait dit qu'on m'avait frappé à l'estomac, et ça devait se voir, car il m'a tapoté l'épaule et m'a dit que ça n'allait pas durer longtemps, que la guerre serait finie avant Noël et que, dans le cas contraire, je pourrais m'engager aussi dès que j'aurais dix-huit ans.

Je savais que c'était impossible. Nous ne pouvions pas partir tous les trois en laissant notre mère avec uniquement les filles pour l'aider aux gros travaux et, pire encore, en la laissant à la merci de notre père. Pour moi, c'était la fin de tous mes espoirs, la fin du monde.

Je ne m'étais pas rendu compte que les jumeaux avaient fait office de tampons entre mon père et moi. Après leur départ, les choses se sont sérieusement gâtées. À ce moment-là, j'étais déjà assez grand et il hésitait à m'attaquer quand il n'avait pas bu, mais il était soûl la plupart du temps et se comportait comme un vrai sauvage. Je ne pouvais pas rester en dehors de son chemin parce que je n'osais pas laisser ma mère seule avec lui.

En quittant l'école, j'ai perdu tout contact avec le monde extérieur. Emily et moi ne nous voyions que le dimanche à l'office et parfois une heure ou deux le soir si je pensais que mon père était parti pour une longue beuverie. Le reste du temps, j'étais prisonnier de la ferme.

Tous les soirs, je priais pour que la guerre se termine et qu'Alan et Harry reviennent me sauver. J'ignore pourquoi il m'a fallu si longtemps pour comprendre qu'ils ne reviendraient pas. Enfin, un soir, l'illumination a jailli pendant que j'attendais mon tour chez le médecin du coin. Mon père était rentré ivre, furieux, et, quand j'avais essayé de lui interdire l'accès de la maison, il avait enfoncé la porte et s'était rué sur moi avec un tesson de bouteille. J'avais levé le bras pour me protéger le visage et le verre m'avait entaillé du poignet jusqu'au coude. De l'autre main, j'avais attrapé une chaise de cuisine et je l'avais frappé au point de lui faire perdre connaissance. Je crois que je l'aurais tué si ma mère et Margaret ne m'en avaient pas empêché.

Margaret m'a emmené chez le médecin et, pendant qu'il me recousait, j'ai soudain compris que, même s'ils survivaient à la guerre, Alan et Harry ne reviendraient pas à la maison. Pourquoi l'auraient-ils fait ? La ferme ne rapportait pas grand-chose, en tout cas pas assez pour compenser les inconvénients d'une cohabitation avec notre père. Ils avaient réussi à s'enfuir et je ne le leur reprochais pas. Ils auraient été fous de revenir. J'ai aussi pris conscience que, tant que mon père serait en vie, je ne pourrais jamais partir. La nuit, je ne dormais pas et réfléchissais au moyen de le tuer.

Chez nous, pour signifier qu'à quelque chose malheur est bon, on dit : « À chaque nuage son reflet argenté. » J'aimerais bien savoir qui a inventé cette formule. Un matin, à la fin de l'été 1942, presque trois ans après le départ à la guerre d'Alan et Harry, je suis sorti sur la véranda et j'ai vu un étrange nuage à l'horizon. Au début, j'ai cru qu'il annonçait un orage et j'étais content – il n'avait pas plu depuis un mois et demi et la terre se craquelait dans les champs. Au cours de la matinée, il a continué à grossir et, quand je suis ressorti après le déjeuner, sa partie inférieure s'était empourprée. J'ai appelé ma mère et Margaret et nous avons observé ce phénomène avec inquiétude. Le Nord, la région que nous habitons, est une vraie poudrière. Nous sommes cernés par des milliers et des milliers d'hectares d'un bois qui flambe comme un rien.

Finalement, ma mère a lâché : « Je crois que c'est un incendie. »

Le nuage se trouvait loin à l'ouest et je me rappelle avoir pensé que nous ne craignions rien si le vent ne changeait pas. À trois heures, on apercevait des flammes derrière la fumée. J'ai appuyé une échelle contre le mur de la maison pour grimper sur le toit et j'ai vu un rideau de feu d'une trentaine de kilomètres. Encore persuadé qu'il ne nous atteindrait pas, par pure précaution, j'ai quand même décidé d'emmener le bétail près du lac, à huit cents mètres de là à travers la forêt.

À quatre heures, d'immenses tourbillons de fumée commençaient à cacher le soleil. Les incendies génèrent un souffle violent qui aspire l'air à mesure que la chaleur monte et, du toit, je voyais des cimes embrasées projetées à des kilomètres du feu lui-même. Nous en étions encore à bonne distance, mais une rafale risquait de pousser des branches ou des brindilles dans notre direction, si bien que j'ai jugé préférable d'inonder le toit. Ma mère et Margaret ont pompé de l'eau à tour de rôle et celles de mes sœurs qui étaient assez grandes ont formé une chaîne pour me passer les seaux.

Nous étions en pleine action quand mon père est arrivé. Nous ne l'avions pas vu depuis plusieurs jours, ce qui voulait dire qu'il avait pris une sévère cuite, mais, soit il n'avait pas bu autant que d'habitude, soit le spectacle de l'incendie l'avait dégrisé, parce qu'il a paru comprendre la situation. Je l'ai abandonné sur le toit, où il arrosait les bardeaux, et je suis descendu pomper à mon tour.

Lorsque je suis remonté, le ciel était noir de fumée au nord et à l'ouest et, dessous, les flammes semblaient emplir tout l'horizon.

« Ça se rapproche trop, ai-je dit. Il faut partir.

— Pas question de laisser cette maison brûler, a rétorqué mon père. Ôte-toi cette idée de la tête. Retourne plutôt pomper. »

Pendant qu'il parlait, j'ai senti un souffle brûlant sur mon visage. Juste un souffle, très léger. Puis un autre un peu plus tard.

Je ne me suis pas donné la peine de répondre. J'ai redescendu l'échelle à toute vitesse. Ma mère et mes sœurs s'étaient éloignées de la pompe et, serrées les unes contre les autres au bas de l'échelle, elles nous observaient. Amy, la plus petite, s'accrochait aux jambes de Margaret et pleurait de frayeur.

J'ai dit tranquillement à ma mère : « Je crois que le vent change de direction. Il faut que tu emmènes les filles au lac avant qu'il ne fasse trop sombre pour voir le chemin. »

Elle se tordait presque les mains de désespoir. « Edward, nous ne pouvons pas laisser la maison brûler. Ce n'est pas possible. »

Du haut de l'échelle, mon père a rugi : « Montez les seaux ! Qu'est-ce que vous attendez ? »

Ma mère a fait mine de courir à la pompe, mais je lui ai agrippé le bras. « Maman ! Il faut emmener les filles ! Nous allons peut-être être épargnés, mais ne prenons pas ce risque. »

Ma mère s'est tournée vers Margaret. « Margaret, emmène-les. Edward et moi allons rester pour aider ton père.

— Non ! a répliqué Margaret, furieuse et terrifiée. On y va tous ensemble. »

Sans mot dire, ma mère regardait par-dessus mon épaule. « Edward… », a-t-elle lâché dans un souffle.

J'ai pivoté et constaté que le vent avait tourné et poussait le feu droit sur nous. Au-dessus, l'obscurité envahissait tout le ciel.

Le souvenir le plus terrifiant, qui ne m'a pas quitté durant toutes ces années, ce n'est pas l'image du feu qui approchait, même s'il semblait se déplacer à la vitesse d'un train express, mais le bruit qu'il faisait. Un bruit inouï qui ne ressemblait pas du tout au crépitement d'un feu de camp ni aux craquements des bûches ; c'était un hurlement grave, caverneux, qu'aurait pu émettre une créature gigantesque prise de folie. Les arbres explosaient - ils ne « prenaient pas feu », ne « s'embrasaient » pas, ils explosaient littéralement -, énormes boules crachant leur foudre à cinquante mètres de hauteur, au milieu des nuages de fumée et des étincelles rugissantes. Ce bruit, je ne l'oublierai jamais. Si l'enfer est sonore, voilà sa musique.

L'espace d'un instant, je n'ai même pas réussi à prendre une seule inspiration. Puis je me suis retourné. Margaret tenait Amy dans ses bras. J'ai attrapé Jane et j'ai essayé de la passer à ma mère.

« Emmène-la ! Allez, partez ! Tout de suite ! »

Mais ma mère n'a pas pris la petite. En reculant, elle m'a dit : « Toi, pars avec elles, Edward. Je reste avec ton père.

— On vous rejoindra plus tard ! ai-je hurlé. Nous courons plus vite que vous !

— Il ne voudra pas t'accompagner, tu le sais bien. Il ne t'écoutera pas.

— Je l'obligerai ! »

Peut-être n'ai-je pas terminé ma phrase car, à ce moment-là, un hurlement terrifiant, désespéré, s'est élevé. Nous nous sommes retournés et nous avons vu que les cheveux de Becky avaient pris feu. Cernée par les flammes, elle tournoyait, terrorisée, en poussant des cris qui rivalisaient avec le vacarme de l'incendie. Tout en m'élançant, j'ai ôté ma veste et en ai couvert la tête de ma sœur. Ma mère nous a rejoints et nous avons étouffé les flammes. Mes autres sœurs hurlaient, hystériques. J'ai soulevé Becky du sol, je l'ai tendue à ma mère à qui j'ai dit à l'oreille : « Emmène-les tout de suite, maman, sinon, elles ne survivront pas. Nous vous rattraperons. »

Elle tremblait violemment, mais a acquiescé et m'a embrassé. Avec Margaret, elle a rassemblé son monde et elles se sont enfuies à toutes jambes.

Quand je me suis retourné vers la maison, la silhouette paternelle se découpait sur un ciel qui semblait lui-même cracher des flammes. L'urgence de la situation avait pris le dessus sur tout le reste, même la guerre qui nous opposait en permanence et, jusqu'à ce moment-là, je n'avais pas accordé une seule pensée à mon père. Comme je le regardais, il a levé les poings et braillé en guise de provocation. Soudain, après tant de nuits sans sommeil à chercher un moyen de le tuer, j'ai compris que tout ce que j'avais à faire à présent, c'était tourner les talons. Le laisser là, tout simplement, parce que, livré à lui-même, il était sûr de ne pas s'éloigner à temps. Donc, si je me contentais de m'en aller, tous nos problèmes s'en trouveraient résolus.

J'aimerais pouvoir dire que j'en étais incapable, que, par humanité, je ne pouvais pas partir sans tenter au moins de le faire descendre. Ou que, dans l'horreur de ce moment tragique, j'avais eu une sorte de révélation et avais trouvé à mon père, cet homme qui s'était battu contre le destin et avait toujours perdu, une noblesse que je n'avais pas perçue auparavant. Mais ce que j'essaie d'écrire, c'est la vérité, et, pour être franc, j'aurais très bien pu m'éloigner sans éprouver le moindre scrupule. La seule raison qui m'en a empêché, c'est que je n'aurais jamais pu regarder ma mère en face si je l'avais fait.

J'ai couru au pied de l'échelle et j'ai appelé mon père, mais il ne pouvait pas m'entendre avec le rugissement du feu. En jurant, le ventre noué de terreur et de frustration, j'ai grimpé à l'échelle et je me suis approché de lui. Faisant face aux flammes de plus en plus proches, il me tournait le dos. Je lui ai agrippé le bras. Il s'est retourné et m'a regardé. J'ai beuglé : « Viens ! Si tu ne descends pas tout de suite, ce sera trop tard ! »

Je crois qu'il ne m'a même pas reconnu. Couvert de suie et de cendres, il avait les cheveux ébouriffés, et ses yeux injectés de sang, larmoyants à cause de la fumée, étaient ceux d'un dément. Il m'a repoussé d'un geste négligent, comme si je n'étais qu'un simple moustique, et a de nouveau pivoté vers le feu. J'ai compris que Dieu Lui-même ne pourrait l'obliger à partir. Au moment où je m'en allais, une branche enflammée a atterri sur le toit à côté de nous et les bardeaux se sont aussitôt embrasés. Avant que je réussisse à éteindre les flammes avec mes pieds, un autre brandon, puis un troisième avaient atteint le toit. J'ai hurlé un avertissement, mais mon père ne s'est même pas retourné. Quant à moi, je n'ai pas tenu plus longtemps. Mon courage s'était évanoui, je me suis précipité vers l'échelle, j'ai dégringolé les barreaux en toussant et en m'étouffant, et j'ai pris la fuite.

Une fois sur le sentier, je me suis retourné et je l'ai vu presque masqué par la fumée et les flammes, mais faisant toujours face à cette énorme muraille de feu, bras levés, poings serrés. Mon père bravant le ciel, c'est le dernier souvenir que j'ai gardé de lui : mon père brandissant le poing contre un incendie d'apocalypse.

Le temps que j'arrive au lac, il faisait si sombre et la fumée était si épaisse qu'on ne voyait pas à deux pas devant soi, si bien que j'ai dû attendre le lendemain matin, une fois le feu consumé, pour retrouver ma mère et mes sœurs. Elles étaient assises sur une petite baie du lac, trempées pour avoir passé le plus gros de la nuit dans l'eau, serrées les unes contre les autres comme des réfugiées d'une guerre sanglante et pourtant sans nom.

En m'apercevant, ma mère s'est levée pour venir à ma rencontre. Sur son visage, nulle question – il ne pouvait y avoir qu'une raison à ma présence solitaire. Je lui ai dit que ce n'était pas faute d'avoir essayé. Je suis content d'avoir été en mesure de le lui dire.

Au fil des ans, une pensée m'a réconforté : puisque j'avais tenté d'arracher mon père au feu, cela signifiait que son influence sur moi, quoique importante, n'était pas aussi forte que celle que ma mère exerçait. J'ignore si c'est vrai.

En longeant la rive, nous avons fini par atteindre l'extrémité de la zone ravagée et avons alors bifurqué vers Jonesville. Je redoutais qu'il ne reste plus rien de la ville, mais, malgré une épaisse fumée âcre et une couche de cendres qui s'étendait partout autour de nous, elle avait pour la plus grande part échappé à la destruction. Les parents d'Emily nous ont accueillis. Après plusieurs jours passés chez eux, nous sommes allés en camion et en train dans la famille de ma mère, à cinquante kilomètres de là. Une fois tout le monde installé, j'ai annoncé à ma mère ma décision de m'enrôler. Elle n'a pas tenté de m'en dissuader. Elle savait, j'imagine, que je devais partir.

Emily, elle, a essayé de m'en empêcher. Quand je suis retourné à Jonesville pour lui en parler, elle a pleuré et m'a supplié de ne pas m'engager. Finalement, en comprenant que je resterais inflexible, elle m'a demandé de l'épouser en arguant qu'elle supporterait mieux mon départ si nous étions mariés. J'ai accepté. Je ne voyais aucune raison de le lui refuser dans la mesure où j'étais certain de me faire tuer.

Nous nous sommes mariés le lendemain. J'étais encore tellement sous le choc de l'incendie que je n'ai aucun souvenir de mon mariage. Nous avons passé une nuit ensemble avant que l'on m'expédie dans un camp d'entraînement, et six autres nuits avant qu'on m'envoie en Europe. Durant l'une de ces nuits, nous avons conçu Tom.

15

Tom

Struan, mars 1969

DANS LA NUIT LE VENT VIRA AU SUD et, quand Tom sortit le matin, il sentit la différence dans l'air et l'entendit dans la neige sous ses pieds – un chuintement humide et non un crissement sec. Il savait bien que le printemps n'était pas arrivé pour autant, qu'une nouvelle tempête n'allait pas tarder, mais ça donnait quand même de l'espoir.

Lorsqu'il passa devant la véranda du révérend Thomas, la lumière était de nouveau allumée. Il ralentit et scruta la maison et le jardin de devant, mais ne vit aucune trace du vieil homme, pieds nus ou non. Il était tellement occupé à le chercher qu'il faillit ne pas remarquer que sur la voiture la couche de neige avait diminué. Le toit et les côtés jusqu'au bas des vitres avaient été dégagés et on n'avait plus l'impression de voir une petite colline mais une île ou le dos d'une baleine. L'allée n'avait pas été dégagée, donc le pasteur n'aurait pas pu sortir le véhicule même s'il avait réussi à en ouvrir les portières, mais il le ferait peut-être bientôt.

Tom se creusa la cervelle pour savoir quelles conclusions en tirer et y vit un bon signe. Quelqu'un qui habitait au centre du village comme le révérend Thomas n'avait pas besoin d'utiliser sa voiture pour ses courses quotidiennes, donc il devait vouloir se rendre quelque part, et c'était en soi positif. Peut-être songeait-il à rejoindre sa femme. Peut-être finiraient-ils par se réconcilier. Sans connaître le bonheur, bien sûr, mais au moins un certain apaisement.

Luke Morrison lisait le journal au Harper's, la caisse de maquettes posée à côté de lui sur la banquette. Il leva les yeux quand Tom entra et le salua d'un signe de tête. Tom s'arrêta en passant.

« Comment s'est passé l'entretien ?

— Bien, répondit Luke. Il n'a pas encore pris de décision, mais je crois que mes trucs lui ont plu.

— Formidable.

— Il va amener sa femme tout à l'heure pour qu'elle voie les modèles et l'aide à choisir ceux qu'ils vont commander.

— Ils sont arrivés. J'ai vu l'avion à l'instant.

— Merci. Alors mieux vaut que je prépare ce que je vais leur montrer. » Il ouvrit la caisse et se mit à déballer différents meubles.

Tom se glissa dans le box voisin, face à Luke, et déplia son journal. Pas d'annonce de décès à la une. Trudeau, le Premier ministre, serrait la main d'un type à l'allure miteuse, les yeux cachés derrière des lunettes de soleil. Tous deux se souriaient d'un air rusé, tels des requins.

Un verre d'eau atterrit sur la table.

« La même chose que d'habitude ? demanda l'Amazone.

— Oui. Merci.

— C'est d'un ennui fini ici. » Elle fila.

La porte s'ouvrit et le patron de l'hôtel entra accompagné d'une femme portant des lunettes noires et sur le dos plus d'animaux morts que Tom n'en avait jamais vu rassemblés dans un même endroit. De la fourrure de la tête aux pieds. La toque seule avait dû réclamer une peau entière de renard argenté, quant au manteau… Tom fit un rapide calcul et en conclut qu'il devait avoir nécessité au moins cinquante visons, peut-être même le double. Elle était chaussée de bottes taillées chacune dans un bébé phoque. Pendant dix secondes, les conversations s'interrompirent au Harper's, puis reprirent dans un murmure impressionné.

Apparemment habituée à cette réaction, la femme resta un instant sur le seuil sans ôter ses lunettes, un léger sourire aux lèvres, et attendit qu'on lui indique une table.

Le patron de l'hôtel repéra Luke, agita la main, puis guida son épouse dans l'allée. Luke se leva et sortit de son box. Malheureusement, il tournait le dos à Tom qui aurait bien aimé voir son expression. En revanche, il voyait l'épouse, une expérience qui ne se produisait pas tous les jours à Struan.

« Je te présente Luke Morrison, un fabricant de meubles extraordinaire, dit le mari. Luke, j'aimerais vous présenter ma chère épouse, Cherie. C'est elle qui est la tête pensante de mes entreprises. En plus d'en être la vitrine la plus esthétique.

— Ravi de faire votre connaissance, madame », dit Luke.

La femme ôta ses lunettes et lui sourit. Son visage était une œuvre d'art.

« Quel adorable petit établissement vous avez ici », dit-elle. Elle laissa son mari l'aider à retirer son manteau et se glissa sur la banquette, face à Luke. Sans son manteau, on aurait dit un fagot de brindilles. « Et voilà le mobilier. Adorable, lui aussi. »

Les hommes s'assirent et l'observèrent. Tous les clients l'observaient. Elle se saisit d'une table ronde miniature, la tourna dans tous les sens, la posa, puis attrapa une chaise.

Un sandwich au bœuf chaud et des frites se matérialisèrent devant Tom. Perché sur le pain, il y avait un petit pois solitaire. Les rétines de Tom perçurent ce petit pois mais ses nerfs optiques étaient trop occupés avec la femme pour transmettre le message à son cerveau. Même après cinq ans passés à Toronto, il n'avait jamais vu personne d'aussi sophistiqué. Chaque cil de la visiteuse semblait avoir été fabriqué avec soin et mis en place le matin même.

Bo apporta des verres d'eau glacée aux nouveaux venus. En la voyant à côté de la femme, Tom remarqua soudain que Bo était renversante et il se demanda comment il ne s'en était encore jamais aperçu. Peut-être ne l'avait-il jamais vraiment regardée de crainte qu'elle n'engage la conversation. En plus d'être grande et blonde, elle avait des yeux clairs, de longues jambes et semblait éclatante de santé. L'épouse du patron d'hôtel aurait beau se démener pendant un million d'années, elle ne parviendrait jamais à égaler la beauté de Bo qui, elle, ne se donnait aucun mal, ce qui n'était pas juste, quand on y pensait.

« C'est un plaisir de vous revoir, monsieur, disait Bo. Vous allez bien, madame ? Quelle journée magnifique, vous ne trouvez pas ?

— Magnifique, en effet.

— Êtes-vous prêts à passer votre commande ?

— Euh, non, s'empressa de glisser Luke. Accordez-nous une minute.

— Bien sûr, monsieur. Pas de problème. Quand vous serez disposée, vous trouverez la carte sur le set de table devant vous, madame.

— Je sais déjà ce que je vais prendre. » Du bout du doigt, la femme fit osciller un fauteuil à bascule. « C'est ravissant, dit-elle en souriant à Luke. Est-ce que je peux le garder ?

— Mais, bien entendu.

— Je voudrais une omelette. » Elle plaça le fauteuil à bascule en équilibre dans sa main qu'elle leva à la hauteur de ses yeux. Tous le monde la regardait.

« Choix judicieux, madame. » Bo sortit son carnet.

« S'il vous plaît, dites au chef de la faire avec deux œufs, de la fourrer aux épinards frais et de râper un peu de parmesan dessus.

— Des épinards frais ? » répéta Bo, le stylo en l'air.

La femme la regarda pour la première fois depuis son arrivée. « Vous n'avez pas d'épinards frais ?

— Pas en ce moment. » Par la fenêtre, Bo fixa les yeux sur les milliers d'hectares de neige.

« Je me doutais bien que vous ne les faisiez pas pousser dans votre jardin, répliqua la femme en pinçant les lèvres. Je supposais qu'on vous en livrait par avion.

— J'ai bien peur que ce ne soit pas le cas, madame.

Mais je suis presque sûre que nous avons des épinards en boîte. Est-ce que ça ira ? »

Le mari intervint avec bonne humeur : « Nous ne sommes pas dans ce genre d'endroit, Cherie. C'est le Nord, ici.

— Et des épinards surgelés, vous en avez ?

— J'ai bien peur que non. Mais si vous voulez des petits pois surgelés, nous en avons.

— Une omelette aux petits pois ? rétorqua la femme d'un ton glacial.

— Ou des pommes de terre ? proposa Bo avec animation. On en a des fraîches. Les pommes de terre, ça va très bien dans une omelette. Et les oignons aussi. Que diriez-vous d'une omelette aux pommes de terre et aux oignons avec du cheddar râpé ? Ce serait délicieux ! Nous pourrions ajouter des petits pois pour la couleur si vous voulez. Et ce serait bon pour la santé.

— Est-ce que vous êtes en train de me dire que vous n'avez pas de légumes frais en dehors des pommes de terre et des oignons ?

— Oh ! non. Nous avons des carottes, du chou, des courges, des navets… une omelette aux navets, voilà qui devrait sortir de l'ordinaire, n'est-ce pas ? » Une lueur dangereuse brillait dans ses yeux.

Luke gigotait sur la banquette. Tom savait qu'il aurait fallu détourner le regard par bonté d'âme, mais il ne voulait pas manquer le spectacle.

Le mari suggéra : « Pourquoi tu ne prendrais pas un de leurs sandwichs au bœuf chaud, Cherie ? Ils sont sacrément bons et en manger un ne te fera pas de mal. J'en mange tout le temps, et regarde-moi, je n'en suis pas mort.

— Je t'ai regardé, justement, dit sa femme sans tourner les yeux vers lui. J'aimerais parler au chef.

— Très bien, dit Bo. Je vais la chercher. » Elle s'éloigna.

« Tu crois que des gens qui ont assez d'argent pour payer le trajet en hydravion jusqu'ici ne verront pas d'inconvénient à séjourner dans un endroit où il n'y a pas de légumes frais ? » demanda la femme à son mari.

Son ton était capable de vous geler les couilles, songea Tom. Ce qui expliquait peut-être pourquoi le mari n'avait pas l'air d'en avoir. C'était marrant, quand on y pensait, le nombre de types pleins aux as qui ressemblaient à des eunuques.

« Nous pourrons en faire venir si les clients en réclament. Mais on n'est pas à Toronto, Cherie. C'est justement là le point essentiel. Les gens viendront ici pour faire une expérience inédite et absolument authentique. » D'un geste, il embrassa le paysage magnifique du Nord canadien. « Voilà ce que nous leur offrons… et ça, c'est une expérience inoubliable. Ils connaîtront le Nord tel qu'il est, nourriture régionale comprise.

— À mon avis, tu devrais t'inquiéter de cet aspect de la question, dit sa femme en étudiant la carte.

— Tout le monde ne raffole pas des épinards crus, ma douce. Certaines personnes préfèrent une nourriture normale…

— Je crois que tu devrais y réfléchir. »

Luke fouillait frénétiquement dans sa caisse de

maquettes. Il sortit un objet enveloppé dans du papier journal et, avec un soin extrême, entreprit de le déballer.

« Hem... je vous ai apporté ça pour vous le montrer. Au cas où ça vous intéresserait. Ce n'est pas quelque chose que je pourrais proposer en grande quantité. Chaque pièce nécessite une longue fabrication. Mais je me suis dit... vous comprenez... que vous pourriez avoir envie d'en acquérir un ou deux. »

Il posa une chaise miniature sur la table devant l'épouse. Le siège, lisse, était un disque argenté de bois flotté posé sur des pieds élancés. Le dossier était constitué par une ou peut-être plusieurs branches délicates, chacune tournée vers le haut ou recourbée vers les autres.

Mari et femme l'examinèrent.

« J'en veux douze, dit la femme.

— Douze ? répéta son mari. D'accord, c'est ravissant, mais tu crois que ça convient à ce que...

— Pas pour l'hôtel, s'écria l'épouse avec impatience. Ici, les gens n'apprécieraient pas leur côté original. Non, je les veux pour nous. Pour la salle à manger. » Elle se tourna vers Luke. « Pouvez-vous m'en fabriquer douze ? Et je veux une table assortie. Pour la conception, je m'en remets à vous.

— Je ne pourrais pas y arriver dans les délais impartis, madame. Je suis désolé, mais elles sont faites à la main et, pour chacune, il faut que je trouve des branches qui correspondent à ce modèle. Ça prend beaucoup de temps, si bien que les chaises sont assez chères. Et même très chères. »

Mme Harper apparut, flanquée de Bo. « C'est moi

qui fais la cuisine. Bo m'a dit que vous vouliez me voir.

— Apportez-moi une omelette toute simple, dit la femme. Je suis sûre qu'elle sera bonne. » Puis elle s'adressa à Luke. « Vous discuterez du prix avec mon mari. Peu importe le temps que ça prendra, vous m'enverrez chaque chaise dès qu'elle sera terminée. Quant à l'ameublement de l'hôtel, je crois que ce style, là, conviendrait mieux au salon… »

Tom s'aperçut qu'il avait posé les deux coudes sur la table et tenait son couteau et sa fourchette en l'air. En passant, Bo lui dit : « Ça fait plaisir de voir une assiette vide. Comment vous sentez-vous ?

— Quoi ? fit Tom.

— Comment vous sentez-vous ? Parfois, quand on n'est pas habitué à une certaine nourriture, au début, on peut avoir l'estomac un peu chamboulé. C'est pour ça qu'il vaut mieux y aller petit à petit.

— Quoi ? répéta Tom.

— Ne vous en faites pas, dit-elle gentiment. Si vous vous sentez un peu bizarre ce soir, allongez-vous dix minutes. Ça passera. »

« Je vais avoir besoin de main-d'œuvre, dit Luke. Vous voulez du boulot ?

— Dans la fabrication de meubles ? Je n'ai jamais rien fait de tel. » Installé dans le box de Luke, Tom examinait les modèles réduits. « C'est vraiment du beau travail. Je ne suis pas surpris qu'ils soient intéressés.

— C'est fait à la machine. Ce n'est pas si compliqué à réaliser. »

Tom aurait aimé observer attentivement la chaise aux branches courbes, faite à la main, mais la femme l'avait emportée.

« Vous aurez du travail quand la neige aura fondu ?

— Rien de sûr. L'été dernier, j'ai conduit un camion de bois. Est-ce que votre atelier se trouve à Crow Lake ?

— Ouais. Dans le garage. Il faudrait que j'aie plus de place pour installer d'autres machines. Je vais aller voir votre père pour lui parler d'argent. »

Tom reposa une chaise et souleva la table ronde au pied central reposant sur trois élégants supports. « J'étais dans l'ingénierie aéronautique. » En prenant la parole, il ignorait qu'il allait le dire. « Je travaillais sur les avions supersoniques. »

Luke haussa les sourcils. « Oh ! là, là ! Voilà qui paraît vraiment intéressant.

— Ouais. Ça l'était. Mais ma situation s'est un peu... dégradée il y a un ou deux ans. Sur le plan personnel. »

Luke hocha la tête.

Bo leur resservit du café. « Arrangez-vous pour qu'il vous offre un brownie, dit-elle à Tom. Il va être riche.

— Vous voulez un brownie ? demanda Luke.

— Non, ça va, merci. »

Bo lui sourit et disparut.

Luke commença à envelopper ses modèles et à les ranger dans la caisse. « Bon, comme je vous le disais, il va falloir que je retourne voir votre père pour avoir une idée de la façon dont les choses vont se passer, mais j'ai vraiment besoin d'embaucher des gars, alors si vous voulez le boulot, il est à vous.

— Merci, je vais y réfléchir. Et félicitations, à propos. Je suis content que vous ayez décroché le contrat. »

Pendant qu'il était au Harper's, le vent avait de nouveau tourné et, lorsque Tom rentra à la maison, de minuscules flocons lui mordirent le visage. Il se demandait l'effet que ça ferait de travailler en équipe. Six mois plus tôt – et même six semaines plus tôt –, il n'aurait même pas considéré la question, mais il aimait bien Luke. Un type franc. Travailler avec lui ne poserait sans doute pas de problème. Quant aux autres employés, avec les machines qui tournaient, ils ne risquaient pas de bavarder beaucoup. Tom ne serait pas obligé d'entretenir une conversation. Ce serait peut-être une vie complètement différente de celle qu'il avait imaginée, mais c'était plutôt un bon point.

Le mauvais côté de la chose serait que, au début du moins, il continuerait à habiter chez ses parents alors qu'il était temps d'en partir. Vu la situation de plus en plus catastrophique dans cette maison, on ne pouvait plus y voir un refuge. Il fallait qu'il réfléchisse sérieusement à la question.

En avançant dans l'allée, il remarqua, appuyée contre le mur, la luge qu'il avait empruntée à l'épicerie Marshall. Il avait eu l'intention de la rapporter depuis plusieurs semaines. Il jeta un coup d'œil à sa montre, puis scruta le ciel. S'il y allait tout de suite, il aurait le temps de revenir avant qu'une tempête se déchaîne.

Il retourna la luge et la tira jusqu'à la porte d'entrée. Lorsqu'il passa devant la fenêtre du séjour, quelque chose lui fit lever les yeux. Adam était collé à la vitre, les poings sous le menton.

« Merde ! dit Tom en baissant les yeux. Merde, merde et merde ! »

Il lâcha la corde et entra. Sherry donnait de grands coups dans la cuisine. Adam mangeait Tom des yeux, le corps tendu, plein d'espoir.

« Je rapporte la luge à l'épicerie, lui dit sèchement Tom. À l'aller, tu pourras t'installer dedans, mais au retour, il faudra marcher. Tu es capable de marcher aussi loin ? »

Adam ne prit pas le temps de répondre. Comme une flèche, il fila dans l'entrée et se mit à fouiller dans le désordre.

« C'est ton manteau ? demanda Tom en décrochant un vêtement de la patère.

— Oui. »

Le visage d'Adam était aussi lumineux qu'une bougie. Tom eut envie d'écraser ses poings contre le mur.

« Bottes, dit-il. Écharpe, bonnet, gants. Ce bonnet n'est pas assez chaud... mets celui-là par-dessus. Bon, on y va. »

Le vent était tombé, ce qui était déjà quelque chose. Tom marchait vite en écoutant le chuintement des patins de la luge sur la neige tassée. Chaque fois qu'il se retournait, Adam se fendait d'un large sourire. On aurait dit qu'il n'avait encore jamais fait de la luge. D'ailleurs, en avait-il fait ? Tu n'y es pour rien, se dit-il. C'est pas toi qui décides, ça n'a rien à voir avec toi, c'est pas comme s'il mourait de faim ou qu'on le maltraitait, alors fous-moi la paix.

L'épicerie était du même côté de la rue que le Harper's et trois autres magasins, un peu plus loin. La pire chose qui pouvait arriver et que, même lui, avec son génie pour imaginer les catastrophes n'avait pas prévue, se produisit : au moment où ils passèrent devant le restaurant, Bo servait des clients installés derrière la vitre et, par hasard, elle leva les yeux et les aperçut.

En une fraction de seconde, elle se retrouva dehors.

« Qui est ce petit bonhomme ? demanda-t-elle, les mains sur les hanches, en regardant Adam d'un air surpris. Pourquoi est-ce que je ne l'ai encore jamais vu ? Coucou, mon joli, comment tu t'appelles ?

— Adam, répondit Adam.

— Quel nom merveilleux ! Et de grands yeux comme ça, tout le monde n'en a pas. C'est ton papa ? »

Elle montra Tom sans le regarder.

« Non, dit Adam.

— Il faut qu'on y aille, glissa Tom. Désolé, mais nous sommes pressés.

— S'il n'est pas ton père, qui est-ce ?

— Tom. Mon frère.

— Bon. Les frères, ça, je connais. Il est gentil avec toi ?

— Oui. » Bouche ouverte, Adam renversa la tête en arrière pour mieux voir Bo, et sa capuche lui tomba sur les yeux.

« Tant mieux, parce que, sinon, j'aurais été obligée de le tuer. Tu veux entrer manger une glace ?

— Impossible, s'empressa de répondre Tom à sa place. Il faut qu'on rapporte cette luge et qu'on rentre à la maison avant la tempête.

— Quelle tempête ? » Bo regardait toujours Adam. « Qu'est-ce que tu dirais d'entrer pendant que ton frère rapporte la luge ? Ça va lui prendre un certain temps parce qu'il devra se confondre en excuses pour l'avoir gardée si longtemps. C'est une bonne idée, hein ? »

Adam jeta un coup d'œil anxieux à un Tom incapable de soutenir son regard.

« Nous n'avons pas le temps. Désolé. Je vous l'amènerai une autre fois, mais aujourd'hui, nous n'avons pas le temps.

— Vous aurez le temps si je demande à Luke de vous raccompagner. » Bo le regarda dans les yeux. « Les petits garçons ont besoin de manger des glaces. C'est un fait. »

Tom craignait que Bo ne recule d'horreur dès qu'Adam retirerait son manteau. En réalité, la puanteur ne fut pas aussi terrible, peut-être à cause des odeurs de cuisine. Pourtant, Tom s'inquiéta pendant tout le temps qu'ils passèrent au Harper's. Il refusa que Luke les raccompagne parce que la cabine du camion était tellement petite que Luke aurait été forcé de percevoir ces effluves et puis, de toute façon, trop de pensées se bousculaient dans sa tête. Il avait besoin de réfléchir. Marcher favorisait la réflexion.

En deux mots, les choses ne pouvaient pas continuer comme ça. Ce n'était pas possible.

Il avança plus vite qu'il ne l'aurait fallu, mais Adam trottina à côté de lui sans se plaindre. C'était son absence de récriminations qui embêtait le plus Tom. S'il avait geint, fait la tête, piqué une crise comme les autres mioches, il lui aurait été plus facile de l'ignorer ; c'était justement parce qu'il était sage et n'exigeait presque rien de son entourage qu'on avait les tripes nouées.

Une fois à la maison, pendant que Tom l'aidait à ôter ses bottes, Adam déclara : « C'était bien.

— Qu'est-ce qui était bien ?

— La dame, la glace et la pièce avec tous les gens. Surtout la dame et la glace. »

Tom se força à sourire, mais ce ne fut pas sans mal. Il retira son manteau, ses bottes, entra dans le séjour, puis marqua une pause. Sherry se trouvait encore dans la cuisine. Il s'était dit qu'elle serait partie, mais peut-être valait-il mieux qu'elle soit là. Il traversa la pièce et monta à l'étage.

Ces dernières semaines, il avait repoussé une idée parce que, s'il s'y était arrêté, il aurait été obligé de régler le problème. Mais, au fond de lui, il se doutait bien qu'une seule cause pouvait expliquer la mauvaise odeur d'un petit garçon de quatre ans. Quand il ouvrit la porte de la chambre d'Adam, la puanteur le prit à la gorge. Depuis une semaine ou deux qu'il n'y était pas entré, elle s'était encore accentuée. Il se dirigea vers le lit. On l'avait tout juste retapé en jetant sans soin le dessus-de-lit sur l'amas de couvertures et de draps. Il l'ouvrit et recula en se couvrant le nez et la bouche, les yeux irrités par l'ammoniaque. Draps et couvertures étaient trempés. Il les arracha, les jeta par terre, attrapa le matelas par un coin et le souleva. Lui aussi était imprégné, affaissé sous le poids du liquide. Comment faisait ce gosse pour se coucher dessus tous les soirs ? Comment arrivait-il seulement à rester dans cette pièce ?

Tom retourna dans le couloir, ferma la porte derrière lui, resta un instant immobile, la tête baissée, et prit plusieurs profondes respirations. Sur le palier, Adam l'observait.

« Va dans la chambre de maman. Et n'en bouge pas », lui ordonna Tom.

Il se sentait étrangement calme et même d'un calme olympien. Il attendit qu'Adam ait disparu, puis il redescendit. Le visage rayonnant, Sherry se retourna lorsqu'il entra dans la cuisine.

« Salut, Tom. Ça fait longtemps que j't'ai pas vu. Comment ça va ?

— Monte avec moi. Je veux te montrer quelque chose.

— Dis donc, en voilà une gentille invitation. » Elle baissa la tête et le scruta entre ses cils.

« Allez, monte. »

Elle roula des hanches en montant devant lui. Quand ils arrivèrent en haut des marches, elle se dirigea vers la chambre de Tom, mais, d'une main dans son dos, il la guida vers celle d'Adam.

« Entre là-dedans.

— Non. » Elle s'immobilisa soudain. « J'aime pas cette pièce.

— Pourquoi donc, Sherry ? C'est une jolie

chambre. Pourquoi tu l'aimes pas ? » Il lui agrippa le bras et, de son autre main, ouvrit la porte.

« Pas question que j'entre là-dedans ! brailla Sherry en résistant, mais il la poussa à l'intérieur et referma la porte.

— Bon, tu voulais un lit, en voilà un.

— Laisse-moi tranquille, Tom Cartwright ! » Sa voix était stridente. « Tu ne...

— Tu ne veux plus t'allonger, Sherry ? Pourtant, il y a encore une minute, tu en mourais d'envie. »

Elle essaya de se diriger vers la porte, mais il l'en empêcha.

« Allonge-toi, Sherry.

— Laisse-moi sortir, Tom Cartwright, sinon, je dirai que tu m'as violée !

— Je n'en suis pas sûr, mais je pense que tu auras du mal à le faire croire, Sherry. Une fille avec une réputation sans tache comme toi. Je veux seulement savoir pourquoi tu ne veux pas te coucher sur ce lit alors que ça ne te dérange pas qu'un gamin de quatre ans y dorme nuit après nuit depuis des semaines.

— J'ai pas à nettoyer derrière un mioche dégoûtant qui fait pipi au lit !

— Si, c'est ton travail. On te paie pour faire le ménage. Tu appelles ça une pièce propre ? Le moins que tu aurais pu faire, je dis bien le moins, était d'avertir ma mère qu'il pissait au lit.

— Ta mère, tu parles ! Elle n'a plus toute sa tête ! J'aurais beau lui répéter ça dix fois que ça n'y changerait rien. D'ailleurs, si tu t'en étais pas aperçu, c'est que, toi non plus, tu voulais pas savoir, parce que le premier venu sentirait cette puanteur à un kilomètre.

— Fiche-moi le camp ! » dit-il, malade de dégoût, parce qu'on ne pouvait rien opposer à cette accusation. Sherry avait absolument raison. « Fiche le camp, c'est tout.

— J'vais pas partir sans mon argent !

— Oh, que si ! » Il ouvrit la porte et poussa Sherry dans le couloir. « Tu vas filer tout de suite. Tu n'as pas mérité un *cent* depuis que tu es arrivée dans cette maison. Je pourrais même déposer une plainte contre toi pour extorsion de fonds sous de faux prétextes. D'ailleurs, je vais peut-être le faire. Descends. Descends, je te dis. » Il lui agrippa le bras et l'entraîna dans l'escalier.

« Lâche-moi ! hurla Sherry. Lâche-moi, espèce de salaud !

— Dehors ! » Il lui fit traverser le séjour et atteindre le vestibule, puis ouvrit les deux portes et la propulsa dans la neige qui tombait dru à présent, trouant l'obscurité. « Et un manteau ! Et une paire de bottes ! » gueula-t-il en lui lançant ses affaires.

Après avoir claqué la porte extérieure, il referma aussi la porte intérieure et s'y appuya un instant. Puis il se força à remonter à l'étage. En haut de l'escalier, Adam et sa mère, le bébé dans les bras, le regardaient.

« Retourne te coucher, maman. Adam, va avec elle. Je t'avais dit de rester dans sa chambre. »

Il alla retirer les draps et les couvertures trempés, descendit et les jeta dehors par la porte de la cuisine. Puis il remonta.

Resté sur le palier, Adam sanglotait. « Pardon. Pardon », dit-il.

Depuis un an et demi, Tom ne l'avait jamais vu en larmes. Pas une seule fois. Il agita un doigt tremblant. « Arrête de pleurer. Et arrête de demander pardon. C'est pas ta faute. C'est pas ta faute, d'accord ? Tu comprends ? Alors ne pleure plus. »

Il retourna dans la chambre, souleva le matelas et lui fit prendre le même chemin que les couvertures. Après s'être lavé les mains dans l'évier, il monta dans la chambre de sa mère. Adam n'y était pas mais sa mère, couchée, cajolait le bébé. Elle le dévisagea en écarquillant les yeux.

« Maman, Adam s'est mis à faire pipi au lit. Il faut lui mettre des couches pour la nuit.

— Oh ! murmura sa mère. Très bien. »

Elle ne comprenait pas vraiment la situation. Tom retourna au rez-de-chaussée. Adam était planté dans la salle de séjour. Les larmes roulaient toujours sur ses joues, mais peut-être était-il incapable d'y mettre fin.

« J'ai besoin du papier dans lequel était enveloppée ta nouvelle voiture, lui dit Tom. Tu sais ce qu'il est devenu ? »

Adam plongea à côté du fauteuil de Tom et revint avec le papier en question. Tom le lissa sur la table, puis l'emporta près du téléphone. Il appela les renseignements internationaux et demanda le numéro de l'hôtel Montrose. Après avoir jeté un coup d'œil à sa montre, il composa le numéro. Il y eut un silence, puis deux déclics et un appareil sonna deux fois.

« Hôtel Montrose, dit Megan d'un ton sec. À votre service.

— Salut, Meg. C'est Tom. »

16

Megan

Londres, décembre 1968

LA PLUPART DU TEMPS, TOUT ALLAIT TRÈS BIEN. Le soir, si Megan n'était pas de service à l'hôtel et si Andrew n'était pas allé chercher de la documentation, ils dînaient parfois ensemble. L'un ou l'autre cuisinait et ils partageaient une bouteille de mateus rosé ou de chianti et parlaient de leur journée, puis Andrew retournait à sa table de travail. Souvent, ils laissaient les deux portes ouvertes et on aurait dit qu'ils habitaient ensemble dans un grand appartement et non séparément dans deux petits. C'était un peu comme s'ils étaient mariés, se dit Megan, en songeant à son père enfermé dans son bureau. Mais entre Andrew et elle, les choses se passaient beaucoup mieux qu'entre ses parents, ce ménage ressemblait davantage à celui d'Annabelle et Peter. La sexualité en moins, bien sûr.

Si on ne voulait pas d'enfants, ce qui était son cas, la sexualité n'avait pas tant d'importance. On ne peut pas tout avoir dans la vie. La plupart du temps, du moins, elle réussissait à s'en convaincre.

Parfois, si son jour de repos tombait à un moment où Andrew n'était pas très occupé, il l'emmenait voir un site réputé que, à son avis, elle devait absolument visiter, par exemple la Tour de Londres (stupéfiante), ou Buckingham Palace (décevant), ou encore Hampton Court (aux merveilleuses cheminées en volute). Megan envoyait des cartes postales au Canada pour faire plaisir à son père.

Donc, la plupart du temps, tout se passait très bien. C'était quand son corps refusait d'écouter sa tête que les choses devenaient difficiles. Elle avait tout fait pour laisser croire à Andrew que ce qu'il lui avait révélé dans le Bradgate Park n'avait pas grande importance pour elle, qu'elle le considérait comme un simple ami. Résultat, la retenue qu'il manifestait au début avait disparu. Certes, il ne se promenait pas nu et ne s'adonnait pas à des débordements d'affection, mais il lui arrivait de l'entourer d'un bras fraternel, un peu comme Tom (même si Tom ne le faisait que lorsqu'il la taquinait ou voulait obtenir quelque chose).

Voilà ce qu'elle trouvait difficile : être si près de lui, pouvoir le toucher, mais pas comme elle l'aurait voulu. Parfois, ça lui faisait tellement mal qu'elle avait envie de pleurer.

De temps à autre, il rentrait très tard. Elle ne parvenait pas à s'endormir tant qu'elle n'entendait pas sa porte s'ouvrir, et ensuite, elle ne dormait pas parce qu'elle se demandait où il était allé et avec qui.

Un jour où il semblait démoralisé, elle lui demanda prudemment si quelque chose le tracassait et il répondit qu'il avait rencontré quelqu'un qui lui plaisait, mais que les choses n'avaient pas marché entre eux. Puis il sourit, haussa les épaules et ajouta : « Ne t'en fais pas. Ça arrivera bien un jour. »

L'entendre dire qu'il voulait aimer quelqu'un mais savoir que ce quelqu'un ne serait jamais elle était très difficile à accepter. Pourtant, la plupart du temps, elle réussissait à ne pas y penser et tout se passait bien.

Andrew finit par lui demander : « Quand vas-tu enfin me montrer ton hôtel ? » Alors un soir qu'elle était de repos, elle l'y emmena. Annabelle et Peter devaient sortir dîner avec des amis, mais ces derniers s'étant décommandés, ils étaient restés à l'hôtel. Par prudence, Megan n'avait jamais mentionné Andrew, si bien qu'ils furent un peu surpris de la voir arriver avec un inconnu, mais ils se montrèrent très courtois, ce dont elle n'avait pas douté.

« Je vous présente Andrew Bannerman, dit-elle d'un ton détaché. Il habite sur le même palier que moi. » Elle avait préparé cette phrase au cas où cette situation se présenterait.

« Nous allons lui faire faire le tour du propriétaire, proposa Peter avec chaleur. Commençons par le bar, ça s'impose pour prendre des forces avant cette visite éreintante. Que voulez-vous boire ? »

Il s'avéra que Peter n'avait pas encore annulé la réservation au restaurant, donc, après la visite, tous quatre allèrent dîner. Sur un petit nuage, Megan observait ces trois personnes qu'elle aimait tant. Peter et Andrew abordèrent le sujet des voitures anciennes et tombèrent d'accord sur un point : s'il ne s'agissait pas d'automobiles aux carrosseries monocoques, elles ne pouvaient pas prétendre au qualificatif de voitures anciennes.

« Que dites-vous de la Jowett Jupiter ? demanda Peter. Ça, c'était de la voiture !

— C'est vrai, reconnut Andrew, mais elle était affreuse.

— Affreuse ?

— Bon, pas tout à fait. Mais la Morgan Plus 4, à côté, c'est de la pure poésie montée sur roues.

— Si vous n'arrêtez pas tous les deux, Megan et moi irons ailleurs, d'accord ? dit Annabelle.

— Exactement », acquiesça Megan. Mais elle serait volontiers restée à les observer jusqu'à la fin des temps, ravie de les voir s'entendre aussi vite et aussi bien. Ils pouvaient aborder n'importe quel sujet.

« Megan, c'est l'un des hommes les plus agréables que j'aie jamais rencontrés, lui dit ensuite Annabelle. Mais promettez-moi de ne pas tomber amoureuse de lui. Vous savez qu'il est homosexuel, n'est-ce pas ? »

Par chance, Megan suspendait son manteau et Annabelle ne pouvait voir son expression.

Vous me dites ça trop tard, avait-elle envie de répliquer. Tout comme Andrew lui-même avait trop tardé ce jour-là, au Bradgate Park, à l'avertir qu'elle ne devait pas se faire d'« idée fausse » sur lui. L'amour n'était pas une idée ; pas plus qu'on ne choisissait d'attraper la grippe, on ne choisissait d'y succomber ou non.

Elle avait espéré qu'ils passeraient Noël ensemble, mais Andrew devait se rendre chez ses parents. Ils possédaient une grande maison et accueillaient toute la famille à cette occasion. Son frère accompagné de son épouse et de leurs trois enfants, sa sœur avec son mari, leur premier enfant âgé d'un an et le deuxième qui était en route... tous séjournaient là-bas et il y avait quatre jours de chahut monstre à prévoir.

« Et ça te plaît ? demanda Megan.

— En général, oui. C'est formidable de les revoir tous. Même si, depuis quelques années, c'est parfois un peu... gênant. Tu connais les parents. Ils n'arrêtent pas de se demander quand je vais amener une fille.

— Est-ce qu'ils sont au courant ? » Comme c'était la première fois que le sujet était abordé depuis l'excursion à Bradgate Park, Megan restait prudente.

« Mon frère et ma sœur, oui. Pas mes parents.

— Tu as l'intention de le leur dire ? »

Il lui adressa le même sourire contraint que le fameux jour du Bradgate Park. « Non. Je les aime et ça les blesserait. Ils ne comprendraient pas. Leur génération a grandi en pensant que c'était une question de choix. » Il changea de sujet. « Et toi ? Ta famille te manque à Noël ? Tes parents et tous tes frères ? »

Megan réfléchit. Pendant les fêtes, elle s'était toujours sentie dans une sorte de brouillard. Depuis le moment où elle se levait le matin de Noël, elle était soit dans la cuisine, soit en train de courir partout pour remettre de l'ordre. Avec le recul, elle reconnaissait que c'était sa faute. La dernière fois, alors que Tom était rentré de son université la veille, elle se rappelait être entrée dans la salle de séjour pour la trouver une fois de plus jonchée de papiers, de cadeaux éparpillés, d'assiettes sales et de tasses dans lesquelles il restait un fond de café. Les mains sur les hanches, elle s'était exclamée : « Je ne vois pas pourquoi je me donne autant de mal. » Assis sur le canapé, Tom, qui tripotait un puzzle en trois dimensions que les jumeaux lui avaient offert, avait levé les yeux et répliqué : « Moi non plus, je ne vois pas pourquoi tu te donnes autant de mal, Meg. Tout le monde se fiche bien qu'il y ait de la pagaille. Pourquoi tu ne t'assieds pas deux secondes ? » Il avait tapoté le siège à côté de lui. « Raconte-moi ce que tu as fait ces derniers temps. Comment tu t'en sors ? »

D'un ton sec, elle avait rétorqué qu'il serait le premier à se plaindre si la dinde n'était pas sur la table, et il avait répondu avec entrain : « Non, pas du tout. À la place, je reprendrais une part de gâteau. »

Mais, bien sûr, elle était repartie s'occuper de la dinde.

Si elle pouvait revenir en arrière, elle s'assiérait à côté de son frère et bavarderait avec lui. Elle l'avait toujours admiré, même s'il l'avait exaspérée au moins autant que les autres, mais elle n'avait jamais réussi à le connaître vraiment et elle le regrettait.

Le seul réel plaisir qu'elle avait éprouvé lors de ce dernier Noël, c'était la réaction d'Adam, qui y participait pour la première fois. Enthousiasmé par le bruit, par la fête, il avait mâchonné quantité de papiers et souri d'un air idiot toute la journée. Sans nécessité, elle l'avait trimballé partout alors qu'il aurait très bien pu marcher à quatre pattes – peut-être savait-elle qu'elle allait bientôt partir et voulait-elle pouvoir se souvenir plus tard de la sensation de l'avoir dans ses bras. Elle ignorait ce qui l'attirait autant chez Adam ; au même âge, les autres l'avaient laissée de marbre.

« Ils me manquent, avoua-t-elle à Andrew. Certains plus que d'autres.

— As-tu pensé à retourner là-bas pour Noël ?

— J'y ai pensé, mais c'est impossible parce que ma mère attend un autre bébé et que, si j'y allais, je me retrouverais coincée là-bas. »

Comme d'habitude elle passa le jour de Noël avec Annabelle et Peter. Ils déjeunèrent au restaurant (chaque année, ils en choisissaient un différent) et ouvrirent leurs cadeaux en prenant le café. Entre eux les choses étaient naturelles, simples. Après le repas, ils retournèrent à l'hôtel pour servir aux clients du champagne et des tartelettes aux pommes et aux fruits secs, et c'était aussi un plaisir. À quatre heures, Megan téléphona à sa famille, obligation redoutée. Elle aurait pu retourner dans son appartement – il y avait un taxiphone au rez-de-chaussée – mais, préférant ne pas avoir ce genre de conversation en public, elle trouvait plus simple d'appeler du bureau. Son père lui avait demandé d'appeler en PCV et elle s'exécuta, mais, sachant qu'il devait compter les secondes, elle les compta elle aussi.

Ce fut sa mère qui décrocha. Loin d'être agitée, elle semblait sereine, ce qui voulait dire que le bébé allait arriver d'un instant à l'autre. Megan savait interpréter ces signes. Sa mère était tellement calme qu'elle ne voulut même pas savoir quand elle comptait revenir à la maison. Tout le monde se portait bien. Oui, oui, tout était prêt pour l'accouchement.

Megan lui demanda des nouvelles d'Adam. Il allait bien, très bien.

« Est-ce qu'il a ouvert le paquet que je lui ai envoyé ? » Elle espérait entendre un carambolage de voitures Matchbox en fond sonore, mais elle ne perçut qu'un bruit lointain de dispute entre Peter et Corey.

« Je ne crois pas, répondit sa mère d'un ton vague.

— Comment ça, tu ne crois pas, maman ? Est-ce que les autres ont ouvert mes cadeaux ?

— Je ne sais pas au juste qui a ouvert quel paquet… » Puis sa mère sembla oublier qu'elle parlait avec sa fille au téléphone.

Avant un accouchement, elle était toujours comme ça et cette distraction n'était pas inquiétante en soi, mais ne gommait pas la frustration que ressentait Megan.

Puis Megan s'entretint avec son père. Il n'était pas sûr que sa mère ait trouvé les cadeaux. Megan avait envie de hurler : ça veut dire quoi, tu n'es pas sûr ? Ou bien tu as ouvert ton cadeau ou tu ne l'as pas ouvert. Tu habites cette maison, tu n'es pas devenu amnésique, alors tu dois bien le savoir ! Elle se maîtrisa, le remercia pour le chèque qu'il lui avait envoyé – le seul cadeau de Noël reçu de sa famille, mais, au moins, c'était un cadeau généreux.

Ensuite, elle demanda à parler à Adam qui dormait, lui dit-on, alors qu'il était onze heures du matin à Struan. Elle voulut parler à Tom, mais il était sur son chasse-neige – il y avait eu une nouvelle tempête et, Noël ou pas, les routes principales devaient être dégagées. On lui passa Peter, qui lui souhaita un joyeux Noël et s'éclipsa avant qu'elle ait eu le temps de répondre, puis le combiné fut tendu à Corey qui ne put prononcer aucun mot intelligible à cause du caramel qui lui collait aux dents. Personne ne mentionna ses cadeaux, réaction typique.

Quand elle raccrocha, elle monta dans le placard à linge, s'y enferma et pleura, comme tous les Noëls depuis son départ. Puis elle se lava le visage, se recoiffa et descendit préparer du café et s'occuper des clients.

Trois cent soixante-quatre jours par an, les membres de sa famille lui semblaient tellement éloignés dans l'espace et le temps qu'ils auraient pu être des personnages de roman. Pourtant, dès qu'elle entendait leurs voix, ils étaient proches à un point pénible, agaçant, douloureux, et elle avait l'impression de n'avoir jamais quitté la maison.

Au début de la nouvelle année, Annabelle et Peter dénichèrent un hôtel et, à sa grande surprise, Megan le trouva elle aussi très bien. Il était très différent du Montrose – Art nouveau et non victorien, selon Peter – avec ses hautes fenêtres en verre teinté, ses corniches sculptées, un escalier en fer forgé qui s'enroulait jusqu'au quatrième étage… et des chambres dans lesquelles le plafond s'effritait et le papier peint se décollait par lés entiers.

« C'est bien pourquoi nous pouvons nous l'offrir, expliqua Peter. Il y a eu une fuite – plutôt une inondation, d'ailleurs – dans la citerne installée au grenier. Les réparations sont trop importantes pour qu'on s'en charge, donc, la première chose à faire, c'est demander une expertise du gros œuvre, ensuite des devis d'entreprises. Nous pourrons alors décider s'il est raisonnable de l'acquérir. »

Megan se surprit à espérer que ce serait le cas. Elle garderait toujours un petit faible pour le Montrose, mais l'idée d'un nouveau défi commençait à la séduire elle aussi. En outre, le nouvel hôtel se trouvait à moins de deux kilomètres de son studio ; elle n'aurait pas à déménager.

Elle en parla avec Andrew – en fait, ils lui en parlèrent tous car ils sortaient de temps à autre à quatre. Il réclama une visite et ils l'emmenèrent le voir.

« Oh ! là, là ! s'écria-t-il en regardant le plafond affaissé de la grande salle. Vous êtes sûrs que ça n'est pas trop grave ?

— Nous attendons les conclusions de l'expertise, répondit Peter.

— Est-ce que vous allez vendre le Montrose pour financer l'achat ?

— Nous pensions que nous y serions obligés, mais maintenant, nous nous demandons si nous ne pourrions pas l'hypothéquer pour obtenir un prêt. »

Ils se replièrent dans un pub, au coin de la rue, et passèrent la soirée à parler de faillite. Peter semblait trouver ce sujet amusant, ce qui angoissa Megan. Parfois, elle avait l'impression que Peter considérait l'argent comme une vaste blague.

Mais pas Andrew. Andrew était quelqu'un de très sérieux. Voilà une autre chose qu'elle appréciait chez lui.

Par la suite, Annabelle lui dit : « Megan, je sais que ça ne me regarde pas, mais je suis inquiète à votre sujet. J'ai l'impression que vous êtes amoureuse d'Andrew. »

Malgré la rougeur qui lui montait aux joues, Megan répondit calmement : « Non, c'est juste un ami. Un très bon ami.

— Tant mieux. » Annabelle ne semblait pas convaincue. « Parce que ça ne marcherait pas. »

Pour la première fois depuis qu'elle la connaissait Megan était en colère contre Annabelle. Qu'est-ce que c'étaient que ces façons de décréter ce qui marcherait ou non comme s'il y avait des règles en la matière ?

Un vendredi matin de fin janvier, une lettre de son père annonça à Megan la naissance d'un petit frère. Il s'appelait Dominic John. Mère et bébé se portaient bien.

Megan appela sa mère qui lui confirma que tout allait bien, très bien.

Ce soir-là, les lèvres pincées, Megan dit à Andrew : « Le huitième est arrivé. Mais Henry est mort bébé, alors ils ne sont plus que sept. »

Quelques semaines plus tôt, elle avait acheté un minuscule Babygro – jaune, pour qu'il aille aussi bien à une fille qu'à un garçon – qu'elle avait enveloppé et glissé dans une enveloppe. Elle ajouta deux voitures Matchbox pour Adam, du moins, elle le ferait, dès qu'Andrew aurait cessé de jouer avec.

« Est-ce qu'ils sont catholiques ? demanda Andrew en ouvrant et fermant une minuscule portière.

— Non. Ils n'ont aucune excuse. Après la naissance

d'Adam, notre médecin de famille les a prévenus qu'il n'était pas question d'avoir d'autres bébés – je l'ai entendu, j'étais là. Et voilà le résultat. C'est irresponsable, c'est honteux. »

Andrew eut un grand sourire.

« Ça n'a rien de drôle », dit Megan.

Andrew se moucha et cacha son hilarité derrière son mouchoir. « Excuse-moi. C'est seulement que tu es tellement convaincante quand tu réprouves quelque chose. Pourquoi es-tu si furieuse ?

— Ils ne sont même pas capables de s'occuper des enfants qu'ils ont. Ce qui va se passer maintenant, c'est que la maison va être dans une telle pagaille que ma mère va m'écrire pour me demander de revenir arranger les choses. Mais je n'irai pas.

— Eh bien, il n'y a pas de quoi se mettre en colère. Tu n'as qu'à refuser, voilà tout.

— Tu ne comprends pas.

— Les cimetières sont remplis de gens indispensables, Meg. Tu es partie il y a trois ans et ils ont réussi à se passer de toi pendant tout ce temps. Les choses peuvent changer en trois ans, les gens aussi.

— Pas mes parents.

— Je parie que si. Je suis même prêt à te parier cinq livres que ta mère ne t'enverra pas cette lettre.

— Pari tenu. »

Au sens strict, il gagna ce pari. Les semaines s'écoulèrent sans qu'une lettre n'arrive et Megan allait donner son dû à Andrew quand le téléphone sonna un soir de la fin mars à la réception de l'hôtel. « Salut, Meg. C'est Tom », fit la voix de son frère.

« Tom ! » Aussitôt, elle éprouva une frayeur glacée. Il ne lui avait jamais téléphoné, et encore moins écrit. Seule une catastrophe pouvait expliquer son geste.

« Comment ça va ? Qu'est-ce que tu deviens ? demanda Tom.

— C'est maman ? » Sa mère était morte et, elle, sa fille, n'avait pas été là pour lui tenir la main à la fin.

« Quoi ? Oh, non, maman va bien. Bon, pas exactement bien, mais elle n'est pas malade.

— Qu'est-ce qu'elle a ?

— Je ne sais pas trop. Peut-être rien du tout... »

Les mains de Megan tremblaient. « Tom, tu m'appelles à quel sujet ?

— Je suppose que c'est surtout à propos d'Adam. »

Elle sentit son cœur s'arrêter de battre. « Il est malade ?

— Non, mais la situation n'est pas terrible, ces derniers temps. Maman est... disons... dépassée. Tout va à vau-l'eau dans cette maison.

— Ç'a toujours été comme ça après un accouchement. Parle-moi d'Adam. Dis-moi ce qui ne tourne pas rond.

— Pour commencer, il arrive qu'il n'y ait rien à manger dans cette baraque et je crois qu'il lui est arrivé plusieurs fois d'avoir faim. En plus, il s'est mis à faire pipi au lit et personne ne s'en est occupé, donc il a dormi plusieurs semaines dans un lit trempé et il pue à un point que tu ne peux même pas imaginer. Maman est complètement ailleurs, papa est au travail et même quand il est à la maison... bon, tu le connais. Moi aussi, je travaille, alors Adam reste trop seul et il est… malheureux, je crois. Il semble un peu… perdu. Voilà à peu près la situation. Je me suis dit que tu voudrais être au courant. »

Megan était tellement furieuse que ses mâchoires en étaient paralysées. La ligne bourdonna de part et d'autre de l'Atlantique.

« Meg ? Tu es toujours là ? »

Elle prit une grande inspiration. « Tu t'es dit que je voudrais savoir qu'Adam dort dans un lit mouillé depuis des semaines et qu'il a faim parce qu'il n'y a plus rien à manger ?

— Megan…

— Il y a trois adultes dans cette maison, Tom ! Trois adultes ! Et tu m'appelles pour m'expliquer qu'aucun des trois ne se donne la peine de s'occuper des besoins vitaux d'un gamin de quatre ans ?

— Arrête de m'engueuler, Meg. Je fais ce que je peux, mais je vais partir dans quelques semaines. J'appelais juste pour te dire que ça va vraiment mal, ici. Maman a véritablement perdu la tête, papa préfère ne rien savoir. La police a même débarqué l'autre soir – enfin le sergent Moynihan. Apparemment, Peter et Corey auraient mis le feu quelque part. La femme de ménage ne s'est pas présentée depuis des mois, maman a fait venir quelqu'un d'autre, une vraie conne que je viens de foutre à la porte. Littéralement. J'ai aussi dû jeter le matelas d'Adam tellement il était trempé de pisse, tout était trempé, draps, couvertures, tout. Alors écoute, je regrette de t'avoir dérangée, mais je pensais que tu aimerais être au courant. Je pensais même que tu en serais malade si personne ne te prévenait. Voilà pourquoi j'ai téléphoné. »

La ligne bourdonna.

« Megan ?

— Où est papa en ce moment ? » Ses mains tremblaient.

« Dans son bureau, où veux-tu qu'il soit ?

— C'est à lui de régler le problème.

— Tu pourrais peut-être lui téléphoner pour le lui dire. Moi, j'ai essayé, et tu vois le résultat.

— Tu veux que je fasse cinq mille kilomètres pour venir m'en occuper ? C'est pour ça que tu m'as appelée ?

— Non, ce n'est pas...

— Si.

— Écoute, évidemment, ce serait formidable si tu revenais à la maison, Meg, ne serait-ce que pour une ou deux semaines. Mais je ne m'attends pas à ce que tu le fasses. Pourquoi est-ce que tu te donnerais cette peine ? Tu t'es occupée de tout pendant des années et maintenant il faut que tu vives ta vie. Adam ne va pas en mourir. Avant de partir, j'achèterai des paquets de petits gâteaux et d'autres trucs qu'il pourra ouvrir tout seul. Mais je me posais des questions sur cette histoire de pipi au lit. Est-ce que les gosses sont capables de se mettre des couches sans qu'on les aide ? Parce que sinon, ça va être coton. »

« Je vais le tuer, lâcha Megan. Rien que pour le tuer, ça vaudrait la peine de rentrer.

— Megan, on peut se débrouiller ici, vous savez,

suggéra Annabelle. Janet est très compétente. Pourquoi ne pas aller y passer huit à quinze jours ?

— Trois adultes habitent cette maison. Je ne vois pas une seule chose que je pourrais faire et dont ils seraient incapables. Non, je n'irai pas. »

« C'est du chantage, expliqua Megan à Andrew. Il veut que je me fasse du souci au sujet d'Adam pour que je me sente obligée de revenir.

— J'ai l'impression qu'il a réussi.

— Non. Non, pas du tout.

— Alors tant mieux. De toute façon, d'après ce que tu m'as dit, il ne s'attend pas à te voir revenir.

— Il est malin. Tom est très malin.

— Tu pourrais aller y passer juste quelques jours. Pour te tranquilliser.

— Ça ne me tranquilliserait pas, bien au contraire. Je verrais à quel point ils sont aussi incapables les uns que les autres et je ne pourrais plus repartir.

— Prends un billet pour le retour. Dis-leur dès le début que tu ne restes pas. Tu pars pour quinze jours, tu règles le problème et tu reviens... Megan, tu pleures ? »

Il se leva, fit le tour de la table et l'enlaça pour la première fois. Elle était trop retournée pour apprécier ce geste.

« Je suis tellement furieuse, dit-elle entre deux sanglots. Quand je pense qu'Adam a dormi pendant des semaines dans un lit trempé, et qu'en plus il ne mange pas toujours à sa faim ! Oui, ça me met en colère contre eux tous.

— À ton retour, j'irai te chercher à l'aéroport.

Ensuite, tu feras une petite sieste et, le soir, nous irons au restaurant et tu pourras pester contre eux autant que tu voudras.

— Il n'est pas question que je parte, répliqua Megan. Il n'en est pas question. »

17

Edward

Struan, mars 1969

JE VIENS DE RECEVOIR LA VISITE du révérend Thomas. J'allais monter me coucher – le reste de la famille l'avait fait depuis longtemps – quand on a frappé à la porte. Inutile de dire que ça m'a rappelé sa visite avortée d'il y a quelques semaines et, en effet, quand j'ai ouvert, il était là dans son grand manteau noir, l'air tellement malade que j'ai pensé qu'il allait s'écrouler sur le seuil.

Sans me laisser le temps de placer un mot, il m'a dit : « Excusez-moi de vous déranger, Edward. Je sais que ma compagnie ne vous ravit pas, mais j'ai bien peur de devoir vous parler. »

Bien entendu, je l'ai invité à entrer. Je l'ai débarrassé de son manteau et de son chapeau, que j'ai suspendus à la patère, et nous sommes allés dans mon bureau. Une fois que nous avions pris place, je lui ai demandé en quoi je pouvais l'aider. Il n'a pas répondu tout de suite, se contentant de regarder distraitement ma table de travail. L'idée qu'il ait pu avoir un problème de santé, une petite attaque, par exemple, m'est venue à l'esprit, et je me suis demandé si je ne devais pas appeler John Christopherson. Mais il s'est ressaisi.

« Je ne vais pas vous retenir longtemps, a-t-il dit en levant enfin la tête pour croiser mon regard. Je n'ai que deux choses à vous dire. La première, c'est que je vous dois des excuses. Il y a quelques années nous avons eu tous les deux un désaccord au sujet de Joel Pickett. Je suis sûr que vous vous en souvenez. »

J'ai hoché la tête. Je ne risquais pas de l'avoir oublié.

« Ensuite, je me suis servi de mon autorité – de ma chaire, pourrait-on dire… » Il a esquissé le genre de sourire que je déteste. « … pour donner libre cours à la colère que je ressentais contre vous. Ce que j'ai laissé entendre à votre sujet était faux et vous a porté tort. J'ai mal agi et j'en suis désolé. J'espère que vous voudrez bien accepter mes excuses. »

Voilà une chose que je n'avais jamais espéré entendre. Compte tenu de son orgueil, de son arrogance, prononcer ces mots avait dû énormément lui coûter.

« Merci, j'accepte volontiers vos excuses. »

Il a hoché la tête, détourné de nouveau les yeux et examiné les titres des ouvrages rangés dans la bibliothèque, derrière moi. J'imagine que sa maison est elle aussi pleine de livres. Dans une autre vie, le révérend Thomas et moi aurions pu nous découvrir des points communs.

« La deuxième chose est plus difficile à dire, a-t-il lâché. Plus difficile à raconter. J'ai des aveux à faire et j'ai pensé que vous étiez la personne la plus indiquée pour les recueillir. »

J'en ai été soufflé, pensant au contraire que j'étais

bien le dernier à qui il voudrait avouer quoi que ce soit, mais j'étais tout ouïe.

Il a détaché les yeux des livres. « Vous vous souvenez du procès de mon fils, Robert.

— Oui.

— Vous vous rappelez donc qu'on l'a condamné à une peine très légère. C'est le procureur de la Couronne qui décide de la peine, vous le savez certainement. Dans le cas de Robert, on s'attendait à une peine de prison, mais il s'en est sorti avec trois mois de travaux d'intérêt général. »

J'ai incliné la tête. Ce verdict avait été particulièrement clément dans la mesure où le procureur avait la réputation d'être très sévère sur la conduite en état d'ivresse, surtout lorsque le conducteur est un jeune.

« Le procureur est un de mes amis. Gilbert Mitchell. Nous sommes amis depuis l'université. Quelques semaines avant le procès, je suis allé le voir à North Bay. Je lui ai dit que Robert avait déjà souffert énormément à cause de son homicide, ce qui était vrai. J'ai ajouté que c'était un garçon sensible, ce qui était également vrai, et qu'il serait brisé par un séjour en prison, que ça le détruirait. Ce qui n'était pas vrai. Robert voulait à tout prix se racheter et il aurait été heureux d'être condamné à une peine de prison. Je le savais. La vérité, c'est que… »

Sa voix s'est brisée et il s'est tu. Quand il a dégluti, ce bruit a résonné horriblement dans la pièce silencieuse. Je ne parvenais pas à le regarder. J'ai scruté une tache d'encre sur le buvard de mon bureau. L'idée qu'il puisse s'effondrer devant moi m'affolait tellement que, malgré moi, j'ai retenu mon souffle. Le sien était entrecoupé tant il faisait d'efforts pour maîtriser ses émotions et j'espérais vraiment qu'il allait y arriver. Peu à peu, il a recouvré son calme.

La voix plus égale mais dure tant il lui coûtait d'expulser les mots, il a repris : « La vérité, c'est que je ne supportais pas qu'un de mes enfants aille en prison. Que tout le monde le sache. Justice n'a donc pas été faite. La mère de la fillette ne l'a pas supporté et a dit à Robert des choses avec lesquelles il ne pouvait pas vivre. Et il s'est tué. Mais la vérité, c'est que c'est moi qui l'ai tué. Pour satisfaire mon orgueil. »

Il s'est de nouveau interrompu. Je crois qu'il attendait que je dise quelque chose, mais j'étais tellement choqué, tellement effaré que je ne pouvais pas parler. Au bout d'un moment, il a poursuivi :

« C'est ce qui a détruit ma femme et je sais que ça a aussi fait du mal à votre fils, Edward. J'ignore s'il se sent coupable de quelque chose dans cette histoire, mais je tiens à ce qu'il sache qu'il n'aurait pas pu empêcher Robert de se suicider. Personne n'aurait pu l'en empêcher. Je vous serais reconnaissant de le lui dire et de lui présenter mes excuses. Je m'en chargerais bien mais je pense qu'il trouverait ça... douloureux et je ne veux pas l'accabler d'un fardeau supplémentaire. Vous, en revanche, vous saurez présenter les choses. »

Je dois reconnaître que, à ce moment-là, j'ai éprouvé pour lui une profonde admiration. Je ne parvenais pas à comprendre comment il avait trouvé la force de venir chez moi et de dire ce qu'il venait de dire. L'autre soir, quand il s'était approché de la porte, ce devait être dans le même but. Il avait frappé, attendu, mais j'avais tardé à ouvrir et alors le courage lui avait manqué. Je pensais au poids qu'il devait porter depuis un an et demi. Il avait sans doute l'impression d'être écrasé par des rochers. Il me semblait sidérant que, en de telles circonstances, il ait été capable de se préoccuper de ce que Tom endurait et veuille essayer d'arranger les choses.

Enfin j'ai réussi à le regarder. « Merci. Merci infiniment. Je vais le dire à Tom. »

Sans prononcer un mot, il a incliné la tête.

Au bout d'un moment, même si je savais que ça ne changerait rien, je me suis senti obligé de tenter une parole de réconfort. « D'après ce que j'ai compris, le dieu des chrétiens est un dieu du pardon. Alors si nous accordons le pardon aux autres, nous devrions aussi nous pardonner pour le mal que nous avons fait. »

Il a détourné le regard.

« Dieu a été muet sur ce sujet, a-t-il dit au bout d'un instant. Il est resté muet sur tous les sujets depuis la mort de Robert. »

Je l'imaginais, seul dans sa maison, s'éveillant tous les jours avec la conscience de ce qu'il avait fait, attendant de recevoir un message – n'importe lequel – de son dieu, et n'entendant que le hurlement de ses propres pensées. Et là, il s'est passé une chose curieuse : je me suis surpris à mépriser son dieu pour l'avoir abandonné à un moment pareil. C'est là une réaction bien peu rationnelle pour un non-croyant, vous en conviendrez.

Nous sommes restés assis quelque temps en silence. Finalement, avec un effort manifeste, il s'est levé. Je lui aurais bien proposé de rester – je n'éprouvais plus le moindre ressentiment à son égard ; ce qui s'était passé entre nous des années plus tôt me semblait à présent une simple peccadille – mais, à l'évidence, il avait dit ce qu'il était venu dire et souhaitait s'en aller.

En partant, il m'a tendu la main et je l'ai serrée.

« Merci de m'avoir écouté, Edward. Je tenais à vous mettre au courant. »

Après son départ, je suis retourné dans mon bureau. Au bout d'un moment, le plancher a craqué au-dessus de ma tête. J'ai entendu quelqu'un descendre l'escalier et j'ai deviné qu'il s'agissait de Tom.

« Entre, ai-je dit quand il est apparu sur le seuil. Assieds-toi.

— C'était le révérend Thomas ?

— Oui. »

Il s'est assis. « Qu'est-ce qu'il voulait ? »

Je lui ai répété les propos du révérend Thomas. Le fait qu'il avait influencé le verdict et se sentait coupable du suicide de Robert.

Tom s'est pris la tête dans les mains. « Oh ! mon Dieu ! Oh ! mon Dieu ! a-t-il lâché quand j'ai eu fini.

— Il m'a prié de te demander pardon à sa place pour ce que tu as enduré. Il a peur que tu te reproches de ne pas avoir empêché Robert de se suicider. Il m'a chargé de te dire que personne n'aurait pu l'en empêcher. »

Il a gardé le silence. Je me suis levé, je suis sorti dans le vestibule et j'ai rapporté un manteau que je lui ai mis sur les épaules – il était en pyjama. Je me suis hasardé à poser brièvement une main sur son épaule, puis je me suis rassis. Dehors le vent avait forci et les flocons s'écrasaient sur les vitres, fondaient et ruisselaient.

Lorsque Tom m'a paru s'être ressaisi, je lui ai suggéré : « Nous avons à parler tous les deux, Tom. Mais pas ce soir. Tu devrais retourner te coucher. »

Il a acquiescé et, bientôt, il s'est levé et il est parti sans se retourner pour que je ne voie pas qu'il avait pleuré. Je suis resté là un moment, puis je suis monté moi aussi. Je craignais de rêver du révérend Thomas, mais, en fait, je n'ai pas rêvé du tout.

Je suis content que Betty soit bibliothécaire. J'ai ainsi une raison de la voir souvent et il y a en elle quelque chose qui réchauffe le cœur. Elle a abandonné son sac de couchage. Quand je suis allé à la bibliothèque à l'heure du déjeuner, elle ne portait que son manteau (avec trois couches de vêtements dessous, m'a-t-elle expliqué), son bonnet, son écharpe, ses bottes et ses mitaines.

« Je revis, comme un papillon qui sort de son cocon ! a-t-elle annoncé en agitant les bras. L'été n'est pas loin. »

Imaginer Betty en papillon me réjouissait – elle est plutôt imposante – mais je lui ai conseillé la prudence. Une nouvelle tempête était prévue pour le soir.

« Quelle bêtise ! Qu'est-ce qu'ils en savent ? » a-t-elle rétorqué.

Je lui ai dit que je n'avais pas eu le temps de lire comme il convenait les ouvrages sur Rome, qu'il fallait rendre à la bibliothèque centrale de Toronto la semaine suivante, et elle m'a proposé de tenter une prolongation. J'ignorais que c'était possible. Apparemment, si quelqu'un les a réservés, je n'aurai pas cette chance, mais autrement, je pourrai les garder un peu plus longtemps.

Elle m'a demandé comment les choses se passaient à la maison. « Mieux », lui ai-je répondu, ce qui n'est pas tout à fait vrai. J'ai hésité à lui avouer les petits raids incendiaires de Peter et Corey, et, finalement, j'ai préféré m'en abstenir. Elle m'aurait suggéré de leur parler. J'ai bien envisagé de frapper à la porte de leur chambre, mais je suis incapable d'imaginer ce qui arriverait ensuite.

J'ai aussi songé à évoquer la visite du révérend Thomas mais, là, je me suis dit que ce serait trahir un secret.

En revenant à la banque, j'ai vu sur mon agenda que Luke Morrison avait pris rendez-vous avec moi. Je devine de quoi il s'agit : Sam Waller, qui possède l'entreprise de bâtiment Waller & Sons, est venu recruter de la main-d'œuvre pour l'hôtel-relais de chasse en construction, et je pense que Luke Morrison a décroché le contrat d'ameublement. J'espère vraiment que c'est le cas. Ça fait du bien de voir le talent et le dur labeur récompensés.

Luke Morrison et moi, nous avons un lien qu'il ignore peut-être. Son père était le chef comptable de la banque quand j'y suis entré après la guerre et par conséquent il a été mon premier patron. Cet homme était la gentillesse même. C'est lui qui m'a encouragé à étudier la comptabilité par correspondance et m'a accordé du temps libre pour me former. Il y a une quinzaine d'années, sa femme et lui ont été tués dans une collision avec un camion qui transportait du bois. Un malheur terrible. Plusieurs employés de la banque sont allés à l'enterrement, à Crow Lake. Je me rappelle que les quatre enfants avaient fait preuve d'une grande dignité.

Une conséquence de l'accident a été que le poste de chef comptable se retrouvait vacant. On me l'a attribué. Puis, quelques années plus tard, quand Craig Stewart a pris sa retraite, je suis devenu directeur. On pourrait dire que j'ai tiré bénéfice de cette tragédie familiale et j'avoue que j'en ai toujours éprouvé une certaine gêne.

Donc, lorsque, quelques années plus tard, Luke, le fils aîné, s'est présenté à la banque pour emprunter de l'argent afin de monter une entreprise de meubles, j'ai moi-même traité ce dossier et fourni à Luke autant d'aide et de soutien que possible. Il s'en est très bien sorti et, quand Sam Waller est passé la semaine dernière pour se renseigner sur lui, j'ai pu lui donner un avis très favorable. S'il décroche ce nouveau contrat, sa petite entreprise s'en trouvera fortement consolidée.

Contrairement à la veille, la journée d'aujourd'hui a été remarquablement agréable. Le révérend Gordon est venu à la banque dans l'après-midi. Je crois avoir déjà mentionné qu'on l'a arraché à sa retraite en attendant de trouver un successeur au révérend Thomas. Cette mesure me paraît peu raisonnable vu son âge, qui doit friser les quatre-vingts ans – il avait déjà au moins cinquante ans quand nous étions en Italie pendant la guerre –, mais il prétend qu'il est ravi.

Il est venu parler de ses finances. Sa pension est très maigre, mais ses dépenses sont elles aussi modestes, si bien que j'ai pu lui dire qu'il n'avait pas lieu de s'inquiéter. Une fois le côté professionnel réglé, nous avons passé plusieurs minutes à parler de choses et d'autres (c'était mon dernier rendez-vous de la journée). Nous avons surtout évoqué le nouvel hôtel et nous sommes demandé quelles seraient les retombées pour le village. Il y aura davantage de touristes, ce qui est bien d'un côté et moins bien d'un autre, mais, en tout cas, la région profitera de cette manne financière et de nombreux emplois seront créés. Nous étions d'accord pour conclure que, l'un dans l'autre, ce serait une bonne chose.

Nous n'avons pas parlé de la guerre. Nous n'en reparlons jamais. Nous avons partagé ce qu'on pourrait appeler des événements marquants pendant les hostilités, mais ce n'est pas le genre de chose que l'on a envie de se remémorer. Il est resté à mes côtés durant la pire nuit de ma vie. Une dizaine d'entre nous, moi-même et un autre type grièvement blessé, nous étions mis à l'abri des bombardements dans une villa abandonnée, aux environs de Motta San Giovanni, dans le sud de l'Italie. Finalement, après un jour et une nuit de combats sanglants, nos forces ont réussi à prendre la ville, mais ce n'était pas grâce à moi, j'étais hors circuit à ce moment-là.

Je conserve plusieurs souvenirs très nets de cette journée, dont un que j'ai essayé en vain d'extirper de ma mémoire. Je venais d'être blessé et on m'a transporté sur une civière dans la villa. La douleur se faisait sentir et j'avais une soif épouvantable. Quand j'ai levé la tête pour demander à boire à quelqu'un, j'ai vu un lance-flammes en action. Il enveloppait sa cible – une cible humaine – et l'enflammait. Ces hommes brûlaient vifs.

Bien sûr, on se servait de lance-flammes des deux côtés. Mais sur le moment, je ne savais qu'une chose : notre camp le faisait, un camp qui se proclamait celui de la justice et de Dieu. Je me rappelle avoir entendu des hurlements et m'être rendu compte qu'ils sortaient de ma bouche.

Ensuite, je ne me rappelle plus rien jusqu'au moment où je suis revenu à moi dans la villa, allongé sur un tas de couvertures près d'un autre blessé, et, entre nous, un aumônier assis par terre, sur son sac à dos. C'était le révérend Gordon. À ce moment-là, je ne le connaissais pas et j'étais loin de me douter qu'il venait lui aussi du nord du Canada. Il était le pasteur de Struan, or, Emily et moi ne nous y sommes installés qu'en 1948, quand j'ai commencé à travailler à la banque, de sorte que nos chemins ne s'étaient jamais croisés. Pour moi, il n'était qu'un homme en habit d'aumônier, assis sur un sac à dos.

Nous nous trouvions dans une salle imposante, au mobilier majestueux et aux murs décorés de tableaux magnifiques. Dehors, les bombardements continuaient. Dans la villa, les soldats de mon régiment avaient déniché du vin dans la cave et, d'humeur fort gaie, saccageaient les meubles pour les jeter au feu. Sous mon regard, deux hommes avaient grimpé sur une table, décroché une toile et commencé à la couper en morceaux pour la brûler elle aussi.

Je suppose que ça m'a rendu furieux. Je me rappelle que je braillais, me débattais sauvagement pour me lever alors que le révérend Gordon essayait de me retenir jusqu'au moment où, épuisé, je suis retombé sur les couvertures.

Un peu plus tard, le blessé allongé à côté de moi s'est mis à appeler sa mère et j'ai entendu le révérend Gordon lui dire qu'elle était là, juste à côté de lui, puis il a prié avec lui et, pendant cette prière, l'homme est mort. Je me souviens d'avoir pensé que sa mort n'avait aucune importance, qu'aucune mort n'avait d'importance, parce que toute la race humaine méritait d'être rayée de la surface de la terre.

Le dernier souvenir que je conserve de ce jour-là, c'est la conversation que j'ai eue avec le révérend Gordon au milieu de la nuit. Les hommes avaient tellement bu qu'ils se trouvaient dans un état de stupeur et le silence régnait à l'exception de l'incessant pilonnage. Je souffrais horriblement et j'étais persuadé que j'allais mourir. Le lance-flammes avait anéanti toute foi religieuse que j'aurais pu posséder et je voulais seulement quitter ce monde le plus vite possible. Le révérend Gordon était toujours auprès de moi – il est resté toute la nuit à mes côtés – et je me rappelle que je lui ai dit : « Surtout ne me parlez pas de Dieu », alors qu'il ne le faisait pas. « D'accord, a-t-il répondu.

— Et ne priez pas pour moi. Je ne veux pas qu'on prie pour moi.

— D'accord. Buvez un peu d'eau. Ça fait du bien. Il y a un puits dans le jardin. »

Et encore un peu plus tard, en sentant la chaleur de sa main sur mon bras, j'ai ouvert les yeux et j'ai vu que, s'il était toujours assis, il fermait les yeux, ce qui m'a rendu méfiant. Je lui ai dit : « Vous m'aviez promis de ne pas prier pour moi. »

Il a souri, ouvert les yeux et m'a dit : « Je fais mon possible, Edward. Mais c'est une prière générale que je récite et il faut me pardonner si, de temps à autre, vous vous y glissez. Ça ne se produit pas souvent. J'essaie de m'en tenir à un minimum. »

Comme je le disais, ce n'est pas le genre de chose dont on discute dans une banque trente ans plus tard. Mais ce n'est pas non plus le genre de chose qu'on oublie. J'espère qu'il sait que je lui suis reconnaissant. Il me répondrait sans aucun doute qu'il n'y a pas de quoi.

Les événements de cette journée – surtout les meurtres perpétrés au lance-flammes –, aussi peu de temps après le feu de forêt et la mort de mon père, faillirent m'achever moralement. J'ai eu ce qu'on appelle aujourd'hui une dépression nerveuse et, pendant plusieurs années, j'ai été assez mal en point.

Sur le plan physique, j'ai guéri malgré moi. J'ai passé six mois dans un hôpital en Angleterre et c'est là que j'ai reçu une lettre de Margaret, ma sœur, m'informant du décès de notre mère. Ses poumons avaient souffert d'avoir inhalé la fumée de l'incendie et elle est morte d'une pneumonie. Je me rappelle l'abîme qui s'est ouvert en moi quand j'ai appris cette nouvelle. Cet abîme est toujours là, même si, le plus souvent, je n'en ai pas conscience.

Quelques jours plus tard, j'ai reçu un courrier qu'Emily avait rédigé deux mois plus tôt, soit avant celui de Margaret, mais dont l'acheminement avait traîné en Italie – elle m'annonçait que j'allais être père.

J'ai lu et relu cette lettre en essayant de lui faire dire autre chose que ce qu'elle disait. Je me trouvais encore en Italie lorsque je me suis rendu compte que, si j'avais un jour été amoureux d'Emily, ce n'était plus le cas. Dès mon retour, j'avais l'intention de lui expliquer que la guerre m'avait profondément changé et que je souhaitais divorcer. Désormais sa grossesse rendait cette démarche impossible. Même dans l'état où j'étais, je n'aurais jamais abandonné une mère et son enfant. Avec le recul, bien sûr, je pense qu'il aurait mieux valu pour Emily que je persiste dans ma décision.

À l'époque, on ne faisait pas grand cas des problèmes psychiatriques ou psychologiques. Dès que l'on m'a estimé physiquement apte, on m'a rapatrié à Toronto à bord d'un navire-hôpital et, après un séjour dans un centre de soins, on m'a renvoyé chez moi. Tom était né. Je me rappelle le ravissement extatique d'Emily quand elle m'a tendu le petit paquet qu'était notre fils, et son changement d'expression quand je n'ai pas esquissé le moindre geste pour le prendre dans mes bras, me contentant de le regarder et de lâcher : « Alors, c'est lui », ne sachant pas vraiment ce que j'avais sous les yeux.

Ses parents nous avaient loué une toute petite maison pour nous laisser notre intimité et pour me permettre de me rétablir. C'était très gentil de leur part. Nous y sommes restés deux ans. J'avais l'impression de me trouver dans une boîte en acier à peine assez grande pour me tenir debout, avec juste ce qu'il fallait d'air pour pouvoir respirer. Je tournais en rond là-dedans. Sans arrêt. Je m'étonne de ne pas avoir creusé un sillon dans le plancher.

Maintenant que j'y pense, je m'étonne aussi qu'Emily n'ait pas attrapé un fusil pour m'abattre. Cette période a dû être très pénible pour elle.

À un moment donné, j'ai pensé que les grossesses incessantes étaient sa façon de me punir de ne pas l'aimer, mais je ne le pense plus. Emily n'est pas du genre vindicatif. Sans doute n'a-t-elle jamais surmonté la mort de Henry. Ou alors, je ne la rends pas heureuse et les bébés, eux, y parviennent. Le problème, c'est que les enfants refusent de rester des bébés. Elle essaie de les retenir, mais, l'un après l'autre, ils lui échappent.

Nous sommes vendredi soir. Un nouveau weekend en famille commence. Ce soir, quand je suis revenu à la maison, il y avait du sang sur le tapis de la salle de séjour. Ma première idée a été qu'Emily avait eu un problème de santé suite à son accouchement. J'ai grimpé les marches deux par deux – elles étaient elles aussi éclaboussées de sang – et je suis entré dans sa chambre pour la trouver en train d'allaiter paisiblement. Après lui avoir demandé si tout allait bien, je suis ressorti sur le palier et, là, bien entendu, j'ai remarqué que les taches menaient à la chambre de Peter et Corey, dont s'échappaient les bruits habituels de bagarre.

J'ai frappé à la porte. Le silence a été immédiat. J'ai ouvert et les ai vus tous les deux figés, Peter en train d'étrangler un Corey qui saignait du nez.

« Lâche ton frère », lui ai-je intimé, et il s'est exécuté. Corey continuait à saigner. Tous deux paraissaient terrifiés. Ils craignaient sans doute que je n'appelle une nouvelle fois Gerry Moynihan.

« Il y a du sang partout dans la maison. Vous avez un quart d'heure pour le nettoyer. »

Et je suis descendu m'enfermer dans mon bureau.

Je ne sais toujours pas quoi faire avec eux. On pourrait penser que les humains savent élever leurs petits. Les autres animaux semblent en être capables. En général, cette tâche revient aux femelles. Pourtant, Emily, qui est mère de plus d'un enfant, ne sait absolument pas s'y prendre, tandis que Megan, elle, semblait d'instinct tout savoir là-dessus.

J'ai essayé de me rappeler comment ma mère parvenait à instaurer une discipline. Je ne me souviens pas de l'avoir entendue nous crier après, mais il est vrai que nous ne faisions pas de bêtises. Si seulement je pouvais lui demander comment elle s'y prenait. D'ailleurs, ses conseils me seraient utiles dans bien des domaines.

Depuis quelques jours, je sens sa présence. On dirait que le passé chemine un instant aux côtés du présent. Elle ne paraît ni m'approuver ni me désapprouver, elle se contente d'être là. En prime, il y a plusieurs semaines que mon père ne m'est pas apparu. J'ignore s'il est parti pour de bon. Peut-être est-il allé se soûler comme au bon vieux temps et reviendra-t-il en titubant. Mais, en attendant, je dors mieux.

Il y a une heure, je suis monté me coucher tôt et, en voyant la lumière dans la chambre d'Emily, je suis entré. Elle dormait, le bébé lové contre elle. J'ai voulu éteindre la lampe quand, soudain, je me suis aperçu que le bébé – Dominic – ne dormait pas. Ses yeux sombres et d'une limpidité incroyable me fixaient intensément, d'un air très intéressé. Il a serré et desserré plusieurs fois les poings et lâché un peu de salive mousseuse, mais n'a pas cessé de me fixer du regard. Je me suis demandé ce qu'il pensait, voire s'il pensait – il m'est difficile d'imaginer comment on peut penser sans disposer de mots.

Il y avait une chaise dans le coin de la pièce. Je l'ai approchée du lit et je me suis assis, mais, dès que j'ai quitté son champ de vision, il s'est endormi. Je suis resté un moment à le regarder dormir auprès de sa mère. Je me suis demandé qui il était, qui il allait devenir.

Je me suis aussi demandé s'il me serait possible d'être un bon père pour lui malgré mon âge.

Cette dernière pensée était tellement dérangeante que j'ai renoncé à me coucher tôt et suis redescendu dans l'intention de me changer les idées en feuilletant l'un des ouvrages sur Rome. Assis à mon bureau, j'ai tiré vers moi le plus gros, l'ai ouvert au hasard et me suis retrouvé en extase devant la magnifique photographie pleine page d'une sculpture du Bernin où l'on voit Apollon poursuivant Daphné.

Fait remarquable, cette photographie figurait sur la couverture d'un livre que M. Sabatini m'avait prêté il y a de nombreuses années et, de toutes les œuvres d'art qu'il m'avait fait connaître, c'était celle qui me touchait le plus. En quittant notre lycée, il m'avait donné ce livre, devenu littéralement mon bien le plus précieux. Il a été détruit dans l'incendie et, quand j'ai essayé d'en acheter un exemplaire après la guerre, il était épuisé.

Mais, là, sur mon bureau, il y avait la même photographie, aussi saisissante qu'à l'époque où je l'avais découverte.

Le marbre d'un blanc éblouissant illustre le moment où Daphné est changée en laurier. Apollon la poursuit, fou d'amour et de désir, et Daphné le fuit, les cheveux au vent, le dos arqué dans une tentative désespérée pour lui échapper. Mais Apollon est trop rapide pour elle, il l'agrippe avec force – on voit la marque de ses doigts sur la hanche de la nymphe. Affolée, Daphné appelle à l'aide Pénée, son père, qui, pour la sauver, la change en laurier. On voit cette transformation en train de se faire : des feuilles lui poussent sur les doigts et une racine descend de son talon pour s'enfouir dans le sol. Pour elle, c'en est fini. Elle a échappé aux avances d'Apollon, mais ne foulera plus jamais la terre.

Proprement envoûtant.

Un jour, j'irai à Rome.

18

Tom

Struan, mars 1969

APRÈS AVOIR RACCROCHÉ, il resta un moment les yeux fixés sur le téléphone et se demanda s'il avait été suffisamment convaincant. Il croyait assez bien connaître sa sœur mais elle était partie depuis trois ans et les gens changent. Il en était lui-même la preuve.

Il entendit du bruit dans l'escalier – Adam redescendait. Tom l'avait envoyé dans la chambre de leur mère pendant qu'il parlait à Meg. À présent, Adam se faufilait près de la table et regardait son frère d'un air apeuré. Au moins il ne pleurait plus.

« Je crois que j'ai réussi à la convaincre, dit lentement Tom, plus pour lui-même que pour Adam. J'en suis pas sûr, mais je crois. »

Elle avait été folle furieuse pendant une seconde et demie, et il y voyait un bon signe ; ça voulait dire qu'elle était toujours la même, en tout cas sur ce point : elle réagissait avec ses tripes et non avec son cerveau.

Adam avait toujours l'air apeuré.

« Le but du jeu est de la faire revenir à la maison, reprit Tom. En fait, il le faut. C'est la seule solution. » Il remarqua que les poings fermés d'Adam montaient vers son menton. « C'est de Meg que je te parle. Ta sœur. Il n'y a pas de quoi avoir peur. Nous tous, nous aurions des raisons d'en avoir peur, mais pas toi. C'est elle qui t'a envoyé les voitures. »

Les poings retombèrent et, peut-être pour la première fois, une prudente lueur d'espoir apparut dans les yeux d'Adam. « Quand c'est qu'elle vient ? »

Voilà qu'il faisait miroiter à ce gosse une chose qui risquait de ne pas se produire. Car les derniers mots de Megan avaient été : « Il n'en est pas question ! », ce qui, de prime abord, n'était pas très encourageant.

« Je ne suis pas sûr qu'elle vienne, je l'espère, c'est tout. En attendant, nous allons devoir nous occuper de toi. Tu dormiras dans la chambre des jumeaux. Mais tu auras besoin d'une couche pour la nuit. Ne te mets pas à pleurer ! » Les larmes lui montaient aux yeux. « Surtout ne commence pas ! Ce n'est pas ta faute et ça ne pose aucun problème. C'est pour ça que les couches existent. Viens, on va demander à maman comment on s'y prend. »

Maintenant que Meg allait venir (il en était persuadé ; il ne fallait pas tenir compte de ce qu'elle disait, ça n'avait aucun rapport avec ce qu'elle finissait par faire), même la perspective de devoir se préoccuper des couches n'embêtait pas Tom outre mesure.

Leur mère parut déconcertée mais montra une belle pile de carrés de mousseline, blancs comme neige. À l'évidence, on les lavait toujours, contrairement à tout le reste dans la maison.

Tom leur jeta un regard dubitatif. « Je ne crois pas que ce soit assez grand.

— Celles qui sont en tissu éponge se trouvent dans le placard, indiqua sa mère. Mais il n'en aura pas besoin avant un certain temps.

— Je ne crois pas qu'on parle du même derrière », répliqua Tom, la tête dans le placard. Effectivement, il y avait une énorme pile de couches en tissu éponge. Il souleva un tas de trente centimètres de hauteur. « De quoi d'autre a-t-on besoin ? demanda-t-il, mais sa mère était de nouveau en osmose avec le bébé.

— Des épingles de nourrice, répondit Adam. Et une culotte en caoutchouc.

— Tu sais où elle les range ? »

Adam inclina la tête, farfouilla et dénicha les objets en question. Ça tombait bien qu'il soit futé, songea Tom, sinon il n'aurait jamais réussi à tenir une journée dans cette maison. Ils emportèrent le tout dans la chambre des jumeaux et le déposèrent sur l'un des deux lits.

« Qu'est-ce qu'elle fait des couches sales ? demanda Tom en essayant de ne pas y penser.

— Il y a un seau.

— Parfait. Quand tu l'enlèveras le matin, tu la mettras dans le seau. Tu sais la mettre en place tout seul ?

— Il faut d'abord la plier. »

Tom en secoua une. Elle n'avait pas de forme particulière, ce n'était qu'un grand carré de tissu éponge. « Alors, comment on la plie ?

— Y a une façon spéciale.

— Et tu la connais ? »

Adam secoua la tête.

« Bon, bon, bon », fit lentement Tom.

Le carré de tissu lui rappelait les concours d'avions en papier qu'ils faisaient tous les ans à l'université. On donnait à chacun une feuille de papier et rien d'autre. Colle et ruban adhésif n'étaient pas autorisés ; il fallait s'en sortir avec un simple pliage. Un prix était remis pour le vol le plus long, et un autre pour une cible touchée. Tom avait remporté le concours du vol le plus long deux années de suite. En revanche, question précision, il était nul.

« Je me demande si on va arriver à fabriquer un avion, dit-il. Si on plie comme ça… » Il attrapa deux coins de la couche et joignit le geste à la parole. « … et ensuite comme ça… » Il replia le premier triangle sur lui-même. « … nous obtenons un triangle aux angles aigus. C'est une forme intéressante. Ce sont les ailes de l'avion, tu vois ? Pense à la force qui le fera monter quand l'air passera au-dessus de la pointe de devant, là. Ce sera la première et plus belle couche aérodynamique du monde. »

Un large sourire aux lèvres, Adam sauta en l'air exactement comme n'importe quel gamin de quatre ans, et Tom fut soudain submergé par une bouffée de frayeur et de doute. Il faut que tu reviennes, Meg, songea-t-il. Parce que, sinon, merde, qu'est-ce que ce gosse va devenir ?

Le lendemain matin, l'air était d'une douceur qu'on n'avait pas ressentie depuis des mois et la neige fondait sous les pieds. Ça sentait le printemps, chose impossible, le sol étant toujours enfoui sous cinquante bons centimètres de neige, pourtant un sens sur lequel on ne pouvait pas mettre de nom savait ce qui se passait ; les pousses s'agitaient dans la terre obscure.

Quand il passa devant la maison du révérend Thomas, Tom constata que, outre les quelques centimètres tombés pendant la nuit, la neige avait été retirée de la voiture et l'allée partiellement dégagée. On ne voyait pas de nouvelles empreintes de pieds nus sur la véranda. Le révérend allait peut-être mieux lui aussi, enfin.

Près de la bifurcation pour New Liskeard, une voiture avait versé dans le fossé. Le conducteur essayait de la dégager à la pelle. Tom s'arrêta et, à l'aide d'un câble de remorquage, remit le véhicule sur la chaussée. Comme il revint plus tard que prévu au village, il ne put trouver de journal, tous les exemplaires ayant été vendus. En général, quelqu'un en laissait un au Harper's et, de toute façon, il se passait tant de choses au village que le journal perdait de son utilité. Des rumeurs circulaient. D'un jour à l'autre, le patron du nouvel hôtel allait recruter. Tout le monde voulait voir à quoi il ressemblait et, plus fascinant encore, voir à quoi sa femme ressemblait. Elle était déjà venue deux fois et quand les yeux des gens se fixaient sur elle, ils ne pouvaient plus s'en détourner : ses fourrures, ses lunettes, son maquillage, sa voix... tout dans son aspect était époustouflant.

Tom lui-même n'était pas à l'abri de cet envoûtement. La dernière fois qu'elle était venue au

Harper's, il avait été sidéré par sa façon de manger – elle portait chaque bouchée à ses lèvres avec délicatesse, mastiquait les yeux baissés, d'une manière compassée, et enfin avalait, comme si manger était une activité grossière à laquelle il valait mieux ne pas se livrer en public. Après chaque bouchée, elle s'essuyait les lèvres deux fois, en partant de chaque commissure, de crainte qu'un menu fragment inconvenant ne s'y soit niché. Subjugué, Tom l'avait observée.

Ce jour-là, toutefois, pas de bruit d'hydravion dans le ciel et le Harper's était relativement calme, donc Bo n'était pas débordée. Dès qu'il franchit le seuil, elle lui sauta dessus.

« Alors, qu'est-ce qu'il devient ?

— Qui ? » répliqua Tom. Il essaya de forcer un passage, mais elle l'en empêcha.

« Pourquoi vous ne l'avez pas amené ? Donnez-moi une seule bonne raison.

— Je viens de finir ma journée de travail. Et j'ai faim. Voilà deux bonnes raisons. »

Il fit un pas dans sa direction et elle fut obligée de reculer si elle ne voulait pas qu'il lui rentre dedans, si bien qu'il continua à avancer jusqu'à la table de Luke et se glissa en face de lui pour profiter de son soutien moral.

Les mains sur les hanches, Bo lança : « Combien de temps il vous faudrait pour aller le chercher chez vous ? Dix minutes ? Si vous avez la flemme de marcher, vous auriez pu le prendre avec vous dans le chasse-neige avant de venir ici. Pensez un peu au plaisir qu'un gamin de quatre ans aurait en montant dans un chasse-neige. Pensez-y.

— Vous auriez un bon conseil à me donner ? demanda Tom à Luke.

— Sur les gosses et les chasse-neige ou sur elle ?

— Sur elle.

— Rien ne marche. Collez-vous du chewing-gum dans les oreilles et vivez votre vie. »

Près de l'assiette de Luke, il y avait une page arrachée à un journal, toute froissée, comme si on l'avait roulée en boule, puis lissée. Il la poussa vers Tom.

« Je vous ai apporté ça. On avait enveloppé dedans des outils que j'avais commandés à Sudbury et, quand j'ai déplié le papier, l'article m'a sauté aux yeux. Il date d'une quinzaine de jours. À cause de la tempête, les journaux ne sont pas arrivés jusqu'ici. Je me suis dit que vous ne l'aviez peut-être pas lu. »

Sous le titre : « Le gros oiseau vole », on voyait la photo de ce qui devait être le plus bel avion qui ait jamais existé et existerait jamais, en train de décoller.

« Mince alors ! lâcha Tom. Mince alors ! »

Il avait déjà vu des schémas explicatifs, des dessins et des photos du prototype, il avait vu le profilé de ces ailes incroyables, mais l'avion terminé était tellement plus beau que tout ce qu'il avait imaginé qu'il lui suffisait de le regarder pour être dans tous ses états.

« On dit qu'il n'atteint pas les cinq cents kilomètres à l'heure, précisa Luke. Il n'était pas censé avoir une vitesse supersonique ? »

Dégoûtée, Bo s'éloigna. Ni l'un ni l'autre ne s'en aperçut.

« Si, fit Tom. La vitesse maximale doit être dans les deux mille kilomètres à l'heure mais pour le premier vol ils n'ont pas dû le pousser à fond. Il faut d'abord le roder un peu. »

Il ne parvenait pas à détacher les yeux de ce mélange incroyable de beauté et d'utilité pratique. Même avec une photo de qualité médiocre, on arrivait presque à voir la poussée de l'air sur ces ailes. Tom comprenait pourquoi ça devait fonctionner aussi bien.

Avec un bruit mat, son repas atterrit sur la feuille de journal. Tom leva la tête avec l'intention de dire à Bo que si la sauce avait éclaboussé la photo, il lui arracherait la tête, mais elle était déjà au milieu de l'allée.

« Elle vous ignore, dit Luke.

— Alléluia ! Pourvu que ça dure. »

Et pourtant, curieusement, il avait ressenti une forte attraction quand il s'était trouvé face à elle tout à l'heure. Depuis qu'il avait remarqué combien sa silhouette était gracieuse, il avait du mal à ne plus y prêter attention. Conduis-toi en adulte, s'intima-t-il. Tu es aussi lamentable que le patron de l'hôtel. Elle doit avoir dix ans de moins que toi. En tout cas, au moins huit. Si tu veux regarder quelque chose de sexy, regarde le Concorde.

« Est-ce que je peux garder cette page ?

— Bien sûr. C'est pour ça que je vous l'ai apportée. » Luke le considéra d'un air pensif.

« Qu'est-ce qu'il y a ? lança Tom, soudain nerveux.

— Je me demandais si vous vouliez vraiment passer votre vie à fabriquer des meubles.

— Oh, ça ! » Tom était soulagé. Il souleva son assiette, replia soigneusement la feuille et la posa de côté. « Je n'en sais rien, dit-il avec franchise. J'y ai réfléchi, mais je ne le sais toujours pas. »

Depuis quelque temps, il lui arrivait parfois de penser qu'il lui serait possible d'exercer une profession ayant un rapport avec le domaine qu'il avait étudié. En voyant le Concorde, à l'instant, il avait senti renaître une sorte de passion qu'il pensait éteinte à tout jamais. Imaginez un peu, bosser sur un tel objet. Pour lui, il n'y avait rien de plus fantastique que de concevoir de tels appareils. Mais en était-il capable ? Ce serait un défi et il n'était pas sûr d'être prêt à en relever un, quelle que soit sa nature. Deux mois plus tôt, il avait reçu une lettre de Simon, le camarade avec lequel il était descendu dans le ravin ce jour-là. Simon travaillait à présent chez Boeing, à Seattle. Après avoir demandé avec beaucoup de tact comment s'en sortait Tom, il l'avait informé d'un nouveau projet lancé par Boeing qui allait recruter des ingénieurs dans quelques mois.

« *Je ne sais pas si ça t'intéresse, mais il se passe ici des choses formidables* », avait-il écrit.

À l'époque, Tom n'avait pas été à même d'envisager cette proposition. Mais à présent…

« Il faut que je réfléchisse encore un peu, dit-il à Luke. Je n'ai pas encore décidé.

— Pas de problème. J'ai parlé à votre père ce matin et je vais agrandir l'atelier et acheter du matériel, donc je n'aurai pas besoin de main-d'œuvre avant quelques semaines. »

Bo arrivait avec trois assiettes et un pot de café dans les mains et, coincé sous le menton, un paquet enveloppé dans du papier d'alu. Tom avait l'impression que son passage générait un puissant champ magnétique. Il devait résister à l'envie de se retourner pour la suivre des yeux.

En revenant, elle s'arrêta à leur table. Tom se concentra sur son sandwich au bœuf. Elle est trop jeune pour toi, se répéta-t-il en portant une bouchée à ses lèvres.

« Voilà un brownie, dit Bo d'un air sinistre en posant le paquet enveloppé devant lui. C'est pas pour vous mais pour Adam. J'imagine que vous le mangerez peut-être en chemin, mais c'est un risque que je dois prendre. »

Tom avala sa bouchée. « Je croyais qu'elle ignorait les gens pendant plusieurs jours, dit-il à Luke. J'y comptais bien. »

Luke secoua la tête. « J'ai bien peur que non. Une demi-heure, c'est son maximum. Ensuite, sa bouche s'ouvre toute seule, comme mue par un ressort. »

Ce soir-là, juste avant que Tom ne sombre dans le sommeil, on frappa à la porte d'entrée. Pas fort, mais cela suffit à le réveiller en sursaut. On aurait presque dit qu'il attendait cette visite. Il entendit le pas de son père s'approcher de la porte, puis il perçut des voix étouffées. Il savait que le visiteur était le révérend Thomas. Il resta dans son lit et, allongé sur le dos, scruta l'obscurité. Quelque temps après la porte d'entrée s'ouvrit de nouveau et se referma. Il se leva et descendit au rez-de-chaussée.

Une fois que son père lui eut rapporté les propos du révérend Thomas, il retourna dans sa chambre. Au lieu d'aller aussitôt se recoucher, il s'approcha de la fenêtre et observa la nuit. Le vent avait forci et la neige qui recommençait à tomber formait un halo tourbillonnant autour du lampadaire du bout de l'allée. L'espace d'un instant, Tom se revit avec Rob en train de tituber sur la route dans le sillage du chasse-neige, tous deux riant comme des idiots, Rob serrant sur son cœur l'enjoliveur trouvé dans la neige.

Il songea à la mort de Robert, s'autorisa à y songer. Pour la première fois, il ne tenta pas de repousser cette pensée.

Une voiture passa en soulevant un nuage de neige. Happé par le vent, il tourbillonna en l'air, puis resta en suspension avant de retomber.

Tom se dit que le révérend Thomas avait bravé cette nuit hivernale poussé par le besoin irrépressible de se délester de son fardeau. Il avait tenu à ce que Tom cesse de se faire des reproches. Même s'il se sentait reconnaissant, Tom n'était pas sûr de le croire lorsqu'il affirmait que personne n'aurait pu empêcher le suicide de Rob, mais il comprenait à présent qu'on pouvait souffrir au point de ne pas être capable d'entendre les paroles d'autrui et encore moins d'en tirer de la consolation.

Tu n'auras jamais la réponse, pensa-t-il en regardant tomber la neige. Il faudra que tu vives avec cette incertitude. Tu ne peux rien faire d'autre que l'affronter, l'accepter. Voilà tout. C'est comme ça.

Le lendemain, en fin de soirée, on frappa de nouveau à la porte. Tom alla ouvrir et trouva le sergent Moynihan sur le seuil.

« Il faut que je vous parle, à ton père et à toi. »

À en juger par son expression, il avait une mauvaise nouvelle à annoncer. Tom le conduisit dans le bureau de son père et ils s'assirent tous les trois.

D'une voix contrainte et en s'adressant au plancher, le sergent raconta que, au début de l'après-midi, il avait descendu Whitewater Road dans sa voiture de patrouille. Après la bifurcation du ravin, il avait aperçu du métal luisant à travers les arbres et décidé d'aller jeter un coup d'œil. C'était la voiture du révérend Thomas, coincée dans une congère. Le révérend était à l'intérieur.

« Il n'est pas mort intoxiqué par le monoxyde de carbone parce que le moteur était coupé. Le toubib dit qu'il pourrait s'agir d'une crise cardiaque. Il ne peut pas être formel avant l'autopsie. D'après lui, ça pourrait être seulement le froid. Le thermomètre est descendu jusqu'à moins vingt-sept la nuit dernière. »

Quand il cessa de parler, on n'entendit plus le moindre bruit dans la pièce. Tom regarda les flocons s'écraser sur les vitres, flèches trouant l'obscurité. La veille, la neige était tombée encore plus fort. Il l'imagina, silencieuse, en train de recouvrir la voiture. Le vieil homme admirait peut-être même sa beauté pendant que le froid l'engourdissait.

Jusque-là, le sergent avait examiné ses pieds. À présent il leva les yeux.

« On n'a pas trouvé de message. Alors, c'était peut-être un accident. Mais ces derniers temps, ça n'allait pas fort pour le révérend. À mon avis, il ne comprenait plus le monde. Il n'arrivait pas à trouver une raison de continuer. »

19

Megan

Struan, mars 1969

QUAND ELLE ARRIVA, Tom mangeait des corn-flakes debout au milieu de la cuisine, les épaules voûtées de façon à réduire la distance entre la cuillère et sa bouche, maigre et débraillé, comme toujours. La bouffée inattendue de joie qu'elle ressentit à sa vue était si intense que, l'espace d'un instant, Megan ne remarqua pas qu'il mangeait dans un couvercle retourné. Puis elle s'en aperçut et comprit pourquoi en voyant le plan de travail derrière lui. Elle faillit tourner les talons afin de repartir aussitôt pour l'Angleterre.

« Pourquoi est-ce que tu manges dans un couvercle de casserole ? »

Tom leva les yeux et son visage s'éclaira.

« Hé ! Mais c'est Meg ! Salut ! T'es venue finalement ! Comment vas-tu ? Comment s'est passé le voyage ?

— C'était long. Pourquoi est-ce que tu manges dans un couvercle de casserole ? » Elle voulait qu'il lui réponde. Épuisée, elle avait l'esprit embrumé – l'aéroport de Toronto avait été fermé à cause de la neige et l'avion dérouté vers Montréal, ce qui avait ajouté plusieurs heures à un trajet déjà d'une longueur pénible – et elle n'était pas d'humeur indulgente.

« Y a plus un seul bol propre. Ça fait vraiment plaisir de te voir, Meg. Je suis sérieux.

— Tu as une mine horrible », dit Megan, qui venait de s'en apercevoir. Tom avait des cernes bistre sous les yeux et semblait avoir quarante ans.

« Ouais, bon. T'as pas une mine fantastique non plus, mais j'imagine que nous allons tous les deux nous en sortir. » Il renversa la tête en arrière et brailla : « Adam ! Viens voir qui est là ! »

Adam apparut sur le seuil. Megan en oublia sa fatigue et le couvercle de casserole. Il avait les yeux de leur mère et des cheveux blonds soyeux. Aucune photo n'aurait pu rendre justice à sa beauté. Megan s'interdit de le prendre dans ses bras – il ne la connaissait pas et risquait d'avoir peur – mais elle s'agenouilla pour être à sa hauteur.

« Bonjour, Adam.

— Bonjour. » Il l'examina avec gravité. « C'est toi, Meg ?

— Oui, c'est moi. »

Il lui tendit une voiture, la Mercedes argentée. « C'est celle que j'aime le plus. »

Ensuite, elle monta voir sa mère.

« Coucou, maman, dit-elle sur le seuil de la chambre. Comment vas-tu ?

— Nous allons bien, ma chérie, répondit sa mère en frottant le dos du bébé. Nous allons tous les deux très bien. Et toi ?

— Moi aussi. »

Un frisson parcourut Megan. Elle s'approcha du lit et jeta un coup d'œil à son plus jeune frère (il avait exactement le même aspect que les autres à son âge), embrassa sa mère et s'assit sur le lit. Elle avait envie de serrer sa mère dans ses bras mais elle lui paraissait trop frêle.

« Je me suis absentée longtemps, reprit-elle. Je t'ai manqué ? »

Sa mère regardait le bébé.

« Maman ? »

Sa mère leva les yeux. On y lisait de la perplexité. Elle scruta les traits de Megan en semblant y chercher une explication.

Megan s'enveloppa de ses bras et détourna le regard, la frayeur qu'elle ressentait était aussi perceptible qu'un goût de bile dans la bouche. Puis elle sourit à sa mère, se pencha en avant et lui baisa le front. « Tout va bien, dit-elle avec douceur. Ne t'inquiète pas. Tout va bien. »

Elle descendit, téléphona au Dr Christopherson et lui demanda de passer le lendemain matin. Après avoir raccroché le combiné, elle s'assit avec raideur sur une chaise de la cuisine et essaya de se raisonner. Ne commence pas à te faire des idées, s'admonesta-t-elle en silence. Il se peut qu'elle n'ait rien de bien compliqué. Une histoire d'hormones, peut-être. Le lendemain, le Dr Christopherson lui donnerait sans doute une pilule et elle se remettrait.

Du séjour lui parvenait le bruit d'une minuscule collision, un bruit réconfortant, en quelque sorte. Elle respira un grand coup, se leva et embrassa la cuisine du regard. Bon, allons-y, se dit-elle. D'une pile intacte dans un tiroir, elle sortit deux torchons propres, appela Tom et Adam, leur remit un torchon à chacun et, à eux trois, ils lavèrent et essuyèrent toute la vaisselle. Puis elle fit une liste de commissions et la donna à Tom.

« C'est juste pour qu'on tienne jusqu'à demain. » Elle le poussa vers la porte. « Demain, je ferai les grandes courses. »

Puis elle descendit au sous-sol pour lancer une lessive et remonta préparer un bain pour Adam.

« Tu as des vêtements propres ? » lui demanda-t-elle en essuyant son petit corps maigre, mais pas à un point maladif. Il va bien. Il n'est pas mort de faim.

« Je crois pas, répondit Adam.

— Alors, pour l'instant, on va remettre les sales. »

En bas, la porte extérieure claqua, puis la porte intérieure.

« À ton avis, qui c'est ? demanda-t-elle à Adam en entendant ce chahut.

— Peter et Corey.

— Moi aussi, c'est ce que je pense. On va descendre leur faire une surprise. »

Tout en se battant, Peter et Corey avaient traversé le séjour et, à présent, ils luttaient à mort sur le sol de la cuisine.

« Coucou, les garçons, dit Megan, plantée sur le seuil. Vous vous souvenez de moi ? »

« Il faut qu'on parle tous les deux, mais pas ce soir », dit-elle à son père.

C'était la deuxième phrase qu'elle prononçait à son intention. La première (à l'exception d'un bonjour) était pour lui annoncer qu'elle retournait en Angleterre dans treize jours.

« Je suis fatiguée et je vais me coucher. Mais le Dr Christopherson va venir examiner maman à huit heures et demie demain matin et il faudra que tu sois présent. Tu peux y arriver ou tu veux que je change l'heure de la visite ?

— Je crois que je pourrai me débrouiller. »

Il avait du mal à affronter son regard. Megan espérait qu'il se sentait honteux, sinon, c'était grave.

« Megan, dit-il au moment où elle tournait les talons. Ça me fait plaisir de te voir. Et c'est très gentil à toi d'être venue. »

Donc, il avait honte, ce qui était déjà quelque chose. « Moi aussi, ça me fait plaisir de te voir. » Et, bizarrement, c'était vrai.

« Je vais dormir ici avec toi, dit-elle à Adam en défaisant sa toute petite valise. Ça ne t'ennuie pas ? » Ils se trouvaient dans la chambre des jumeaux.

« Non. » Mais Adam avait l'air anxieux, sans doute à cause des couches.

« Pour toi aussi, c'est l'heure d'aller au lit. Alors préparons-nous tous les deux. Tu sais comment plier ta couche ? J'en ai posé une sur la commode », dit-elle comme si c'était parfaitement normal qu'un gamin de quatre ans qui avait été propre un certain temps se remette soudain à avoir besoin de couches.

Apparemment, ça marcha. L'anxiété se dissipa.

« Oui.

— Montre-moi. »

Il attrapa une couche sur la pile, l'étala sur le lit, en replia deux coins, puis les replia encore deux fois.

« Hum..., lâcha Megan d'un air dubitatif.

— Tu vois, c'est aérodynamique, expliqua Adam. Voilà les ailes, l'air passe dessus, là, et emporte l'avion dans le ciel.

— Je vois. » Megan pardonna à Tom tous ses péchés, passés, présents et à venir. « D'accord. Et tu sais comment la mettre ?

— Il faut la desserrer un peu devant, faire passer un bout derrière, ramener les coins devant et les épingler, mais je sais pas épingler.

— Parfait, je vais le faire. »

Dans la nuit elle entendit le vent souffler, la maison craquer, et elle se retrouva au point de départ. Andrew, Peter, Annabelle, le Montrose, son studio si agréable, sa valise perdue, le voyage en Angleterre – tout cela n'était plus qu'images fantomatiques. Puis elle se rendormit et rêva d'Andrew, mais chaque fois qu'elle essayait de le toucher, il disparaissait.

Le matin, elle fit sa toilette, s'habilla, aida Adam à faire de même, cogna à la porte de Peter et Corey, descendit préparer le petit déjeuner, monta du thé et un toast à sa mère, frappa de nouveau à la porte des garçons et retourna dans la cuisine préparer le déjeuner qu'ils emporteraient pour le manger à la pause de midi.

Au moment où ils s'en allaient, le Dr Christopherson arriva. Il resta une heure, se montra très gentil et très doux avec leur mère, puis très gentil mais très franc avec Megan et son père. Après le départ du médecin, tous deux restèrent un moment dans la cuisine sans prononcer un mot.

Démence précoce, voilà ce qu'il avait diagnostiqué. Megan n'en avait jamais entendu parler.

« Tu connais cette maladie ? » demanda-t-elle enfin à son père.

Celui-ci frissonna et se passa les mains sur le visage. « Je crois que c'est ce qu'on appelait jadis la sénilité précoce. Mais je n'en suis pas certain. » Il semblait très tendu.

Quel que soit le nom de cette maladie, Megan était incapable de l'associer à la personne qu'était sa mère. Peut-être s'agissait-il d'un autre problème de santé, moins grave. Le Dr Christopherson avait dit qu'ils en sauraient plus après avoir consulté un spécialiste à Toronto.

Megan se ressaisit. « Il va falloir que nous discutions pour savoir comment nous allons nous organiser. Tu préfères tout de suite ou ce soir ?

— Autant le faire tout de suite.

— Le Dr Christopherson a l'air de penser que l'état de maman pourrait ne pas s'aggraver pendant un certain temps. Si c'est aussi l'avis du spécialiste, tant mieux, surtout pour Dominic. Mais il faudra que tu embauches une personne de confiance pour faire le ménage, la cuisine, et pour veiller sur maman. Qu'est-il arrivé à Mme Jarvis ?

— Mme Jarvis ?

— Elle venait aider maman.

— Ah ! Je crois qu'elle est tombée malade.

— Bon. Tu veux que je me renseigne ?

— Ce serait gentil de ta part, Megan.

— D'accord. Et maintenant, en ce qui concerne Peter et Corey… »

Son père tressaillit nettement.

« Il n'y a que toi qui puisses t'en occuper », dit Megan.

Son père attrapa son stylo, en ôta le capuchon, le revissa, posa le stylo. Megan patienta. Enfin, leurs regards se croisèrent.

« Il n'y a que toi qui puisses t'en occuper, répéta Megan car il fallait qu'il le comprenne bien et qu'il l'accepte, sans quoi rien ne pourrait marcher. Ils ont besoin de discipline, d'un emploi du temps régulier et d'une étroite surveillance. Bien entendu, tu ne peux pas demander ça à une femme de ménage. Il ne reste donc plus que toi. »

Elle attendit que ses paroles fassent leur chemin. Puis elle ajouta avec gentillesse mais fermeté : « Et tu n'y arriveras pas en restant dans ton bureau. »

En assénant cette dernière phrase, elle avait l'impression d'être le bourreau à la culotte rouge représenté dans *L'Exécution de lady Jane Grey*.

« Et puis il y a Adam », dit-elle le soir, une fois leur petit frère couché. Tom et elle se trouvaient dans le séjour, leur père dans son bureau tant qu'il pouvait en profiter.

« Oui.

— Et toi, à propos, comment tu vas ?

— Ça va, répondit Tom. Les choses ont été un peu rudes, mais ça va.

— Tu m'as dit au téléphone que tu partais bientôt. Où vas-tu ? »

Il hésita. « Y a un type, à Crow Lake, Luke Morrison, qui fabrique des meubles. Il a obtenu le contrat pour meubler ce nouvel hôtel très chic qui se construit sur la rive du lac, alors il embauche. Il m'a demandé si je voulais du boulot. Je pourrais faire ça pendant un moment.

— Pourquoi ? »

C'était d'un ridicule achevé. Toute sa vie, Tom avait été dingue d'aviation. Bon Dieu, il avait même inventé une couche volante !

« Pourquoi pas ? C'est un gentil garçon.

— Quel est le rapport ? Tu es… comment on appelle ça déjà ? Un ingénieur aérodynamique.

— Aéronautique », rectifia Tom. Il haussa les épaules et prit un air évasif. « Je pourrais me renseigner sur les postes vacants chez Boeing ou de Havilland. Je vais voir comment ça se passe. »

Pour Megan, ça signifiait qu'il allait retourner à l'aviation, mais ne voulait pas encore le reconnaître. Il avait toujours détesté s'engager. Il continuerait à dire : « Je vais voir comment ça se passe », jusqu'au moment où il franchirait le seuil avec sa valise.

« Et toi ? Tu es emballée par l'Angleterre, hein ?

— J'adore mon boulot.

— Tu fais marcher un hôtel, c'est ça ?

— Oui.

— Tu t'en sors sûrement très bien. »

D'un ongle il gratta une tache sur son jean. Remua dans son fauteuil. S'éclaircit la gorge. « Écoute, je vais te dire une chose, mais je n'ai aucune idée derrière la tête. Je t'en parle juste parce qu'il se trouve que c'est vrai. D'accord ?

— Vas-y. Je t'écoute.

— Le type qui possède ce nouvel hôtel embauche en ce moment. La liste des boulots a été publiée dans le *Temiskaming Speaker* aujourd'hui et, dans le lot, il y a directeur d'hôtel. Je ne fais que te le signaler, hein ? C'est dans le journal, je l'ai vu, et je t'en parle, c'est tout. »

Megan oublia qu'elle lui avait pardonné tous ses péchés. « Je me suis occupée de cette famille pendant quinze ans ! s'écria-t-elle. Alors pas question que je revienne !

— Oui, je sais. Je ne te reproche rien. Sauf que c'est un poste avec logement sur place, alors tu ne reviendrais pas vraiment ici, tu serais à plusieurs kilomètres. Mais je ne te reproche rien. »

Hormis le hurlement du vent, on n'entendait pas un bruit.

« Le patron de l'hôtel n'est pas très futé, mais il a l'air assez gentil, assez arrangeant, reprit Tom. Il ne verrait peut-être pas d'inconvénient à ce que tu gardes Adam avec toi. » Il leva la main. « Bon, bon, j'étais juste en train de réfléchir tout haut.

— Eh bien, arrête.

— D'accord. J'ai arrêté. » Il arqua le dos avec raideur. « Je vais me coucher. Il faut que je me lève à cinq heures et quart. »

Le vent rugissait dans la cheminée, donc il venait de l'ouest. C'est étrange, se dit Megan, les choses qu'on oublie et celles qu'on se rappelle.

Tom se leva, hésita, se rassit.

« Tu as rencontré quelqu'un là-bas, Meg ? »

Elle imagina Andrew. En ce moment, assis à son bureau, il devait se creuser la tête pour savoir s'il fallait employer ce mot ici, ajouter une virgule là. Bientôt, il se lèverait, s'étirerait et traverserait le palier pour venir chez elle, mais elle n'y serait pas.

« Je crois que ça veut dire oui, reprit Tom au bout d'une minute. Et ça change tout. Si tu as trouvé un homme qui te convient, évidemment... c'est du reste de ta vie qu'il faut te préoccuper. Alors, bien sûr, il faut absolument que tu retournes là-bas. »

Peu après, il monta se coucher. Megan finit de ranger ce qui devait l'être, écouta le sifflement du vent et les craquements de la maison : les bruits de son enfance. Des bruits qu'elle avait entendus avant de savoir qu'il existait un monde au-delà du Nord glacial.

Quand elle monta se préparer pour la nuit, elle laissa la porte de la chambre entrouverte au lieu d'allumer la lumière, mais Adam se réveilla quand même. Il s'assit dans son lit et la regarda avec des yeux écarquillés.

« Ne t'inquiète pas, dit doucement Megan. Ce n'est que moi.

— Je savais pas si tu existais pour de vrai », lui dit-il.

Megan lui sourit. « Oui, j'existe pour de vrai. Et toi ?

— Moi aussi.

— Bon, j'en suis très heureuse. »

Une fois de plus, elle résista à l'envie de le prendre dans ses bras et de le serrer sur son cœur parce que, si elle le faisait, elle se mettrait à pleurer, et elle ne voulait pas qu'il la voie pleurer. Elle referma la porte, se coucha, allongea le bras vers l'autre lit et prit la main d'Adam.

« On va dormir maintenant, hein ?

— Oui. »

Une fois certaine qu'il s'était endormi, elle retira sa main et laissa jaillir les larmes de la réserve de chagrin et de deuil qu'elle renfermait en elle. Elle pleura sa mère, qui leur échappait à tous, Adam et Dominic – et aussi Peter et Corey, même s'ils étaient une véritable plaie –, car tous finiraient de grandir sans leur mère. Elle pleura l'Angleterre, son beau studio que quelqu'un d'autre habiterait et repeindrait d'une horrible couleur, et le Montrose, et Annabelle et Peter. Mais surtout, elle pleura pour apaiser la terrible douleur qu'elle éprouvait à cause d'Andrew, Andrew à qui elle téléphonerait le lendemain et qui lui dirait en toute franchise qu'elle prenait la bonne décision, parce que c'était vrai, et, à la fin de leur entretien, lui demanderait d'une voix douce comment elle se sentait, si ça irait. Elle pleurait le rire d'Andrew, le bruit de sa machine à écrire, la première chose qui l'accueillait quand elle revenait le soir, elle pleurait sa folie qui lui avait fait croire qu'ils étaient faits l'un pour l'autre et pourraient vivre ensemble.

Après avoir versé toutes ces larmes, elle resta immobile dans l'obscurité, écouta le rythme régulier de la respiration d'Adam et, enfin, s'endormit.

Le lendemain, elle veilla à ce que tout le monde se lève, s'habille, prenne le petit déjeuner, envoya

Peter et Corey à l'école et dit à Adam qu'elle partait mais ne tarderait pas à revenir. Puis elle sortit dans la neige tourbillonnante pour aller voir le patron de l'hôtel et se faire embaucher.

Remerciements

Le village de Struan est fictif mais, dans mon esprit, il se situe à la lisière nord de la vaste et belle région de lacs, rocs et forêts qui, dans le nord de l'Ontario, porte le nom de Bouclier canadien. Je l'imagine à l'ouest et un peu au nord de New Liskeard, Haileybury et Cobalt, villes, elles, bien réelles, la dernière ayant connu une ruée vers l'argent spectaculaire en 1903.

Pour rédiger la partie qui traite de cette ruée vers l'argent, j'ai consulté un certain nombre d'ouvrages dont *Two Thousand Miles of Gold*, de J. B. MacDougall (McClelland & Stewart, 1946) ; *Six War Years, 1939-45 : Memories of Canadians at Home and Abroad*, de Barry Broadfoot (PaperJacks, 1974) ; *Ten Lost Years, 1929-39 : Memories of Canadians Who Survived the Depression*, également de Barry Broadfoot (PaperJacks, 1975) ; *Cobalt, Ontario*, de Michael Barnes (Looking Back Press, 2004) ; et surtout *We Lived a Life and Then Some : The Life, Death, and Life of a Mining Town*, de Charlie Angus et Brit Griffin (Between the Lines, 1996). Je dois beaucoup à Paul McLaren, qui possède la librairie Chat Noir Books à

New Liskeard, dans l'Ontario, car, non seulement il m'a signalé l'existence de ce livre excellent et inestimable, mais il m'a aussi donné son exemplaire personnel.

Dans la partie du roman qui se déroule en Angleterre, il est fait référence à un tableau de Paul Delaroche intitulé *L'Exécution de lady Jane Grey*, qu'on peut voir à la National Gallery à Londres. Megan, un personnage du livre, est très touchée par cette peinture lorsqu'elle visite la Gallery en 1969. Les spécialistes d'histoire de l'art savent fort bien que ce tableau n'y a été exposé qu'à partir de 1975. Si j'ai un peu bousculé la chronologie, c'est que j'ai personnellement été très touchée en le voyant pour la première fois et que je voulais décrire cette même émotion chez Megan. Toutes mes excuses. Mais, après tout, il s'agit de fiction.

J'aimerais remercier les personnes suivantes : au Canada, Patricia Anderson, de Cobalt, pour la visite fascinante d'une mine d'argent ; Tamara Fishley et Breanna Bigelow, du Cobalt Mining Museum, pour leur aide, leurs conseils et les heures passées à photocopier des articles du *Daily Nugget*, articles qui, avec ceux du *Temiskaming Speaker*, m'ont permis d'avoir une image vivante de l'existence que les gens ont menée dans le nord de l'Ontario au fil des ans ; Eddie Sagle et Chris Callaghan, anciens conducteurs de chasse-neige dans l'île Manitoulin (Ontario), pour m'avoir informée sur la façon de dégager les routes du Nord ; Malcolm Loucks, ancien habitant de Montréal, pour m'avoir suggéré le chasse-neige Sicard ; et Denise Organ, de l'île Manitoulin, pour m'avoir fait partager ses souvenirs de l'époque héroïque des villes minières.

Au Royaume-Uni, mes remerciements vont à Steve et Eleen Warren, propriétaires du fabuleux hôtel Penally Abbey Country House, près de Tenby, dans le Pembrokeshire, pour m'avoir parlé du petit hôtel qu'ils ont « jadis » tenu à Londres ; Amanda Grant, pour ses suggestions perspicaces de lecture et de musique ; et Carolyn et Nigel Davies pour leurs encouragements et leur soutien dans les bons et les mauvais moments – surtout Nigel pour tout ce qui concerne l'aérodynamique. La couche volante n'aurait jamais vu le jour sans lui.

J'adresse mes remerciements les plus sincères à mon agent littéraire sans égal, Felicity Rubinstein, de l'agence Lutyens & Rubinstein, et à mes merveilleux éditeurs, Louise Dennys et Marion Garner au Canada, Clara Farmer et Poppy Hampson au Royaume-Uni, et Susan Kamil à New York. Un merci tout particulier à Alison Samuel pour son immense patience, ses encouragements et son tact, et l'habileté consommée avec laquelle elle a négocié toutes les propositions éditoriales.

Enfin, j'aimerais chaudement remercier ma famille établie d'un côté et de l'autre de l'Atlantique, sans laquelle je n'aurais jamais réussi à écrire un seul livre, et encore moins trois : mes frères, George et Bill, pour leur lecture méticuleuse et leurs conseils sur tout, depuis l'utilisation des lance-flammes durant la Seconde Guerre mondiale jusqu'à la limite nord des peupliers dans l'Ontario ; mes fils, Nick et Nathaniel, pour leur lecture pénétrante et leur soutien sans faille, et surtout mon mari, Richard, et ma sœur, Eleanor, qui, comme avec *Le Choix des Morrison* et *L'Autre Côté du pont,* se sont impliqués à chaque stade de l'écriture. Pour tous les deux, une fois de plus, les remerciements ne seront jamais suffisants.

Mary Lawson, 2013

Collection « Littérature étrangère »

ADAMS Poppy
Le Temps des métamorphoses

ADDERSON Caroline
La Femme assise

AGUÉEV M.
Roman avec cocaïne

ALI Monica
Sept mers et treize rivières
Café Paraíso
En cuisine
La Véritable Histoire de Lady L.

ANDERSON Scott
Triage
Moonlight Hotel

ARLT Roberto
Les Sept Fous
Les Lance-Flammes

ARPINO Giovanni
Une âme perdue
Le Pas de l'adieu
Mon frère italien
Giovanni le bienheureux

AUSLANDER Shalom
La Lamentation du prépuce
Attention Dieu méchant
L'Espoir, cette tragédie

BALLANTYNE Lisa
Un visage d'ange

BAXTER Charles
Festin d'amour

BENIOFF David
24 heures avant la nuit

BEZMOZGIS David
Le Monde libre

BLOOM Amy
Ailleurs, plus loin

BROOKNER Anita
Hôtel du Lac
États seconds
La Vie, quelque part
Une chute très lente
Une trop longue attente
Fêlures
Le Dernier Voyage

BROOKS Geraldine
Le Livre d'Hanna
La Solitude du Dr March
L'Autre Rive du monde

BROWN Clare
Un enfant à soi

CABALLERO Antonio
Un mal sans remède

CAICEDO Andrés
Que viva la música !
Traversé par la rage

CAÑÓN James
Dans la ville des veuves intrépides

CASH Wiley
Un pays plus vaste que la terre

CONNELL D. J.
Julian Corkle est un fieffé menteur
Sherry Cracker et les sept voleurs

CONROY Pat
Le Prince des marées
Le Grand Santini

COURTENAY Bryce
La Puissance de l'Ange

CUNNINGHAM Michael
La Maison du bout du monde
Les Heures
De chair et de sang
Le Livre des jours
Crépuscule

DI PAOLO Paolo
Tanta vita !

DORRESTEIN Renate
Vices cachés
Un cœur de pierre
Sans merci
Le Champ de fraises
Tant qu'il y a de la vie

DOUGHTY Louise
Je trouverai ce que tu aimes
Portrait d'une femme sous influence

DUNANT Sarah
La Courtisane de Venise
Un cœur insoumis

DUNMORE Helen
Un été vénéneux
Ils iraient jusqu'à la mer
Les Petits Avions de Mandelstam
La Maison des orphelins

EDELMAN Gwen
Dernier refuge avant la nuit

ELTON Ben
Nuit grave
Ze Star

FERRARIS Zoë
La Disparue du désert
Les Mystères de Djeddah
Clandestines

FEUCHTWANGER Lion
Le Juif Süss

FITZGERALD Helen
Le Don

FLANAGAN Richard
La Fureur et l'Ennui
Désirer

FRENCH Paul
Minuit à Pékin

FREY James
Mon ami Leonard

FROMBERG SCHAEFFER Susan
Folie d'une femme séduite

FRY Stephen
L'Hippopotame

GAIGE Amity
Schroder

GALE Patrick
Chronique d'un été
Une douce obscurité
Tableaux d'une exposition
Jusqu'au dernier jour

GARTSIDE Mark
Ce qui restera de nous

GEE Maggie
Ma bonne

GEMMELL Nikki
Les Noces sauvages
Love Song

GEORGE Alex
Une symphonie américaine

GILBERT David
Les Normaux
Les Marchands de vanité

GUSTAFSSON Lars
La Mort d'un apiculteur

HAGEN George
La Famille Lament
Les Grandes Espérances du jeune Bedlam

HAYES Suzanne
et NYHAN Loretta
Petites recettes de bonheur pour les temps difficiles

HODGKINSON Amanda
22 Britannia Road

HOMES A. M.
Mauvaise mère

HOSSEINI Khaled
Les Cerfs-Volants de Kaboul
Mille soleils splendides
Les Cerfs-Volants de Kaboul (roman graphique)
Ainsi résonne l'écho infini des montagnes

HUTCHINS Scott
L'Amour comme hypothèse de travail

JOHNSTON Jennifer
Petite musique des adieux
Ceci n'est pas un roman
De grâce et de vérité
Un Noël en famille

JONES Kaylie
Dépendances

JORDAN Hillary
Mississippi
Écarlate

KAMINER Wladimir
Voyage à Trulala

KANON Joseph
L'Ultime Trahison
L'Ami allemand
Alibi

KENNEDY Douglas
La Poursuite du bonheur
Rien ne va plus
Une relation dangereuse
L'homme qui voulait vivre sa vie
Les Désarrois de Ned Allen
Les Charmes discrets de la vie conjugale

Piège nuptial
*La Femme du Ve*
Quitter le monde
Cet instant-là
Cinq jours
Murmurer à l'oreille
des femmes

KLIMKO Hubert
La Maison de Róża
Berceuse pour un pendu
Les Toutes Premières
Choses

KNEALE Matthew
Les Passagers anglais
Douce Tamise
Cauchemar nippon
Petits crimes
dans un âge
d'abondance
Maman, ma sœur,
Hermann et moi

KOCH Herman
Le Dîner
Villa avec piscine

LAMB Wally
La Puissance des vaincus
Le Chagrin et la Grâce
Nous sommes l'eau

LAW Benjamin
Les Lois de la famille

LAWSON Mary
Le Choix des Morrison
L'Autre Côté du pont

LEONI Giulio
La Conjuration
du Troisième Ciel
La Conspiration
des miroirs
La Croisade des ténèbres

LI Yiyun
Un beau jour
de printemps
Un millier d'années
de bonnes prières

LISCANO Carlos
La Route d'Ithaque
Le Fourgon des fous
Souvenirs
de la guerre récente
L'Écrivain et l'Autre
Le Lecteur inconstant
suivi de
Vie du corbeau blanc

LOTT Tim
Frankie Blue
Lames de fond
Les Secrets amoureux
d'un don Juan
L'Affaire Seymour

MADDEN Deirdre
Authenticité

MAKSIK Alexander
La Mesure de la dérive

MARCIANO Francesca
L'Africaine
La Fin des bonnes
manières

MCAFEE Annalena
Le Doux Parfum
du scandale

MCCANN Colum
Danseur
Les Saisons de la nuit
La Rivière de l'exil
Ailleurs, en ce pays
Le Chant du coyote
Zoli

Et que le vaste monde
poursuive
sa course folle
Être un homme

McCourt Frank
C'est comment
l'Amérique ?
Teacher Man, un jeune
prof à New York

McGarry Morris Mary
Mélodie
du temps ordinaire
Fiona Range
Un abri en ce monde
Une douloureuse absence
Le Dernier Secret
À la lueur
d'une étoile distante

Mercurio Jed
La Vie sexuelle
d'un Américain
sans reproche

Mills Jenni
Le Murmure des pierres

Morton Brian
Des liens trop fragiles

Murakami Haruki
Au sud de la frontière,
à l'ouest du soleil
Les Amants du Spoutnik
Kafka sur le rivage
Le Passage de la nuit
La Ballade de l'impossible
L'éléphant s'évapore
Saules aveugles,
femme endormie
Autoportrait de l'auteur
en coureur de fond
Sommeil
1Q84 (Livre 1)
1Q84 (Livre 2)
1Q84 (Livre 3)
Chroniques
de l'oiseau à ressort
Les Attaques
de la boulangerie
Underground
L'Incolore Tsukuru Tazaki
et ses années
de pèlerinage

Murray Paul
Skippy dans les étoiles

Nicholls David
Un jour
Pourquoi pas ?
Pour une fois

O'Connor Scott
Ce que porte la nuit

O'Dell Tawni
Le Temps de la colère
Retour à Coal Run
Le ciel n'attend pas
Animaux fragiles

O'Farrell Maggie
Quand tu es parti
La Maîtresse
de mon amant
La Distance entre nous
L'Étrange Disparition
d'Esme Lennox
Cette main qui a pris
la mienne
En cas de forte chaleur

Onstad Katrina
La Vie rêvée
des gens heureux

OWENS Damien
Les Trottoirs de Dublin

OZEKI Ruth
En même temps, toute la terre et tout le ciel

PAYNE David
Le Dragon et le Tigre : confessions d'un taoïste à Wall Street
Le Monde perdu de Joey Madden
Le Phare d'un monde flottant
Wando Passo

PEARS Iain
Le Cercle de la Croix
Le Songe de Scipion
Le Portrait
La Chute de John Stone

PENNEY Stef
La Tendresse des loups
Le Peuple des invisibles

PICKARD Nancy
Mémoire d'une nuit d'orage

PIZZOLATTO Nic
Galveston

POLLEN Bella
L'Été de l'ours

RADULESCU Domnica
Un train pour Trieste

RAVEL Edeet
Dix mille amants
Un mur de lumière

RAYMO Chet
Le Nain astronome
Valentin, une histoire d'amour

RELINDES Ellis Mary
Bohemian Flats

ROBERTIS Carolina De
La Montagne invisible

ROLÓN Gabriel
La Maison des belles personnes

ROSEN Jonathan
La Pomme d'Ève

SANSOM C. J.
Dissolution
Les Larmes du diable
Sang royal
Un hiver à Madrid
Prophétie
Corruption
Dominion

SAVAGE Thomas
Le Pouvoir du chien
Rue du Pacifique

SCHWARTZ Leslie
Perdu dans les bois

SEWELL Kitty
Fleur de glace

SHARPE Tom
Fumiers et Cie
Panique à Porterhouse
Wilt 4 – Le Gang des mégères inapprivoisées ou Comment kidnapper un mari quand on n'a rien pour plaire
Wilt 5 – Comment enseigner l'histoire

à un ado dégénéré
en repoussant
les assauts
d'une nymphomane
alcoolique

SHIPSTEAD Maggie
Plan de table

SHREVE Anita
Le Poids de l'eau
Un seul amour
La Femme du pilote
Nostalgie d'amour
Ultime rencontre
La Maison du bord de mer
L'Objet de son désir
Une lumière sur la neige
Un amour volé
Un mariage en décembre
Le Tumulte des vagues
Une scandaleuse affaire
Un jour après l'autre

SHRIVER Lionel
Il faut qu'on parle
de Kevin
La Double Vie d'Irina
Double faute
Tout ça pour quoi
Big Brother

SILVESTRE Edney
Si je ferme les yeux
Le bonheur est facile

SMITH Tom Rob
Enfant 44
La Ferme

SOLER Jordi
Les Exilés de la mémoire
La Dernière Heure
du dernier jour
La Fête de l'Ours
Dis-leur qu'ils ne sont
que cadavres

SPELLER Elisabeth
Le Retour
du capitaine Emmett

STEINBERG Janice
Les Belles Promesses

SWARUP Vikas
Les Fabuleuses Aventures
d'un Indien
malchanceux
qui devint milliardaire
Meurtre
dans un jardin indien
Pour quelques milliards
et une roupie

THOMAS Matthew
Nous ne sommes pas
nous-mêmes

TOBAR Héctor
Printemps barbare
Jaguar

TOLTZ Steve
Une partie du tout

TSIOLKAS Christos
La Gifle
Jesus Man

ULINICH Anya
La Folle Équipée
de Sashenka Goldberg

UNSWORTH Barry
La Folie Nelson

VALLEJO Fernando
La Vierge des tueurs
Le Feu secret

La Rambla paralela
Carlitos qui êtes aux cieux

VERMES Timur
Il est de retour

WARD Jesmyn
Bois Sauvage
Ligne de fracture

WATSON Larry
Sonja à la fenêtre

WEBB Katherine
L'Héritage
Pressentiments
À la claire rivière

WEISGARBER Ann
L'Histoire très ordinaire de Rachel Dupree

WELLS Rebecca
Fleurs de ya-ya

WEST Dorothy
Le Mariage

WINGFIELD Jenny
Les Ailes de l'ange

WRINKLE Margaret
Wash

WOLF Jack
Misericordia

ZAILCKAS Koren
Notre mère

ZHANG Xianliang
La mort est une habitude
La moitié de l'homme, c'est la femme

ZWEIG Stefan
Le Monde d'hier. Souvenirs d'un Européen

Composition et mise en pages
Nord Compo à Villeneuve-d'Ascq

FSC
www.fsc.org
MIXTE
Papier issu de
sources responsables
FSC® C003309

Cet ouvrage a été imprimé en France par

CPI
BRODARD & TAUPIN

La Flèche (Sarthe)
en décembre 2014

N° d'impression ; 3008605
Dépôt légal : janvier 2015